Anne Hertz
Die Sache mit meiner Schwester

W0387340

PIPER

Zu diesem Buch

Die Schwestern Heike und Nele könnten nicht unterschiedlicher sein. Heike ist glücklich verheiratet, hat drei Kinder und lebt in einem Haus mit Garten im Vorort. Nele ist unsteter Single und genießt das Großstadtleben in vollen Zügen. Kurzum: Sie leben in zwei Welten und gehen sich aus dem Weg. Ihre einzige Gemeinsamkeit ist ihr Pseudonym »Sanne Gold«, unter dem sie erfolgreich Romane veröffentlichen – und selbst die schreiben sie in Wahrheit nicht mehr selber. Nur noch für öffentliche Auftritte machen sie gute Miene zum bösen Spiel. Doch nach einer gemeinsamen Talkshow kommt es zur Katastrophe: Heike wird bei einem Unfall schwer verletzt. Voller Schuldgefühle beginnt Nele, ihr bisheriges Geschwisterleben zu rekapitulieren und stellt sich die Frage, wie das alles nur so weit kommen konnte. Bald schon findet sie Antworten, die das Leben der beiden vollkommen auf den Kopf stellen …

Anne Hertz ist das Pseudonym der Hamburger Autorinnen Frauke Scheunemann und Wiebke Lorenz, die nicht nur gemeinsam schreiben, sondern als Schwestern auch einen Großteil ihres Lebens miteinander verbringen. Bevor Anne Hertz 2006 in Hamburg zur Welt kam, wurde sie 1969 und 1972 in Düsseldorf geboren. 50 Prozent von ihr studierten Jura, während die andere Hälfte sich der Anglistik widmete. Anschließend arbeiteten 100 Prozent als Journalistin. Anne Hertz hat im Schnitt 2,5 Kinder und mindestens 1 Mann.

Mehr Informationen unter: www.anne-hertz.de

Anne Hertz

Die Sache mit meiner Schwester

Roman

PIPER
München Berlin Zürich

Mehr über unsere Autoren und Bücher:
www.piper.de

MIX
Papier aus verantwortungsvollen Quellen
FSC® C083411

Ungekürzte Taschenbuchausgabe
Oktober 2015

Umschlaggestaltung: FAVORITBUERO, München
Umschlagmotiv: Richard Drury/Getty Images
Satz: Kösel Media GmbH, Krugzell
Gesetzt aus der Scala
Druck und Bindung: CPI books GmbH, Leck
Printed in Germany ISBN 978-3-492-30670-6

Für Mama.

»Sie sahen einander an und wussten:
›Wenn du stirbst, kann ich nicht leben!‹«

Peter Pohl & Kinna Gieth,
»Du fehlst mir, du fehlst mir!« (dtv)

Hamburg, Sonntag, den 7. September 1986

Liebes Tagebuch,

gestern hat Heike ihren vierzehnten Geburtstag gefeiert. Und ich bin sooo neidisch auf meine Schwester! Nicht nur, weil sie einen Walkman von Sony geschenkt bekommen hat, sondern weil ich auch endlich vierzehn sein will!

Aber ich bin eben erst elf und noch ein »Baby«. Das hat sie jedenfalls gesagt, als ich gestern Abend auch mit reinfeiern wollte, Heike durfte nämlich mit ihren besten Freundinnen eine Pyjamaparty machen. Nix da, um acht Uhr hat Heike mich einfach aus ihrem Zimmer geschmissen. Und gesagt, dass es für »Babys« wie mich jetzt Zeit ist, ins Bett zu gehen. Blöde Kuh!

Mama und Papa haben nicht mal was dazu gesagt, nur, dass es ja schließlich Heikes Geburtstag ist und sie deshalb entscheiden darf.

Aber egal, bei so einem doofen Kindergeburtstag wollte ich eh nicht mit dabei sein. Ich meine, ohne Jungs, und das mit vierzehn! Aber Heike hat ja nur ihre Pferde im Kopf, die interessiert sich gar nicht für Jungs.

Dabei geht sie in dieselbe Klasse wie dieser total süße Typ, Niklas. In den bin ich schon verknallt, seit ich neun bin, aber so richtig gequatscht haben wir noch nie. Ein paar Mal war er in letzter Zeit bei uns zu Hause, da haben die beiden Mathe gelernt. Das heißt, eigentlich hat Heike ihm Nachhilfe gegeben, denn natürlich ist mein Schwesterlein auch dieses Jahr wieder

Klassenbeste. Mich hat Niklas leider immer total ignoriert, für den bin ich ja nur eine doofe Fünftklässlerin …

Heute Nachmittag machen wir alle zusammen einen Ausflug ins Hansaland, darauf freue ich mich schon total! Heike hat sich das gewünscht, und ich weiß, dass sie das für mich gemacht hat, weil sie Freizeitparks eigentlich gar nicht so besonders mag.

Wenn meine Schwester will, kann sie schon ganz nett sein. Sie hat mir sogar gesagt, dass ich mir für meine Klassenfahrt in zwei Wochen ihren Walkman leihen darf, zusammen mit der Kassette, die sie geschenkt bekommen hat. Da sind echt viele gute Songs drauf, gestern konnte ich bis in mein Zimmer hören, was sie bei Heikes Party gespielt haben: »Broken Wings« von Mr. Mister, »Kiss« von Prince und »The Greatest love of all« von Whitney Houston, zum Beispiel.

Bei dem Lied hab ich mir dann vorgestellt, wie es wohl wäre, mit Niklas zu tanzen und ihn zu küssen ... Na ja, man wird ja noch träumen dürfen, er ist wirklich einfach soooo süß!

So, Mama hat gerade gerufen, wir fahren jetzt ins Hansaland!

Liebe Grüße,
Nele

Hamburg, Sonntag, den 7. September 1986

Hi Tagebuch,

nur ganz schnell ein Eintrag, bevor ich gleich schlafen gehe: Mein Geburtstag war super! Ich habe endlich den Walkman bekommen, den ich mir schon zu Weihnachten gewünscht hab! Zusammen mit einer Kassette mit den besten Hits von 1986, richtig klasse!

Gestern Abend waren dann Claudi, Moni, Petra, Saskia, Steffi und Ruth da, wir haben Party gemacht, und alle haben bei mir übernachtet. Nele wollte natürlich auch mit dabei sein, aber irgendwann hab ich sie rausgeschmissen, weil wir auch mal unter uns sein wollten. Hat natürlich einen Flunsch gezogen, ist ja klar, manchmal ist es schon nervig, eine kleine Schwester zu haben!

Na ja, ich hab ihr dann versprochen, dass sie meinen Walkman mit auf Klassenfahrt nehmen darf, und sie hat sich total gefreut. Allerdings frage ich mich jetzt gerade, ob das eine so gute Idee war, nachher macht sie ihn noch kaputt. Nele ist oft so ungeschickt, heute bei unserem Ausflug ins Hansaland hat sie tatsächlich dreimal (!) nacheinander ihren Fotoapparat fallen lassen. Irgendwie ist sie mit ihrem Kopf ständig woanders, Mama sagt auch, dass Nele eine kleine Träumerin ist. Ha, ich weiß schon, wovon sie träumt: Von Niklas, diesem Idioten aus meiner Klasse. Sieht gut aus, ist aber zu blöd für alles, ich hab dem sogar schon Nachhilfe gegeben. Zwecklos, der fliegt nächstes Jahr eh vom Gymi.

Oh, schon gleich Mitternacht, ich muss ins Bett. Morgen früh schreiben wir eine Lateinarbeit, da muss ich fit sein.

Gute Nacht!
Heike

1. Kapitel

»Gibst du mir bitte auch eine?« Niklas liegt im Bett und streckt mir auffordernd eine Hand entgegen. Weil ich keine mehr habe, gebe ich ihm meine halb gerauchte Kippe und setze mich neben ihn. »Das tut gut!«, sagt er und pustet seufzend den Rauch in die Luft.

»Ja«, gebe ich ihm Recht. »Die Zigarette danach ist eben die beste.«

Er grinst mich an. »Und die dazwischen erst!« Mit diesen Worten drückt er die Zigarette im Aschenbecher auf dem Nachttisch aus.

»He!«, beschwere ich mich, »die war noch gar nicht aufgeraucht!«

»Doch«, antwortet er, greift nach meinem Arm und zieht mich an sich. »Mein Mund will jetzt was anderes.«

»Tut mir leid«, sage ich und mache mich von ihm los, »keine Zeit, ich bin schon spät dran.«

Niklas guckt enttäuscht. »Nicht mal zehn Minuten?«

Ich schüttele den Kopf. »Nein, nicht mal das.«

»Fünf?«

Jetzt muss ich lachen. »Mit fünf Minuten bist du doch noch nie hingekommen!«

»Wir könnten ja mal einen Quickie versuchen.«

»Könnten wir«, antworte ich, und sofort tritt ein Grinsen auf Niklas' Gesicht. »Machen wir aber nicht.« Mit diesen Worten weiche ich seiner Hand aus, die mich schon wieder am Arm packen will, und springe auf. »Der Termin ist wirklich wichtig, wenn ich da zu spät komme, macht Heike mir die Hölle heiß.«

»Das macht sie doch sowieso.«

Ich seufze. »Ich hätte dir niemals von den Schwierigkeiten mit meiner Schwester erzählen dürfen.«

»Das hätte ich auch so gewusst, schließlich kenne ich Heike.«

»Ist doch hundert Jahre her, dass du sie zuletzt gesehen hast.«

»Das macht nichts. Solche Menschen ändern sich nicht.«

»Vorsicht!«, sage ich. »Pass auf, was du sagst, du sprichst immerhin von meiner Schwester!« Ich drohe ihm gespielt mit dem Zeigefinger.

»Ach ja, ich vergaß! Nele Krüger und Heike Bachmann, ein Herz und eine Seele, unzertrennlich seit eh und je!«

»Zumindest nach außen.«

Niklas schüttelt grinsend den Kopf. »Mannomann, was für eine verlogene Branche!«

»Die Leser lieben es«, sage ich. »Und darum geht's.«

Niklas lacht. »Wenn die lieben Leser wüssten, was die Wahrheit hinter Sanne Gold ist – ob sie eure Romane dann immer noch verschlingen würden?« Er lacht noch einmal. »Ich könnte dich voll erpressen!«

Jetzt lasse ich mich doch noch mal aufs Bett plumpsen, stütze mich mit beiden Händen rechts und links neben Nick auf und gebe mir Mühe, ihn so böse wie möglich anzugucken. »Schöne Idee«, knurre ich. »Ich rufe im Gegenzug deine Frau an, dann sind wir quitt.«

Niklas grinst. »Annette würde sich freuen! Schließlich

liebt die eure Bücher auch und ist ganz beeindruckt, dass ich euch beide kenne.«

Vor Schreck verschlucke ich mich und muss husten. »Du hast deiner Frau von uns erzählt?«

»Na klar. Muss doch ein bisschen angeben.« Er greift nach meinem Arm und zieht mich zurück aufs Bett. »Aber *wie* gut du und ich uns kennen, das weiß sie nicht.«

»Das ist ja wohl eher in deinem als in meinem Interesse.«

»Meinst du? Wie würden eure Leserinnen es wohl finden, dass du mit verheirateten Männern ins Bett gehst? Sicher auch nicht so gut.« Wieder lacht er. »Ich sag ja, ich könnte dich erpressen, auf ganzer Linie.« Er fängt an, an einer Hand aufzuzählen: »Erstens: Die Sanne-Gold-Romane werden schon lange nicht mehr von Nele Krüger und Heike Bachmann geschrieben, sondern von einem Ghostwriter. Zweitens: Eine der beiden Schwestern macht auch vor braven Ehemännern nicht halt.«

»Du meinst mit ›braven Ehemännern‹ jetzt wohl nicht dich, oder?«, unterbreche ich ihn.

Er spricht einfach weiter. »Drittens: In Wahrheit reden Nele und Heike so gut wie kein Wort mehr miteinander, weil sie total zerstritten sind. Na?« Er zwinkert mir zu und legt einen Arm um mich. »Was wäre dir mein Schweigen wohl wert?«

Ich mache mich von ihm los und hole drohend mit einer Hand aus. »Ich kann dir gern eine scheuern, wenn das deine Frage beantwortet.«

»He!« Niklas hebt abwehrend die Hände. »War doch nur ein Spaß!«

»In jedem Spaß steckt ein bisschen Ernst.«

»Ach, Quatsch! Lass mich doch meine Witzchen machen! Ich finde es eben lustig, dass ihr als ›Deutschlands erfolgreichstes Autorenduo‹ einen Liebesroman nach dem nächsten auf den Markt werft und die Leute euch diese ganze Schwesterherz-Nummer auch noch abkaufen.«

»Alles eine Frage der PR«, antworte ich und stehe wieder auf. »Und apropos PR: Ich muss jetzt wirklich los, in einer Stunde muss ich schon im Sender sein.«

»In welchem Programm läuft das denn? Ich guck's mir an.«

»Oh, nee, das ist nichts für dich! Ist so eine blöde Hausfrauen-Nachmittags-Verblödungssendung. Heute überraschenderweise zum Thema ›Geschwisterliebe‹.« Ich verdrehe gespielt genervt die Augen.

»Ich werd's mir trotzdem ansehen.«

»Wie du willst.« Ich greife nach meinem Morgenmantel und streife ihn über. »Du kannst bei der Sendung sogar anrufen. Die machen da zehn Minuten lang ein ›Call-in‹, bei dem uns die Fans Fragen stellen dürfen.«

»Dann verstell ich besser meine Stimme.« Nik beginnt zu kieksen. »Sagen Sie, Frau Krüger, äh, Gold, wie ist das so, wenn man mit seiner Schwester so eng befreundet ist und auch noch zusammen schreibt?«

Ich muss kichern und kiekse ebenfalls. »Eigentlich ganz entspannt. Während Heike mit ihrem langweiligen Gatten und ihren drei Kindern draußen in Flottbek in ihrer Villa hockt und sich die Eierstöcke schaukelt, genieße ich in meiner Stadtwohnung mein Singleleben. Und solange ich meine Schwester nicht zu Gesicht bekomme, ist alles bestens.«

»Klingt gut«, sagt Niklas. »Ich ruf dann nachher an.«

»Mach das.« Ich werfe ihm seine zerknitterte Anzugshose hin. »Und jetzt sieh zu, dass du hier rauskommst. Dein ›Geschäftstermin‹ ist in einer halben Stunde vorbei!

Du musst zurück in deine Werbeagentur, die warten da bestimmt schon auf dich.«

»Stimmt! Ich muss mir dringend einen genialen Slogan für ein paar Wiener Würstchen ausdenken, da ist mein ganzes Texter-Können gefragt.«

Ich kichere. »Wiener Würstchen – wie passend!« Niklas schlägt die Bettdecke zurück, steht auf und fängt an, sich anzuziehen.

»Wann sehen wir uns denn wieder?«, will er wissen, während er sein Hemd zuknöpft.

»Weiß nicht«, antworte ich. »Irgendwann halt.«

»Ach, komm!« Niklas tritt hinter mich und schlingt beide Arme um meine Taille. »Jetzt tu nicht immer so tough, du willst mich doch auch so bald wie möglich wiedersehen!«

Ich seufze, drehe mich zu ihm um und schaue ihm direkt in die Augen. »Ja, möchte ich. Aber ...«

»Aber was?«

»Das weißt du doch.«

Er betrachtet mich seltsam nachdenklich. »Darüber wollte ich sowieso schon mit dir sprechen.«

»Worüber?«

»Komm.« Überraschend zärtlich nimmt er meine Hand, dirigiert mich zurück zum Bett und deutet mir, dass ich mich setzen soll.

»Niklas, ich habe keine Zeit!«

»Bitte, nur noch ein paar Minuten.«

Ich seufze und setze mich hin, Niklas nimmt dicht neben mir Platz. »Also, worüber wolltest du mit mir sprechen.«

»Über meine Frau.«

»Wie jetzt?« Er will mit mir über seine Frau reden? Warum das?

»Ich weiß ja, dass du und ich, dass wir …« Er gerät ins Stocken.

»Das wir was? Muss ich dir alles aus der Nase ziehen?«

»Also, wir treffen uns jetzt seit fast sechs Monaten. Aber irgendwie haben wir noch nie richtig über uns geredet.«

»Über uns?«, echoe ich.

Er nickt. »Ja, über uns. Wie das alles weitergehen soll.«

»Weitergehen?« Ich fühle mich wie ein Papagei. »Wie soll es schon weitergehen?« Niklas betrachtet mich mit einem Mal so ernst, dass mir ein bisschen das Herz in die Hose rutscht, seine eisblauen Augen nageln mich nahezu auf der Bettdecke fest. Eben haben wir doch noch lustig miteinander rumgescherzt, was ist denn auf einmal mit ihm los?

»Ich will das nicht mehr!«, platzt es aus Niklas heraus.

»Unsere Affäre?«

»Ja! Also, nein.«

»Ja? Nein?«

»Ich meine, dass ich keine Affäre mehr mit dir will.«

»Nicht? Aber es ist doch ganz schön mit uns.«

»Natürlich ist es das. Und deshalb will ich mehr.«

»Mehr?« Pa-pa-papagei!

»Nele«, er drückt meine Hand, »die Wahrheit ist, dass ich mich in dich verliebt habe.«

»Verliebt?«

»Jetzt wiederhol doch nicht alles, was ich sage!«

Ich schlucke schwer. »Tut mir leid, aber das kommt gerade etwas überraschend. Zumal du ja mit Annette …«

»Annette!« Er springt auf und fängt an, hektisch vor meinem Bett hin und her zu laufen. Gleichzeitig wuschelt er sich mit einer Hand nervös in seinen dichten blonden

Haaren herum, was ziemlich hinreißend aussieht. »Ja, stimmt, sicher, ich bin verheiratet.« Er bleibt stehen und sieht mich an wie ein kleiner Schuljunge, der seinen Eltern die Fünf in Mathe beichten muss. »Aber ich will es nicht mehr sein.«

»Will es nicht mehr …« Ich unterbreche mich, weil ich langsam wirklich wie in einem Sketch von Loriot klinge.

»Genau, Nele. Ich werde mich von Annette trennen.«

Schrecksekunde. Dann: »Aber wieso das denn?«

»Weil ich mich in dich verliebt habe, du Schwachkopf!« Mit einem Mal fängt Niklas an zu lachen und lässt sich wieder neben mich aufs Bett fallen. »Ja, es stimmt. Ich habe mich in dich verliebt.« Großer Hundeblick in meine Richtung – und bei mir setzt eine regelrechte Panikattacke ein.

»Aber, aber, aber …«, kann ich nur stottern. Dann hole ich tief Luft. »Du kannst dich doch nicht wegen mir von Annette trennen!«

»Nein, nicht wegen dir«, sagt Niklas. »In meiner Ehe läuft es schon seit Jahren nicht mehr so gut. Über kurz oder lang hätte ich mich sowieso getrennt. Und deshalb werde ich noch heute mit Annette reden.«

»Heute noch?«, krächze ich hilflos. »Findest du nicht … äh … also, ist das nicht etwas übereilt? Zwischen uns ist doch gerade alles ganz gut, ich finde wirklich …« Weiter komme ich nicht, denn Niklas gibt mir einfach einen langen, zärtlichen Kuss, der mich zum Schweigen bringt.

»Nele«, sagt er, als er nach einer gefühlten Stunde wieder von mir ablässt. »Ich kenne dich seit so vielen Jahren. Und ich weiß deshalb genau, dass du immer nur so tust, als seist du die toughe, fröhliche Nele, die immer einen Spruch auf Lager hat, der nichts heilig ist und die mit allem klarkommt. Aber mir machst du nichts vor. Dahinter steckt auch nur ein romantisches kleines Mädchen, das sich nach Liebe sehnt. Und du solltest uns wirklich eine Chance geben.«

»So?« Ich rücke ein Stück von ihm ab und verschränke die Arme vor der Brust. »Denkst du das?«

»Ja, das denke ich.«

»Na ja«, erwidere ich ziemlich gedehnt, »vergisst du dabei gerade nicht zufälligerweise, dass wir beide unsere Chance schon vor langer Zeit hatten?«

»Ich bitte dich!« Er lacht wieder. »Damals waren wir beide Teenager, das ist doch wohl mittlerweile verjährt, oder?«

»Meinst du wirklich?«, frage ich nach. Und denke gleichzeitig, dass er natürlich recht hat und die Tatsache, dass wir als Teenies mal kurz zusammen waren und Niklas mich dann aber plötzlich und ohne jeden Grund abserviert hat, heute wirklich keine Rolle mehr spielen dürfte. Nicht mehr spielen sollte.

»Tja«, er zuckt mit den Schultern. »Damals war ich jung, dumm und blöd und wusste noch nicht, was ich wollte. Aber heute weiß ich es.« Er greift ein weiteres Mal nach mir, aber ich weiche ihm mit einer schnellen Bewegung aus und stehe auf.

»Wie dem auch sei, ich muss jetzt wirklich los.«

»Na gut.« Er seufzt und wirft mir zum zweiten Mal einen Hundeblick zu. »Aber glaub mir, ich bin wirklich total verliebt in dich. So wahr ich Niklas Mesterkamp heiße.«

»Darüber reden wir noch«, erwidere ich und merke dabei selbst, wie unfassbar steif das klingt.

»Klar.« Und ehe ich reagieren kann, ist er aufgesprungen, hat mich an sich gerissen und fängt an, mich sehr,

sehr leidenschaftlich zu küssen – und mir wird in diesem Moment klar, dass ich vielleicht ein ganz kleines bisschen zu spät zu der TV-Sendung kommen werde …

Eine Stunde später rolle ich in meinem Golf auf die Einfahrt des Studiogeländes in Lokstedt. Innerlich bin ich noch immer etwas konfus, das Gespräch mit Niklas und die ziemlich heftige, zweite Kuscheleinlage, zu der er mich dann doch noch »überredet« hat, haben mich leicht konfus gemacht.

Will er wirklich seine Frau verlassen? Warum? Und was bedeutet das für mich? Erwartet er dann, dass wir eine »richtige« Beziehung miteinander haben? Will ich das? Oder will ich das nicht? Als wir uns vor einem halben Jahr nach vielen Jahren zufällig wieder trafen, hatte ich sofort Schmetterlinge im Bauch. Und ich würde schon sagen, dass ich in ihn verliebt bin, wirklich. Aber weil ich ja wusste, dass er verheiratet ist, habe ich bisher noch kein einziges Mal darüber nachgedacht, wie es wohl wäre, mit Niklas richtig zusammen zu sein. Ging ja auch gar nicht, er ist ja schon mit Annette »richtig« zusammen. Und Bigamie ist hierzulande verboten.

Im Übrigen gehöre ich auch nicht zu den Frauen, die sich einreden, dass ihr Geliebter sich bestimmt für sie trennen wird – so etwas finde ich albern. Tja, und jetzt sieht es fast so aus, als würde ich zur seltenen Spezies derer gehören, für die ein Mann tatsächlich seine Ehe beendet. Nur: Ob ich das überhaupt will, hat mich niemand gefragt!

Bevor ich mir noch weiter den Kopf zerbrechen kann, habe ich die Schranke neben der Pforte erreicht. Ich lasse die Fensterscheibe runter und winke dem älteren Herrn am Empfang freundlich zu.

»Nele Krüger«, erkläre ich. »Ich bin heute Talkgast bei ›Drei um drei‹.« Er tippt auf der Tastatur seines Computers herum. »Sanne Gold, falls Sie Nele Krüger nicht finden«, füge ich hinzu. Er tippt weiter, dann nickt er. Die Schranke geht hoch, ich fahre vor bis zu dem Gebäude, in dem die Sendung produziert wird, parke mein Auto und stelle den Motor ab. Seufzend setze ich meine Sonnenbrille auf, schnappe mir meine Handtasche und steige aus. Na dann: It's Showtime! Mal wieder.

»Frau Gold, Frau Gold!« Noch vor der Drehtür zum Gebäude werde ich von drei jüngeren Frauen abgefangen, jede von ihnen hat einen Rucksack geschultert. Ich weiß schon, was sich darin befindet: Die gesammelte Sanne-Gold-Edition, alle zwölf bisher erschienenen Romane. Und die werde ich jetzt alle signieren müssen. Verstohlen werfe ich einen Blick auf meine Armbanduhr. Na gut, noch fünf Minuten, bis ich oben in der Maske sein muss, das schaffe ich. Ich nehme die Brille ab und strahle meine Fans an.

»Hallo!«, begrüße ich sie. »Soll ich was signieren?«

»Oh ja, bitte!«, kommt es wie aus einer Kehle. »Ihre Schwester war auch schon da, jetzt brauchen wir nur noch Ihre Unterschrift!«

»Sicher, gern doch!«

Fünfzehn Minuten später – es hat dann doch etwas länger gedauert mit dem Signieren, plus Fotos für Facebook machen, plus dem Beantworten der üblichen Fragen nach dem Warum und Wie man denn mit seiner Schwester zusammen Bücher schreibt – komme ich in die Maske gestolpert. Dort sitzt bereits Heike. Das heißt, sie *thront*. Im Spiegel wirft sie mir einen vorwurfsvollen Blick zu, während die Visagistin gerade ihren dunklen Pagenkopf mit einer Rundbürste bearbeitet.

»Zu spät«, sagt sie und mustert mich dabei missbilligend. »Wie immer.«

»Ich wünsche dir auch einen schönen Tag, Schwesterherz«, erwidere ich lächelnd und nehme auf dem zweiten Stuhl direkt neben ihr Platz. *Blöde Kuh,* denke ich innerlich. *Wegen ein paar Minuten macht die hier ein Drama, als wäre ich zu spät zu einem Staatsempfang erschienen.*

»Was hat dich denn mal wieder aufgehalten?«, fragt sie, um die Frage sofort selbst zu beantworten: »Lass mich raten: irgendein nutzloser Kerl.«

»Ja«, gebe ich schnippisch zurück, »vielleicht kannst du dich noch dunkel daran erinnern, wie es ist, ein leidenschaftliches Liebesleben zu haben. Da kann man schon mal ein paar Minuten später dran sein. Aber nach fast zwanzig Jahren Ehe kann das natürlich leicht in Vergessenheit geraten.« Die zweite Visagistin, die mir gerade ein Handtuch um den Kragen legt, zieht erschrocken die Luft ein.

»Denken Sie sich nichts dabei«, sagt Heike zu ihr und lächelt sie über den Spiegel hinweg an. »Das ist nur unser üblich frotzelnder Ton. Ist nicht ernst gemeint.«

»Oh, äh, ja«, stottert sie und sieht immer noch etwas irritiert aus, während sie anfängt, mein Gesicht mit cremefarbener Grundierung zu beschmieren.

»Also, ich finde Ihre Bücher ja toll«, meldet sich nun Heikes Maskenbildnerin zu Wort. »Habe sie alle verschlungen, die gehen echt so richtig zu Herzen!«

»Vielen Dank«, sage ich. »Das freut uns natürlich sehr.«

»Ich hab meine Exemplare heute auch mitgebracht. Wäre super, wenn Sie mir die nach der Sendung noch signieren würden.«

»Klar machen wir das«, antwortet Heike und strahlt sie an.

»Wie kommen Sie eigentlich immer auf Ihre Ideen?«, will die Visagistin dann wissen. »Zum Beispiel dieser Roman über die Trennungsagentur – den fand ich wirklich total lustig und abgedreht, hab mich beim Lesen ständig schlapp gelacht.«

»Das war meine Idee«, erwidern Heike und ich wie aus einem Mund. »Neles Idee«, verbessert meine Schwester sich dann und grinst mich süffisant an. Oh, wie großmütig, danke!

Die Wahrheit ist allerdings, dass es weder Heikes noch meine Idee war, sondern die unserer Ghostwriterin, die mal etwas über eine Trennungsagentur in der Zeitung gelesen und uns das Thema dann vorgeschlagen hatte. Aber das können wir ja schlecht sagen. Manchmal geht mir diese Lügerei schon ein bisschen auf die Nerven, aber nachdem Heike und ich uns irgendwann so sehr in den Haaren hatten, dass an gemeinsames Arbeiten nicht mehr zu denken war, schien uns das die beste Lösung.

Der Ghost schreibt das Buch für ein gutes Honorar, meine Schwester und ich gehen beide noch einmal getrennt voneinander über den Text drüber – fertig ist der neue Sanne Gold. Ohne Stress, ohne Streit, wunderbar. Wenn nur nicht die gemeinsamen Pressetermine und die Lesungen wären, wäre mein Leben perfekt. Dann würde ich Heike nämlich so gut wie nie zu Gesicht bekommen.

Einmal, vor knapp drei Jahren, haben wir trotzdem noch einmal versucht, zusammen zu schreiben, weil unser Agent das unbedingt wollte. Aber das ging gründlich in die Hose, schon nach ein paar Minuten lagen wir so über Kreuz, dass wir uns fast gegenseitig umgebracht hätten. Wir sind einfach zu verschieden, das passt hinten und vorne nicht mehr. Heike mit ihrer heilen Welt mit drei Kindern und ihrem Mann Oliver, mit dem sie schon seit

Anfang zwanzig zusammen ist – das ist, als würde sie auf einem anderen Planeten leben.

Sie kann überhaupt nicht nachvollziehen, wie es ist, sich ganz allein durch den Alltag schlagen zu müssen und ein totaler Einzelkämpfer zu sein. Na ja, und dann kommt noch hinzu, dass sich unsere gemeinsame Arbeit irgendwann zu einer Art Konkurrenzkampf entwickelt hat, weil eine der anderen beweisen wollte, dass sie die bessere Autorin ist. Nein, so, wie es jetzt ist, ist es schon am besten.

»Noch zehn Minuten!« Die Stimme des Aufnahmeleiters, der seinen Kopf durch die Tür steckt, reißt mich aus meinen Gedanken. »Die Damen müssten noch verkabelt werden.«

»In Ordnung«, antwortet meine Visagistin. »Wir sind hier gleich fertig, ich bringe die Schwestern dann runter ins Studio.«

»Okay, prima.« Er zeigt mit einem Daumen nach oben und verschwindet sofort wieder, während er geschäftig in sein Walkie-Talkie spricht.

Drei Minuten später zieht meine Maskenbildnerin mit einem schwungvollen Ruck das Handtuch von meinen Schultern. »Voilá!«, ruft sie, »fertig!«

Ich betrachte mich im Spiegel, aus den Augenwinkeln sehe ich, wie Heike dasselbe tut. Es lässt sich wirklich nicht leugnen, dass wir Schwestern sind. Beide haben wir dunkle Haare, meine sind schulterlang und damit etwas länger als die von Heike. Wir haben helle Augen – Heike grüne, ich blaue – und ein herzförmiges, eher blasses Gesicht. Den kleinen Mund haben wir von unserem Vater geerbt, die langen Wimpern von unserer Mutter. Früher haben die Leute uns manchmal sogar verwechselt, und am Telefon sind wir bis heute nicht auseinanderzuhalten. Als Jugendliche haben wir uns häufig einen Spaß daraus gemacht, uns für die jeweils andere auszugeben. Tja. Ich seufze. Lange her ist das.

»Was ist?«, kommt es von Heike.

»Was soll sein?«

»Du seufzt.«

Ich lächele sie an. »Nichts ist. Habe gerade nur an meinen sehr netten Vormittag gedacht.«

»Schön für dich«, sagte Heike. »Dann wollen wir mal.« Sie steht auf und überprüft ein letztes Mal im Spiegel, ob sie auch keinen Lippenstift an den Zähnen hat.

»Ja«, sage ich und tue das Gleiche.

Unten im Studio herrscht einen Bullenhitze, die Scheinwerfer geben alles, und ich bin froh, in weiser Voraussicht nur eine dünne Bluse angezogen zu haben. Bei unserem ersten Fernsehauftritt, irgendwann vor Jahren in der Weihnachtszeit, hatte ich einen dicken Wollpullover an und mich während der halbstündigen Sendung zu Tode geschwitzt, was man bei der anschließenden Ausstrahlung auch deutlich hatte sehen können. Heike war es nicht besser ergangen, und wir hatten uns beim gemeinsamen Ansehen der Talkrunde totgelacht und gegenseitig mit Sprüchen wie »Häuptling qualmende Socke« und »Fräulein Rotgesicht« aufgezogen. Bei der Erinnerung daran muss ich kichern.

»Was ist jetzt schon wieder?«, will Heike wissen, während der Tonmeister ihr gerade ein Mikrofon an den Kragen ihres Kleids klippt.

»Wirklich nichts.« Ich mache eine wegwerfende Handbewegung.

»Dann hör mit deinem Gekicher auf, das macht einen ja völlig irre!«

»Jawoll, Chef!« Dann bin ich mit dem Verkabeln dran,

danach dirigiert uns der Aufnahmeleiter zu einer Sitzgruppe, bestehend aus drei roten Sesseln, und zeigt uns unsere Plätze.

»Barbara Koch kommt sofort«, erklärt er uns und spricht eine Sekunde später schon wieder in sein Walkie-Talkie.

Barbara Koch ist die Moderatorin von »Drei um drei«, einer beliebten Talkshow, die täglich bundesweit ausgestrahlt wird. Ziemliche Hausfrauensendung, wer hat auch sonst Zeit, mitten am Tag fernzusehen? Aber es scheinen recht viele Leute zu sein, denn die Show hat eine sensationelle Einschaltquote. Heikes und mein Agent Wolfgang war ganz aus dem Häuschen, nachdem die Redaktion uns angefragt hatte. »Danach wird euer neuer Roman durch die Decke gehen!«, hatte er uns versichert.

Während meine Schwester und ich nun darauf warten, dass es gleich losgeht, werde ich langsam ein bisschen nervös.

Das kenne ich schon von mir, bei Livesendungen geht mir das immer so. Obwohl ich es ja bereits so oft gemacht habe, habe ich noch immer ein bisschen Angst, dass mir vor laufender Kamera irgendwann mal etwas Peinliches passiert. Oder dass ich spontan eine Art Tourette entwickele und mitten in der Sendung auf einmal »Ficken!« brülle. Ist ja live, kann keiner verhindern, und einmal in die Welt gepustet, wäre es raus. Schon wieder muss ich kichern, diesmal vor Anspannung.

»Machst du dir gerade mal wieder in die Hose?«, fragt Heike und zieht spöttisch eine gezupfte Augenbraue hoch. Ich kenne niemanden, der das so gut kann wie meine Schwester, spöttisch eine Augenbraue hochziehen. Und ich kenne auch niemanden, der so cool ist wie sie, noch nie habe ich es bei ihr erlebt, dass sie bei einem Interview oder einer Lesung aufgeregt war. Wie macht sie das nur? Und warum, zum Teufel, weiß sie schon wieder, was gerade in mir vorgeht?

»Nein«, behaupte ich trotzdem, »ich freue mich nur auf die Sendung.«

»Ich bin froh, wenn wir das schnell hinter uns haben, ich muss nachher noch zur Elternversammlung von Emmas Klasse.« Sie verdreht die Augen. »Immer dieser Stress!«

»Na ja, ein bisschen mit anderen Eltern rumsitzen, Kaffee trinken und quatschen – unter Stress stelle ich mir was anderes vor«, gebe ich zurück.

»Da sieht man mal wieder, dass du keine Ahnung hast. Aber wie auch?« Sie zuckt mit den Schultern.

Ich werfe ihr einen bösen Blick zu. »Ich habe durchaus ...«

»Hallo! Wie schön, dass Sie heute bei mir zu Gast sind!« Vor uns steht eine lächelnde Barbara Koch und unterbricht unsere kleine Zankerei, bevor sie überhaupt richtig losgehen kann. Sie ist eine elegante Erscheinung, eine regelrechte Dame: Anfang fünfzig, die blonden Haare trägt sie hochgesteckt, ihr cremefarbenes Kostüm zeigt nicht eine einzige Knitterfalte. »Ich freue mich sehr!«, sagt sie, schüttelt erst mir, dann Heike die Hand und nimmt auf dem einzelnen Sessel gegenüber von uns Platz. »Und, schon aufgeregt?«, will sie wissen.

»Nele schon, ich nicht«, antwortet Heike, bevor ich etwas sagen kann.

»Ach was!«, Barbara Koch sieht mich freundlich an. »Da gibt es doch keinen Grund, aufgeregt zu sein. Das wird bestimmt ein total netter Talk.«

»Das glaube ich auch«, erwidere ich und gebe mir Mühe, möglichst gelassen zu wirken. Ärgerlicherweise zittert meine Stimme ein bisschen, was meine Souveränität nicht gerade unterstreicht.

»Einfach immer dran denken«, erklärt Barbara Koch, »was auch passiert, ob hier ein Scheinwerfer umfällt oder die Welt untergeht – auf alle Fälle weiter nett lächeln.«

Ich nicke. »Okay, das kriege ich hin.«

Ein paar Minuten lang halten wir noch Small Talk – ob wir gut ins Studio gekommen sind, an welchem neuen Buch wir gerade arbeiten, wie es Heikes drei Kids geht und ob wir in diesem Jahr noch irgendwelche Urlaubspläne haben – dann gibt der Aufnahmeleiter der Moderatorin das Zeichen, dass es jeden Augenblick losgeht. Laut zählt er einen Countdown herunter, dann sehe ich das rote Licht von Studiokamera 1 angehen. Und los geht's.

2. Kapitel

Die erste Viertelstunde der Sendung läuft wunderbar. Barbara Koch ist eine routinierte Interviewerin, Heike und ich geben wie immer das lustige Geschwisterpaar, und meine Tourette-Panik hält sich in beschaulichen Grenzen.

Wie immer werden wir als »Deutschlands erfolgreichste Schreibschwestern« tituliert (was lustig ist, denn außer uns gibt es in Deutschland gar keine anderen Schwestern, die zusammen schreiben; das ist in etwa so, als ließe man sich nach einem Wettkampf mit zwei Teilnehmern als Vizelandesmeister bejubeln) und erzählen lustige Anekdoten aus unserer Kindheit (zum Beispiel, wie Heike mal ihre Clogs nach mir warf, weil sie beim Monopoly verloren hatte, an meiner statt aber nur die gläserne Wohnzimmertür erwischte, die daraufhin zu Bruch ging – drei Wochen Stubenarrest für uns beide und so lange kein Taschengeld, bis die zerbrochene Scheibe abgestottert war; oder dass wir als Kinder selbst Märchenhörspiele aufgenommen haben – und Heike bei »Schneewittchen« sämtliche Rollen übernahm, während ich nur ein einziger der sieben Zwerge sein durfte).

Wir erzählen, dass unsere Eltern sich getrennt haben, als ich dreizehn und Heike fünfzehn waren, und wir deshalb natürlich als Schwestern immer besonders zusammengehalten haben, plaudern darüber, wie es ist, so erfolgreich zu sein und warum Heike irgendwann ihren Job als Rechtsanwältin an den Nagel gehängt hat, um mit mir zusammen zu schreiben (die Wahrheit ist simpel: Sie hatte keinen Bock mehr auf die Juristerei und wollte das Gleiche machen wie ich).

Dann erzählen wir noch, dass Heike und ich ihren Mann Oliver damals gemeinsam auf einem Segeltörn kennengelernt haben und ich eine Flasche Champagner darauf verwettet hatte, dass aus den beiden nichts wird. Die Flasche hatte ich dann bei der Hochzeit feierlich überreicht, denn Wettschulden sind schließlich Ehrenschulden (wobei ich nichts gegen Oliver habe, er ist ein netter Kerl; für mich persönlich ein bisschen zu langweilig, aber nett).

Alles ganz fröhlich und harmlos, Heike und ich spielen uns routiniert die Bälle zu und bringen sowohl die Moderatorin als auch das Studiopublikum immer wieder zum Lachen, und ich bin mir sicher, dass unser Agent Wolfgang Steier, der sich die Sendung natürlich auch ansieht, einen Juchzer nach dem nächsten ausstößt, weil er diese beiden patenten und sympathischen Mädels unter Vertrag hat und sie ihm eine Menge, Menge Geld in die Kasse spülen.

Kurz schweifen meine Gedanken zu Niklas ab, der ja auch angekündigt hatte, er würde sich den Talk anschauen. Ob er wohl gerade wirklich vorm Fernseher sitzt und mir zusieht? Und was er dabei wohl so denkt? Doch bevor ich weiter darüber sinnieren kann, wendet sich Barbara Koch direkt an mich.

Und da ist sie auch schon, die Frage, die so sicher kommt wie das Amen in der Kirche, wenn Heike und ich interviewt werden. Immer, immer, IMMER kommt sie, von jedem Journalisten, von jedem Buchhändler und von jedem Fan. Und ich HASSE diese Frage!

»Eigentlich«, beginnt die Moderatorin und lächelt mich breit an, »sind Sie beide ja sehr unterschiedlich. Sie, Heike, leben mit Mann und drei Kindern in den Elbvororten und sind seit vielen Jahren verheiratet. Sie, Nele, wohnen allein in Hamburg Eimsbüttel.« Sie legt nachdenklich die Stirn in Falten. »Möchten Sie denn nicht auch irgendwann einmal Kinder und Familie?«

Tadaaa! Wie gesagt, ich wusste, dass diese Frage kommt, alles andere hätte mich auch sehr gewundert! Und ich schätze mal, es gibt auf diesem Planeten kaum eine 39-jährige Frau, die diese Frage nicht unheimlich gern gestellt bekommt. Noch dazu in einer Livetalkshow, bei der gerade eine Millionen Menschen zusehen. Mein Tourette meldet sich zurück, und es liegt mir ganz spontan eine wunderbare Antwort auf der Zunge:

»Doch, liebe Barbara, ich hätte sogar sehr, sehr gern Kinder und Familie, und der Umstand, dass ich schon fast vierzig bin und noch keine habe, lässt mich regelmäßig nachts verzweifelt in mein Kissen weinen. Oder auch mal abends zwei Flaschen Wein trinken. Ich war ja sogar schon einmal drei Jahre lang verheiratet, aber die Ehe ist am unerfüllten Kinderwunsch gescheitert. Mein Mann und ich haben uns komplett verrückt gemacht, bis es einfach nicht mehr ging und er sich eine Fünfundzwanzigjährige geschnappt hat, die dann prompt Zwillinge von ihm bekam (nachts in zwei Kissen geheult und drei Flaschen Wein getrunken). Seitdem drücken sich bei mir die Idioten die Klinke in die Hand; im Aufspüren von bindungsunwilligen Neurotikern bin ich spitzenklasse. Der Kerl, mit dem ich mich gerade treffe, kann mich übrigens nicht heiraten, weil er schon mit einer anderen verheiratet ist. Und auch wenn er sagt, dass er sich von seiner Frau trennen will, weiß ich zum einen nicht, ob ich das überhaupt möchte, und außerdem bleibt es dann ja trotzdem noch mehr als ungewiss, ob es bei mir mit Kindern überhaupt noch klappt, weil es ja bisher schließlich auch noch nie funktioniert hat. Also ist es überhaupt nicht unwahrscheinlich, dass ich eines Tages alt und grau und einsam mit drei Katzen in einer Bude voller Plastiktüten enden werde. Möchten Sie sonst vielleicht noch etwas wissen?«

Nein, das sage ich natürlich NICHT! Denn dieser Vortrag wäre nicht nur etwas unhöflich und würde auch so gar nicht zum Image der fröhlichen Sanne-Gold-Schwestern passen – es geht Barbara Koch und die gesammelte Fernsehnation schlicht nichts an!

Auch nicht, wie es zwischen Heike und mir anfing, so richtig schwierig zu werden, als sie ein Kind nach dem nächsten bekam und ich immer mehr das Gefühl hatte, mit einem »Wir-müssen-leider-draußen-bleiben«-Schild vorm Kopf rumzurennen. Aber so ist es eben, Heike hat alles – und ich habe nichts. »I have nothing«, um es mit Whitney Houston aus dem Film »The Bodyguard« zu sagen. Pathetisch, ich weiß. Aber wenn es um dieses Thema geht, nehme ich mir das Recht heraus, pathetisch zu *sein*!

Wie gesagt, das alles behalte ich für mich und antworte stattdessen: »Ach, ich überlasse es gern meiner Schwester, im Alleingang das Ruder der demografischen Entwicklung herumzureißen. Mit ihren drei Kindern hat sie die Sache für mich ja quasi gleich miterledigt, dafür behalte ich lieber meine gute Figur.« Dabei lächele ich so breit, als hätte Barbara Koch mir gerade ein riesiges Kompliment gemacht.

Heike verschluckt sich an dem Wasserglas, aus dem sie gerade trinken wollte, und gibt einen japsenden Laut von sich.

»Na, Sie sind mir ja wirklich eine!«, bringt die Moderatorin lachend hervor.

»Ja, so ist sie«, sagt Heike und streicht sich dabei unauffällig über ihr Kleid, als wolle sie überprüfen, ob sich da tatsächlich die eine oder andere Speckrolle findet. Dabei hat sie nicht einmal *die!* Heike sieht auch nach drei Kindern immer noch so aus, als wäre sie nie in ihrem Leben schwanger gewesen.

Dann schaut meine Schwester mich lachend an. Nur ihre Augen blitzen dabei gefährlich. »Nele fällt es eben schwer, Kompromisse zu machen, Verantwortung zu übernehmen und auch mal zurückzustecken.«

»Das würde ich jetzt so nicht sagen«, erwidere ich und merke, wie das Tourette laut gegen meine Schädeldecke pocht. »Ich habe nur nicht gleich mit Anfang zwanzig den Erstbesten genommen, ihn geheiratet und mich sofort vermehrt, das ist alles.«

Barbara Koch wirft Heike und mir einen leicht irritierten Blick zu, offenbar merkt sie, dass hier gerade ein wenig dicke Luft aufkommt.

»Tja«, sagt sie und macht eine wedelnde Handbewegung, als wolle sie eben diese Luft verscheuchen, »aber Ihre unterschiedlichen Modelle scheinen ja sogar das Geheimrezept Ihres Erfolgs zu sein. Sie können sich eben in die verschiedenen Lebenswelten Ihrer Leserinnen einfühlen.«

»Genau so ist es«, gibt Heike ihr recht. »Wir haben quasi einen 360-Grad-Blick. Ich kenne die Gedankenwelt der Ehefrau und Mutter, Nele die der rastlosen Egomanin.«

Jetzt lache ich auf und überlege, wie ich Heike irgendwie unauffällig treten kann, ohne dass die Kamera es einfängt. »Frau Koch, Sie sehen schon, zwischen uns herrscht oft ein sehr beherzter Ton.«

Die Moderatorin nickt. »Ich kenne das, ich habe auch eine Schwester.«

»Jünger oder älter?«, will ich wissen.

»Älter«, sagt sie.

Ich lächle sie an und drehe mich dann grinsend zu Heike. »Na, dann wissen Sie ja, dass wir es nicht immer leicht haben.«

»Sie sind auch die Jüngere?«, fragt die Moderatorin vorsichtshalber nach, vermutlich für die TV-Zuschauer.

»Das sieht man doch wohl«, antworte ich, »zwischen uns liegen zweieinhalb Jahre.« Jetzt guckt Heike mich an, als würde *sie* mir am liebsten vors Schienbein treten.

Barbara Koch nickt, irgendwie geistesabwesend. Dann legt sie den Kopf leicht schräg, weil sie durch den kleinen Knopf in ihrem Ohr offenbar gerade eine Regieanweisung erhält.

»So, liebe Zuschauer«, sagt sie, »nun haben Sie die Möglichkeit, bei uns im Studio anzurufen und Heike Bachmann und Nele Krüger Ihre Fragen zu stellen. Die Rufnummer wird unten eingeblendet.« Sie macht drei Sekunden Pause. »Und da haben wir auch schon die erste Anruferin in der Leitung. Hallo, hier ist Barbara Koch. Mit wem spreche ich?«

Eine Marianne aus Gütersloh möchte wissen, wie genau das mit dem Zusammenschreiben funktioniert. Wir antworten wie immer routiniert darauf, dass wir uns die Geschichten von Anfang bis Ende zusammen ausdenken, dann auf fünfzehn bis zwanzig Seiten eine Inhaltsangabe schreiben und danach in Kapitel unterteilen.

»Dann schreiben wir abwechselnd die einzelnen Abschnitte«, erklärt Heike, »fügen sie zusammen und gehen am Schluss gemeinsam mehrere Male über den Text, damit er sich wie aus einem Guss liest.«

Als Nächstes fragt eine Renate aus Passau, ob wir uns bei der Arbeit nicht oft streiten, worauf ich erkläre, dass das natürlich vorkommt, wir uns am Ende aber immer wieder vertragen, weil wir als Schwestern ja sowieso nie voneinander loskommen können und uns daher gar keine andere Wahl bleibt. Natürlich sage ich das kichernd, denn es soll ja schließlich niemand ernst nehmen.

Britta aus Quickborn möchte wissen, wie meine Schwester das Schreiben und ihre Kinder unter einen Hut bekommt. Bevor Heike antworten kann, erkläre ich, dass meine Schwester einen ganzen Betreuungsstab, bestehend aus diversen Babysittern, Au-pair-Mädels und Haushälterinnen beschäftigt, für die ihre gesamten Buchhonorare draufgehen.

»Na ja«, geht Heike dazwischen, »Nele stellt sich das alles immer so einfach vor. Aber wer Kinder hat, weiß natürlich, dass es das nicht ist. Selbst, wenn man hier und da ein wenig Hilfe bekommt.« Und schiebt nach einer kurzen, für meinen Geschmack unnötigen dramatischen Pause nach: »Denn die Mutter kann dann eben doch niemand ersetzen.« Ich verdrehe die Augen.

»Kommen wir zur letzten Anruferin«, sagt die Moderatorin mit Blick auf die große Digitaluhr über der Studiotür. »Hallo, Barbara Koch hier, wer ist in der Leitung?«

»Hallo! Annette Mesterkamp aus Hamburg.«

Mit einem Schlag rutscht mir das Herz in die Hose. Mesterkamp? Annette Mesterkamp? Doch wohl nicht Niklas' Annette???

»Ich würde gern Nele Krüger eine Frage stellen«, plärrt die Stimme der Anruferin durchs Studio.

»Ja, sehr gern, Frau Mesterkamp«, sagt Barbara Koch, »nur zu!«

»Frau Krüger, Sie sind jung«, die Frau korrigiert sich lachend, »also, mitteljung, erfolgreich und sehen ganz gut aus. Darf ich fragen, warum Sie sich nicht einen Partner suchen, der Single ist, statt sich an meinen Mann ranzumachen?«

Mit einem Schlag sind sämtliche Blicke im Studio auf mich gerichtet, alle starren mich an: Heike, Barbara Koch, die zwei Kameramänner, der Aufnahmeleiter, die Tontechniker, die Maskenbildnerinnen und das Publikum.

Alle, alle, ALLE Köpfe fahren zu mir herum, als gäbe es hier eine Außerirdische zu bestaunen. Ich selbst hocke da wie ein schockgefrostetes Suppenhühnchen, grinse dämlich und habe nur einen Gedanken: Egal, was passiert, ob ein Scheinwerfer umfällt oder das Studio überschwemmt wird – immer freundlich lächeln!

Heike rammt mir ihren Ellbogen in die Seite, und mir entfährt ein dümmliches »Ähm«.

»Haben Sie mich verstanden?«, knarzt es erneut durch die Telefonleitung. »Warum lassen Sie Ihre dreckigen Finger nicht von meinem Mann Niklas Mesterkamp und suchen sich einen anderen?«

»Niklas?«, erklingt eine kreischende Stimme. Und nein, es ist nicht meine – es ist Heikes. »Hab ich da gerade richtig gehört?« Sie sieht mich wütend an, auf ihrer Stirn scheint eine Ader zu pochen. »Du hast eine Affäre mit diesem schwachsinnigen Idioten Niklas Mesterkamp? Bist du eigentlich von allen guten Geistern verlassen?«

»Ähm.« Mehr Wortbeitrag ist von mir im Moment offenbar nicht zu erwarten. Schließlich muss ich mich auf mein dummes Grinsen konzentrieren, und selbst das fällt mir gerade schwer.

Vor meinem geistigen Auge sehe ich Jenny Elvers-Elbertzhagen, wie sie vor Monaten während einer TV-Sendung voll wie eine Strandhaubitze unsinniges Zeug faselte und wackelige Skizzen ihrer Schmuckkollektion kritzelte. Damals habe ich mich königlich und durchaus schadenfroh über diesen Auftritt amüsiert. Na gut, bemitleidet habe ich die Jenny auch ein bisschen. Aber jetzt in diesem Moment würde ich durchaus einiges darum geben, selbst schon eine Pulle Wodka intus zu haben und die Einschläge nicht mehr ganz so klar mitzubekommen.

»Ja, Frau Mesterkamp«, schaltet sich nun Barbara Koch ein, in dem offensichtlichen Versuch, die Situation irgendwie zu retten, »unsere Zeit ist fast abgelaufen, und wir ...«

»OH, NEIN!«, brüllt Annette Mesterkamp. »Ich bin noch nicht fertig! Ich habe nämlich noch einen Vorschlag für Frau Krüger!«

»Ja?«, frage ich nach (Tonfall: komplett dämlich bis debil).

»Vielleicht sollten Sie und Ihre Schwester Ihre Romane in Zukunft wieder selbst schreiben, statt sie von einem Ghostwriter schreiben zu *lassen*. Dann wären Sie nämlich beschäftigt und müssten sich Ihre Zeit nicht länger damit vertreiben, anderen Frauen die Ehemänner auszuspannen.«

»Wie bitte?« Heike beginnt zu hyperventilieren.

»Ja, Sie haben richtig gehört, ich weiß ALLES! Mein Mann hat mir heute nämlich nicht nur seine miese kleine Affäre gestanden, sondern mir auch gleich noch erzählt, dass Sie beide und Ihre Sanne-Gold-Romane nichts als Lug und Trug sind und Sie Ihre Leserinnen seit Jahren verarschen!«

»Wir schalten jetzt ...«, kommt es von Barbara Koch,

aber ihr kläglicher Versuch, endlich einzuschreiten, wird diesmal von einem Tobsuchtsanfall meiner Schwester vereitelt.

»BIST DU EIGENTLICH NOCH GANZ DICHT?«, brüllt Heike mich an. »Nicht nur, dass du was mit diesem unterbelichteten Idioten Niklas angefangen hast, du hast ihm auch noch erzählt, dass wir einen Ghost hätten?«

»Ähm …«

»Du bist ja wirklich noch saudümmer und verlogener, als ich bisher immer gedacht habe!«

Okay, jetzt schwillt mir der Kamm. »Was sagst du da? SAUDUMM? VERLOGEN? ICH?!? Wer von uns beiden hat denn die Zusammenarbeit boykottiert, weil sie es nicht verkraften konnte, dass ich einfach die bessere Autorin bin?«

»Besser? Ha! Dass ich nicht lache! Ich konnte nur deine unsägliche Arroganz nicht mehr ertragen, dein ›Ich-bin-ein-Dramaturgie-Papst‹-Getue!«, keift Heike zurück.

»Totaler Quatsch! Ohne mich wäre Sanne Gold nie das geworden, was sie heute ist!« Meine Stimme bebt.

»Das stimmt, ohne dich wäre ich als Sanne Gold schon seit Jahren so erfolgreich, dass wir heute gar nicht mehr schreiben müssten!«

»Wir *schreiben* doch schon längst nicht mehr, wenn ich dich daran erinnern darf!«

Wieder schaltet sich die Moderatorin ein. »Verstehe ich das richtig? Sie schreiben Ihre Romane gar nicht mehr gemeinsam und selbst?«

»NATÜRLICH NICHT!«, brüllen Heike und ich wie aus einem Mund. »Mit dieser blöden Kuh ist eine Zusammenarbeit gar nicht möglich«, keift Heike sich in Rage.

Ich kriege irgendwie die Kurve und lächele sie süffisant an. »Das Kompliment gebe ich gern zurück. Ich würde lieber Klos putzen gehen, als mich noch einmal mit dir an einen Tisch zu setzen!«

»Na, dann viel Spaß dabei! Ich schenk dir einen Lappen und einen Teller fürs Kleingeld!«

Heike springt auf, reißt sich das Mikrofonkabel aus dem Ausschnitt und stürzt stolpernd aus dem Studio. Ich bleibe einfach sitzen. Eine bessere Idee habe ich nicht. Im Studio ist es mit einem Mal so still, dass man eine Stecknadel fallen hören könnte, und die meisten Anwesenden – bis auf die Kameramänner – blicken peinlich berührt zu Boden.

»Ja, ähm«, räuspert sich Barbara Koch. »Dann bedanke ich mich jetzt ganz herzlich bei Ihnen, dass Sie heute meine Studiogäste waren, und verabschiede mich.« Sie wendet sich zur Kamera. »Und ich freue mich, wenn Sie auch morgen wieder einschalten bei ›Drei um drei‹.«

Das rote Lämpchen an Kamera 1 geht an und zeigt, dass sie gerade sendet und auf mich gerichtet ist. Also trage ich weiterhin mein dämliches Lächeln zur Schau. Und hoffe ansonsten, dass jetzt gleich ein Scheinwerfer umfällt. Und mich erschlägt.

»Und aus!«, ruft der Aufnahmeleiter.

»Uff«, stöhnt Barbara Koch, »vorbei!«

»Ja«, nuschele ich. »Gut.«

»Das war … interessant«, sagt die Moderatorin und betrachtet mich irgendwie so, wie man etwas ansieht, das die Katze von draußen reingebracht hat. »Überraschend, könnte man sagen.«

»Ja, ähm.« Mir ist das alles so hochnotpeinlich, dass mein Sprachzentrum komplett versagt. »Ich werd dann auch mal«, stottere ich und fange an, mein angeklipptes Mikrofon abzunesteln.

Ich will jetzt einfach nur noch meine Jacke und meine Tasche aus der Maske holen, nach Hause fahren und mich dort besaufen. Und zwar ganz schnell. Und am liebsten eine oder zwei Wochen lang. Vielleicht gelingt es mir so, das heutige Debakel zu ertränken und zu vergessen. Wobei ich da so meine Zweifel habe.

Als ich drei Minuten später die Maske erreiche, würdigen die beiden Visagistinnen mich keines Blickes, sondern räumen stattdessen geschäftig ihre Schminkutensilien weg. Nicht mal »Auf Wiedersehen« sagen sie, als ich wie ein geprügelter Hund rausschleiche und die Tür hinter mir zuziehe. Vom Signieren der Bücher, wie vor der Sendung angekündigt, ist erst recht keine Rede mehr. Ich schätze, heute haben Heike und ich den einen oder anderen Fan verloren.

Unten in der Halle klingelt meine Handtasche. Heike? Will sie sich entschuldigen? Sollte ich es tun? Hektisch fange ich an, nach meinem Handy zu wühlen, erwische es nach dem vierten Klingeln und rufe atemlos »Hallo?«, als ich den Anruf annehme.

»Nele!« Nein, es ist nicht Heike. Es ist dieser unterbelichtete Idiot. Niklas.

»Was willst du?«, belle ich, obwohl mir eigentlich danach ist, sofort aufzulegen.

»Es tut mir so leid, ich …«

»Bist du eigentlich irre?«, unterbreche ich ihn brüllend. »Hast du eine Ahnung, was du angerichtet hast?«

»Ich wollte das nicht!« Weinerlich bis jämmerlich. »Wirklich, glaub mir das, ich wollte wirklich nicht …«

»HAST DU ABER!«

»Ich weiß.« Jetzt klingt er kleinlaut bis verschämt. »Aber es ist einfach so passiert.«

»Wie, wenn ich fragen darf, kann denn so etwas EINFACH SO PASSIEREN?«

»Ich hab mir die Sendung in der Agentur angesehen«, antwortet er. »Sie hatte gerade erst angefangen, als Annette plötzlich in mein Büro geschneit kam. Ja und, äh, als ich dich da so im Fernsehen sah, wie du so süß und hübsch und lustig und, äh …«

»Zur Sache, Niklas!«

»Ja, okay … Jedenfalls … Da ist es einfach so über mich gekommen, und ich habe Annette alles gebeichtet.«

»Alles?«

»Na ja, das mit uns und so.«

»Offensichtlich nicht nur das! Oder woher weiß sie sonst die Sache mit dem Ghostwriter???«

»Das, äh, das hatte ich ihr, ehrlich gesagt, schon vor ein paar Wochen erzählt.«

»WIE BITTE? Du hast ihr das schon vor Wochen erzählt? Was für ein Hornochse bist du eigentlich? Waschweib, indiskretes!«

»Ich weiß ja, dass das falsch war! Aber ich dachte, dass Annette erst recht keinen Verdacht schöpft, wenn ich ihr erzähle, dass du gar nicht so toll bist, wie alle immer denken, sondern dass du …«

»Niklas?«

»Ja?« Ängstlich bis panisch.

»Du bist ein Idiot. Und ein Arschloch.«

»Ja.« Resigniert bis selbstanklagend. »Das bin ich.«

»Ein Riesenarschloch, wenn ich es mir recht überlege. Du hast sogar zugelassen, dass deine Frau in der Sendung anruft!«

»Dafür konnte ich wirklich nichts!« Verteidigend bis kämpferisch. »Annette hat sich einfach mit dem Telefon im Büroklo eingeschlossen.«

»Du hättest den Stecker ziehen können.«

»Es war ihr Handy.«

»Mir egal.«

»Bitte, Nele!« Flehend bis hysterisch. »Was soll ich denn noch sagen? Was soll ich noch tun?«

Ich denke einen Moment nach. »Nichts«, sage ich dann. »Du sollst gar nichts mehr sagen oder tun. Was du bisher getan hast, ist wirklich mehr als genug!«

»Nele!« Klick, ich habe bereits aufgelegt und werfe mein Handy zurück in meine Tasche. Wie kann man nur so bescheuert sein? Und damit meine ich jetzt nicht nur Niklas, sondern auch mich selbst.

Mein Mobiltelefon klingelt erneut, und obwohl ich nicht davon ausgehe, dass es Heike ist, krame ich es dennoch ein weiteres Mal hervor. Niklas' Nummer wird angezeigt, ich drücke ihn weg. Eine Sekunde später klingelt es wieder. Niklas, wegdrücken. Es schrillt erneut. Niklas, weg. Das Spiel wiederholen wir so etwa zehn bis fünfzehn Mal. Dann beschließt Niklas offenbar, mich für richtig dumm zu halten, und ruft mit unterdrückter Rufnummer an. Und mir platzt endgültig der Kragen.

»Wenn du es wagst, mich noch ein einziges Mal anzurufen, schicke ich dir ein paar Albaner nach Hause!«, belle ich ins Telefon. Das scheint zu wirken, am anderen Ende der Leitung erklingt schockiertes Schweigen. Allerdings nur für zwei Sekunden. Dann brüllt jemand zurück.

»Ihr seid ja wohl komplett verrückt geworden! So etwas Unprofessionelles wie euch zwei habe ich wirklich NOCH NIE erlebt!« Oh. Nicht Niklas. Wolfgang Steier, Heikes und mein Agent. Und er klingt – not amused. Not at all.

»Oh, hallo Wolfgang.«

»SEID IHR GEISTESKRANK?«, brüllt er, ohne meine Begrüßung zu erwidern. »Oder besoffen? Ich kann für euch nur hoffen, dass Letzteres der Fall ist, damit könnte ich mir diesen unsäglichen Fernsehauftritt wenigstens erklären.« Ich sag ja, Jenny Elvers-Elbertzhagen hatte es gar nicht sooo schlecht.

»Wir«, setze ich an, werde von unserem Agenten aber sofort unterbrochen.

»Ich glaube, mich tritt ein Pferd! Ist euch eigentlich klar, was ihr gerade angerichtet habt?«

»Ähm.« Mein neues Lieblingswort ist geboren.

»Ob euch das klar ist, habe ich gefragt?!« Ohne meine Antwort abzuwarten, spricht er weiter. »Ich kann dir sagen, was ihr angerichtet habt! Das ist das Ende eurer Karriere! Aus und vorbei mit Sanne Gold! Gerade war ich in Verhandlungen für eure nächsten drei Bücher, aber die könnt ihr euch jetzt in die Haare schmieren. Euer Verleger Dieter Peters hat mich bereits entsetzt angerufen! JA, du hast richtig gehört, ER HAT SCHON ANGERUFEN!!!! Und weißt du, was er gesagt hat?« Er atmet schwer, und ich fürchte, dass er gleich kollabiert. »Peters ist nicht bereit, die Zusammenarbeit mit euch fortzusetzen! Von Betrug hat er geredet, jahaaaa, von BETRUG! Und dass er sich vorbehält, rechtliche Schritte gegen euch einzuleiten. VON REGRESS WAR DIE REDE!!!!«

»Ähm …«

»Warum tut ihr mir das an?« Jetzt erklingt tatsächlich ein Schluchzen am anderen Ende der Leitung. »Es lief doch alles so gut! Wir waren ein perfektes Team, warum … warum … warum …?« Der Rest des Satzes geht in einem lauten Schniefen unter.

»Wolfgang«, setze ich zaghaft an. »Jetzt beruhig dich doch bitte, es wird sicher nicht alles so heiß gegessen, wie es gekocht wird.« Ich kann selbst hören, wie lahm diese Sätze klingen, aber etwas Besseres fällt mir gerade nicht ein.

»Ich bin …«, bringt er stotternd hervor, »einfach wahnsinnig enttäuscht von euch.«

»Wolfgang …«

»Für Sie ab sofort wieder Herr Steier!« Klick. Jetzt hat er aufgelegt. Lange starre ich fassungslos auf mein Handy. Habe ich das alles nur geträumt, oder habe ich tatsächlich gerade dieses Telefonat geführt? Und: Ist das hier wirklich das Ende von Sanne Gold? Mir wird flau im Magen. Sehr, sehr flau.

»Frau Gold! Frau Gold! Frau Gold!« Draußen vorm Gebäude warten noch immer dieselben Fans, die mich vor der Sendung abgefangen hatten. Sie sehen irgendwie aufgeregt aus. Ich eile im Stechschritt auf mein Auto zu, aber die Mädels bleiben mir dicht auf den Fersen.

»Stimmt das wirklich?«, ruft eine etwa 18-Jährige. »Sie und Ihre Schwester schreiben Ihre Bücher gar nicht selber? Wir verstehen das nicht …« Mist! Offenbar haben sie auch irgendwo die Sendung gesehen und sind dabei natürlich aus allen Wolken gefallen. In der Stimme einer älteren Dame, die mich stoppt, indem sie mir eine Hand auf die Schulter legt, schwingt große Enttäuschung mit. »Sie haben uns Leserinnen doch nicht etwa angelogen?«

»Kein Kommentar«, sage ich, schiebe die Hand von meiner Schulter und fühle mich im dem Moment wie Sylvie van der Vaart; von Sabia Boulahrouz entblößt, von der Meute gestalkt und vom Rest der Welt in die Mangel genommen und angezählt. Fehlt nur noch, dass ein Pimpf wie Pocher auf Twitter seinen Senf dazu gibt. Aber ich bin da ganz optimistisch, kann ja alles noch kommen.

»Bitte sagen Sie doch was!«, quäkt ein anderes junges Mädchen und weint fast dabei. »Ich liebe Ihre Romane doch so sehr!«

»Das wird sich noch alles aufklären«, bringe ich gepresst hervor und bin heilfroh, in diesem Moment mein Auto erreicht zu haben. Mit zittrigen Händen krame ich den Schlüssel aus meiner Handtasche, schließe den Wagen auf, reiße die Fahrertür auf und lasse mich auf den Sitz plumpsen. Was für ein Albtraum, nichts wie weg von hier! Ich lasse den Motor an und will gerade ein Stück zurücksetzen, als die Beifahrertür aufgerissen wird.

»He!«, brülle ich den aufdringlichen Fan an, der sich da gerade so dreist an meinem Auto zu schaffen macht, »was soll ...?«

»So billig kommst du mir nicht davon!« Es ist Heike. Sie lässt sich auf den Sitz neben mir fallen und schlägt mit einem energischen Knall die Tür zu. »Fahr los! Wir müssen reden!«, zischt sie mich an.

Der Pförtner kann gerade noch die Schranke öffnen, bevor ich sie filmreif über den Haufen fahre, dann rauschen Heike und ich in meinem Golf und mit quietschenden Reifen vom Studiogelände. Immerhin: Zusammen und vereint, das hat es so schon länger nicht mehr gegeben! Im Rückspiegel sehe ich die Fans, die uns ratlos und mit hängenden Schultern nachstarren.

3. Kapitel

»Kannst du mir BITTE mal erklären, was in dich gefahren ist? Es ist mir unbegreiflich, wie man SO BLÖD sein kann!« Kaum haben wir die Ausfahrt erreicht, geht Heikes Gezeter los.

»Würdest du dich BITTE um einen anderen Tonfall bemühen?«, frage ich so ruhig wie möglich, während ich auf den Ring 3 abbiege. In Wahrheit schlägt mir das Herz bis zum Hals, schon lange war ich nicht mehr so aufgeregt. »Ich bin kein dummes Kind mehr – und du bist nicht meine Mutter!«

»Benimm dich nicht wie eines, dann rede ich mit dir auch nicht wie Mama.«

»Es tut mir leid, okay?« Schlagartig nimmt meine Stimme einen weinerlichen Tonfall an. Denn ich weiß ja: Heike hat recht. Es war wirklich saublöd von mir, Niklas zu erzählen, wie wir in Wahrheit zusammenarbeiten. Beziehungsweise dass wir eben *nicht* mehr zusammenarbeiten. Aber ich konnte doch nicht ahnen, dass er das seiner Frau erzählt! »Ich konnte doch nicht ahnen, dass Niklas das alles seiner Frau erzählt!«, wiederhole ich meinen Gedanken laut.

»Du konntest nicht ahnen, dass ein Arschloch, das seine

Frau betrügt, nicht sonderlich diskret ist?« Heike scheint überzeugt zu sein, dass ich hier heute Abend der Idiot bin.

»Nein, konnte ich nicht!«, gebe ich bockig zurück. »Im Gegenteil, ich hätte nie gedacht, dass er seiner Frau *überhaupt* von mir erzählt.«

»Doch, das konntest du«, gibt Heike schnippisch zurück. »Denn er ist ja nicht nur ein Arschloch, sondern darüber hinaus noch eines, das sich schon früher gern aufgeblasen und wichtig gemacht hat.« Sie lacht auf. »Aber schon klar, du konntest *natürlich* nicht ahnen, dass er es sich nicht nehmen lässt, seine geheimen Infos über die Gold-Schwestern bei der erstbesten Gelegenheit auszutratschen!«

»Denk doch, was du willst!«

»Oh!« Jetzt hat sie wieder diesen ironischen Tonfall, den ich schon immer gehasst habe. »Schwesterlein zieht sich in den Schmollwinkel zurück. Das konntest du ja schon immer am besten, wenn dir nichts mehr einfällt.«

»Wie gesagt: Denk, was du willst. Ich fahr dich jetzt nach Hause. Schnall dich mal bitte an.«

»Nein, danke! Halt an, ich nehme mir ein Taxi. Für mich musst du nicht bis nach Flottbek fahren.«

Ich setze ein – wie ich hoffe überlegenes – Lächeln auf. »Aber das macht deine kleine doofe Schwester doch gern. Dann sparst du Geld für deine tausend Babysitter, die dir alle Arbeit abnehmen, damit du dich darauf konzentrieren kannst, nur niemals einen Fehler zu machen!«

»Halt an!«

»Nein!«

»Halt SOFORT an!«

»ICH DENKE ÜBERHAUPT NICHT DARAN!« Ich drücke das Gaspedal weiter durch, so tief, dass ich mit dem Fuß schon fast über den Asphalt schrappe. Mittlerweile haben wir die Autobahnauffahrt Stellingen erreicht, und ich fädele mich zwischen zwei hupenden LKWs ein.

»Also bitte, dann bring mich eben nach Hause.« Heike verschränkt die Arme vor der Brust.

»Das mache ich. Und wenn ich dich abgesetzt habe, können du und dein perfektes Leben meinetwegen gern für immer bleiben, wo der Pfeffer wächst!«

»Da wird uns wohl auch nichts anderes übrig bleiben. Wolfgang hat mir nämlich schon gesagt, dass er UNS BEIDE da in Zukunft sieht.«

»DICH hat er also auch schon angerufen?«

»Natürlich hat er das, was denkst DU denn?«, schnaubt sie. »Und eins kann ich dir sagen: Diesmal kann ich die Karre nicht wie immer für dich aus dem Dreck ziehen. Dafür steckt sie nämlich viel zu tief drin! Nele sei Dank!«

»DU, die Karre aus dem Dreck ziehen? Für MICH?«

»Ja, sicher! Das ist doch schon immer mein Job gewesen. Flurschäden zu bereinigen, die meine kleine Schwester angerichtet hat!«

»Ha! Dass ich nicht lache!« Ich schalte einen Gang hoch, der Tacho schnellt von 100 auf 130, und ich koche innerlich vor Wut. »Dafür, dass ich nur Flurschäden anrichte, lebst du auf meine Kosten ein ziemlich angenehmes Leben, findest du nicht?«

»AUF DEINE KOSTEN? Du TICKST ja wohl nicht mehr ganz richtig!«

»Na, wer hat dich denn damals mit ins Boot geholt und angefangen, gemeinsam mit dir zu schreiben, als dir die Juristerei zum Hals raushing?«

»Du«, gibt Heike zu. »Aber erst seitdem wir gemeinsam arbeiten, hast du Erfolg. Für deinen eigenen Scheiß hat sich doch zuvor keine Sau interessiert!«

Autsch, das trifft! Denn sie hat leider recht. Vor der Geburt von »Sanne Gold« hatte ich zwar bereits drei Solo-Romane veröffentlicht. Aber ich muss – auch wenn ich es *überhaupt nicht* möchte – zugeben, dass alle drei Bücher mehr oder weniger unter Ausschluss der Öffentlichkeit erschienen sind.

»Das ist reiner Zufall«, behaupte ich trotzdem. »Mein Durchbruch wäre auch so gekommen – mit oder ohne dich.«

»Das wage ich zu bezweifeln! Erst durch MEINE Lebenserfahrung ist da doch Inhalt in die Geschichten gekommen! Das Salz, das sich DEINE Leserinnen immer gewünscht haben.«

»Tolle Lebenserfahrung! Du hockst da in deinem Elfenbeinturm, in deinem spießigen Familienleben mit Oliver und deiner Brut, und denkst, das wäre das Nonplusultra.« Wir werden beide immer gemeiner.

»Oh nein«, kommt es ironisch zurück. »Das ist es *natürlich* nicht! Nächtelang durch Bars ziehen und einen Typen nach dem nächsten verschleißen, DAS ist echte Lebenserfahrung. Und ganz nah dran an unseren Leserinnern!«

»Du weißt doch GAR NICHTS über mich!«

»Danke – ich weiß MEHR ALS GENUG!«

»Denkst du etwa«, ich merke, dass meine Stimme plötzlich zu zittern anfängt, »dass ich mir das ausgesucht habe? Denkst du, ich hätte nicht auch gern so ein Leben, wie du es hast?«

»Du meinst mein langweiliges Spießerdasein?«

»Nein! Ich meine, dass du mit Oliver jemanden hast, der dich liebt und der zu dir hält. Und deine Familie ... Scheiße, was meinst du, wie gern ich auch Kinder hätte?«

»Dafür interessierst du dich aber herzlich wenig für

deine Nichten und Neffen! Du hast doch Jakob, Emma und Lotta schon ewig nicht mehr gesehen!«

»Stimmt ja gar nicht!«, erwidere ich wie im Reflex. Obwohl ich natürlich weiß, dass Heike recht hat. Lotta habe ich bisher nur ein einziges Mal gesehen. Das war einen Tag nach ihrer Geburt vor sieben Monaten, bei meinem Pflichtbesuch im Krankenhaus. Ansonsten beschränken sich unsere Zusammentreffen tatsächlich mehr oder weniger auf den ersten Weihnachtsfeiertag, wenn unsere Mutter aus ihrer Wahlheimat Teneriffa angeflogen kommt und darauf besteht, die ganze Familie zu sehen und mit uns essen zu gehen. Eine schrecklich lahme Veranstaltung, bei der ich jedes Mal heilfroh bin, wenn sie vorbei ist.

Ich merke, dass ich mich schäme, weil mir bewusst wird, dass ich tatsächlich nicht die heißeste Anwärterin auf den Titel »Tante des Jahres« bin. Selbst Emma, mein Patenkind, kennt mich eigentlich nur als das abwesende Phantom, das zum Geburtstag einen Umschlag mit 50 Euro schickt.

»Na gut«, lenke ich ein, weil ich weiß, dass ich hier keinen Blumentopf mehr gewinnen kann. »Aber was erwartest du? Ich hab doch noch was anderes zu tun, als ständig nach Flottbek rauszugondeln. Außerdem sieht man ja gerade mal wieder sehr schön, wie super wir zwei uns verstehen. Wenn DAS anders wäre, wäre ich bestimmt auch öfter bei euch zu Besuch.«

»Ja, ja«, entgegnet Heike. Offenbar sieht sie das anders. »Und wenn du nicht immer so scheinheilig das Opfer spielen und behaupten würdest, dass du die arme und einsame Nele bist, die niemanden hat, könnte ich dir das fast glauben.«

»Ich BIN oft einsam!«, keife ich. »Und TATSÄCHLICH

habe ich mir mein Leben ein klitzekleines bisschen anders vorgestellt!«

»Dann hättest du dir eben nicht immer die falschen Typen aussuchen dürfen!«, ätzt Heike.

»Blöde Kuh! Dafür kann ich doch nichts!« Ich bin *so* sauer.

»Wieso? Hab ICH etwa was mit Niklas angefangen? Das warst ja wohl DU!«

»Was ist denn, bitte, so schlimm daran? Ich bin schließlich Single und kann machen, was ich will.«

»Stimmt, das kannst du. Aber dann übernimm auch die VERANTWORTUNG für das, was du tust, und beschwer dich hinterher nicht über die Konsequenzen! Ich hab dir schon damals gesagt, dass Niklas ...«

»Du bist doch nur neidisch auf mich!«, falle ich ihr ins Wort. Denn ich will nicht hören, was sie jetzt gerade beinahe gesagt hätte.

»Neidisch? Auf den Bockmist, den du immer baust? Ich bitte dich!«

»Dann baue ich eben Bockmist«, gebe ich trotzig zurück. »Aber wenigstens LEBE ich. Und da macht man auch mal Fehler. Du weißt doch genau ...«

»Ich weiß genau«, unterbricht Heike mich, »dass DU uns mit deiner Rücksichtslosigkeit in eine echt beschissene Situation gebracht hast! Deinetwegen steht Sanne Gold jetzt kurz vor dem Aus. Gratuliere, das hast du wirklich toll hingekriegt!«

»Die Sache war doch sowieso nur noch eine große Lüge!« Ich schalte weiter hoch, und wir schießen auf knapp 160. Obwohl so kurz vor dem Elbtunnel nur 100 erlaubt sind. Mir egal, ich will Heike einfach nur noch zu Hause absetzen und sie loswerden. Und zwar am liebsten ganz schnell. Und für immer.

»Na, dann ist es ja gut, dass *die Sache* GENAU JETZT ein Ende hat.«

»Richtig«, zicke ich zurück.

»Blöd nur, dass wir uns jetzt neue Jobs suchen müssen«, keift Heike. »Das heißt, nein, DU hast ja schon eine neue Karriereaussicht. Klos putzen, nicht wahr?«

»Mach dir mal um mich keine Sorgen.« Es ist schwierig, aber ich versuche irgendwie, wieder ruhiger zu werden. Obwohl ich einen echten Kloß im Hals habe. »Kümmer du dich lieber um dich selbst.«

»Das mache ich. Ich habe mit Wolfgang schon ausgemacht, dass er es nur mit mir noch einmal versuchen wird und mich dann allein vertritt. Mit dir will er nämlich ÜBERHAUPT nichts mehr zu tun haben!«

»WAS?« Vor Schreck verreiße ich beinahe das Steuer und kann so gerade eben noch verhindern, dass wir in den LKW rechts von uns krachen.

»PASS DOCH AUF!«, brüllt Heike. »Willst du uns etwa UMBRINGEN?«

»Nein.« Ich habe mich tierisch erschrocken. »*Uns* mit Sicherheit nicht.«

»Dann fahr normal!« Ätzend, wie meine große Schwester manchmal sein kann.

»Du willst also jetzt allein Karriere machen?« Ich kann nicht glauben, was ich da gerade gehört habe. »Du brauchst mich wohl nicht mehr, wie?«

»In der Tat«, zickt Heike. »DICH brauche ich wirklich nicht mehr! Du bist nichts weiter als ein Klotz am Bein. Und deine Eskapaden kotzen mich an. Und dein Egoismus. Und dass du immer nur dich selbst siehst.«

Ich schlucke schwer. Auch wenn mir klar ist, dass wir uns gerade einfach nur fürchterlich streiten und Heike vieles von dem, was sie sagt, vermutlich morgen nicht mehr so meint – solche Dinge aus dem Mund meiner Schwester zu hören tut schon weh. *Sehr* weh sogar.

»Na, dann hast du ja jetzt alles, was du wolltest!« Ich fühle mich *total* ungerecht behandelt und merke, wie ich mit den Tränen kämpfe. »Deine perfekte Ehe, deine tollen Kinder, Erfolg im Beruf … Da darf die lästige kleine Schwester gern abtreten, damit sie euch nicht weiter stört. Dann kannst du hübsch in Flottbek hocken, mit Oliver auf tolles Paar machen und deinen Kindern Schleifchen in die Haare flechten. Ist doch egal, ob ich vor die Hunde gehe!«

Heike holt tief Luft. Und dann fängt sie an zu brüllen. Laut. Sehr, sehr laut: »JETZT HAB ICH WIRKLICH DIE SCHNAUZE VOLL! ICH HÖR MIR DAS NICHT LÄNGER AN!« Die Autoscheiben vibrieren. So aufgebracht habe ich meine Schwester noch nie erlebt. »WAS NIMMST DU DIR EIGENTLICH RAUS? Denkst du, es gibt außer dir keine anderen Menschen auf der Welt? Dein ständiges Um-dich-selbst-Kreisen, deine Egozentrik, das kotzt mich alles so was von an!«

»Ich kreise gar nicht um mich selbst.« Schwache Verteidigung, ich weiß.

»DOCH, DAS TUST DU. Schon immer. Du guckst mit deinen großen blauen Augen in die Welt und machst einen auf kleine Unschuld, die ja für nichts was kann. ›Hoppla, ich bin's doch, die süße Nele. Ich hab doch sicher das Recht, mich so durchs Leben zu lavieren.‹« Sie schnaubt. »Und ICH – ICH durfte immer alle Verantwortung tragen, schon von Anfang an! ›Heike, du bist doch die Große, du musst die Vernünftige sein! Heike, deine Schwester ist noch so klein, nimm bitte Rücksicht auf sie. Du musst da mal zurückstecken, Nele versteht das noch nicht.‹« Sie äfft den Tonfall unserer Mutter nach und wird dabei noch lauter. »Aber jetzt habe ich ENDGÜLTIG die Nase voll!«

»Beruhigst du dich bitte?«

»NEIN! Ich beruhige mich nicht, ich war viel zu lange ruhig! BEI MIR IST JETZT FEIERABEND.« Sie wirft mir einen Blick zu, der mir fast das Blut in den Adern gefrieren lässt, so böse ist der. Und dann sagt sie ganz, ganz ruhig: »Ich mag dich nicht mehr.«

Mein Herz verkrampft sich. Es verkrampft sich so sehr, dass ich befürchte, dass es jeden Moment aussetzt. *Ich mag dich nicht mehr.* So etwas hat Heike noch nie zu mir gesagt. Egal, wie schlimm wir uns in unserem Leben auch immer gestritten haben – dieser Satz ist noch nie gefallen. Und er haut mich um. Er haut mich schlicht und ergreifend um, und es tut so dermaßen weh, dass ich kurz davor bin, in Tränen auszubrechen. Nur mit Mühe und Not kann ich dagegen anblinzeln.

»NELE!« Heikes Aufschrei reißt mich aus meiner Trance. Und noch bevor ich begreife, was los ist, sehe ich wie in Zeitlupe von rechts einen Laster auf uns zukommen. Nein, nicht der Laster kommt auf uns zu – *wir* rasen direkt in ihn hinein. Ich umklammere das Lenkrad und reiße es nach links. Sofort gerät der Wagen ins Schleudern, bricht aus und schießt geradewegs auf die Leitplanke zu. In Panik versuche ich, das Auto wieder unter Kontrolle zu bringen, aber die Lenkung scheint komplett zu blockieren. »NELE!«, höre ich Heike noch einmal schreien. Dann gibt es einen Ruck. Und einen lauten Knall. Und dann ist es mit einem Mal sehr dunkel und sehr still.

»Hallo? Können Sie mich hören? Wenn Sie mich verstehen können, geben Sie mir ein Zeichen! Hallo?« Wie durch Watte höre ich eine männliche Stimme, die aus dem Nichts zu mir spricht.

Meine Augenlider flattern, und ich versuche, sie zu öffnen. Aber es geht nicht. Es ist, als wären sie zugeklebt. Mein Kopf dröhnt, ein seltsamer Geruch steigt mir in die Nase, metallisch und beißend. Meine linke Schläfe pocht und ist eigenartig warm. Um mich herum ist es so dunkel, dass ich keinerlei Orientierung habe. Wo bin ich? Was ist los? Ich versuche, mich zu bewegen, stöhne aber sofort auf, weil mir ein stechender Schmerz durch den rechten Arm schießt. *Im Auto!*, fällt es mir ein. *Ich bin in meinem Auto. Heike und ich hatten einen Unfall!*

»Hallo?«, erklingt die Stimme noch einmal. »Können Sie mich hören?«

Ich möchte »Ja« antworten, aber ich bekomme den Mund nicht auf. Meine Schläfe pocht immer heftiger, und es fühlt sich an, als würde mein Kopf in einem Schraubstock stecken. Mühsam versuche ich, meinen linken Arm zu bewegen, schaffe es mit größter Anstrengung und taste mit einer Hand nach meinem Kopf. Blut! Ich spüre Blut, das mir warm übers Gesicht läuft. Das ist also dieser metallische Gestank, es ist mein eigenes Blut! Und der beißende Geruch? Mein Herz beginnt zu rasen. *Oh Gott, das Auto brennt, es brennt bestimmt!*

Ich beginne zu zappeln. *Ich muss hier raus, schnell, das Auto brennt!*

»Bewegen Sie sich nicht!«, sagte die Stimme. »Wir helfen Ihnen gleich.«

Raus, raus, raus!, pocht es in meinem Schädel, *ich muss hier raus! HEIKE!* Mein nächster Gedanke, *WAS IST MIT HEIKE???* Mit letzter Kraft konzentriere ich mich darauf, meine Augen zu öffnen, *ICH MUSS DIE AUGEN ÖFFNEN!*

Irgendwie gelingt es mir, doch ein gleißendes Licht blendet mich, und um mich herum ist alles verschwommen.

»Sie ist bei Bewusstsein!«, höre ich die Stimme rufen. »Eine der beiden hat sich bewegt!«

Eine der beiden ... Damit muss die Stimme mich meinen. Aber was ist mit Heike? *HEIKE? HEIKE!!!*

Ich versuche, den Kopf nach rechts zu drehen und etwas zu sehen. Das Licht blendet mich noch immer, trotzdem erkenne ich direkt neben mir die unscharfen Umrisse meiner Schwester.

Sie hängt schlaff auf dem Beifahrersitz, ihr Körper ist nach vorn gebeugt, ihr Kopf ruht auf ihrer Brust. Beide Arme hängen reglos an ihr hinab, wie bei einer Marionette, die in der Ecke liegt. Als würden sie gar nicht zu ihr gehören. Sie scheint nicht zu atmen, sie liegt einfach nur so da. Und sie blutet aus einer Kopfwunde.

»Heike!«, will ich nach ihr rufen, aber ich bringe keinen Ton heraus.

Ein kreischendes Geräusch erklingt direkt neben mir und fährt mir durch Mark und Bein. Beinahe verliere ich wieder das Bewusstsein. Das Auto ruckelt und schaukelt. Offenbar wird versucht, die Türen aufzuflexen.

»Wir sind gleich bei Ihnen«, ruft eine Stimme wie zur Bestätigung. »Bleiben Sie ganz ruhig.«

Das furchtbare Geräusch kommt jetzt von überall, der gesamte Wagen ist damit erfüllt. Mir wird schwindelig, und ich merke, wie meine Lider wieder flattern. Gerade als ich denke, dass ich erneut wegdrifte, spüre ich zwei Hände, die sich hinter meinen Rücken schieben und sich dann fest um meinen Brustkorb legen. Eine andere Hand löst meinen Gurt, und mein Körper kippt links zur Seite.

»Vorsichtig!«, höre ich eine andere Stimme sagen. »Zieht sie ganz vorsichtig raus.« Der Griff um mich wird noch etwas fester, und ich habe überall unerträgliche Schmerzen. Wenn ich könnte, würde ich laut aufschreien. Schemenhaft nehme ich wahr, wie nun auch die Tür auf Heikes Seite aufgestemmt wird.

»Kann mal jemand schnell hier rüberkommen?«, höre ich eine Stimme auf der Beifahrerseite rufen.

Tränen schießen mir in die Augen, ob vor Schmerzen oder aus einem anderen Grund, weiß ich nicht. Ich weiß nur, dass ich nichts anderes denken kann als »*Heike!*«. Hilflos sehe ich mit an, wie zwei Hände versuchen, auch sie aus dem Wrack zu ziehen. Kein Lebenszeichen bei ihr, sie ist noch immer vollkommen reglos und schlaff. Ein Eisenring legt sich um mein Herz, ein kalter Ring aus Eisen mit dem hässlichen Namen ANGST.

Ich muss zwischendurch wieder das Bewusstsein verloren haben, denn als ich das nächste Mal die Augen öffne, liege ich in einem Krankenwagen auf einer Pritsche, über mir eine Decke aus knisternder Folie. Neben meiner Trage sitzt eine Frau in weißer Kleidung und nestelt an einem Tropf herum, dessen Schlauch direkt in meinen Arm führt. Sie sieht mich an und lächelt, als sie merkt, dass ich wach bin.

»Frau Krüger«, sagt sie in ruhigem Tonfall. »Wie geht es Ihnen? Können Sie sprechen?«

Meine Zunge scheint an meinem Gaumen festgeklebt zu sein. Ich muss dreimal schlucken, um sie zu lösen und ein flüsterndes »Ja« von mir geben zu können.

»Sehr gut.« Sie lächelt weiter. »Wissen Sie, dass Sie einen Unfall hatten?« Ich nicke schwach. »Es ist nicht so schlimm, Sie haben nur ein paar Prellungen und eine

Schnittwunde am Oberschenkel. Und vermutlich eine Gehirnerschütterung, aber Sie haben wirklich Glück gehabt!«

»Schw…«, röchele ich. Und dann noch einmal: »Schw…«

»Ich verstehe Sie nicht.«

»H… Hei…«

»Tut mir leid, ich weiß nicht, was Sie meinen. Aber Sie sollten sich jetzt nicht weiter anstrengen. Wir fahren Sie gleich ins Krankenhaus Altona.«

»Hei…«, stöhne ich kraftlos. »Schw …«

»Was wollen Sie denn sagen?«

»Ich glaube, sie meint die andere Frau aus dem Auto«, erklingt eine männliche Stimme. Es muss noch jemand hinter mir stehen, den ich nicht sehen kann.

»Schw …«, wiederhole ich etwas heftiger und versuche gleichzeitig zu nicken.

»Bleiben Sie ruhig«, sagte die Männerstimme. Eine Hand legt sich auf meine Wange, dann tritt eine Figur in mein Blickfeld.

Der Mann trägt ebenfalls Weiß, und ich könnte wetten, dass sein dunkler Lockenkopf von einer Art Heiligenschein umrahmt wird. Oder vom Neonlicht im Krankenwagen. Das hoffe ich jedenfalls, denn wenn dieser Mann, der mir noch immer über die Wange streichelt, ein Engel ist, dann habe ich mir das Jenseits immer anders vorgestellt. Jedenfalls nicht so eng und ungemütlich und kalt wie das Innere eines Rettungswagens.

»Wir tun gerade alles, was wir können. Ihre Begleitung wird medizinisch bestens versorgt.« Er berührt weiter mein Gesicht, seine großen braunen Augen mustern mich beinahe zärtlich. Nicht erotisch-zärtlich, sondern so, wie man eine ältere Dame zärtlich ansieht, wenn man ihre Hand tätschelt. Und trotzdem beruhigt mich dieser Blick auf der Stelle, und ich tauche ein in ein großes, warmes Schokomeer und möchte darin am liebsten versinken. Einfach darin versinken und schlafen und schlafen und schlafen. Und träumen. Von früher, als noch alles gut war.

Ich blicke weiter in die Augen des Mannes über mir und drifte erneut weg, immer wieder fallen mir die Lider zu, und ich sehe Heike und mich, wie wir als Kinder über den Deich laufen und dabei Drachen steigen lassen; der Wind zerzaust uns die Haare, wir laufen und laufen mit dem Drachen in der Hand. Wie aus der Ferne höre ich unser Gelächter, das durch meinen Kopf hallt.

Ist es das, wovon man schon oft gehört hat? Dass wenn es so weit ist, dein bisheriges Leben an dir vorüberzieht wie ein schöner, alter Film, den du dir schon viel zu lange nicht mehr angesehen hast? Oder sind es gerade nur die Medikamente, die mir das Gefühl geben, irgendwo zwischen Traum und Wirklichkeit zu hängen?

Es pocht lauft gegen die Tür, von draußen erklingt ein »Matthias?«. Der Mann mit den Schokoaugen lässt mich los, geht zur Wagentür und öffnet sie. Sehen kann ich das zwar nicht, aber ich spüre einen kühlen Luftzug.

Die Stimme von draußen spricht mit ihm. Ich kann kaum etwas verstehen, schnappe nur ein »ihr könnt jetzt los« auf. Und dann höre ich, dass Matthias, wie er offenbar heißt, etwas flüstert. Ganz, ganz leise. So leise, dass ich mir nicht sicher bin, ob ich es mir nicht vielleicht nur einbilde: »Wie ... der anderen?«

Die Antwort ist ebenfalls nur ein Flüstern. Trotzdem dröhnt sie so laut in meinen Ohren, dass ich sofort und auf der Stelle aufschreien will: »... schlecht aus ... wird wohl nicht durchkommen.«

4. Kapitel

Hamburg, Samstag, den 13. Februar 1988

Liebes Tagebuch,

gestern ist etwas ganz Schreckliches passiert. Es ist so schrecklich, dass ich es fast gar nicht aufschreiben mag, und während ich hier sitze, kann ich gar nicht mehr mit dem Heulen aufhören!

Mama und Papa habe Heike und mich mittags von der Schule abgeholt und sind mit uns was essen gegangen, zu dem Italiener, den ich so gern mag. Zuerst haben wir uns total gefreut, so was machen wir nämlich nur ganz selten, außerdem kommt Papa sonst nie so früh aus dem Büro.

Wir haben also zusammen gegessen (ich hatte Spaghetti Bo mit ganz viel Hackfleischsauce), Heike hat erzählt, dass sie gerade wieder eine Eins in der Lateinarbeit zurückbekommen hat, und ich konnte immerhin ganz stolz berichten, dass ich im Schulmusical die Hauptrolle bekommen habe –

und dann hat Mama auf einmal die Bombe platzen lassen:

Papa zieht aus, sie lassen sich scheiden!

Zuerst hab ich überhaupt nicht begriffen, was los ist, aber als Heike dann angefangen hat zu weinen, aufgesprungen und rausgelaufen ist, habe ich kapiert, dass das nicht nur ein blöder Witz ist.

Mama ist dann hinter Heike her, Papa blieb einfach schweigend sitzen und starrte auf seine Lasagne. Nach ein paar Minuten kamen Mama und meine Schwester wieder rein, und dann haben Mama und Papa uns erklärt, dass es mit ihnen beiden nicht mehr funktioniert und sie sich deshalb trennen wollen. Papa hätte schon eine neue Wohnung, in die er noch am selben Abend ziehen würde, seine Sachen hätte er in den letzten Tagen schon gepackt.

Da hab ich überhaupt nichts mehr gerafft, wieso haben Heike und ich das nicht gemerkt? Natürlich hab ich keinen Bissen mehr runtergekriegt und auch nur noch geweint. Die Leute im Restaurant haben uns alle ganz komisch angeguckt.

Später, als wir dann wieder zu Hause waren, hat Papa tatsächlich zwei große Reisetaschen in unser Auto gepackt und ist weggefahren. Aber er hat uns gesagt, dass er uns ganz bald besuchen kommt und dass er unser Papa bleibt und immer für uns da ist.

»Ich hab dich lieb, Prinzessin«, hat er mir noch ins Ohr geflüstert und mir dann einen Kuss auf die Stirn gegeben.

Als er weg war, hat dann sogar Mama angefangen zu weinen. Ich habe versucht, sie in den Arm zu nehmen, aber sie hat nur gesagt, dass es schon geht und wir uns keine Sorgen machen sollen.

Die ist witzig, keine Sorgen machen? Ich verstehe gerade überhaupt nichts mehr, Mama und Papa können sich doch nicht einfach so scheiden lassen! Was ist denn mit Heike und mir? Das geht doch nicht!

Heike hat sich wie immer in ihr Zimmer verzogen und sogar die Tür abgeschlossen. Mama hat ein paar Mal versucht, sie da rauszuholen, aber sie hat immer nur wieder »Hau ab!« gebrüllt, bis Mami es dann irgendwann aufgegeben hat.

Heute Nacht, als ich auf dem Weg zum Klo einfach die Klinke runtergedrückt habe, war die Tür dann wieder offen. Ich bin zu Heike rein, die auch gerade wach war, und zu ihr ins Bett gekrabbelt.

Sie hat mich in den Arm genommen, und wir haben beide geweint. Wir haben uns geschworen, dass wir für immer zusammenhalten. Egal, was passiert, Heike und ich halten zusammen, da können sich unsere blöden Eltern dreimal scheiden lassen!

Liebe Grüße,
Nele

P.S.: Ich bin übrigens immer noch verknallt in Niklas, auch wenn ich dabei ein schlechtes Gewissen habe. Ich meine, Mama und Papa lassen sich scheiden, und ich muss trotzdem noch an ihn denken. Aber was soll ich dagegen tun?

Na ja, ist ja nicht verboten, oder? Am Mittwoch hat er mich in der großen Pause sogar gefragt, ob er mal kurz meinen Füller leihen kann, weil er wohl noch was abschreiben musste, und er war dabei soooo süß ♥!

Hamburg, Sonntag, den 14. Februar 1988

Super Valentinstag!

Ehrlich gesagt hab ich es schon lange geahnt, aber dass es jetzt wirklich passiert ist, schockt mich doch sehr: Am Freitag haben Mama und Papa uns gesagt, dass sie sich trennen werden, Papa ist sogar noch am gleichen Tag ausgezogen, in eine eigene Wohnung in Winterhude. Ich kann es immer noch gar nicht richtig glauben, aber jetzt ist er einfach weg!

Nele und ich waren bis eben bei Oma, und als wir wieder nach Hause kamen, haben Nele und ich sofort nachgesehen: Alle seine Sachen waren aus den Schränken verschwunden. Fast so, als hätte er nie hier bei uns gewohnt, richtig gruselig!

Klar hat Nele die ganze Zeit geheult und gar nichts mehr verstanden, sie hat das ja auch nie so mitgekriegt, wie die beiden sich immer wieder gestritten haben. Dabei hatten die echt ständig Zoff, aber meine Schwester lebt ja meistens in ihrer eigenen Welt und hat nichts außer diesem Vollspacken Niklas im Kopf.

Ich hab sie dann getröstet und ihr gesagt, dass wir ja noch uns haben und dass das schon alles nicht so schlimm wird. Ich glaube, das war dann auch okay für sie, jedenfalls habe ich sie schon heute Morgen wieder dabei erwischt, wie sie Herzchen in ihr Matheheft gemalt hat. Na ja, Nele halt!

Wie es hier jetzt wohl weitergeht? Ob wir in unserem Haus wohnen bleiben? Ich hab Mama danach gefragt, und sie hat nur gemeint, dass wir »das dann mal sehen«

müssen. Toll! Bei meinem Glück ziehen wir auch noch hier aus, in irgendeine kleine Wohnung.

Papa hat vorhin angerufen und wollte mit uns sprechen, aber ich hatte keinen Bock und hab gesagt, dass ich noch Hausaufgaben machen muss.

Nur Nele hat mit ihm telefoniert, ich hab sie unten im Flur gehört. Hat mit ihm geredet, als wäre gar nichts gewesen, und hat ständig gelacht. Tja, Papas kleine Prinzessin, das ist sie halt schon immer gewesen. Ich bin nicht sauer auf sie oder so, aber manchmal nervt es mich, dass sie noch nicht so ganz rafft, was eigentlich passiert.

Mama hat mir dann noch gesagt, dass ich mich in nächster Zeit besonders um meine Schwester kümmern soll, weil es für sie nicht so leicht ist.

Ja, klar, mach ich! Für mich ist das alles natürlich GANZ leicht! Ach, ich weiß auch nicht, irgendwie bin ich gerade sauer und echt froh, wenn ich morgen wieder zur Schule kann. Ist gerade alles ziemlicher Mist hier!

So long. H.

»Schätzchen! Mein Schätzchen!« Die Tür zu meinem Zimmer fliegt auf, hereingeschneit kommt meine Mutter, braun gebrannt wie immer. Seit sie auf Teneriffa wohnt, wo sie vor zehn Jahren mit ihrem Freund Werner ein Lokal eröffnet hat (»Suses Suppenküche – Eintöpfe nordischer Art«; wobei es mir schon immer ein Rätsel war, wer bei vierzig Grad im Schatten Appetit auf eine Erbsensuppe hat, aber der Laden läuft ziemlich gut), ist sie optisch schwer gealtert, aber dafür innerlich auf dem Stand eines Teenagers. »Mein Liebling!« Sie lässt sich neben mir aufs Bett plumpsen und reißt mich an ihre Brust.

»Aua!«, schreie ich auf, mein gesamter Körper explodiert bei ihrer stürmischen Umarmung. War ich bis eben noch leicht benommen, bin ich jetzt mit einem Schlag hellwach.

»Tut mir leid!« Sie lässt mich los und mustert mich besorgt. »Hast du so große Schmerzen?«

»Es geht, halb so wild. Eben war der Arzt da und meinte, dass ich morgen schon wieder nach Hause kann.«

»Gott sei Dank!«, ruft meine Mutter aus. »Ich war wirklich krank vor lauter Sorge und hab am Flughafen alle wild gemacht, damit ich sofort auf eine Maschine komme.«

»Was ist mit Heike?«, frage ich. »Die sagen mir hier alle nichts, nur, dass sie wohl operiert worden ist. Wann kann ich endlich zu ihr?«

»Nele ...« Mit einem Mal sieht meine Mama ganz grau im Gesicht aus, sie senkt den Kopf und nestelt nervös an meiner Bettdecke herum.

»Jetzt sag schon!« Mein Herz fängt an zu rasen, es klopft und rumpelt wie ein Stakkato. »Es geht ihr doch gut, oder?«

Schweigen.

»Mama, bitte!« Mit der linken Hand greife ich nach ihrem Arm und drücke ihn so fest, dass sie kurz erschrocken aufjapst.

»Nele ...«

»Was mit Heike ist, will ich wissen!«

»Sie ist ...« Erneut unterbricht sie sich, und jetzt kullert ihr eine Träne über die Wange. Wieder dieses schmerzhafte Verkrampfen in der Brust, schon seit Ewigkeiten habe ich meine Mutter nicht mehr weinen sehen. Das letzte Mal war an dem Tag, an dem unser Vater zu Hause ausgezogen ist. Danach habe ich das nie wieder erlebt.

»Mama!« Ich höre, wie flehend meine Stimme klingt. »Sag doch bitte etwas! WAS IST MIT HEIKE??«

Mama räuspert sich. »Heike ist ...« Noch mehr Tränen laufen ihr übers Gesicht, mittlerweile sind es kleine Sturzbäche.

»Bitte, Mama, sag mir nicht, dass Heike ... Sie ist doch nicht tot, oder?«

»Nein.« Mama schüttelt heftig den Kopf. »Aber sie ist nicht bei Bewusstsein.«

»Nicht bei Bewusstsein? Was heißt das?«

»Heike hat sehr schwere Verletzungen«, erklärt meine Mutter. »Sie haben sie operiert und danach in ein künstliches Koma versetzt.«

»Koma?«, rufe ich aus. »Heike liegt im Koma?«

»In einem künstlichen Koma«, korrigiert Mama und gibt sich Mühe, wieder zu lächeln. »Damit ihr Körper sich erholen kann, wird sie beatmet und ernährt. Die Ärzte haben Oliver und mir gesagt, dass sie ein paar Tage in diesem Zustand bleiben soll, bis es ihr besser geht.«

»Aber dann ist es nicht so schlimm, richtig?« Meine Stimme überschlägt sich fast. »Heike erholt sich, und dann wecken sie sie wieder auf, oder?«

Schon wieder fließen Tränen. »Ich hoffe es, mein Schatz, das hoffe ich. Momentan kann noch niemand sagen, wie sehr Heikes Gehirn geschädigt ist.«

»Gehirn geschädigt?«, wiederhole ich und höre, wie das Blut in meinen Ohren rauscht.

Mama nickt. »Ja, mein Liebling, es kann sein, dass Heike so schwer verletzt ist, dass sie ein Pflegefall wird.«

»Oh Gott!«

»Aber im Moment wissen wir noch gar nichts«, fügt

meine Mutter schnell hinzu. »Wir müssen einfach abwarten.«

»Sind Oliver und die Kinder bei ihr?«

»Oliver ist mit Jakob da, Emma und Lotta sind zu Hause beim Babysitter, die Intensivstation ist nichts für die.«

»Darf ich bitte auch hin?«

»Ich weiß nicht, ob du schon ...«

»Bitte, Mama! Ich will sofort zu Heike!«

»Lass uns die Schwester fragen, ob das schon geht.« Mama hangelt nach dem Klingelknopf, der über meinem Bett baumelt, und betätigt ihn. Zwei lange Minuten später steckt eine junge Frau ihren Kopf zur Tür herein. Wir tragen unser Anliegen vor, sie verschwindet kurz, um den diensthabenden Arzt zu fragen und kehrt zehn Minuten später mit einem Rollstuhl zurück.

»Ich kann selbst laufen«, behaupte ich und mache Anstalten, aufzustehen. Allerdings gerate ich, kaum dass ich auf der Bettkante sitze, so stark ins Taumeln, dass ich beinahe runterfalle. Meine Mutter fängt mich in letzter Sekunde ab. Irgendwie ist mir doch noch ganz schön schummrig

»Sei vernünftig und nicht immer so ein Dickkopf!«, schimpft sie mit mir und schüttelt tadelnd den Kopf. Gemeinsam mit der Schwester hievt sie mich etwas umständlich in den Rollstuhl, und als ich endlich sitze, bin ich schweißgebadet.

»Dann kommen Sie mal mit«, sagt die Krankenschwester und schiebt mich aus dem Zimmer.

Ich hasse Krankenhäuser, ich habe sie schon immer gehasst. Und während ich durch die langen Flure der Klinik gerollert werde, kann ich nicht behaupten, dass sich das gerade ändert.

Diese gedrückte Stimmung, das verhaltene Flüstern in den Gängen, die Menschen, die mit hängenden Schultern an mir vorüberschlurfen – wer nicht schon von Haus aus depressiv ist, wird es hier garantiert. Wir steuern eine große Halle mit mehreren Aufzügen an, die Schwester drückt den Rufknopf, kurze Zeit später öffnen sich zwei schwere Schiebetüren, und ich werde in den Lift geschoben.

Obwohl die Fahrt nach oben geht, scheint mein Herz mit jedem Stockwerk tiefer und tiefer zu sacken. Ja, natürlich will ich meine Schwester sehen – und gleichzeitig habe ich auch eine Scheißangst davor.

»Intensiv 3B« steht auf der großen Tür aus Milchglas, vor der wir kurze Zeit später stehen. Die Schwester drückt einen Türöffner, dann betreten – beziehungsweise berollern – wir die Station. Hier ist es noch stiller als draußen auf den Gängen, nahezu gespenstisch ruhig, weit und breit kein Mensch in Sicht. Die Absätze meiner Mutter klacken dumpf auf dem Linoleumboden, die Gummilatschen der Schwester quietschen verhalten, und die Reifen meines Rollstuhls geben ebenfalls ein leises Geräusch von sich. Bis auf das – nichts. Nach wenigen Metern bleibt die Schwester vor einer Tür mit der Aufschrift »Zimmer 11« stehen.

»Da sind wir«, sagt sie. »Sollen wir reingehen?«

Ich hole einmal tief Luft. »Ja, bitte!«

Den Anblick, der sich mir bietet, kannte ich bisher nur aus dem Fernsehen: Heike liegt in einem riesigen Bett unter einer weißen Decke. Ihr kleiner, blasser Körper hängt an zahllosen Kabeln und Schläuchen, über ihr blinkt und piept ein Monitor, und als ein seltsames Brummen erklingt, erklärt die Schwester mit einem Blick auf meine fragende Miene: »Der Blutdruck wird alle paar Minuten automatisch gemessen.«

Es sieht schrecklich aus, schrecklich, schrecklich,

schrecklich! Als sei Heike nur eine Wachsfigur, die für Medizinstudenten hergerichtet wurde, ich kann überhaupt nichts Lebendiges an meiner Schwester entdecken. Erst als ich direkt neben ihr Bett gerollert werde, bemerke ich, dass auch ein Schlauch unterhalb von Heikes Kehlkopf direkt in ihrem Hals verschwindet.

»Was ist das?« Ich starre auf die Eintrittsstelle des Schlauchs.

»Bei Ihrer Schwester wurde eine Tracheotomie durchgeführt, so ist die Beatmung für sie angenehmer«, antwortet die Schwester. »Keine Sorge, es sieht schlimmer aus, als es ist. Bei einer Langzeitbeatmung ist so ein Luftröhrenschnitt Routine.«

Ich greife nach Heikes Hand, die ganz kalt ist, und schließe die Augen. »Das ist alles so furchtbar«, flüstere ich. Mama ist in der Zwischenzeit hinter mich getreten und legt mir beide Hände auf die Schultern.

»Das wird schon wieder, Schatz, ich bin ganz sicher.«

»Das hoffe ich.« Schon wieder kommen mir die Tränen. *Meine Schuld,* rattert es durch meinen Kopf, *das ist alles meine Schuld!* Ich fühle mich so elend, dass ich keinen anderen Gedanken mehr fassen kann. »Kann Heike uns hören?«, will ich von der Schwester wissen.

»Das wissen wir nicht genau«, antwortet sie. »Es gibt Patienten, die sich nach dem Aufwachen daran erinnern konnten, was an ihrem Bett geredet wurde.«

»Heike«, sage ich leise und drücke ein weiteres Mal ihre Hand. »Es tut mir leid, hörst du? Es tut mir so schrecklich leid!«

»Ich denke, Ihre Schwester weiß das«, sagt die junge Frau.

»Ich frage mich, wo Oliver ist«, höre ich Mama sagen. »Vorhin war er noch da.«

»Vielleicht bringt er gerade Jakob nach Hause?«, mutmaße ich. Und überlege gleichzeitig, wie furchtbar es für meinen Neffen sein muss, seine Mutter so gesehen zu haben. Schließlich ist er erst dreizehn, mitten in der Pubertät. Glaube ich jedenfalls, so genau weiß ich das ja nicht. *Dafür interessierst du dich aber reichlich wenig für deine Nichten und Neffen!*, erinnere ich mich an Heikes Worte. Verdammt, sie hat ja so recht! Was bin ich nur für ein Mensch?

»Ich rufe Oliver nachher mal an«, sagt Mama.

»Nicht nötig, ich bin schon da.« Ich drehe den Kopf Richtung Zimmertür. Mein Schwager steht im Rahmen und sieht … grauenhaft aus. Bleich, übernächtigt, mit tiefen schwarzen Ringen unter den Augen, die blonden Haare stehen ihm in alle Himmelsrichtungen vom Kopf ab, sein kariertes Hemd ist zerknittert und hängt ihm aus der Hose, und trotz seiner Größe von gut und gern 1,95 Meter wirkt er irgendwie mickrig und in sich zusammengesackt.

Das alles ist aber nichts im Vergleich zu der Art und Weise, wie er mich ansieht. Und wie er »Hallo, Nele!« zu mir sagt. Keine Spur von meinem lustigen, netten und immer unbeschwerten Schwager (soweit ich »immer« beurteilen kann), von dem Kerl, der damals auf seiner Hochzeit lachend die Flasche Champagner von mir in Empfang genommen hat. Sein Blick und die kurze Begrüßung sagen eines ganz deutlich: *Du bist hier nicht erwünscht!*

»Hallo, Oliver«, krächze ich nervös.

»Ich lasse Sie dann mal allein«, sagt die Krankenschwester und ist so schnell verschwunden, dass man meinen könnte, Heikes Zimmer wäre von jetzt auf gleich zur Quarantänezone erklärt worden. Nein, ich habe mir das gerade nicht eingebildet, die Raumtemperatur ist mit Olivers Erscheinen schlagartig unter den Nullpunkt gesunken.

Mein Schwager bleibt einen Moment lang unschlüssig

stehen, dann geht er rüber zu der kleinen Sitzgruppe am Fenster, zieht sich einen Stuhl heran und lässt sich darauf nieder.

»Wo ist Jakob?«, will Mama wissen, während sie zu ihm geht und sich ebenfalls setzt.

»Den habe ich nach Hause gefahren, das alles war gestern und heute mehr als genug für ihn.« Wieder ein böser Blick in meine Richtung.

»Oliver«, setze ich an und versuche gleichzeitig, meinen Rollstuhl zu ihm zu drehen, was aber in meiner schlappen Verfassung gar nicht so einfach ist. »Mama, holst du mich mal bitte zu euch rüber?« Meine Mutter steht auf und rollert mich ebenfalls zu der Sitzgruppe. »Oliver«, beginne ich erneut, als ich ihm direkt gegenübersitze, »es tut mir so leid, das wollte ich ganz bestimmt nicht, ich …«

»Kannst du mir bitte mal erklären, was passiert ist?«, unterbricht er mich. »Was war in der Sendung los? Und wie ist es zu dem Unfall gekommen? Und warum, ZUM TEUFEL, hat Heike überhaupt bei dir im Auto gesessen?« Den letzten Satz spuckt er mir quasi vor die Füße. Es fühlt sich fast ein bisschen an wie Schläge.

»Oliver!«, geht Mama energisch dazwischen. »Ich verstehe ja, dass du aufgebracht und in Sorge bist. Aber was passiert ist, war ein Unfall! Und Nele geht es auch nicht sonderlich gut.« Ich werfe meiner Mutter einen dankbaren Blick zu, schön, dass sie mich verteidigt.

»Ja?«, erwidert er gedehnt. »Nele geht es auch nicht gut? Wer liegt denn hier mit Luftröhrenschnitt an der Beatmungsmaschine? Wer ist denn hier im künstlichen Koma? Wer kommt denn vielleicht überhaupt nicht durch? Oder ist am Ende vielleicht ein kompletter Pflegefall? Etwa Nele?«

»Oliver!« Jetzt klingt Mama nicht mehr energisch, sondern autoritär. So war sie früher, wenn sie Heike und mir gegenüber die »allerletzte Warnung« ausgesprochen hat, bevor es richtig, richtig, RICHTIG Ärger gab. »Das wissen wir doch alles noch gar nicht, das ist reine Spekulation! Also gehen wir mal nicht gleich vom Schlimmsten aus. Und machen vor allem Nele keine Vorwürfe, denn sie kann schließlich auch nichts dafür.«

»So?« Oliver springt auf und fängt an, im Zimmer auf und ab zu marschieren. »Nele kann also nichts dafür?« Er bleibt direkt vor meiner Mutter stehen. »Hast du eigentlich schon die Sendung gesehen, in der die beiden zu Gast waren und in deren Anschluss der Unfall passiert ist?«

»Also, dafür hatte ich nun wirklich noch keine Zeit«, erwidert meine Mutter. »Ich musste gestern schließlich erst mal zusehen, dass ich so schnell wie möglich von Teneriffa nach Deutschland komme!«

»Tja!« Oliver lacht auf. »Dann solltet du das aber mal schleunigst nachholen! Ist wirklich sehr unterhaltsam, was sich deine jüngste Tochter da geleistet hat! Ich hab's zu Hause aufgezeichnet, das geht mit Sicherheit als Klassiker in die Fernsehgeschichte ein!«

»Oliver«, starte ich einen weiteren kläglichen Versuch, auch etwas zu sagen, aber dann bricht mir die Stimme weg, weil ich die Tränen nicht mehr zurückhalten kann. »Es tut mir so leid«, kann ich nur noch schluchzend hervorbringen, »es tut mir so schrecklich leid!«

»Davon kann ich mir auch nichts kaufen«, bellt mein Schwager. »Heike übrigens auch nicht. Und unsere Kinder erst recht nicht, wenn sie dank dir jetzt zu Halbwaisen werden!«

»Oliver, es reicht!«, ruft meine Mutter. »Ich lasse nicht zu, dass du Nele so angehst, hör auf damit!«

»Aber sie hat ...«

»Gar nichts hat sie!«, fällt Mama ihm ins Wort. »Die beiden hatten einen Unfall. Und Unfälle passieren. Jetzt müssen wir als Familie zusammenhalten. Und das Beste hoffen! Es bringt rein gar nichts, wenn wir uns jetzt auch noch gegenseitig fertigmachen!«

Mein Schwager zögert einen Moment, dann setzt er sich wieder hin und seufzt tief. »Ja, natürlich ... Ich bin einfach nur völlig aufgebracht. Die ganze Situation überfordert mich total.« Er wirft mir ein nicht ganz lupenreines Lächeln zu. »Sorry, Nele, ich hab es nicht so gemeint. Bin nur seit gestern absolut durch den Wind.«

»Das verstehe ich«, erwidere ich mit belegter Stimme. »Und es ist ja auch wirklich meine Schuld ...«

»So, Schluss jetzt mit diesem Unsinn!« Mama steht wieder auf, tritt hinter mich und umfasst die Griffe meines Rollstuhls. »Ich bringe dich jetzt zurück in dein Zimmer, schließlich brauchst du auch Ruhe. Und dir, Oliver, würde ich empfehlen, nach Hause zu fahren und dich auszuruhen. Die nächsten Tage werden mit Sicherheit strapaziös.«

»Ja«, er nickt hilflos, »du hast sicher recht, das wird das Vernünftigste sein.«

»Ich komme dann später am Abend raus nach Flottbek und helfe dir mit den Kindern.«

»Wie lange kannst du denn in Deutschland bleiben?«, fragt Oliver.

»Solange es nötig ist. Oder glaubst du, ich würde meine Töchter jetzt in dieser Situation im Stich lassen? Dann muss sich Werner halt mal allein um den Laden kümmern, solange ihr mich hier braucht.«

Oliver lächelt sie dankbar an.

»Vielleicht kann ich ja auch helfen?«, möchte ich kleinlaut wissen. »Irgendwie?«, schiebe ich hinterher.

»Du, mein Schatz, wirst zuerst einmal wieder ganz gesund, dann sehen wird weiter«, sagt Mama mit ihrer »Ich dulde keinen Widerspruch«-Stimme. Und ehe ich mich versehe, schiebt sie mich auch schon aus dem Zimmer.

Fünf Stunden später, weit nach Mitternacht, liege ich noch immer schlaflos in meinem Bett. Wieder und wieder läuft der Unfall vor meinem inneren Auge ab. Der Unfall – und diese unsägliche Talkshow. Wie hat das alles nur passieren können? Eben war noch alles gut – na ja, fast alles –, und jetzt befinde ich mich mitten in einer Katastrophe.

Der Gedanke an Heike, die ein paar Stockwerke über mir bewusstlos in ihrem Bett liegt, schnürt mir die Kehle zu. Wenn ich könnte, würde ich sofort mit ihr tauschen, aber das geht ja leider nicht. Bei dem Gedanken muss ich fast lachen. Ja, ich habe mir schon mehr als einmal im Leben klammheimlich gewünscht, mit Heike tauschen zu können. Also, auf einer eher abstrakten Ebene natürlich. Aber so sehr wie in diesem Moment habe ich mir das noch nie gewünscht. Wirklich, wirklich, WIRKLICH noch nie!

Stöhnend, weil mein Bein doch ziemlich schmerzt, drehe ich mich auf die Seite, schließe die Augen und hoffe, dass mich endlich der Schlaf übermannt. Tatsächlich merke ich nach ein paar Minuten, wie ich langsam wegdämmere. Und wie ich wieder das Bild vor Augen habe. Das Bild von Heike und mir, wie wir am Deich entlangrennen und einen Drachen steigen lassen …

5. Kapitel

»Bist du sicher, dass ich dich nicht abholen soll? Wenn du noch drei Stunden wartest, kann ich da sein, dann habe ich die Kids versorgt.« Als ich am nächsten Mittag Mama anrufe, um ihr zu sagen, dass ich entlassen werde, bin ich natürlich enttäuscht, dass sie nicht kommen kann. Aber ich verstehe auch, dass sie erst Jakob, Emma und Lotta versorgen muss. Die Kinder gehen eben vor.

»Kein Problem«, sage ich. »Ich nehme mir einfach ein Taxi. Zu Hause werd ich mich sowieso erst einmal aufs Ohr hauen, bin doch ziemlich schlapp.«

»Aber ich will nachher sowieso wieder nach Heike sehen, zusammen mit Oliver, der will heute im Büro ganz früh Schluss machen.«

»Du kannst mich ja anrufen, wenn ihr losfahrt, dann komme ich noch mal mit ins Krankenhaus. Jetzt will ich erst mal einfach nur raus hier.«

»Okay, dann melde ich mich.«

Ich lege auf, schnappe mir meine Handtasche und verlasse mein Zimmer. Bis auf ein paar blaue Flecken geht es mir wieder ganz gut, nur die Schnittwunde am Oberschenkel schmerzt scheußlich – damit werde ich wohl noch eine Weile zu tun haben. Bei dem Gedanken überkommt mich sofort wieder das schlechte Gewissen. *Schäm dich,* schimpfe ich lautlos mit mir selbst, *im Vergleich zu Heike bist du ja nun wirklich glimpflich davongekommen!*

Von meiner Schwester gibt es immer noch nichts Neues, ihr Zustand ist unverändert, und es bleibt uns nichts anderes übrig, als abzuwarten. Das erklärt mir auch die Krankenpflegerin, die gerade dabei ist, Heikes Kissen aufzuschütteln, als ich zehn Minuten später noch einmal in Zimmer 11 auf der Intensivstation vorbeischaue.

»Setzen Sie sich ruhig einen Moment zu ihr«, sagt sie zu mir, »ich bin hier sowieso fertig.«

Ich ziehe mir einen Stuhl ans Bett und nehme Platz. Noch immer sieht Heike ganz zerbrechlich und blass aus, und an den furchtbaren Anblick des Schlauchs, der in ihrem Hals steckt, werde ich mich sicherlich nie gewöhnen. *Musst du ja auch nicht,* beruhige ich mich innerlich, *in ein paar Tagen werden die Ärzte sie aufwecken, und dann wird sie bestimmt ganz schnell wieder gesund.* »Ach, Heike«, seufze ich, beuge mich zu ihr und streichele ihr über die kühle Wange. Und weil mir sonst nichts Schlaues einfällt, sage ich noch einmal: »Ach, Heike.«

Bestimmt eine halbe Stunde lang sitze ich einfach nur so da, am Bett meiner Schwester, und lausche dem Piepsen der Geräte. Nach einer Weile hat das Piepsen fast etwas Beruhigendes, Einlullendes, und ich merke, wie sich mein Herzschlag mit der Zeit dem meiner Schwester anpasst, wie er immer ruhiger und regelmäßiger wird.

Während ich weiter Heikes Hand halte und lautlos das »Piep, piep, piep« mitzähle, fällt mir auf, dass ich mich ihr schon lange nicht mehr so nah, nicht mehr so verbunden gefühlt habe. Ohne dass ich etwas dagegen tun kann, schießen mir wieder einmal Tränen in die Augen. Ist es wirklich so, dass erst das hier passieren musste, damit ich wieder einen innigen Moment mit meiner Schwester erleben kann?

Und während ich das denke, schwöre ich mir, dass alles anders wird. Nein, ich schwöre es nicht nur, ich bete zu Gott. Zum ersten Mal in meinem gesamten Erwachsenenleben bete ich zu Gott und bitte ihn darum, meine Schwester wieder gesund werden zu lassen. Damit wir miteinander eine zweite Chance haben können. Damit ich das, was in den vergangenen Jahren mit uns geschehen ist, wieder rückgängig machen kann.

Nach einer Dreiviertelstunde stehe ich auf, streichle Heike noch einmal über die Wange und verabschiede mich von ihr. »Schlaf gut, mein Schwesterlein. Ich komme ganz bald wieder.«

Während ich den Flur der Intensivstation in Richtung der Aufzüge gehe, fällt mir ein Buch ein, das Heike mir mal vor gut und gern fünfzehn Jahren zum Geburtstag geschenkt hat. Damals waren wir noch richtig dick miteinander befreundet, vielleicht sogar beste Freundinnen, und sie hat es mir geschenkt, weil es sie beim Lesen so sehr gerührt hat: »Du fehlst mir, du fehlst mir« von Peter Pohl und Kinna Gieth. Ich erinnere mich vor allem an einen speziellen Satz: »Sie sahen einander an und wussten: Wenn du stirbst, kann ich nicht leben!«

»Nein«, sage ich laut zu mir selbst, »Heike stirbt nicht. Sie wird garantiert nicht sterben. Niemals! Alles wird wieder gut.« Und wie zur Bekräftigung schicke ich noch ein weiteres Stoßgebet gen Himmel: »Bitte lass alles wieder gut werden!«

Unten vorm Eingang des Krankenhauses warte ich darauf, dass das bestellte Taxi kommt und mich einsammelt. Es nieselt und ist ziemlich windig, typisches Märzwetter in

Hamburg. Passt irgendwie gut zu meiner Stimmung, die ist ja auch nicht gerade sonnig.

Gedankenverloren ziehe ich meine Jacke enger zu. Zu Hause werde ich mich erst einmal in eine schön heiße Wanne legen und den Klinikgeruch von mir abspülen. Und vielleicht geht dadurch ja auch die innere Kälte weg, die mir seit vorgestern in den Knochen steckt.

Ein Rettungswagen fährt vor, ich stehe direkt neben dem Eingang zur Notaufnahme. Der Wagen hält, die hinteren Türen öffnen sich, und zwei Männer springen heraus. Einer der beiden dreht sich zu mir um und mustert mich interessiert. Er kommt mir vage bekannt vor, aber bevor ich sagen kann, wer es ist, steht er auch schon vor mir.

»Hallo!«, sagt er und lächelt mich an. Ja, doch, diese braunen Schokoaugen habe ich schon einmal gesehen. »Freut mich, Sie zu sehen! Sie scheinen ja wieder wohlauf zu sein.«

»Äh«, stottere ich.

»Matthias Rudolph«, erklärt er. »Ich bin der Notarzt, der Sie vorgestern versorgt hat.«

»Ach ja, richtig, danke!« Jetzt fällt es mir wieder ein, der Lockenkopf stand im Krankenwagen neben meiner Trage. Er streckt mir seine Hand entgegen, ich ergreife und schüttele sie.

»Matthias?«, ruft sein Kollege. »Kommt du?«

»Ja, sofort«, sagt er und dreht sich um. »Bringt den Patienten schon mal in die Aufnahme, ich bin gleich bei euch.« Dann wendet er sich wieder an mich.

»Müssen Sie da nicht schnell mit?«, frage ich.

»Ein paar Minuten habe ich schon noch, ist kein wirklicher Notfall, bei dem es um Leben und Tod geht.« Er lacht mich an. »Und Sie werden also heute entlassen?«

Ich nicke. »Ja, ich bin mit einem blauen Auge davongekommen, sozusagen.«

»Das höre ich gern«, sagt der Notarzt und lächelt. »War mir aber schon vorher klar.«

»Ja, wie gesagt, ich bin froh, dass ich jetzt schon nach Hause kann.«

»Werden Sie abgeholt?«

»Ja«, sage ich.

»Oh, okay, prima«, antwortet er.

»Von einem Taxi«, füge ich hinzu.

»Ach so.« Er räuspert sich. »Und wie geht es Ihrer Schwester?« Offenbar weiß er mittlerweile, wer die andere Frau im Auto war.

Ich zucke mit den Schultern. »Leider nicht so gut. Sie haben sie operiert und in ein künstliches Koma versetzt.«

»Das habe ich befürchtet. Heike hat es leider wesentlich schlimmer erwischt als Sie.«

»Heike?«

Er lacht. »Ja, ein komischer Zufall, ich kenne Ihre Schwester.«

»Ach, echt?«

»Ja, meine Tochter Laura geht in dieselbe Klasse wie Heikes Sohn Jakob.«

»Das ist ja wirklich ein Zufall!«

»Tja, die Welt ist eine Kaffeetasse!«, sagt Matthias und gibt ein glucksendes Lachen von sich. Dann wird er wieder ernst. »Wie geht es Jakob denn?«

»Das weiß ich nicht«, gebe ich ehrlich zu. »Ich habe ihn seit dem Unfall noch nicht gesehen.« *Das letzte halbe Jahr davor auch nicht,* füge ich im Geiste hinzu.

»Für so was ist natürlich nie der richtige Zeitpunkt«, sagt Matthias, »aber für Jakob ist es jetzt gerade natürlich besonders schwer.«

»Besonders schwer?«, frage ich nach.

»Na ja, wegen der Schule und so.«

»Wegen der Schule?«

Ein irritierter Ausdruck tritt auf Matthias' Gesicht, aber nur für den Bruchteil einer Sekunde, dann macht er eine wegwerfende Handbewegung. »Ach, gar nichts, ich meine nur, dass es für die Kids in diesem Alter ja generell nicht leicht ist. Die Hormone und so, der Beginn der Pubertät …« Er unterbricht sich und grinst mich schief an. »Na, ist ja auch egal.«

»Ja, klar …« In diesem Moment kommt mein Taxi vorgefahren. »Das ist wohl mein Wagen«, sage ich. »Ich werde dann mal …«

»Ich muss auch weiter. Gute Besserung noch!«

»Vielen Dank!« Einen Moment lang bleiben wir etwas unschlüssig stehen, dann hebe ich meine linke Hand, winke kurz und öffne die Beifahrertür des Taxis.

»Wagen für Krüger?«, will der Fahrer wissen. Ich nicke, steige ein und nenne dem Fahrer meine Adresse. Als er losfährt, drehe ich mich noch einmal zu Matthias Rudolph um. Aber er ist bereits im Eingang der Notaufnahme verschwunden.

Zwanzig Minuten später setzt mich das Taxi vor meiner Wohnung in der Tornquiststraße ab. Kommt mir wie eine Ewigkeit vor, dass ich das große weiße Haus aus der Gründerzeit verlassen habe. Seit vorgestern ist eine Menge passiert. Tja, das letzte Mal bin ich zusammen mit Niklas, dem Idioten, durch diese Tür gegangen. Da war mein Leben noch in Ordnung, oder wenigstens fast in Ordnung. So schnell können die Dinge sich ändern.

Ich schließe auf und stemme mich gegen die schwere Tür, die nach innen aufschwingt. Wie immer sehe ich zuerst nach dem Briefkasten, ein paar Umschläge gucken aus dem Schlitz oben raus. Allerdings bleibt mein Blick erschrocken an etwas anderem hängen.

Jemand hat mit rotem Edding etwas auf meinen Kasten geschrieben. »Schlampe« steht da in gut leserlichen Druckbuchstaben, vor Empörung bleibt mir glatt der Mund offen stehen. Was für eine Frechheit! Und: Wer weiß überhaupt, dass ich hier wohne? Meine Adresse ist doch geheim! *Annette,* ist mein nächster Gedanke, *das war bestimmt Niklas' Frau!*

Der werd ich's zeigen, die kriegt von mir eine Anzeige wegen Vandalismus und Hausfriedensbruch. Mindestens! Wütend schließe ich den Briefkasten auf, reiße die Klappe auf und hole meine Post raus. Neben mehreren Umschlägen fallen mir zwei Abholscheine entgegen, auf denen vermerkt ist, dass die Sendungen bei meiner Nachbarin Frau Gärtner abgegeben wurden, die netterweise immer alles für mich annimmt.

Ich stapfe die Treppe zum ersten Stock hoch und klingele bei Frau Gärtner. Sie öffnet sofort, als hätte sie bereits hinter ihrer Tür auf mich gelauert.

»Hallo, Frau Gärtner«, begrüße ich sie und wedele mit den Abholscheinen vor ihrer Nase herum. »Da sind …«

»Moment«, unterbricht sie mich, beugt sich aus meinem Blickfeld und taucht eine Sekunde später mit zwei Päckchen auf dem Arm wieder auf. Eine weitere Sekunde später stehen die Sendungen bereits vor mir auf der Fußmatte. Und eine dritte Sekunde später hat Frau Gärtner auch schon ihre Tür wieder zugeknallt.

Ratlos starre ich auf die Pakete zu meinen Füßen. Habe ich das gerade nur geträumt, oder hat Frau Gärtner – DIE Frau Gärtner, die normalerweise immer nett und freundlich zu mir ist und die immer Zeit für einen kurzen

Plausch im Treppenhaus hat – also, hat eben DIESE Frau Gärtner mir einfach meine Post vor die Füße geworfen und mich dann wortlos stehen lassen?

Ich klaube die Päckchen von der Fußmatte, gehe rüber zu meiner Wohnungstür und schließe auf. Drinnen lege ich Post und Handtasche auf dem Sekretär im Flur ab, dann gehe ich rüber ins Wohnzimmer und lasse mich erst einmal aufs Sofa fallen.

Seufzend schließe ich die Augen. *Das* war ja wirklich eine schöne Begrüßung. Das Gekritzel auf dem Briefkasten fällt mir wieder ein. Wie von der Tarantel gestochen fahre ich hoch, stolpere in die Küche und reiße die Tür unter der Spüle auf. Nach einer kurzen Suchaktion finde ich zwischen diversen Putzutensilien und Reinigungsmitteln die Flasche mit dem Waschbenzin. Ich schnappe sie mir und einen Lappen und mache mich auf den Weg nach unten. Zwar vernichte ich damit Beweismittel, aber dieses unschöne Graffito möchte ich dann doch so schnell wie möglich beseitigen.

Glücklicherweise wirkt das Benzin, nach ein paar Mal Wischen glänzt der Briefkasten wie neu. Schade, dass sich nicht alles so leicht bereinigen lässt. So ein wirkungsvolles Waschbenzin für eine reine Lebensweste wäre doch echt mal eine Erfindung!

Seufzend stapfe ich die Treppe wieder hoch, hoffentlich haben nicht allzu viele Nachbarn die Schmiererei auf meinem Kasten gesehen. Allerdings: Wenn ich an die liebe Frau Gärtner denke, scheinen meine Nachbarn ja durchaus im Bilde zu sein. Ach, na ja, was soll's? Ist der Ruf erst ruiniert ...

Wundert mich, dass sie meine Post überhaupt noch angenommen und nicht schon dem Boten die Tür vor der Nase zugeknallt hat! Andererseits: Neugierig, wie Frau

Gärtner ist – DAS hat sie sich bestimmt nicht entgehen lassen wollen, dass ich wie ein armer Sünder an ihrer Tür kratze, um an meine Päckchen zu kommen.

Kurz spiele ich mit dem Gedanken, unten an der Klingel ein Schild mit der Aufschrift »Auf gar keinen Fall Post für Krüger bei Gärtner abgeben! Die klaut!« anbringen soll. Ha, ha! Direkt neben den Aufkleber: »Keine Werbung, bitte!« Da würde die Alte sich aber umgucken! Aber natürlich ist das Kinderkram, und ich habe gerade ganz andere Sorgen. Also belasse ich es bei dem Gedanken. Allerdings durchaus mit einem diebischen Kichern.

Zurück in meiner Wohnung widme ich mich als Nächstes dem Anrufbeantworter auf dem Sekretär. Zwölf neue Nachrichten zeigt er an, ich drücke die Abspieltaste.

»Hallo, hier ist Niklas!«, erklingt eine Stimme. Ich drücke auf »Löschen«. Die nächste Nachricht beginnt – völlig überraschend – mit »Hi, Nele, Niklas hier!«. Ich lösche sie ebenfalls und springe zur nächsten. Und zur übernächsten und überübernächsten. Der Mann hat ja echt Nerven! Und echte Stalkerqualitäten! Vermutlich hat er auch mein Handy vollgesabbelt. Am Morgen nach dem Unfall hatte sich im Krankenhaus der Akku verabschiedet, und ich möchte gar nicht darüber nachdenken, wie viele Nachrichten ich mittlerweile auf meiner Mailbox habe.

»Nele, hier spricht Wolfgang.« Ich horche auf. Mein Agent! Oder Exagent? Immerhin, er duzt mich wieder und schreit nicht, das ist doch schon mal was! Ich werfe einen Blick auf die Datums- und Uhrzeitanzeige, Wolfgang hat mir gestern Mittag auf den AB gesprochen, also *nach* unserem Crash auf der Autobahn. »Du gehst nicht ans Handy, also rufe ich hier an, auch wenn mir klar ist, dass du vermutlich gar nicht zu Hause bist. Ich hab das von eurem Unfall gehört. Oliver hat es mir erzählt, als ich vorhin noch einmal versucht habe, Heike zu erreichen. Kannst dir sicher vorstellen, was für ein Schreck das für mich war. Jedenfalls: Melde dich bitte«, *oh ja, das werde ich, lieber Wolfgang. Und wenn du nicht für so viel Ärger gesorgt hättest, wäre das alles vielleicht gar nicht passiert!,* »so schnell wie möglich bei mir!«

Ich greife zum Hörer und will schon wählen, aber dann lege ich wieder auf. Nein, den rufe ich jetzt *nicht* an, das ist in diesem Moment wirklich nicht so wichtig. Soll der ruhig noch ein bisschen schmoren und sich Gedanken machen.

Die nächsten Nachrichten sind von meinem Vermieter (»Denken Sie bitte noch daran, den Stromzähler abzulesen?«), von meiner besten Freundin, mit der ich vorgestern Abend verabredet war (»Hey, Caro hier! Wo hast du denn gesteckt? Ich habe eine Stunde auf dich gewartet und dich nirgends erreicht! Was soll das denn?« – Na gut, wenigstens eine, die offenbar die Sendung nicht gesehen hat, denn sonst wüsste sie ja, dass ich am Abend danach gerade keinen Kopf für ein nettes Plaudertreffen hatte. Mal abgesehen davon, dass ich ja im Krankenhaus war. Andererseits: Wieso guckt meine BESTE Freundin eigentlich nicht zu, wenn ich im Fernsehen bin?), und dann habe ich noch zwei Nachrichten von einer Journalistin, die irgendwie meine Nummer rausgefunden hat und mit mir gern über »die Sache mit meiner Schwester« reden möchte.

Bei der piept's wohl! Mag ja sein, dass ich einen Jenny-Elvers-Elbertzhagen-Auftritt hingelegt habe – aber ich werde jetzt ganz bestimmt nicht noch hingehen und das alles medial ausschlachten.

Als Nächstes wieder Caro: »Süße, ich bin's! Es tut mir soooo leid, ich hab's erst vor einer halben Stunde erfahren, weil ich mir Sorgen gemacht und Oliver angerufen habe.

Wollte ich erst nicht, ich weiß ja, dass deine Schwester und du ... Egal, jetzt stehe ich im Krankenhaus und wollte dich besuchen, aber du bist schon wieder weg. Bist du zu Hause? Offenbar nicht, sonst würdest du ja rangehen. Oder noch auf dem Weg? Egal, ich komme jetzt sofort bei dir vorbei, also rühr dich bloß nicht von der Stelle, wenn du mittlerweile da bist!« Sie macht eine kleine Pause. »Ach ja, und guck nicht auf Facebook!«

Bevor ich mich fragen kann, was sie mit Facebook meint, erklingt eine weitere Stimme auf meinem AB. Ein äußerst seltener Gast in meinem Leben – mein Vater!

»Hallo, Prinzessin!« Er räuspert sich. »Deine Mutter hat mich gerade angerufen und mir alles erzählt. Mir steckt der Schrecken noch immer in den Gliedern! Rufst du mich bitte zurück? Ich versuche, dich und Heike so schnell wie möglich zu besuchen, sobald ich Zeit habe, komme ich vorbei.«

So, so – unser Herr Vater. Wie gesagt, es ist selten, dass ich etwas von ihm höre. Meistens nur im Zusammenhang mit meinem Geburtstag oder schönen Weihnachtsgrüßen. Viel mehr ist da von seiner Seite schon lange nicht mehr gekommen. Sein »Ich bleibe euer Papa und bin immer für euch da« entpuppte sich nach der Trennung unserer Eltern als ziemlich inhaltsloses Gewäsch. Als eine Tüte heiße Luft, wie Sanne Gold es »spritzig, frech und amüsant« formulieren würde.

Ich vermute, dass das vor allem an seiner neuen Freundin liegt. Wobei Experten darüber streiten, wie »neu« diese Freundin überhaupt ist. Meiner Meinung nach war er schon mit Marlene zusammen, bevor Mama und er sich getrennt haben.

Zugegeben hat er das nie – und mittlerweile ist es mir auch egal. Ich habe mich schon lange damit arrangiert, dass mein Vater seine alte Familie abgelegt hat wie ein ausgetretenes Paar Schuhe. Und dass Marlene alles dafür tut, dass die alten Latschen im Müll bleiben (wunderbares Sanne-Gold-Bild, perfekt!).

Tja, und jetzt habe ich also von ihm eine Nachricht, dass er Heike und mich besuchen kommt, sobald »er Zeit hat«. Ich kann nicht umhin, ein wenig bitter aufzulachen. Zeit wovon? Vom Golfen? Vom Urlauben mit Marlene? Vom Tennisclub? Von all den Dingen, die ein Rentner eben so macht und die ihn davon abhalten, seine Töchter zu besuchen, von denen die eine gerade im Koma liegt und die andere immerhin seelisch schwer derangiert ist? Ich lösche die Nachricht, so was muss ich nicht aufheben. Ab damit zu den alten Latschen!

Die letzte Nachricht ist von meiner Mutter, die hören möchte, ob ich gut zu Hause angekommen bin, und die mir sagt, dass sie mit unserem Vater gesprochen hat, der mich anrufen will.

Ich wähle ihre Nummer und sage ihr, dass alles prima ist (die kleine Anekdote mit der »Schlampe« auf dem Briefkasten unterschlage ich elegant, Mütter müssen wirklich nicht alles wissen), dass Papa sich inhaltlos wie immer gemeldet hat und ich ansonsten so schlapp bin, dass ich lieber doch den Rest des Tages zu Hause bleibe und erst morgen wieder zu Heike ins Krankenhaus fahre. »Ist gut, Schatz«, sagt sie, »wir können ja momentan sowieso nichts tun.« Ich lege auf. Stimmt, wir können nichts tun. Gar nichts! Scheiße!!

Um mich von meinen düsteren Gedanken abzulenken, schnappe ich mir als Nächstes die beiden Päckchen, gehe in die Küche und suche in der Besteckschublade nach einer Schere. Päckchen Nummer eins kommt von meiner Agentur und enthält ein weiteres, an mich weitergeleitetes Paket. Als ich es öffne, kommt mir ein dickes Knäuel Papierschnipsel entgegen. Ich muss zweimal hinschauen, um zu erkennen, was das ist: Heikes und mein aktueller Sanne-Gold-Roman »Hochzeitsreise«.

Irgendjemand hat ihn offensichtlich durch den Schredder gejagt. »Okay, Leute«, denke ich. »Ich hoffe, eure Ehe hält länger.« Ich durchsuche den leeren Karton und bin gespannt, ob ich noch eine Karte oder etwas in der Art finde. Und tatsächlich entdecke ich einen Zettel. »Euer enttäuschter Fan Sabine«, steht drauf. Ich zucke mit den Schultern. Wieder eine Leserin weniger. Und eine schnelle noch dazu. Sie muss sich sofort nach der Sendung an ihre kreative Arbeit gemacht und das Päckchen dann an unsere Agentur geschickt haben.

Ich mache mich daran, das zweite Paket zu öffnen, und bereite mich vorsichtshalber schon einmal mental darauf vor, gleich ein aufgeschlitztes Kaninchen in den Händen zu halten. Oder – ich halte inne und lausche konzentriert an der Verpackung – tickt hier sogar etwas? Man weiß ja nie, auf was für Ideen die Leute kommen ... Nein, alles leise, ich packe weiter aus.

Zum Vorschein kommt ein großes rotes Plüschherz mit dem Schriftzug »I love you« auf der Vorder- und einem praktischen Saugknopf auf der Rückseite. Genau solche Herzen kann man auf der Kirmes an einer Losbude gewinnen. Oder an einer Autobahnraststätte kaufen. Ein bisschen diddl-mausig. In anderen Worten: grauenhaft. Und so bin ich nicht einmal überrascht, dass diesem Glanzstück der Geschmacksverirrung eine Karte beiliegt, auf der »Ich liebe Dich!« steht und die von keinem Geringeren stammt als – Niklas.

Es schüttelt mich ein wenig. Wie kann ein zweiundvierzigjähriger Mann nur solchen Mist verschicken? Hundert rote Rosen, ja, das wäre was. Eine Flasche Champagner, auch gut. Aber billigster Plastikplüsch aus Asien – welche Frau lässt sich bitte von so etwas beeindrucken? *Ich* jedenfalls nicht! Hätte Niklas bei mir nicht ohnehin schon verloren – spätestens jetzt wäre der Ofen komplett aus. Mit spitzen Fingern befördere ich das Gruselherz da hin, wo es hingehört: in den Mülleimer unter der Spüle.

Seufzend gehe ich zurück ins Wohnzimmer, krame in meiner Handtasche nach meinem Handy und schließe es ans Netzteil an. Mal sehen, welch erbauliche Nachrichten hier noch so auf mich warten – es kann ja nur noch besser werden!

Erfreulicherweise tun sich hier keine weiteren Katastrophen auf. Im Wesentlichen nur die Leute, die mir schon zu Hause auf meinem Festnetz eine Nachricht hinterlassen haben. Niklas, der Plüschherzenverschenker, ist auch hier gleich mehrfach vertreten. Aber das ahnte ich ja schon. Zwischendurch gehen piepend ein paar SMS ein, und im Vorschaufenster tauchen Herzen und küssende Smileys auf, die mit Sicherheit auch alle von dem Idioten stammen.

Ich höre gerade die letzte Nachricht ab, als es an der Tür klingelt. Das wird Caro sein. Ich humple in den Flur, um ihr zu öffnen. Dreißig Sekunden später fallen wir uns noch in der offenen Wohnungstür um den Hals.

»Süße!«, ruft Carolin und drückt mich an sich.

»Autsch! Vorsicht, ich hab überall blaue Flecken!«

Sie rückt von mir ab, mustert mich und kommentiert den Anblick mit einem Grinsen. »Na, *so* übel siehst du ja gar nicht aus!«

»Vielen Dank! Dafür, dass mein Leben in Trümmern liegt, geht's tatsächlich noch.« Ich schließe die Tür und lotse meine Freundin ins Wohnzimmer.

»Mannomann!«, sagt sie, sobald wir auf dem Sofa sitzen. »Ich hab auf dem Weg hierher fast einen Unfall gebaut.«

»Unfall?« Ich horche auf. »Wieso das denn?«

»Hab mir erst jetzt auf dem Handy die Sendung angesehen.« Sie hält ihr Smartphone hoch. »Kann man sich in der Mediathek noch anschauen.« Jetzt grinst sie noch breiter. »Respekt, Nele! Schon über hunderttausend Klicks. Ihr seid echte Stars!«

»Super«, gebe ich ironisch zurück. »Mit genau so etwas wollte ich immer den großen Durchbruch haben!«

»Ach, komm!« Sie macht eine wegwerfende Handbewegung. »Das ist doch übermorgen schon alles wieder vergessen.«

»Ja«, zucke ich mit den Schultern, »da hast du vielleicht recht. Viel schlimmer ist sowieso, was mit Heike ist.«

Jetzt grinst Caro nicht mehr. »Ich weiß, Oliver hat mir erzählt, dass es ihr gar nicht gut geht.«

Ich beuge mich vor, schlage beide Hände vors Gesicht und fange an zu schluchzen. »Und ICH bin daran schuld! ICH ganz allein!«

»Das ist doch totaler Unsinn!« Sie rückt ganz dicht neben mich, legt mir vorsichtig einen Arm um die Schulter und fängt an, mich ganz sachte hin und her zu wiegen. »Das war doch ein Unfall!«

»Ja, aber ICH bin gefahren!«

»Hast du das Auto etwa absichtlich in den Laster gelenkt?«

»Natürlich nicht!«, gebe ich halbwegs empört zurück, kann aber auch nicht glauben, dass Caro die Frage wirklich ernst meint. »Wir haben uns gestritten, und ich bin irgendwie aus der Spur geraten.«

»Na siehst du. Ein Unfall. Sag ich doch.«

»Wenn ich nicht gewesen wäre, hätten wir uns erst gar nicht in die Haare bekommen.«

»›Hätte‹ war schon!«, gibt Carolin auf ihre typisch pragmatische Art und Weise zurück. Sie ist mit Leib und Seele Wirtschaftsprüferin – da ist neben Fakten kein Platz für Sentimentalitäten. »Das Wichtigste ist doch jetzt wohl, dass Heike so schnell wie möglich wieder auf den Damm kommt.«

»Ja, natürlich, das stimmt.«

»Ich hab auf dem Weg hierher noch kurz mit einem befreundeten Arzt telefoniert. Der hat mir erklärt, dass das alles gar nicht so dramatisch sein muss, wie es im Moment vielleicht klingt.«

»Das hat sich im Krankenhaus aber ganz anders angehört.«

»Wahrscheinlich wollen sie die Erwartungen nicht zu hoch schrauben«, meint Caro. »Du wirst schon sehen: In ein paar Tagen holen sie Heike aus dem künstlichen Koma – und schon bald könnt ihr euch wieder streiten wie die Kesselflicker!«

Ich werfe ihr einen unsicheren Blick zu. »Meinst du?«

Caro nickt energisch. »Ich bin mir sogar *ganz* sicher!«

Ich lehne mich an sie und schließe die Augen. Tut gut, von einer Freundin in den Arm genommen zu werden. Das habe ich nach den vergangenen grauenhaften Stunden wirklich gebraucht. Einfach nur mal ruhig dasitzen und sich sanft wiegen lassen – so, wie unsere Mama das früher oft getan hat.

»Sag mal«, breche ich irgendwann das Schweigen und öffne die Augen. »Was meintest du eigentlich damit, dass ich nicht auf Facebook gehen soll?« Ich spüre, wie Caro sich ein bisschen verkrampft.

»Gar nichts«, antwortet sie. »Das ist überhaupt nicht wichtig.«

»Wenn es nicht wichtig ist, warum hast du es dann überhaupt erwähnt?«

Sie seufzt. »Ist doch egal, glaub mir bitte einfach, dass es nicht wichtig ist.«

Ja, sicher, es ist egal. Jedenfalls in Anbetracht der Gesamtlage. Da ist es sogar noch viel weniger als egal. Aber ich bin von Natur aus so verflucht neugierig, dass mir das Thema plötzlich keine Ruhe mehr lässt.

»Komm!«, sage ich und stehe auf. »Ich will mir das ansehen. Bringen wir es also hinter uns!«

»Wie du willst«, meint Caro und steht ebenfalls auf. »Aber sag hinterher nicht, ich hätte dich nicht gewarnt!«

6. Kapitel

Natürlich weiß ich, was ein »Shitstorm« ist, ich lese ja schließlich Zeitung und gucke Nachrichten. Was ich bisher aber noch nicht wusste, ist, wie es sich anfühlt, Opfer einer solchen Scheißattacke zu werden. Nun gut, jetzt weiß ich es: gar nicht gut.

Kaum habe ich meinen Computer hochgefahren, mich zusammen mit Caro davorgesetzt und Heikes und meine offizielle »Sanne-Gold-Seite« geöffnet, falle ich fast vom Stuhl. Nicht nur, dass wir auf einmal statt 4856 Fans nur noch 2034 haben. (Nicht schlecht! Ein Aktiensturz von fast sechzig Prozent in wenigen Stunden, das muss uns erst einmal einer nachmachen!) Diese verbliebenen 2034 »Fans« machen sich seit vorgestern leider einen ziemlich perfiden Spaß daraus, sich an unflätigen und beleidigenden Einträgen zu überbieten. »Lügnerinnen« und »Leser-Verarsche« sind noch die nettesten Beiträge, die ich auf den ersten Blick erkennen kann.

Dazu kommen Fotos von Heike und mir, auf denen mein Gesicht mit diversen Kritzeleien verziert wurde (zum Beispiel mit einem Paar Teufelshörnern). Diese unsere »Rest-Fans« waren wirklich einfallsreich und haben sich beeindruckend viel Mühe gegeben. Eine Userin hat sogar ein Foto online gestellt, auf dem sie gerade ihre Sanne-Gold-Edition in einem Altpapiercontainer versenkt. Was ist bloß mit unserem Webmaster los, warum hat er das nicht verhindert? Ach, Mist, mir fällt ein, dass ich ja die Betreuung der Seite vor einem halben Jahr selbst übernommen haben, damit ich wenigstens mal wieder *irgendetwas* zu tun habe.

»Scheiße!«, rufe ich aus, als ich einen Beitrag entdecke, in dem ein junges Mädchen schreibt: »Ich bin total traurig, weil ihr immer meiner Vorbilder wart und ich auch Schriftstellerin werden wollte. Aber das will ich jetzt nicht mehr …«

Auch wenn das bei Weitem nicht der schlimmste Eintrag ist – er tut mir mit Abstand am meisten weh.

Okay, hier und da entdecke ich auch ein paar aufmunternde Worte à la »Haltet durch, Mädels, wir lieben euch noch immer und glauben an euch!«. Das Blöde ist nur, dass ich ja selbst schon lange nicht mehr an uns glaube. Und jetzt, da die Katze sogar öffentlich aus dem Sack ist, erscheint es mir wirklich schleierhaft, wie man da noch was retten können sollte.

Ermattet klicke ich mit dem Mauszeiger auf das »Schließen«-Kästchen und starre dann erst mal ins Leere. Caro sieht mir schweigend dabei zu – dazu fällt selbst ihr nichts mehr ein.

»Tja«, sage ich irgendwann.

»Tja«, wiederholt meine Freundin.

»Sieht ganz so aus, als hätte unser Agent recht. Das war's dann wohl mit Sanne Gold.«

»Jetzt wart doch erst mal ab«, meint Caro. »Das wird schon …«

»Was soll ich denn da abwarten?«, unterbreche ich sie heftiger, als gewollt. »Hast du in den vergangenen zwanzig Minuten eine andere Facebook-Seite gesehen als ich? Hab nur ich all die Beschimpfungen und Beleidigungen gelesen?«

»Äh, nein.«

»Dann gibt es ja wohl auch keinen Zweifel mehr daran, dass das hier das Ende ist. Von uns wird keiner mehr ein Buch kaufen wollen, geschweige denn, eines lesen.«

»Vielleicht beflügelt so ein Skandal aber auch den Verkauf?«, macht Caro einen zaghaften Versuch, an der ganzen Misere noch irgendetwas Positives zu sehen.

»Klar, ab jetzt geht's ab wie Schmidts Katze! Caro, machen wir uns nichts vor: Deine beste Freundin ist komplett am Arsch!«

Während ich das sage, spüre ich, wie Angst in mir aufsteigt. Nein, keine Angst, es ist regelrechte Panik. Denn tatsächlich habe ich gerade keine Ahnung, wie es weitergehen soll. Was gibt es für ein Leben nach Sanne Gold? Ich kann doch nichts anderes, als schreiben! Und selbst das kann ich vermutlich nicht mehr, dafür habe ich es schon viel zu lange nicht mehr gemacht!

Erst vorgestern habe ich Heike noch angezickt und ihr gesagt, dass ich lieber Klos putzen als noch einmal mit ihr zusammenarbeiten würde. Sieht fast so aus, als würde sich dieser Wunsch nun erfüllen.

Wie viele Toiletten man wohl schrubben muss, um damit auf mein jetziges Jahresgehalt zu kommen? Eine Menge, fürchte ich, eine ganz unglaublich große Menge.

Eine Sekunde später ist der Gedanke wie weggewischt, und ich schäme mich vor mir selbst, tatsächlich ekele ich mich sogar. Über was grübele ich hier bloß nach? Wenn Heike nicht wieder gesund wird, dann ...

»Komm!«, sagt Caro, erhebt sich von ihrem Stuhl und streckt mir eine Hand entgegen.

»Wo gehen wir hin?«, frage ich.

»Wir gehen uns betrinken.«

Ich zögere. Obwohl ich mich nicht erinnern kann, dass mir schon einmal SO DERMASSEN danach war, mir die Lichter auszuschießen, wie jetzt gerade, weiß ich nicht, ob das heute eine gute Idee ist. »Weiß nicht«, sage ich, »ich bin ja noch nicht wieder so ganz auf dem Damm. Außerdem fühlt es sich echt nicht richtig an, mit dir um die Häuser zu ziehen, während Heike …«

»Was hat Heike davon, wenn du zu Hause rumhockst und dich grämst? Geht's ihr dann besser?«

Ich *wusste*, dass Caro das jetzt sagen würde. Ich hätte es ja im umgekehrten Fall genauso getan.

»Nein«, gebe ich zu. »Natürlich nicht.«

»Na also!« Sie geht zum Wohnzimmertisch und schnappt sich meine Handtasche, die dort liegt. »Auf geht's, es ist schließlich Freitag!«

»Warte mal«, sage ich und deute auf den Bildschirm. »Ich muss erst noch all diese Beiträge löschen, die können ja so nicht einfach stehen bleiben!«

»Bist du verrückt?«

»Wieso sollte ich verrückt sein?«

»Die Beiträge lässt du schön stehen!«

»Äh, sorry, ich glaube, *du* bist verrückt!«

»Nein«, erwidert Caro bestimmt, »Zensur ist unsouverän. Das musst du an dir abtropfen lassen.«

»Aber ich sollte dann wenigstens etwas dazu schreiben.«

»Das ist ja noch schlimmer!«, ruft sie aus. »Wer sich selbst kommentiert, geht unter sein Niveau. Sagte schon Ernst Jünger.«

»Das hinkt«, gebe ich zurück. »Denn ich will mich nicht *selbst* kommentieren, sondern die User.«

»Egal, das ist auch nicht besser. Bleib gelassen, nimm es hin – und sag dir, dass es nur eine Sache gibt, die schlimmer ist, als wenn *schlecht* über einen geredet wird: Wenn *gar nicht* über einen geredet wird.«

»Von wem stammt das jetzt?«

»Keine Ahnung, klingt irgendwie nach Oscar Wilde.«

»Na gut.« Ich klicke die Facebook-Seite zu. »Ich lasse es stehen. Aufrecht in den Tod!«

»Falsch! Aufrecht an die Theke!«

Möööhp! Möööhp! Möööhp!

Ein ziemlich unangenehmes Geräusch reißt mich aus dem Schlaf, und ich brauche einige Sekunden, um zu begreifen, wo ich bin und was mir da gerade so schmerzhaft in den Ohren tutet. Punkt eins ist schnell geklärt: Ich liege – komplett bekleidet – auf meinem Sofa, vor mir auf dem Couchtisch eine leere Flasche Rotwein. Wie die da hinkommt, weiß ich nicht. Was nur logisch ist, denn ich habe ja schließlich nicht einmal eine Ahnung, wie *ich selbst* hier hergekommen bin.

Das Letzte, woran ich mich erinnere, ist, wie Caro und ich kichernd bei unserem Lieblingsitaliener im Schanzenviertel saßen und einen Weißwein nach dem nächsten in uns hineinkippten. Ach so, ja, und ich erinnere mich daran, dass sich irgendwann eine Frau vom Nachbartisch missbilligend zu uns rüberdrehte und uns ein »Dass Sie hier noch so fröhlich sitzen können, ist ja wohl ein starkes Stück!« zubellte. Woraufhin Caro und ich die nächste Pulle orderten und einfach weiterlachten. Worüber? Das weiß ich nicht mehr.

Und eben fällt mir wieder ein, dass wir zusammen mit Kellner Antonio das Radio bis zum Anschlag aufgedreht und »Hard to Say I'm Sorry« von Chicago geschmettert haben, als wir schon lange die letzten Gäste waren. Dabei habe ich – glaube ich – Rotz und Wasser geheult, weil ich so doll an Heike denken musste.

Wir beide haben den Song nämlich mal gemeinsam als Teenager bei einem Schulkaraoke-Wettbewerb gesungen. In einer eingedeutschten Version. Und irgendwie passt das Lied gerade ziemlich gut zur Gesamtsituation:

Halt mich fest,
Ich bitte dich und sage »sorry«
Denn ich will, dass du bleibst.

Ganz egal, was auch passiert
Ich mach's wieder gut an dir
Versprech ich hier!

Und ganz egal was auch kommen mag
Du bist ein Teil von mir
Und ich von dir.

Danach sind Antonio, Caro und ich uns schluchzend in die Arme gefallen, haben jeder noch fünf bis sieben Sambuca geext und zum krönenden Abschluss »Più che puoi« von Eros Ramazzotti und Cher gesungen. Ich als Eros und Antonio als Cher – weil er ihr irgendwie ähnlich sieht. Und natürlich gab's danach noch – wie passend – eine Runde Ramazotti.

Dann sind wir irgendwann aus dem Lokal getorkelt – und danach ist »Licht aus«. Nichts, nada, niente. Ich kann mich an rein gar nichts mehr erinnern.

Wieder ist da dieses ohrenbetäubende Tuten. Was zum Teufel ist das bloß? Ich probiere, mich auf die Seite zu drehen und mich zu erheben, aber mein Schädel explodiert allein bei dem bloßen Versuch, über Bewegung nachzudenken.

Mööööhp! Mööööhp! Mööööhp! Kann das mal bitte jemand ausstellen, verdammt? Mööööhp! Mööööhp! Mööööhp! Nein, offenbar kann das niemand. Zu dem scheußlichen Geräusch gesellt sich nun noch ein unangenehmes Vibrieren auf Höhe meines Magens, gepaart mit einem üblen Brechreiz.

Oh nein, bitte nicht! Bitte nicht auch noch übergeben – ich HASSE das! Mööööhp! Mööööhp! Mööööhp! Mein Magen kitzelt, ich greife mit einer Hand unter mich – und habe im nächsten Augenblick wenigstens den Störenfried am Wickel. Es ist mein Handy, das ununterbrochen klingelt. Offenbar habe ich drauf gelegen.

Mühsam schiele ich aufs Display. Niklas, das war ja klar! Ich drücke ihn weg, eine Sekunde später ruft er wieder an. Diesmal nehme ich den Anruf entgegen.

»Was soll das?«, pöbele ich ihn an. »Hör endlich auf, mich zu stalken, sonst zeige ich dich an! Keine Anrufe mehr, nicht einen einzigen! Hast du das endlich verstanden?«

»Nele«, höre ich seine Stimme, die irgendwie schwach klingt und seltsam zittert. »Bitte lass mich wieder rein!«

»Wieder rein?« Ich verstehe kein Wort.

»Ich friere mich hier auf dem Balkon zu Tode, bitte mach die Tür auf!«

»Warum stehst du auf deinem Balkon?«

»Nele!«, kommt es – jetzt deutlich energischer – zurück. »Ich stehe nicht auf *meinem* Balkon! Ich bin auf *deinem!*«

Ups. Wie kommt Niklas auf meinen Balkon?

Schlagartig bin ich beinahe hellwach und schaffe es irgendwie, vom Sofa runterzurobben und mich zu erheben. Zwar bin ich noch recht wackelig auf den Beinen, und alles sieht noch ein wenig verschwommen aus, aber als ich auf die Balkontür zuschlurfe, entdecke ich da tatsächlich Niklas, der hinter der Scheibe steht und mir hektisch zuwinkt. Oh, der Arme trägt nur T-Shirt und Boxershort – kein schöner Anblick für Anfang März. Aber wie kommt er da nur hin?

»Was machst du denn hier?«, frage ich verwundert, als ich die Balkontür öffne.

»Ssssehr witzig!«, bringt er bibbernd hervor und stolpert ins Wohnzimmer. Tatsächlich ist er schon ziemlich blau angelaufen. Kein Wunder – draußen sind es nicht einmal zehn Grad. Niklas stürzt aufs Sofa zu, wo – wie ich erst jetzt bemerke – seine Hose, sein Pullover und seine Socken liegen, und fängt an, sich anzuziehen.

»Wenn du jetzt nicht rangegangen wärst, hätte ich als Nächstes die Polizei angerufen«, sagt er und klingt dabei irgendwie … ungehalten. Und immer noch zitternd. »Wär mir scheißegal gewesen, ob du dann Ärger gekriegt hättest! Fast drei Stunden habe ich auf dem Balkon gestanden!« Täusche ich mich, oder sehe ich da einen kleinen Eiszapfen in einer seiner blonden Locken blitzen? Nein, das ist wohl nur Einbildung. *So* kalt ist es nun auch wieder nicht.

»Ich verstehe immer noch nicht, wie du überhaupt auf meinen Balkon kommen konntest«, sage ich und muss dabei ein Kichern unterdrücken, weil Niklas wirklich gerade einen jämmerlichen Anblick bietet. Wie ein zerrupftes Küken, das aus dem Nest gefallen ist.

»Du hast dir wohl komplett den Verstand weggesoffen!«, schnauzt Niklas mich an, während er auf einem Bein balanciert und hüpfend versucht, sich eine Socke anzuziehen.

»Wolltest du bei mir fensterln?«, mutmaße ich. »Süß. Aber für März irgendwie zu leicht bekleidet.«

»Klar«, knurrt er, »deshalb liegen meine Klamotten auch auf deinem Sofa. Dein Hirn ist offenbar tatsächlich nicht mehr funktionstüchtig.«

»Stimmt«, nicke ich und merke, dass das einer gewissen Logik nicht entbehrt. Und dann wird mir mit einem Schlag heiß und kalt, weil mir erst jetzt klar wird, was das eigentlich bedeutet: Ich muss Niklas in meine Wohnung gelassen haben! Wie soll er sonst hier hereingekommen sein? Auweia, kompletter Filmriss … Das ist ja wohl jetzt MEGAPEINLICH! Erst recht in meinem Alter. Das macht man vielleicht mit Mitte zwanzig, aber doch nicht mehr mit fast vierzig! Und erst recht nicht in meiner Situation, schiebe ich gedanklich noch etwas peinlicher berührt hinterher.

»Du kannst dich wirklich an rein gar nichts erinnern?«, fragt Niklas, als könnte er Gedanken lesen. Ich schüttele den Kopf, grinse schief und setze mich in einen meiner beiden Sessel. »Auch nicht daran, dass wir gestern Nacht geheiratet haben?«

»WIR HABEN WAS?«

Niklas lacht. »Scherz! Aber einer, den du so was von verdient hast.« Er setzt sich zu mir auf die Sessellehne und zieht mich spielerisch am Ohr. Unangenehm ist mir seine Berührung nicht, aber trotzdem rücke ich ein Stück von ihm ab. Soweit das in einem Sessel geht.

»Also, was genau ist denn passiert?«

»Du und deine Freundin Caro, ihr habt mich angerufen.«

»Wir haben dich angerufen?«, frage ich verwundert nach.

»Ja, habt ihr. Heute früh um fünf Uhr, beide voll wie

tausend Russen. Ich soll in die Schanze kommen, hast du in den Hörer gelallt. Tja«, er hebt die Hände, »und das hab ich dann gemacht. Und euch völlig derangiert auf einer Bank vor deinem Lieblingsitaliener aufgegriffen.«

»Oh.« Mir schießt die Schamesröte ins Gesicht. Selten war mir etwas SO unangenehm.

»War nicht ganz einfach, euch erst ins Auto und dann hoch in die Wohnung zu schleppen, das kann ich dir sagen.«

»Caro ist auch noch hier?«

Niklas nickt. »Pennt im Schlafzimmer ihren Rausch aus, nachdem ich sie auf deinem Bett abgelegt habe.«

»Und was haben wir …« Ich bringe den Satz nicht zu Ende, ich kann mir schon denken, was wir haben. Es schüttelt mich innerlich, ich bin wirklich das ALLERLETZTE!

»Hätten wir vielleicht«, sagt er. »Aber vorher hast du mich ja auf dem Balkon ausgesperrt.« Er sieht mich düster an. »Fand ich echt nicht so lustig.«

»Warum hab ich das denn gemacht?«

Er zuckt mit den Schultern. »Keine Ahnung. Du warst halt lattenstramm.« Wieder ein Grinsen. »Wir haben auf dem Sofa gelegen und geknutscht, dann wolltest du auf einmal draußen noch eine Zigarette rauchen. Ich hab schon mal angefangen, mich auszuziehen.« Das Grinsen wird noch breiter. »Dachte ja, wir würden gleich …«

»Schon gut«, unterbreche ich ihn.

»Jedenfalls hast du nach mir gerufen, ich bin raus zu dir – und auf einmal bist du blitzschnell wieder rein und hast die Tür hinter dir verschlossen.«

»Hab ich?«

»Ja, hast du, du blöde Kuh!« Er hebt gespielt eine Hand,

als würde er mir eine reinhauen wollen. »War wohl die Rache für den Mist, den ich gebaut habe.«

»Gut möglich.«

»Dann sind wir ja jetzt quitt.« Er beugt sich zu mir herunter und versucht, mich zu küssen, aber ich weiche ihm recht umständlich aus.

»Sorry«, sage ich, »ich hab echt rasende Kopfschmerzen.«

»Kann ich mir vorstellen. Du hattest ja mehr Alkohol als Blut in dir. Soll ich dir eine Aspirin holen?«

»Das wäre toll! Ich hab noch Sprudeltabletten im Küchenschrank.«

»Moment.« Er steht auf und geht zur Tür. Echte Nehmerqualitäten, denke ich. Nach drei Stunden, halb nackt und bei der Arschkälte – ich hätte mir nicht so schnell wieder verziehen.

Von nebenan erklingt ein lautes Rumpeln, da tut sich was im Schlafzimmer. Einen Moment später kommt Carolin ins Wohnzimmer gehumpelt. Und sieht – ganz amtlich – scheiße aus.

»OH MEIN GOTT!«, jammert sie und hält sich eine Hand an den Kopf. »Ich sterbe! Und ich bin gerade aus dem Bett gefallen!« Sie lässt sich stöhnend neben mir aufs Sofa plumpsen.

»Niklas!«, rufe ich.

»BITTE NICHT SO LAUT!«, beschwert Caro sich.

»Niklas«, rufe ich etwas leiser, »bringst du für Carolin bitte auch eine Aspirin mit?«

»Okay«, kommt es aus der Küche.

Caro stützt ihren Kopf in beide Hände und sieht mich von schräg unten mit ziemlicher Leidensmiene an. »Was haben wir denn nur gemacht?«

»Keine Ahnung«, gebe ich zu. »Ich hab bisher nur rausgefunden, dass Niklas uns in der Schanze eingesammelt und nach Hause gebracht hat. Und dass ich ihn in T-Shirt und Unterhose auf dem Balkon ausgesperrt habe.« Caro kennt Niklas flüchtig, und natürlich habe ich ihr gestern Abend auch die ganze Geschichte mit ihm erzählt, durch die es zu diesem unsäglichen Anruf in der Talkshow kam.

»Ausgesperrt?« Meine Freundin sieht mich begriffsstutzig an. »Ich verstehe kein Wort.«

»Macht nichts«, sage ich. »Ist überhaupt nicht wichtig.« Ich greife nach meinem Handy. Ein Blick aufs Display sagt mir, dass es schon halb elf ist. Und ich fühle mich wie morgens um drei in einer Kiezkaschemme.

Na ja, stimmt ja auch irgendwie. Dabei wollte ich doch gleich heute früh ins Krankenhaus. Wenn ich allerdings in diesem Zustand da hinfahre, behalten sie mich gleich da und stecken mich auf die Entzugsstation. Mal abgesehen davon, dass ich erstens seit dem Unfall kein Auto mehr habe und zweitens mit meinem Restalkohol auch noch gar nicht wieder Auto fahren darf (aber gut, ich könnte ja ein Taxi nehmen), werde ich so, wie ich gerade aussehe, meiner Familie auf gar keinen Fall unter die Augen treten. Da dürfte ich mir sonst gleich wieder was anhören von wegen Verantwortungslosigkeit, Lotterleben und überhaupt.

Ich erinnere mich an eine nette Anekdote, die ich bei der letzten Buchmesse im vergangenen Oktober erlebt habe: Da lernte ich einen Verleger kennen, der mich fragte, welche der zwei Gold-Schwestern ich denn sei. »Die mit den drei Kindern?«, hatte er gefragt, Lotta war da gerade erst geboren worden. »Nein«, hatte ich geantwortet, »ich bin die andere.« Darauf er: »Ach, dann sind Sie die Partymaus!« – »Partymaus?«, hatte ich entsetzt wissen wollen. Seine Antwort: »Ja, das hat mir gerade erst jemand so erklärt. Sanne Gold, das sind Schwestern. Die eine ist verheiratet und hat drei Kinder, die andere ist eine Partymaus.«

Nun, den Verleger hatte ich dann ziemlich schnell einfach stehen lassen. Partymaus! Was für eine Frechheit! Heike, der ich später bei einem Essen unseres Verlags empört davon erzählt hatte, hatte mich nur angepampt: »Na, ist doch prima! Du giltst also als die fröhliche und lebenslustige Partymaus, ich hingegen als kinderreiche und verhärmte Mutti.« Offenbar konnte sie überhaupt nicht nachvollziehen, dass mich die Bezeichnung »Partymaus« verletzt hatte. Aber das genau ist ja unser Problem: Wir verstehen uns nicht mehr – die eine kann nicht mehr nachvollziehen, was in der anderen vor sich geht.

»Worüber sinnierst du gerade?«, reißt Caro mich aus meinen Gedanken.

»Heike«, sage ich. »Was sonst?«

»Hast du denn schon im Krankenhaus angerufen?«

»Nein, eigentlich wollte ich gleich hinfahren.«

Caro wirft mir einen skeptischen Blick zu. »Das würde ich an deiner Stelle lieber bleiben lassen. Du hast eine derartige Fahne – damit könntest du Tote zum Leben erwecken.« Sie schlägt sich erschrocken mit einer Hand vor den Mund. »Tut mir leid, das war jetzt echt pietätlos.«

»Ja, war es«, erwidere ich und gucke sie traurig an. »Totale Scheiße, das alles.«

»Na, das ist ja wirklich herzallerliebst!« Caro und ich fahren herum, Niklas steht in der Tür und bedenkt mich mit einer finsteren Miene. An seinem rechten Zeigefinger baumelt an einem Bändchen das Plüschherz, das ich gestern im Küchenmüll entsorgt habe. Ein paar alte Eierschalen, eine Zigarettenkippe und etwas Kaffeesatz kleben daran. Kein sonderlich appetitlicher Anblick.

»Wo hast du denn diese Scheußlichkeit gefunden?«,

will Caro wissen, ehe ich irgendetwas sagen kann. Niklas' Blick wird noch drei Nuancen finsterer, falls das überhaupt möglich ist.

»Diese ›Scheußlichkeit‹, wie du sie nennst«, schmollt er, »habe ich mit sehr viel Liebe für Nele ausgesucht. Und wie ich gerade feststellen durfte, hat sie dafür ein besonders hübsches Plätzchen gefunden.«

»Scheint mir durchaus passend zu sein«, setzt Caro noch einen drauf. Ja, sie war noch nie ein sonderlich großer Fan von Niklas. Überhaupt findet sie Männer, die ihre Frauen betrügen, total daneben. Ich ja eigentlich auch, aber … Ach ja, Partymaus halt, was soll ich sagen? Schuldig im Sinne der Anklage. Schade, dass ich nicht katholisch bin, dann könnte ich wenigstens beichten. Aber dem aufrechten Protestanten bleibt halt nur das schlechte Gewissen, mit dem er irgendwie selbst fertigwerden muss.

Niklas beachtet Caro überhaupt nicht. »Das ist also der Dank dafür?«, fährt er mich an. »Der Dank, dass ich euch zwei besoffenen Weiber in der Schanze eingesammelt und nach Hause gefahren habe? Dass meine Geschenke im Müll landen???«

»Genau genommen«, sage ich, »habe ich das Herz weggeschmissen, BEVOR du uns eingesammelt hast, da wusste ich das also noch nicht.«

»Ach?« Er schnauft heftig. »Jetzt auch noch Haarspalterei? Meine Ehe habe ich für dich aufs Spiel gesetzt, mich vor aller Welt lächerlich gemacht, für dich …«

»Äh«, unterbreche ich ihn, »wo hast du dich denn bitte vor aller Welt lächerlich gemacht?«

»Na, immerhin ist im Fernsehen mein Name gefallen!«

»Ach, jetzt bist *du* also das arme Opfer?«, hake ich nach, während Caro in Gelächter ausbricht.

»Wisst ihr was?«, blökt Niklas und pfeffert das Herz zu

Boden. »Ihr könnt mich mal. Alle beide!« Mit diesen Worten macht er auf dem Absatz kehrt und marschiert in den Flur. Und Sekunden später höre ich geräuschvoll die Tür ins Schloss donnern.

»Was für ein Hammerauftritt!«, stellt Carolin trocken fest. »Daraus könnte er glatt 'ne eigene Show machen.« Wir sehen uns an – und prusten dann beide mehr oder weniger hysterisch los, Niklas Mesterkamp ist wirklich ein Kaliber für sich!

Mein Handy klingelt, ich erkenne Olivers Nummer im Display. Sofort bin ich wieder ernst und gehe ran. »Oliver?«

»Nele, du musst sofort ins Krankenhaus kommen!«

HEIKE!

7. Kapitel

»Skateboard! Ausgerechnet auf ein Skateboard! Wer kommt denn bitte auf so eine schwachsinnige Idee? Und noch dazu in deinem Alter!«

Die gute Nachricht ist: Heikes Zustand ist stabil, es ist nichts passiert. Die schlechte ist: Meine 67-jährige Mutter hat sich einen komplizierten Trümmerbruch am Oberschenkelhals zugezogen. Beim Skateboardfahren. Ja, richtig gehört, beim Skateboardfahren!

»Was soll das heißen, in *meinem* Alter?«, schnauft meine Mutter empört, während Oliver vor ihrem Bett im Krankenhaus Altona steht und ihr einen Vortrag hält. Wir anderen – Jakob, Emma, Lotta (in ihrem Kinderwagen), Caro, Niklas (der uns netterweise in die Klinik gefahren hat, wir hatten ihn gerade noch an seinem Auto abgepasst) und ich – stehen schweigend dabei und wissen nicht so recht, ob wir lachen oder weinen sollen.

Okay, Emma hat sich entschieden: Sie weint ein bisschen. Jakob hingegen versucht, sich ein Grinsen zu verkneifen. Caro geht es ähnlich. Und mir schwirrt der Kopf, weil ich mich frage, was eigentlich noch alles passieren soll, um mein Leben möglichst schnell in ein vollkommenes Chaos zu verwandeln.

Niklas wirkt völlig konfus. Wir haben ihn auf der Fahrt ins Krankenhaus nur ganz kurz über die neuesten Ereignisse informieren können – er wusste bisher ja noch von gar nichts. Betroffen sieht er aus. Obwohl er meine Schwester nach eigener Aussage nie sonderlich gut leiden konnte, scheint ihn die Tatsache, dass es ihr so schlecht geht, doch ziemlich mitzunehmen.

»Ihr solltet doch nur kurz zum Supermarkt gehen«, setzt Oliver seine Vorhaltungen fort, »und jetzt so was!«

»Sah aber cool aus«, mischt Jakob sich ein und kichert. »Omi ging echt ab wie ein Zäpfchen!«

»Du, mein lieber Freund«, fährt mein Schwager ihn an, »hältst dich jetzt mal lieber ganz geschlossen. Du hast im Moment ja wohl wirklich Probleme genug! Wie kommst du nur dazu, deine Großmutter zu so einem Unsinn anzustiften?«

»Hat er ja gar nicht«, geht meine Mama dazwischen, »ich wollte es selber unbedingt mal ausprobieren.«

»Na toll, Helga!« Mein Schwager ringt dramatisch mit den Händen. »Und jetzt haben wir den Salat! Du bist mir wirklich eine großartige Hilfe!«

»Ich sagte doch schon, dass es mir leidtut«, erwidert meine Mutter etwas kleinlaut und versucht, sich im Bett ein bisschen aufzusetzen. »Uh«, stöhnt sie auf und lässt sich wieder ins Kissen sinken.

»Als wäre das nicht alles sowieso schon eine Katastrophe«, ereifert Oliver sich weiter. »Das ist doch ...«

»Jetzt hör mal auf!«, mische ich mich ein. »Du tust ja gerade so, als hätte Mama das absichtlich gemacht!« Meine Mutter wirft mir einen dankbaren Blick zu. »Wie geht's denn mit dir hier eigentlich weiter?«

»Ich werde gleich morgen früh operiert«, sagt meine Mutter. »Und dann soll ich so schnell wie möglich versuchen, wieder auf die Beine zu kommen. Aber bis ich wieder richtig laufen kann, wird's wohl ein paar Wochen dauern.« Sie seufzt, ihre Augen schimmern ziemlich feucht. »So ein Mist aber auch!«

Ich setze mich zu ihr aufs Bett, nehme ihre Hand und drücke sie. »Sieht so aus, als hätten wir gerade keinen sonderlich guten Lauf, was?«

»Das kann man wohl sagen«, brummelt Oliver. »Ich geh dann jetzt mal mit den Kindern hoch zu Heike.«

»Ich komm nach«, sage ich. Dann wende ich mich an Caro und Niklas: »Danke noch mal fürs Fahren beziehungsweise Mitkommen! Wollt ihr los?«

»Also, ich kann auch gern noch auf dich warten«, sagt Niklas.

»Ich auch«, meint Caro und wirft mir einen Blick zu, den ich als »Oder willst du etwa, dass ich dich mit dem Typen allein lasse?« deute.

Ich schüttele den Kopf. »Nein, ist schon okay, düst ruhig ab. Ich ruf dann später mal an.«

»Mich auch?«, will Niklas wissen – und wirkt dabei auf eine niedliche Art unsicher. Ach, irgendwie mag ich ihn ja doch. Obwohl er ein Idiot ist, der Tankstellen-Plüschherzen verschenkt.

Ich lächele. »Ja, dich auch.«

»Schön, ich freu mich!«

»Wer sind Sie überhaupt?«, kommt es ziemlich unfreundlich von Oliver. Und dann, an mich: »Du könntest uns deinen Freund ruhig mal vorstellen, wenn du ihn hier schon mit anschleppst.« Mama nickt zustimmend.

»Äh«, sage ich überrascht, und mir bricht augenblicklich der Schweiß aus, weil mir klar ist, was passiert, wenn ich Niklas als Niklas vorstelle. Denn Oliver weiß zwar nicht, wie mein verheirateter Lover aussieht – aber den

Namen wird er sich vermutlich gemerkt haben. Und auf eine Standpauke meines lieben Herrn Schwagers habe ich hier und jetzt wirklich keine Lust. Ich war schon erleichtert, dass Mama ihn nicht mehr erkannt hat. Aber dass nun ausgerechnet mein Schwager wissen will, wer er ist, ist natürlich blöd.

Ach, hätte Niklas Caro und mich doch einfach nur unten im Krankenhaus abgesetzt! Aber nein, er hat darauf bestanden mitzukommen und zu sehen, ob er noch irgendwas für uns tun kann. Wie also erkläre ich den anderen nun, dass er mein verheirateter Lover ist. Okay, eigentlich mittlerweile Exlover, aber das macht es ja kaum besser.

»Gustav«, höre ich Niklas sagen, noch bevor ich überhaupt zu Wort komme. Er streckt Oliver eine Hand hin. »Entschuldigung, wie unhöflich von mir.« Sie schütteln sich die Hände. Caro entfährt ein glucksender Laut, und auch ich muss mich schwer beherrschen, um nicht laut loszuprusten. Gustav? Wie kommt er nur auf *so einen* Namen? Trotzdem bin ich natürlich heilfroh, dass ihm scheinbar klar ist, dass seine wahre Identität hier gerade nicht *sooo* gut ankommen würde. »Ich war gerade bei Nele, als Sie anriefen«, erklärt er weiter, »und weil sie natürlich sehr aufgeregt war, habe ich angeboten, sie und Caro eben hier herzubringen.«

»So, so«, sagt Oliver. »Wie nett von Ihnen!« Er löst die Bremse von Lottas Kinderwagen und wendet sich dann an Jakob und Emma. »Also, Kinder, gehen wir zu Mama.« Sie trotten hinter ihm her. In der Tür dreht Oliver sich noch einmal mit einem extrem verkniffenen Blick zu mir um. »Weil die Aufregung so groß war, ja? Na, bei *der* Fahne, die ihr beide habt, war es dann ja gleich doppelt gut, dass ihr nicht selber hergefahren seid. Muss ja gestern ein ziemlich fröhlicher Abend gewesen sein ... Freut mich für euch, dass ihr es so schön krachen lassen könnt, während deine Schwester um ihr Leben kämpft, deine Mutter sich fast den Hals bricht und dein Schwager zusehen kann, wie er mit allem allein klarkommt.« Zack – das saß! Und er hat auch noch recht …

»Oliver«, setze ich an, aber er ist schon aus der Tür und hat sie geräuschvoll hinter sich ins Schloss gezogen.

»Tja, ähm«, sagt Niklas. »Ich denke, ich werde dann auch mal …« Er sieht Caro an. »Willst du mitfahren?«

Sie nickt. »Danke, gern.«

Wir verabschieden uns, dann bin ich mit Mama allein und setze mich wieder zu ihr ans Bett.

»Mama«, fange ich an. »Das mit gestern Abend war …«

»Mir musst du das nicht erklären«, sagt sie lächelnd. »Ich kann das verstehen. Ich könnte mir momentan auch gut einen Schwips antrinken.«

»Na ja, war schon ein bisschen mehr als ein Schwips.«

»Auch egal.« Sie macht eine wegwerfende Handbewegung. »Ich mache mir derzeit ganz andere Sorgen.«

»Klar, Heike.«

»Das natürlich auch. Aber nicht nur.«

»Irgendwas ist mit Jakob, oder? Oliver hat da eben so was angedeutet.«

Mama seufzt. »Jakob ist total von der Rolle, ich erkenne ihn fast nicht wieder, seit ich ihn Weihnachten zuletzt gesehen habe. Gibt nur noch Widerworte, ist bockig und kriegt dann wieder kaum den Mund auf. Ich frage mich allerdings, ob das nur mit dem Unfall zu tun hat.«

»Womit denn sonst noch?«

Sie zuckt mit den Schultern. »Keine Ahnung, er wirkt irgendwie unglücklich.« Sie ringt mit den Händen. »Deshalb dachte ich ja auch, es sei eine gute Idee, wenn die Oma sich mal auf sein Skateboard stellt, um ihn aufzuheitern.«

»Immerhin – *das* hat geklappt, vorhin hat er gegrinst«, sage ich.

»Wenigstens etwas«, meint sie. »Aber ganz ehrlich, ich bin ja nun zwei Tage in Flottbek gewesen, und ich habe wirklich den Eindruck, dass da irgendwas nicht stimmt.«

»Was soll denn da nicht stimmen?« Einen schiefen Haussegen bei Familie Mustermann kann ich mir beim besten Willen nicht vorstellen. Heike ist (war?) erfolgreich als Autorin, Oliver hat ein gut laufendes Architekturbüro, die Kinder sind hübsch und die meiste Zeit wohlerzogen – das könnte ja nun wirklich alles schlimmer aussehen.

»Ich weiß auch noch nicht so genau, was ich eigentlich meine«, sagt Mama. »Aber du hast Oliver doch eben selbst erlebt!«

»Na, ist doch klar, dass der gerade unter Stress steht.«

»Hm, sicher. Trotzdem habe ich das Gefühl, dass da noch irgendwas anderes im Busch ist.« Sie seufzt noch einmal. »Es ist aber auch zu blöd, dass ich genau jetzt so aus dem Verkehr gezogen bin. Gerade in dieser Situation brauchen die mich doch!« Ich muss beinahe ein bisschen grinsen. Denn es ist schon wahr, dass meine Mutter sehr hilfsbereit ist – aber sie ist vor allem auch sehr neugierig. Und auch, wenn Oliver es eben so hingestellt hat, als wäre er komplett allein und verloren – immerhin haben sie noch eine Haushälterin, ein Au-pair-Mädchen und eine ganze Kompanie von Babysittern.

»Oliver *hat* aber doch jede Menge Unterstützung«, werfe ich deshalb ein.

»Eben nicht!«

»Wie, nicht?«

»Ja, das hat mich auch total überrascht. Die Haushälterin gibt es nicht mehr, und das Au-pair-Mädchen ist auch weg. Selbst von den Babysittern habe ich bisher noch keinen einzigen zu Gesicht bekommen.«

»Das hat Heike mir gar nicht erzählt.«

Mama sieht mich traurig an. »Kindchen, sei doch mal ehrlich. Ich bin deine Mutter und nicht blöd – Heike und du, ihr redet doch schon furchtbar lange nicht mehr richtig miteinander, oder?«

»Du hast mittlerweile also auch die Sendung gesehen?« Wieder einmal schießt mir die Röte ins Gesicht. Die Vorstellung, dass meine eigene Mutter Zeugin davon wurde, wie mich die Frau eines anderen coram publico zur Minna gemacht hat – das ist ein bisschen so, wie von seinen Eltern beim ersten, ähm, nun ja, erwischt zu werden.

Mama nickt. »Aber ich wusste schon vorher, dass es zwischen dir und Heike nicht mehr stimmt. Wie gesagt, ich bin eure Mutter. Denkst du, es ist mir bei unseren Telefonaten nie aufgefallen, dass die eine nicht mehr sonderlich viel über die andere weiß oder über sie spricht? Oder dass ihr euch bei unseren seltenen Familientreffen immer nur anschweigt? Und ich frage mich natürlich auch, warum mir keine von euch je erzählt hat, dass ihr solche Schwierigkeiten miteinander habt. Ich hab schon länger darauf gewartet, dass ihr das mal tut.«

»Ich wollte dich damit nicht belasten«, erkläre ich. »Was hättest du von Teneriffa aus auch tun können?«

»Zuhören? Dir zuhören? Heike zuhören? Oder mal nach Hamburg kommen und mit euch zusammen ein Gespräch führen?« Ich muss schlucken, so gerührt bin ich gerade. Und ich erinnere mich daran, wie Mama früher immer Streitereien zwischen uns geschlichtet hat: Dann hat sie sich mit uns zusammen an den Küchentisch gesetzt, ein großes Blatt Papier genommen und zwei Kreise aufgemalt, die sich überschneiden. So, wie man das aus der Mengenlehre kennt.

Danach durfte jede von uns aufzählen, was sie an der anderen gerade stört oder worüber sie sich ärgert. Und Mama hat die Punkte dann in jeweils einen der Kreise geschrieben. Als Nächstes haben wir gemeinsam überlegt, wie wir das Problem lösen könnten, und die Ideen, die wir beide gut fanden, hat Mama in die Fläche der Schnittmenge geschrieben.

Zum Beispiel, ganz banal: Als Teenager haben wir oft darüber gestritten, wer von uns morgens zu lange im Bad braucht. Als Lösung fiel uns dann ein, dass ich einen eigenen Spiegel und einen Fön in mein Zimmer bekomme. Wir haben Listen darüber geführt, wer von uns wie oft vorn im Auto sitzen durfte, wer wie oft bestimmt hat, was im Fernsehen läuft und was es zum Mittagessen gibt. Irgendwie hat Mama es immer geschafft, dass sich jede von uns gerecht behandelt gefühlt hat. Das war schön.

»Stimmt«, sage ich, als ich mich nun an früher erinnere. »Das hätten wir wohl tun sollen.« In meinem Hals bildet sich ein dicker Kloß. »Zu spät«, flüstere ich und merke, wie mir eine Träne über die Wange kullert.

»Unsinn!«, sagt Mama, und ihr energischer Tonfall duldet keinen Widerspruch. »So etwas will ich gar nicht erst hören! Heike wird wieder gesund, und dann setzen wir uns alle mal zusammen an einen Tisch.« Wie zur Bekräftigung ihrer Worte nimmt sie meine Hand und drückt sie fest.

»Klar«, antworte ich und wische mir die Träne weg. »Natürlich wird Heike wieder gesund!«

»Sag ich doch. Und dann werdet ihr auch wieder zusammenhalten. Wie früher!«

»Genau so ist es!« Ich nicke heftig.

»Und was immer bei Heikes Familie gerade los ist – auch das kommt alles wieder ins Lot.«

»Hat Oliver dir denn gesagt, warum die Haushälterin und das Au-pair-Mädchen weg sind?«

»Er meint, sie hätten wieder mehr Privatsphäre gewollt und sich deshalb von ihnen getrennt. Aber ich weiß nicht …«

»Kann doch sein. Ich hätte auch keine Lust, ständig mit fremden Menschen unter einem Dach zu wohnen.«

»Vielleicht hast du recht, und ich höre schon die Flöhe husten.«

Sie verdreht die Augen. »Als Mutter macht man sich halt ständig Sorgen. Da hört man nie auf, sich Gedanken um seine Kinder zu machen. Du kennst das ja nicht …« Sie unterbricht sich. »Tut mir leid, das ist mir jetzt so rausgerutscht.« Mama weiß, wie sehr ich mir immer Kinder gewünscht habe.

»Ist ja leider wahr«, sage ich. »Immerhin«, ich versuche, ein schiefes Grinsen aufzusetzen, »kann ich mich so in aller Ruhe besinnungslos betrinken. Keiner da, der mich braucht.«

»Quatsch!« Wieder drückt sie meine Hand. »*Ich* brauche dich. *Deine Schwester* braucht dich. *Wir alle brauchen dich!*«

Als ich eine Dreiviertelstunde später – Mama und ich haben uns dann doch noch ziemlich verquatscht – in Heikes Zimmer komme, sind Oliver und die Kinder schon fort. Die Schwester, die ich nach ihnen frage, erklärt mir, sie hätten gesagt, dass sie den Wochenendeinkauf machen und später am Nachmittag noch einmal wiederkommen wollen.

Mir ist es ganz recht, dass ich mit meiner Schwester

allein bin. Außerdem war Oliver ja echt ganz schön aggressiv drauf – und auf eine weitere Auseinandersetzung mit meinem Schwager kann ich im Moment wirklich gut verzichten.

Auf dem Weg in Heikes Zimmer traf ich den Stationsarzt, und er hat mir gesagt, dass eigentlich alles ganz gut aussieht und sie Heike wohl Anfang nächster Woche wieder aufwecken werden. Natürlich hat mich das erleichtert, auch, wenn man immer noch nicht sagen kann, wie schwer ihr Gehirn geschädigt ist. Aber ich beschließe, es so wie Mama zu sehen: Natürlich wird meine Schwester wieder ganz gesund! Was anderes kommt gar nicht in die Tüte!

»Hallo, Heike!« Ich ziehe mir einen Stuhl heran und setze mich zu ihr ans Bett. Ich streichele über ihre Hand und erschrecke mich ein bisschen, weil sie so kalt ist, deshalb fange ich an, ihre Finger sanft zu massieren. Keine Regung von Heike, sie liegt einfach nur da, als würde sie sehr tief schlafen. »Mama hat sich das Bein gebrochen«, erzähle ich ihr. »Vielleicht hast du das ja schon von Oliver gehört. Sie hat doch tatsächlich versucht, mit Jakobs Skateboard zu fahren, und sich dabei hingelegt.« Ich muss lachen. »Unsere Mutter! Benimmt sich wirklich wie ein Teenager!« Ich plaudere einfach so weiter mit ihr, als würde sie mich hören können. Und vielleicht kann sie es ja sogar, wer weiß das schon? Ich erzähle ihr von Niklas und dem scheußlichen Plüschherz, sogar meine Sauftour mit Caro beichte ich ihr (»Ich hoffe, du verstehst das – war nicht gegen dich gemeint!«) und auch, wie Frau Gärtner mich abgemistet hat und dass es auf unserer Facebook-Seite einen Shitstorm gibt und ich die Beiträge löschen wollte, Caro mich aber davon abgehalten hat, weil sie meinte, das sei total unsouverän.

»Schade, dass ich dich nicht fragen kann, was du davon hältst«, sage ich zu Heike, »ich hätte gern deine Meinung gehört.« Schon wieder kullern mir ein paar Tränen runter. Früher haben wir uns über fast alles ausgetauscht, haben uns bei Liebeskummer beieinander ausgeweint oder uns Rat geholt, wenn wir in irgendeiner Situation nicht weiterwussten. Wir haben uns gegenseitig unterstützt und geholfen. Wir waren beste Freundinnen, das kann ich wirklich sagen – auch wenn wir uns manchmal natürlich gezofft haben oder unterschiedlicher Meinung waren.

Aber irgendwann haben wir aufgehört, das füreinander zu sein. Und ich kann nicht einmal so richtig sagen, warum. Liegt es wirklich nur an den unterschiedlichen Lebensmodellen? Daran, dass sie es meiner Meinung nach oft so viel besser hat als ich? Oder daran, dass Heike findet, dass mein Leben eine einzige Party ohne jede Verantwortung ist? Oder steckt noch viel mehr dahinter?

»Ich kenn dich gar nicht mehr«, sage ich leise und betrachte das blasse Gesicht meiner Schwester. Schneewittchen habe ich sie früher manchmal genannt, und jetzt liegt sie wirklich so da wie die Prinzessin im gläsernen Sarg. Bin ich die böse Hexe, die ihr das angetan hat? Aus den paar Tränchen werden wieder kleine Rinnsale, ich beuge mich nach vorn und lege meinen Kopf auf Heikes Bauch. »Tut mir leid«, schluchze ich in die Bettdecke. »Es tut mir so leid, dass wir uns verloren haben!«

Hamburg, Freitag, den 8. September 1990

Liebes Tagebuch,

jetzt ist sie also weg, ich kann es immer noch gar nicht glauben! Gestern haben wir noch Heikes neunzehnten Geburtstag gefeiert, und heute hat sie ihre Sachen gepackt, um nach Trier zu fahren. Trier! Wo liegt das überhaupt? Na, auf jeden Fall ganz schön weit weg von hier, mit dem Zug ist Heike über sechs Stunden unterwegs.

Ich verstehe nicht, warum sie nicht in Hamburg studiert, hier an der Uni gibt's doch auch Jura! Dann könnte sie bei Mama und mir wohnen bleiben und müsste nicht ans andere Ende der Welt ziehen. Aber sie meinte, dass die Uni in Trier besser sei und sie außerdem Lust hat, mal allein zu leben, in einer Studentenbude, wo sie richtig Party machen kann.

Party machen, Heike! Selbst gestern zum Abschiedfeiern waren wir nur mit Mama und Papa (welch hoher Besuch!) essen. Ich an ihrer Stelle wäre über die Reeperbahn gezogen, das darf sie ja schon seit einem Jahr. Und ich wäre einfach mitgegangen, ich kenne jede Menge 16-Jährige, die das schon machen. Heike wollte lieber früh ins Bett, um heute für die Reise ausgeschlafen zu sein. Wofür muss sie bitte schön ausgeschlafen sein, um stundenlang im Zug zu hocken?

Ach egal, ich bin einfach tierisch traurig, dass sie weg ist. Sie fehlt mir jetzt schon, obwohl wir sie erst vor zwei Stunden zum Bahnhof gebracht haben. Übrigens ohne Papa, der hatte mal wieder einen »wichtigen Termin«.

Das hat Heike ganz schön mitgenommen, dass er es nicht mal schafft, sich richtig von ihr zu verabschieden und am Zug zu winken. »Aber du bist mir sowieso die Wichtigste«, hat sie mir ins Ohr geflüstert, als wir uns am Bahnsteig noch einmal in die Arme genommen haben.

Klar hab ich da geheult wie ein Schlosshund und Heike ein letztes Mal gefragt, ob sie nicht hierbleiben kann. »Ich komme jede Semesterferien nach Hause«, hat sie versprochen. »Und zwischendurch auch. Außerdem kannst du mich ja besuchen kommen!« – »Ist doch total weit weg«, hab ich da gesagt. »Na und?«, meinte Heike. »Wofür gibt es Züge?«

Ja, sicher kann ich Heike mal da unten besuchen. Aber ich weiß doch, wie das läuft: Sie wird da mit ihrem Studium beschäftigt sein und außerdem schnell neue Freunde finden, da spiele ich doch überhaupt keine Rolle mehr in ihrem Leben. Irgendwie habe ich richtig Angst, sie zu verlieren. Angst, dass sie mir fremd wird und ich nichts mehr von ihr weiß.

Na, vielleicht übertreibe ich auch ein bisschen und sehe das alles zu dramatisch. Tue ich ja meistens, nicht umsonst nennt Heike mich immer »meine kleine Drama-Queen«. Wird vermutlich doch alles nicht so schlimm. Wir sind schließlich Schwestern, was soll uns schon auseinanderbringen?

P.S.: Letzte Woche hab ich übrigens mit Torben Schluss gemacht. Der ist mir echt auf die Nerven gegangen mit seiner Klammerei. Dafür finde ich Felix aus der Parallelklasse ganz gut. Und ich glaube, er mich auch! Na, mal sehen! ☺

»Hallo? Frau Krüger?«

Benommen hebe ich den Kopf und brauche einen Moment, um zu begreifen, wo ich bin. Diesmal befinde ich mich netterweise nicht angezogen und verkatert auf meinem Sofa, sondern in Heikes Krankenhauszimmer. Ich muss eingenickt sein, und zwar in einer sehr ungünstigen Haltung, mein Nacken schmerzt, und mein linkes Bein fühlt sich an, als wäre es eingeschlafen.

Vor mir steht die freundliche Schwester von gestern. »Tut mir leid, dass ich Sie wecke, aber ich müsste jetzt Ihre Schwester versorgen.«

»Oh ja, klar.« Ich stehe von meinem Stuhl auf und recke mich vorsichtig. »Wie spät ist es denn? Ich war wohl tatsächlich komplett weg.«

»Kurz nach fünf«, sagt die Schwester.

»So spät schon?«

Sie nickt.

»Wo sind denn mein Schwager und die Kinder, die wollten doch noch mal wiederkommen?«

»Die waren schon hier.«

»Oh«, sage ich noch einmal. Die Pflegerin lacht.

»Sie müssen ja fix und fertig gewesen sein, Sie haben hier selenruhig gelegen und geschlafen.«

Ich spüre, wie ich rot werde. Die Vorstellung, dass ich – auf Heike liegend – hier gepennt habe, während Oliver mit den Kids da war, ist mir etwas unangenehm. Verstohlen fahre ich mir mit der linken Hand über die Mundwinkel – und tatsächlich, da ist sogar noch ein Spuckefaden! Auweia, Nele Krüger, verkatert und sabbernd auf ihrer todkranken Schwester, das muss ein Bild für die Götter gewesen sein.

»Ich werde dann auch mal nach Hause fahren und morgen wiederkommen«, sage ich.

»Tun Sie das«, antwortet die Schwester. »Und schlafen Sie sich mal richtig aus.«

»Ja, das mache ich.« In Wahrheit habe ich allerdings das Gegenteil von Ausschlafen vor. Und damit meine ich nicht, dass ich wieder um die Häuser ziehen werde, das auf keinen Fall. Aber mit einem Mal bin ich so wach und klar wie schon lange nicht mehr. Weil ich plötzlich weiß, was ich zu tun habe. Für Heike. Und für mich. Was hat sie zu mir gesagt? Ich wäre es nicht gewohnt, Verantwortung zu übernehmen oder auch mal Kompromisse einzugehen? Ja, stimmt. Musste ich ja auch noch nie. Bis heute.

Zu Hause angelangt hole ich meinen Koffer vom Kleiderschrank runter und werfe in Windeseile ein paar Klamotten hinein. Ziemlich wild fliegen Socken, Unterwäsche, Hosen und Pullis durcheinander, aber für ordentliches Zusammenlegen hab ich keine Zeit, denn ich bin schon jetzt viel zu spät. Wie immer, würde Heike sagen. Und ich sage in Gedanken zu ihr: Besser spät als nie!

Zwanzig Minuten später liegt mein Gepäck im Kofferraum eines Taxis. Nachdem ich dem Fahrer die Adresse genannt habe, rufe ich kurz noch Caro an, um ihr von meinem Entschluss zu berichten. Sie ist überrascht, aber findet die Idee gut. Mama hatte ich im Krankenhaus noch schnell ein zweites Mal besucht und ihr ebenfalls davon erzählt. Und auch sie war natürlich absolut begeistert. Nachdem ich mich von Caro verabschiedet habe, überlege ich, ob ich auch noch Niklas anrufen soll, verwerfe die Idee aber sofort wieder. Ich werde mich bei ihm melden, wenn ich mehr Ruhe habe, jetzt bin ich gerade ein bisschen zu aufgeregt.

Eine halbe Stunde später biegt der Wagen in die Ohnhorststraße ein. Sehr gediegene Gegend, viele Bäume und parkähnliche Gärten, die Häuser sind größtenteils typische Hamburger Kaffeemühlen aus den Zwanziger- und Dreißigerjahren. Alles ruhig, alles nett, alles adrett. »Da möchte ich nicht tot überm Zaun hängen«, hab ich mal zu Caro gesagt. »Ist zwar sehr hübsch da, aber so unfassbar langweilig, dass einem nichts anderes übrig bleibt, als sich ab mittags den Cognacschwenker zu geben oder sich beim Golf oder Polo erschlagen zu lassen.«

Tja, und jetzt bin ich hier. Vor einer Villa mit einer großzügigen Kiesauffahrt hält das Taxi an, ich bezahle und steige aus. Als ich mit meinem Koffer auf den Eingang zurollere (blöder Kies!), kommen mir kurz Zweifel, ob das hier wirklich eine so gute Idee ist. Sollte ich nicht lieber ganz schnell zurück zum Taxi laufen und zusehen, dass ich nach Hause komme, wo ich hingehöre? Doch dann straffe ich die Schultern. Nein, ich gehöre jetzt nicht nach Hause. Ich gehöre jetzt hierher!

Ich drücke auf den Klingelknopf, einen Moment später wird geöffnet, und Oliver steht vor mir. Er hält meine Nichte Lotta auf dem Arm, der er gerade ein Fläschchen gibt, und sieht mich überrascht an. Vielleicht sogar schockiert.

»Was willst *du* denn hier?«, fragt er, während Lotta zeitgleich in ein lautes Quengeln ausbricht, weil Oliver das Fläschchen nicht mehr richtig hält.

»Hallo, Herr Schwager!« Ich lächle ihn fröhlich an »Ich dachte mir, ich ziehe heute mal bei euch ein.«

8. Kapitel

»Was soll das heißen, du ziehst heute bei uns ein?« Oliver steht vor mir und sieht mich an, als hätte ich sie nicht mehr alle.

»Das heißt, was es heißt«, erkläre ich. »Ich glaube, dass ihr, solange Heike noch im Krankenhaus ist und Mama ja leider auch ausfällt, Hilfe gebrauchen könnt. Deshalb habe ich«, ich deute auf meinen Koffer, »ein paar Sachen zusammengepackt und werde bis auf Weiteres bei euch wohnen.«

Mein Schwager wirkt noch immer so, als stünde er unter Schock. »Du?«, fragt er nach. »Uns helfen? Bei uns einziehen?« Ich nicke begeistert. Oliver bricht in Gelächter aus. So laut, dass Lotta prompt wieder quakt. »Sag mal«, bringt er japsend hervor, während er gleichzeitig versucht, Lotta zu beruhigen, »du hast doch nicht schon wieder was getrunken, oder?«

»Natürlich nicht«, gebe ich maulig zurück.

»Irgendwelche anderen Drogen?«

»Was soll denn die blöde Fragerei?« Ich werde sauer. »Ich will euch helfen, das ist alles. Immerhin ist Heike meine Schwester, und ihr seid meine Familie. Da ist der Gedanke doch nicht komplett abwegig, oder?«

»Vielen Dank, Nele«, sagt Oliver und klingt einen Hauch freundlicher. »Wir haben hier schon genug Chaos, da können wir dich wirklich nicht gebrauchen. Trotzdem eine nette Idee von dir, danke! Aber wir kriegen das schon irgendwie hin.«

»Aber ich will doch nur ...«

»Wie gesagt«, unterbricht er mich, »echt nett von dir. Ich ruf dir ein Taxi, das dich wieder in die Stadt fährt, okay?« Ehe ich etwas erwidern kann, ist er auch schon mit Lotta im Haus verschwunden und hat die Tür geschlossen.

Ich stehe da wie ein begossener Pudel. Ein bisschen so wie gestern, als Frau Gärtner mich einfach so abserviert hat. Nein, in Wahrheit ist es noch *viel* schlimmer. Frau Gärtner ist schließlich nur irgendeine Nachbarin, aber *das hier* ist tatsächlich meine Familie! Die Art und Weise, wie Oliver mich gerade behandelt hat, verletzt mich. Und sie beschämt mich zugleich, weil ich mich natürlich frage, ob ich wirklich ein Mensch bin, dem man den aufrichtigen Wunsch, zu helfen, nicht glauben und dessen gut gemeinte Hilfe man nicht annehmen mag? Nein, »begossener Pudel« trifft es nicht – ich fühle mich vielmehr wie ein geprügelter Hund.

Eigentlich habe ich nicht sonderlich nahe am Wasser gebaut, aber jetzt kann ich schon wieder nicht verhindern, dass mir die Tränen kommen. Ein paar zu viele in letzter Zeit für meinen Geschmack. Ich kann sie einfach nicht zurückhalten, sie schießen gegen meinen Willen aus mir heraus. Schniefend und schlurfend ziehe ich meinen Koffer über die Kieseinfahrt zurück zur Straße.

»Nele!« Olivers Stimme erklingt hinter mir. Ich drehe mich nicht zu ihm um. Was auch immer er mir noch an Nettigkeiten mit auf den Weg geben will, er darf sie gern für sich behalten! »Nele!«, ruft er noch einmal.

Ich verfalle kurzfristig ins Verhalten eines Gossenkindes, strecke einen Arm in die Höhe und zeige meinem Schwager rückwärts den Mittelfinger.

»Nele!«, ruft er zum dritten Mal und lacht. Ich höre, wie er mir mit eiligen Schritten über den Kies nachläuft. »Nele«, kommt es zum vierten Mal, als er direkt hinter mir ist. »Bleib doch bitte mal kurz stehen!«

Ich fahre zu ihm herum und schaue in böse an. Diesmal steht er ohne Lotta vor mir. »Was noch?«, belle ich ihn an. »Willst du ganz sichergehen, dass ich auch wirklich abhaue? Keine Sorge, ich bin schon weg!«

»Nele.« Er greift nach meiner Hand, mit der ich den Koffer umklammere, aber ich lasse nicht los. »Es tut mir leid«, sagt er und zieht seine Hand wieder zurück. »Ich glaub, ich hab grad ein bisschen bescheuert reagiert, oder?«

»Bescheuert ist untertrieben«, brummele ich.

»Von mir aus auch unmöglich«, gibt er zu. »Aber ich kann es, ehrlich gesagt, noch immer kaum glauben, dass du hier plötzlich auf der Matte stehst, um mir zu helfen. Damit konnte ich doch nun wirklich nicht rechnen – sei ehrlich …«

»Ich bin immerhin deine Schwägerin, da kann ich ja wohl mal vorbeischauen, ohne dass mir gleich Drogenkonsum unterstellt wird«, entgegne ich beleidigt. Und weiß doch zur selben Zeit, dass das kompletter Unsinn ist. Schwägerin hin, Schwägerin her – bisher habe ich mich hier noch nie unangemeldet blicken lassen. Und schon gar nicht mit einem Koffer und dem Plan, bis auf Weiteres hier einzuziehen.

Oliver lächelt mich an mit einem Blick, der mir zeigt, dass er gerade genau dasselbe denkt. Trotzdem sagt er: »Da hast du sicher recht, deshalb bin ich dir ja auch nachgelaufen. Um mich zu entschuldigen. Und um dir zu sagen, dass ich dein Hilfsangebot gern annehme.«

»Ehrlich?«

Er nickt. »Ehrlich. Wir können tatsächlich Unterstützung gebrauchen. Momentan geht es hier drunter und drüber.«

»Und du meinst, dass ich helfen kann?«

»Okay«, sagt er, und ein amüsierter Ausdruck tritt auf sein Gesicht, »du möchtest dich also noch einmal extra bitten lassen. Kein Problem: Bitte, liebe Nele, hilf mir!«

»Na gut«, zucke ich mit den Schultern und gebe mir Mühe, dabei möglichst gnädig zu wirken, »dann will ich mal sehen, was ich tun kann.«

Oliver bückt sich, schnappt sich meinen Koffer und trägt ihn zurück zum Haus. Ich folge ihm und bin dabei seltsam beschwingt. Vor dreißig Sekunden fühlte ich mich noch erbärmlich, jetzt freue ich mich regelrecht. Irgendwie glaube ich gerade, dass das hier eine außerordentlich unterhaltsame Erfahrung werden kann.

»Aber eins sag ich dir.« Oliver dreht sich zu mir um, während er die Haustür aufschließt. »Stell dir das Leben hier nicht so einfach vor.«

»Wer sagt, dass ich es mir hier bei euch einfach vorstelle?«

»Du!«, lacht Oliver auf. »Heike gegenüber. Bei jeder passenden und unpassenden Gelegenheit.«

»Nein, das hab ich *so* nie gesagt.«

»Doch, hast du. Aber jetzt hast du ja die einmalige Chance, herauszufinden, was Familienleben so bedeutet. Also: Come in and find out!«

Museum. Der erste Gedanke, der mir kommt, als wir die Eingangshalle betreten: Dieses Haus ist ein Museum! Der helle Marmorboden ist so blitzblank, dass ich mich darin spiegeln kann und fast geblendet werde. Nirgends steht oder liegt etwas rum. Nur hinten in der Ecke ein leerer Sekretär, daneben eine große Bodenvase mit Gladiolen, die so frisch aussehen, als wären sie gerade erst von einem Floristen angeliefert worden (Plastik???).

Der lange Teppichläufer in der Mitte liegt meines Erachtens genau rechtwinkelig zur Eingangstür, und seine Fransen sehen aus, als hätte man sie erst gekämmt und danach mit einem Bügeleisen und Haarspray bearbeitet. Absolut rätselhaft, wie das mit Kindern funktionieren kann; bei mir zu Hause – ohne Kinder – wäre so ein Kunstwerk nach spätestens fünf Sekunden wieder hin.

Der Teppich auf den Stufen der Wendeltreppe, die links von mir hoch zu den Schlafzimmern führt, sieht aus wie nagelneu oder zumindest frisch gereinigt. Als ich das letzte Mal hier war, das muss etwa ein Dreivierteljahr her sein, kam er mir noch nicht so klinisch vor und lag vor allem unter Bergen von Spielzeugen begraben.

Rechts von mir, an der Garderobe, hängen Jacken und Mäntel ordentlich in Reih und Glied. Und zwar der Größe nach sortiert. DER GRÖSSE NACH!

Okay, es war bei meiner Schwester und ihrem Mann schon immer sehr aufgeräumt – aber diese nahezu aseptische Szenerie ist mir neu. Und regelrecht unheimlich.

Wenigstens ein paar Schuhe müssten doch im Flur rumfliegen. Ein Regenschirm, ein Schulranzen von den Kindern, Inlineskates, von mir aus auch ein Bobbycar oder ein Karton mit Altglas oder Altpapier. Wie es bei einer fünfköpfigen Familie halt *normalerweise* aussieht – leicht durcheinander, ein ansatzweise organisiertes Chaos. Aber *das hier* erinnert mich doch eher an ein Chemielabor, in dem mit hochexplosiven Stoffen experimentiert wird und in dem jedes noch so winzige Staubkörnchen sofort zu einer Katastrophe führen könnte.

»Wie sieht es denn hier aus?«, entfährt es mir.

»Wieso?«, will Oliver wissen und sieht sich erschrocken um.

»Na, so ... so ...«, ich suche nach den richtigen Worten, »irgendwie so unbewohnt. Hier könnte man sofort ein Fototeam von ›Schöner Wohnen‹ durchjagen, ohne vorher auch nur einen einzigen Handschlag zu tun.«

Meine Schwager runzelt verständnislos die Stirn. »Ist doch schön, wenn alles ordentlich ist.«

»Ja, sicher«, nicke ich. Obwohl ich gleichzeitig denke, dass ich mich in so einer gepflegten Sterilität niemals wohlfühlen würde. Da hätte ich ja Angst, zu atmen! »Aber Mama hat mir erzählt, dass ihr momentan weder eine Haushaltshilfe noch ein Au-pair habt. Und du hast eben selber noch gesagt, dass ihr Hilfe gebrauchen könnt. *Wofür*, wenn ich fragen darf? Ich hatte erwartet, dass ihr hier im Chaos ersauft.«

»Stimmt, wir haben keine Hilfen mehr. Wir waren der Ansicht, dass wir etwas mehr Privatsphäre brauchen«, erklärt Oliver mir das, was Mama mir ja auch schon in der Klinik erzählt hatte. »Es nervt uns eben, wenn ständig fremde Menschen um uns herum sind. Wir machen den Haushalt jetzt einfach selbst, und wie du siehst, klappt das ganz gut.«

»Das sehe ich«, gebe ich zu. »Allerdings frage ich mich, wie man das mit drei Kindern so hinbekommt.«

»Frag deine Schwester, die ist das Organisationsgenie«, erwidert Oliver. Und im nächsten Moment verdunkelt sich seine Miene. »Das heißt, im Moment kannst du sie ja leider nicht fragen. Aber wem sag ich das.« »Oliver«, setze ich an, aber er unterbricht mich etwas unwirsch.

»Komm! Sagen wir den Kindern Hallo« Ich folge ihm durch die Halle zu der großen Glastür (die Scheiben: blitzblank), die zum Wohnzimmer führt.

Und auch hier ein Bild der gepflegten Harmonie: In der Mitte steht der große Esstisch mit acht Stühlen, alle akkurat im selben Abstand zur Tischplatte angeordnet. Die beiden weinroten Dekodeckchen mit jeweils einem silbernen Kerzenständer darauf muss jemand mit einem Geodreieck vermessen haben, wenn nicht sogar unter Zuhilfenahme eines Zirkels.

Erstaunlich! Selbst der Stubenwagen, der neben dem Ensemble steht und in dem Lotta friedlich schläft, macht den Eindruck, als hätte ihn jemand nach mathematischen Kriterien aufgestellt; jedenfalls scheinen die Abstände zwischen Wagen, Wand und Stuhl alle exakt gleich groß zu sein. Ich lasse meinen Blick umherschweifen. Auch hier steht oder liegt nichts rum. Alles ist so aufgeräumt, als wären die Bewohner ausgewandert.

»Also, ihr könnt gern mal bei mir vorbeischauen«, stelle ich fest und habe dabei meine eigene Wohnung vor Augen. Da sieht es zwar auch nicht gerade aus wie bei Hempels unterm Sofa, aber ein Abbild der »Living at Home« ist sie ebenfalls nicht.

»Wenn *du* mal im Koma liegst, machen wir das gern«, kann Oliver sich eine weitere Spitze nicht verkneifen. Ja, schon gut, ich hab's verstanden, ich halte meinen Mund.

»Emma? Jakob?«, ruft Oliver, wir biegen links um die Ecke in den hinteren Teil des Wohnzimmer. Hier befindet sich eine gemütliche Sitzecke mit Fernseher. Emma hockt auf dem Boden vor dem Couchtisch und malt etwas, von Jakob weit und breit keine Spur. »Emma!«, ruft Oliver, stürzt auf den Tisch zu, schnappt sich das Glas mit Apfelschorle, das dort steht, und hält es demonstrativ hoch.

Sofort sieht meine Nichte ihn schuldbewusst an. »Wie oft haben wir euch gesagt, dass ihr immer Untersetzer benutzen sollt?« Er wischt das Glas unten mit einem Ärmel ab, nimmt dann einen Untersetzer von dem Stapel, der auf der Fensterbank liegt, legt ihn auf den Couchtisch und stellt die Schorle darauf ab.

»Tut mir leid, Papi«, sagte Emma kleinlaut. »Ich hab's vergessen.«

»Du bist alt genug, um so etwas nicht mehr zu vergessen«, ermahnt er sie. »Mama mag das überhaupt nicht.«

»Tut mir leid«, wiederholt die Kleine und klingt dabei fast so, als würde sie gleich weinen.

»Nu mach mal halblang«, gehe ich verteidigend dazwischen. Dann, an Emma gerichtet: »Hallo Emma! Ich wohne jetzt eine Weile bei euch, wie findest du das? Ich bin sicher, dass wir eine Menge Spaß haben werden!«

Meine Nichte lächelt mich unsicher an, sagt allerdings kein Wort. Oliver beugt sich zu ihr und streichelt ihr über den Kopf. »Deine Tante hat recht«, gibt er sich versöhnlicher, »so schlimm ist das mit dem Glas nun auch wieder nicht.« Jetzt wird Emmas Lächeln breiter, und sie ringt sich sogar zu einem »Hallo, Tante Nele« durch.

»Wo ist denn Jakob?«, fragt Oliver. »Der sollte doch jetzt Hausaufgaben machen.« Er deutet auf das aufgeschlagene Matheheft, das ebenfalls auf dem Couchtisch liegt. Emma zuckt nur mit den Schultern. »Na, dann suchen wir ihn mal. Vermutlich wird er in seinem Zimmer sein.« Dann wendet er sich an mich: »Lass uns mal hochgehen.«

»Bis nachher«, rufe ich meiner Nichte zu, ehe ich meinem Schwager zurück in den Essbereich folge. Unterwegs nimmt Oliver Lotta aus dem Stubenwagen, die dabei einfach weiterschläft, und trägt sie vor mir her zurück in den

Flur und dann die Wendeltreppe hoch, nach oben zu den Schlafzimmern.

»Kleinen Moment«, sagt Oliver und öffnet eine Tür, auf der in bunten Holzbuchstaben »Lotta« steht. Dahinter befindet sich ein kleines Zimmer mit brombeerfarbenen Wänden, die ringsum von einer Bärchenbordüre verziert werden. Eine weiße Wickeltischkommode, ein Kleiderschrank mit kleinen Elfen auf der Tür und ein weißes Gitterbett stehen hier, alles schön sauber, ordentlich und aufgeräumt.

Oliver legt meine Nichte vorsichtig in ihrem Bettchen ab und schaltet die Spieluhr ein, die an einem Himmel darüber baumelt. Sofort wird der Raum von sanften Klängen erfüllt, zu »Guten Abend, gute Nacht« dreht Lotta sich schmatzend auf die Seite und pennt einfach weiter. Der Anblick beschert mir unverhofft eine Gänsehaut. So, wie die kleine Maus sich in ihrem Schlafsack rollt und zufrieden an ihrem Schnuller nuckelt, geht mir glatt das Herz auf.

»Süß!«, flüstere ich.

Oliver blickt versonnen lächelnd auf seine jüngste Tochter hinunter. »Ja, in dem Alter sind sie noch total bezaubernd. Jedenfalls wenn sie schlafen. Dann sind sie kleine Engel.«

»Sonst nicht?«

Mein Schwager zögert einen kurzen Moment, nickt dann aber und sagt: »Doch, klar, sonst auch.«

Wie gehen aus dem Zimmer, Oliver zieht vorsichtig die Tür hinter uns zu und öffnet dann die zum Gästezimmer, das direkt nebenan liegt. Ein kleiner Raum mit Bett, Schrank, Tisch und Stuhl – also allem, was man so braucht.

»Ich hole neues Bettzeug, das hier ist noch von eurer

Mutter«, sagt er. »Deinen Koffer bringe ich dir auch gleich noch hoch, du kannst ja schon mal die Bettwäsche abziehen.«

»Ach, lass nur!«, winke ich ab. Meine Mutter hat ja kaum hier geschlafen, da kann ich das Bettzeug ruhig übernehmen. Ist mir lieber, als alles neu zu beziehen, solche Tätigkeiten waren mir schon immer verhasst.

»Du kannst doch nicht in der Bettwäsche deiner Mutter schlafen!«, erwidert Oliver verwundert.

»Klar kann ich das«, antworte ich. »Warum denn nicht?«

»Heike würde …«, setzt mein Schwager an, unterbricht sich dann aber. »Wie du meinst. Dann hole ich mal deinen Koffer hoch.«

Während Oliver nach unten geht, lasse ich mich aufs Bett plumpsen. Überall stehen noch Sachen von Mama rum, glücklicherweise weder rechtwinklig noch sonstwie angeordnet – das Gästezimmer wirkt entspannend normal. Mamas Zeug werde ich später in ihren Koffer, der rechts hinter der Tür steht, räumen und ihr dann morgen ins Krankenhaus mitbringen.

Auf dem Nachttisch liegt ein Roman von Anna Gavalda, »Ein geschenkter Tag«. Ein Lesezeichen steckt zwischen den Seiten. Ich nehme es in die Hand und blättere kurz darin herum. Teilweise sind Passagen angestrichen. Ich stecke es in meine Handtasche, damit ich es morgen nicht vergesse. Bestimmt möchte Mama gern weiter darin lesen, wenn sie es so gut findet, dass sie sogar Stellen markiert. Und wie es aussieht, wird sie dafür in den nächsten Wochen ja jede Menge Zeit haben.

»Ich glaube, ich seh' nicht richtig!«, höre ich die Stimme meines Schwagers laut durch den Flur dröhnen und zucke erschrocken zusammen. Eine Sekunde später erklingt ein deutliches »Verpiss dich!«, der Stimme nach zu urteilen kam es von Jakob. Oha, hier herrscht ja ein rauer Ton! »Jetzt hör mir mal zu, mein lieber Freund!«, bellt mein Schwager zurück.

Ich springe auf und schließe meine Tür, denn es ist mir ein bisschen unangenehm, Zeuge dieser Auseinandersetzung zu werden. Ist vermutlich ganz normal in Familien, aber trotzdem fühle ich mich wie ein kleiner Voyeur – und das muss ja nun wirklich nicht sein.

Selbst durch die geschlossene Tür kann ich hören, wie Oliver und Jakob sich weiter anbrüllen, allerdings kann ich den Wortlaut nicht mehr verstehen.

Drei Minuten später gibt es einen lauten Knall, ich nehme an, einer von beiden hat mit einer Tür gedonnert. Ich lausche, ob ich etwas aus Lottas Zimmer höre. Würde mich nicht wundern, wenn der Lärm sie geweckt hätte. Aber es bleibt still, stattdessen kommt Oliver wenige Augenblicke später zu mir herein und stellt meinen Koffer vorm Bett ab.

Er sieht gestresst und müde aus, offenbar macht ihm der Streit mit Jakob zu schaffen. Kurz überlege ich, ob ich fragen soll, was los ist, beschließe dann aber, den Mund zu halten. Zuerst muss ich mich hier ein wenig einleben, bevor ich mich in Familienangelegenheiten einmische. Ach was, wahrscheinlich ist es am besten, ich halte mich da komplett raus. Ich werde helfen, wo ich kann, und ansonsten einfach nur ein freundliches Gesicht machen.

»Danke«, sage ich zu Oliver.

»Kein Problem«, antwortet er. »Wenn du magst, pack erst einmal in Ruhe aus. Jakob kannst du später ›Hallo‹ sagen, gerade passt es nicht so gut.«

»Okay.«

»Ich rufe dich dann, wenn es Abendessen gibt.«

»In Ordnung.« Mein Blick fällt auf eine Ansammlung von Babyfläschchen, zwei Metalldosen, einer kleinen Thermoskanne und einer Wasserflasche, die auf dem Schreibtisch unter dem Fenster stehen. »Was ist das?«, will ich wissen.

»Lottas Milch«, erklärt Oliver. »Gott sei Dank hat Heike vor zwei Monaten abgestillt, sonst hätten wir jetzt echt ein Problem. Aber mittlerweile bekommt Lotta HA-Milch, die musst du einfach immer nur frisch für sie anmischen.«

»Ich?«

Er wirft mir einen verwunderten Blick zu. »Na klar, wer denn sonst? Du wolltest doch helfen!«

»Aber ich weiß doch gar nicht, wie das geht!«

Mein Schwager geht zum Tisch und nimmt einen Zettel in die Hand.

»Hier«, sagt er. »Heike hat das vorsichtshalber alles mal aufgeschrieben. Für den«, er dehnt das nächste Wort, »N-o-t-f-a-l-l.« Dann liest er vor, was auf dem Blatt Papier steht. »Du nimmst einen Messlöffel Milchpulver auf 30 ml warmes Wasser. Heißes Wasser ist in der Thermoskanne, du mischst es mit stillem kaltem Wasser, bis es handwarm ist, und gibst dann im Fläschchen das Milchpulver dazu. Nimm einfach sechs Löffel auf 180 ml. Dann das Ganze schütteln, fertig.«

»Äh, wie jetzt?«

Mein Schwager seufzt leicht genervt und drückt mir den Zettel in die Hand. »Lies es dir halt selber durch.«

»Und wann kriegt Lotta ein Fläschchen?«

»Wenn sie Hunger hat.«

»Und woher weiß ich, wann das ist? Gibt's da bestimmte Uhrzeiten?«

»Wenn sie schreit, Nele! Babys schreien, wenn sie Hunger haben.«

»Ach so.« Ich komme mir gerade unglaublich dumm vor. »Und wie oft passiert das so? Also, dass sie schreit?«

»So alle zwei bis drei Stunden.«

»Alle zwei bis drei Stunden?«, wiederhole ich entsetzt. »Auch nachts?«

»Ja, natürlich!«

»Ist sie dafür nicht schon ein bisschen alt?«, frage ich vorsichtig nach. »Also, sollte sie mit sieben Monaten nicht schon längst durchschlafen?«

Oliver betrachtet mich im wahrsten Sinne des Worte von oben herab (ich sitze ja noch auf dem Bett) und zieht dabei genau so eine Augenbraue hoch, wie Heike es so perfekt kann. »So?«, fragt er gedehnt. »Bist du seit Neuestem Expertin in Kinderfragen, oder wie?«

»Nein, natürlich nicht«, erwidere ich. »Ich dachte nur ...«

»Wenn du helfen willst, denk lieber nicht, sondern mach es einfach so, wie ich dir sage.«

»Ja, äh, alles klar.« Ich kämpfe gegen den Fluchtreflex an, der in mir aufsteigt. Was ist das hier, ein Arbeitslager? Aber so schnell gebe ich nicht auf, so schnell nicht!

Olivers Mund verzieht sich zu einem spöttischen Lächeln, er beugt sich zu mit herunter und tätschelt mir doch tatsächlich eine Schulter. »Du machst das schon. Haben vor dir schon ganz andere überlebt.« Er wendet sich zum Gehen, dreht sich dann aber noch einmal zu mir um, immer noch spöttisch lächelnd. »Ach ja, gewickelt werden muss sie nachts meistens auch mindestens einmal, die Windeln sind in der obersten Schublade vom Wickeltisch, Feuchttücher stehen auf dem Beistelltischchen daneben.«

Mit diesen Worten lässt er mich einfach auf meinem Bett hocken und verlässt das Zimmer. Und ich denke:

Also, ich muss alle zwei bis drei Stunden ein Fläschchen machen? Das heißt, wach werden, aufstehen, ein Fläschchen mixen und Lotta füttern? HILFE!!!!!!!

Ich mache mich daran, meine Sachen in den Schrank zu räumen, der allerdings so proppevoll mit Klamotten ist, dass ich zuerst den Koffer meiner Mutter packen muss. Kopfschüttelnd nehme ich ganze Stapel von Pullovern, *T*-Shirts und Hosen aus den Regalen und bugsiere sie in Mamas Koffer. Offensichtlich hatte sie sich auf einen ziemlich langen Aufenthalt eingestellt.

Mein Herz sinkt mal wieder, als ich darüber nachdenke, dass Mama scheinbar schon geahnt hat, dass es hier mit einem kurzen Besuch nicht getan sein würde.

Als ich fertig bin, türmt sich in Mamas Koffer ein derartig hoher Klamottenberg auf, dass er sich nicht schließen lässt. Ich werfe mich mit meinem gesamten Gewicht auf ihn, bis es mir in einem beispiellosen Gewaltakt gelingt, den Reißverschluss zuzuziehen. Allerdings rechne ich sekündlich damit, dass er wieder aufplatzt, denn er gibt verdächtig knackende Geräusche von sich.

»Nele!«, ruft Oliver von unten. »Du kannst jetzt das Abendessen machen!« Habe ich mich gerade verhört? Ich soll das Abendessen *machen?* Unter »Ich rufe dich dann, wenn es Abendessen gibt« hatte ich irgendwie etwas anderes verstanden. So langsam reicht es mir, ich bin doch hier nicht das Dienstmädchen!

Ich stürme aus meinem Zimmer, wild entschlossen, meinem Herrn Schwager mal einen kurzen Vortrag über meinen Einsatz in diesem Haus hier zu halten.

Unterwegs hält mich ein leises Quieken zurück, das aus Lottas Zimmer kommt. Ich stoppe mitten in meinem Lauf, mache auf dem Absatz kehrt und schaue vorsichtig ins Zimmer meiner kleinen Nichte.

Da liegt sie und schläft noch immer, das Quieken ist nichts weiter als zufriedene Nuckellaute.

Ach, sie sieht wirklich aus wie ein Engel, sooo süß! Schlagartig bin ich mit der Situation versöhnt. Ich soll Abendessen machen? So what? Brot und etwas Aufschnitt werde ich schon auf den Tisch gestellt bekommen.

Vorsichtig beuge ich mich zu Lotta hinunter und gebe ihr einen Kuss auf ihre weiche Babywange. Ich seufze. Hach, wirklich ein kleiner Engel!!!

Egal, wie sehr Oliver mich auch nerven will (und ich gehe mittlerweile davon aus, dass es sich bei seinem Verhalten mir gegenüber um Vorsatz handelt): Das hier wird eine wunderwunderschöne Zeit!

9. Kapitel

Rabäääh!!!! Rabäääh!!!! Rabäääääh! Ich habe einen Albtraum, den schlimmsten, den man sich überhaupt vorstellen kann. Gemeinsam mit meiner Schwester Heike war ich in einer Talkshow zu Gast, in der wir uns aufgrund widriger Umstände erst in die Haare bekommen, dann komplett überworfen und gleichzeitig das Ende unserer Schriftstellerkarriere eingeläutet haben. Nach dem Fernsehauftritt hatten wir einen schweren Autounfall, Heike liegt seitdem im Koma, und ich bin in der Hölle gelandet.

Ja, in der Hölle! Hier quält mich der Teufel höchstpersönlich mit der perfidesten aller Foltermethoden: strategischer Schlafentzug. Kaum habe ich die Augen geschlossen und bin halbwegs weggenickt, macht er mich mit kreischendem Getöse wieder wach und gibt erst dann Ruhe, wenn ich ihm als Opfergabe ein Fläschchen mit angerührtem Milchpulver dargebracht habe.

Allerdings nur, wenn es handwarm ist. Wenn nicht, fliegt mir das Fläschchen im hohen Bogen um die Ohren, und ich muss ein neues anmischen – so lange, bis es dem Teufel gefällt. Zwischendurch nebelt er mich mit infernalischen Dämpfen ein, denen ich nur entkomme, wenn ich den Teufel einmal komplett umziehe und sauber wische und das stinkende Beweismaterial draußen auf dem Balkon in einem Eimer entsorge.

Rabäääääh!

Ich schrecke in meinem Bett hoch und stoße mir zum vierten Mal in Folge den Kopf an der Dachschräge über mir. Mittlerweile habe ich eine veritable Beule oberhalb der Stirn. Mein Blick fällt auf den Nachttischwecker: halb sechs. Argh! Um diese Uhrzeit komme ich sonst gern mal nach Hause und mische mir als Schlaftrunk noch einen Martini. Stattdessen mixe ich Aptamil-Pulver mit abgekochtem Wasser. Engelchen? Pah – Teufelchen!!

Müde mische ich Lottas Milch an, dann stolpere ich mit dem Fläschchen rüber zu ihrem Zimmer. Draußen im Flur ist es friedlich und still, nur ein leichtes Schnarchen ist ein paar Türen weiter zu vernehmen. Da pennt Oliver quasi den Schlaf der Gerechten, denn der Herr des Hauses muss ja schließlich ausgeruht sein, weil er so viel arbeitet.

Immerhin, wie er mir gestern beim Abendessen erklärte, bringt er wochentags die Kinder zur Schule. Ich muss sie erst mittags abholen. »Dann können wir ja ein bisschen spielen!«, wollte ich bei Jakob und Emma für gute Stimmung sorgen, wurde von meinem Schwager aber sofort ausgebremst: »Nein, dann machst du mit ihnen zusammen Hausaufgaben und bringst sie danach zu ihren Aktivitäten. Jakob spielt zweimal in der Woche Fußball, und Emma hat Reitunterricht und ist im Schwimmverein. Außerdem hast du natürlich noch Lotta: Mittwochmorgens müsstet ihr zum PEKiP, das ist eine Art Babyturnen, und am Donnerstag ist musikalische Früherziehung …«

»Mittwochmorgens nach Peking?«, versuchte ich, der Sache etwas den Ernst zu nehmen. »Jeden Mittwoch? Findest du das nicht ein wenig übertrieben?« Aber Oliver schaute mich nur missbilligend und komplett humorfrei an. Auch Emma und Jakob sagten nichts, sondern futterten still ihre Brote in sich hinein. Ein bisschen mehr Begeisterung über die Anwesenheit ihrer Tante hätte ich mir schon gewünscht. Aber sie kennen mich ja kaum, das wird schon noch kommen.

Oder auch nicht, denke ich jetzt, als ich Lotta aus ihrem Bettchen hebe, mich auf den bunten Sessel in der Ecke setze und ihr das vierte Fläschchen dieser Nacht gebe. Denn ich bezweifele, dass ich das hier länger als drei oder vier Tage durchstehen werde. Danach wird man mich vermutlich einfach zu Heike ins Zimmer legen können, und ich werde ebenfalls keinen Mucks mehr von mir geben. Bei dem Gedanken überkommt mich sofort wieder das schlechte Gewissen, und ich schimpfe mich innerlich aus: *Nele, wie kannst du nur so etwas denken? Schäm dich!*

Also schäme ich mich und füttere Lotta weiter, während ich krampfhaft versuche, irgendwie wach zu bleiben. Gar nicht so einfach. Hin und wieder sackt mir der Kopf auf die Brust, und ich falle in eine Art Sekundenschlaf, der sofort unterbrochen wird, weil Lotta quakt, sobald ich die Flasche nicht mehr richtig halte.

Möglich, dass ich ein Weichei bin, aber gerade frage ich mich, wie um Himmels willen meine Schwester das schon DREIMAL überstanden hat?! Das ist doch nicht normal! Der Mensch ist ganz sicher nicht dafür gemacht, viermal in der Nacht geweckt zu werden. Das ist wider seine Natur!

»Warum schläfst du nicht einfach durch?«, frage ich Lotta und knete dabei ihr rechtes Ohr. Als Antwort erhalte ich nur ein zufriedenes Nuckeln, gefolgt von einem noch zufriedeneren lauten Bäuerchen.

Leider gibt sie nicht nur warme Luft von sich, sondern spuckt gleichzeitig auch etwa die Hälfte der Flasche wieder aus, die sich über ihren Schlafsack und mich ergießt. Na super! Dann ist ja gleich noch ein weiteres Mal Umziehen angesagt, so klitschnass kann ich das Baby kaum zurück in sein Bettchen legen.

Mit Lotta auf dem Arm stehe ich auf und mache mich daran, in ihrem Schrank nach einem sauberen Body und einem neuen Schlafsack zu suchen. Einarmig, wie ich bin, stellt sich das als gar nicht so einfach heraus, und als Lotta anfängt, auch noch wild zu zappeln, lasse ich sie beinahe fallen. Im letzten Moment kann ich meinen Griff um sie so verstärken, dass sie Ruhe gibt und mich erstaunt aus ihren großen blauen Augen ansieht.

»Wer bist du eigentlich?«, scheint sie mich zu fragen. Ich lächele sie an und sage: »Ich bin deine Tante Nele. Du und ich, wir werden jetzt viel Zeit miteinander verbringen …« Prompt fängt Lotta an zu heulen. Von jetzt auf gleich brüllt sie so laut los, dass sie mir vor Schreck schon wieder fast entgleitet.

»Schsch«, mache ich, bewirke damit aber genau das Gegenteil, denn meine Nichte brüllt nur *noch* lauter. Sofern das überhaupt möglich ist. »Schsch!«, versuche ich es noch einmal und streiche ihr mit einer Hand beruhigend über das Köpfchen. Ohne jeden Erfolg. Lotta wirft sich in meinen Armen wild hin und her, ich kann sie kaum noch halten. Ich mache weiter »Schsch!!« und werde dabei immer hektischer. Das Baby allerdings wird immer lauter, und es kann nicht mehr lange dauern, bis hier die Fensterscheiben zerspringen. Ich fürchte, ich muss Oliver holen, allein schaffe ich das nicht!

Da fliegt die Tür auf, und vor mir steht ein verschlafener und sichtlich genervter Jakob.

»Was ist denn hier los?«, blökt er mich an.

»Tut mir leid«, gebe ich angestrengt zurück, während

ich Lotta hin und her wiege. »Ich kann sie einfach nicht beruhigen! Sie muss umgezogen werden, hol bitte deinen Vater, der muss mir helfen!«

»Gib mal her!«, fordert mein Neffe mich auf und hat mir das Baby im selben Moment auch schon entrissen. Schlagartig ist Ruhe, Lotta strahlt ihren großen Bruder an und gluckst selig. Erstaunlich, wirklich erstaunlich.

Aber noch erstaunlicher ist Jakobs Miene. Aus dem genervten Teenager wird binnen Sekunden ein bezaubernder Junge, der seine Schwester ebenfalls anstrahlt.

»Papa könnte dir eh nicht helfen, davon hat er keine Ahnung«, erklärt er cool, während er Lotta mit routinierten Griffen auf den Wickeltisch legt und gleichzeitig einen frischen Body aus dem Regal zaubert. Im Handumdrehen hat er sie umgezogen, noch immer lacht die Kleine ganz verzückt.

»Alle Achtung!«, sage ich anerkennend. »Du kennst dich ja aus.«

»Hat Mama mir gezeigt«, erklärt er, und jetzt schwingt unüberhörbar Stolz in seiner Stimme mit. »Manchmal habe ich ihr geholfen.«

»Super! Dann kannst du mir ja auch helfen!«

Mein Neffe zieht spöttisch eine Augenbraue in die Höhe. Das scheint in der Familie meiner Schwester Tradition zu haben. »Nee«, lehnt er ab, »keinen Bock auf Nachtschicht, mach das mal lieber allein.« Mit diesen Worten legt er Lotta wieder zurück in ihr Bettchen und verschwindet aus dem Zimmer. Meine Nichte sieht mich aus großen Augen an, ich selbst gucke vermutlich nicht weniger erstaunt. Kopfschüttelnd beuge ich mich zu ihr herunter und streichele ihr über die Wange. »Was ist hier bloß mit den Männern los?«

»Guten Morgen, aufstehen!« Erschrocken fahre ich hoch und stoße mir dabei natürlich wieder den Kopf an der Dachschräge. Verwirrt sehe ich mich um. Wo bin ich, wie spät ist es, war ich nicht gerade erst eingenickt?

Direkt an meinem Bett steht mein Schwager und grinst mich an. »Es ist acht Uhr, Nele, Zeit zum Aufstehen!«

»Acht Uhr?«, wiederhole ich gähnend. »Das ist ja noch mitten in der Nacht! Und außerdem ist heute Sonntag!« Mal ganz davon abgesehen, dass Lotta bis vor einer halben Stunde putzmunter war und ich deshalb so gut wie kein Auge zugetan habe. Ganz im Gegensatz zu Oliver, der aussieht wie der junge Morgen, frisch geduscht in einem faltenfreien Hemd.

»Mit Kindern gibt's keinen Sonntag«, erklärt er mir. »Außerdem wollen wir gleich los, ins Krankenhaus.«

Ich spüre mal wieder, wie meine Schläfen pochen. »Bitte«, flüstere ich, schließe die Augen und lasse mich erschöpft aufs Kissen zurücksinken, »ich muss mal zwei, drei Stunden pennen. Ich bin total platt!« Ich mache die Augen wieder auf und werfe Oliver einen flehenden Blick zu.

»Okay«, gibt er sich großzügig. »Dann schlaf dich noch ein bisschen aus, wir nehmen Lotta mit. Kannst ja später mit einem Taxi nachkommen.«

»Ja, das mache ich.«

»Gut, bis nachher.«

»Bis nachher«, murmele ich und bin schon wieder halb im Land der Träume.

»Ach ja«, sagt er, als er schon fast aus der Tür ist. »Bitte räum noch kurz die Küche auf und mach ein bisschen Wäsche, bevor du fährst, ja?«

»Okay«, nuschele ich in mein Kissen – und bin im selben Moment schon weggesegelt.

Als ich das nächste Mal zu mir komme, zeigt mein Handy zwölf Uhr, ich fühle mich tatsächlich einigermaßen ausgeschlafen. Darüber hinaus zeigt es noch Anrufe von a) meiner Mutter, b) Caro, c) Niklas (den *ich* ja anrufen wollte, aber das scheint er vergessen zu haben; oder er ignoriert es) und d) meinem Agenten Wolfgang (am ihm sonst so heiligen Sonntag – er scheint mich *wirklich* sprechen zu wollen). Gut, dass ich es auf lautlos gestellt hatte, sonst hätten die mich alle wach gebimmelt.

Ich setze mich im Bett auf, wähle Mamas Nummer und bin erleichtert, als sie mir sagt, dass ihre Operation gut verlaufen und Heikes Zustand nach wie vor stabil ist.

»Ich komme jetzt auch gleich ins Krankenhaus«, sage ich zu ihr. »Muss nur noch kurz duschen und die Küche aufräumen, dann mache ich mich auf den Weg.« Wir verabschieden uns, ich lege auf und gehe ins Bad, um unter die Dusche zu springen.

Zwanzig Minuten später bin ich angezogen und geföhnt, bereit, dem Tag entgegenzutreten. Ich schnappe mir Mamas Koffer – der in etwa eine Tonne wiegt – und wuchte ihn nach unten in den Flur. Wirklich unglaublich, meine Mutter muss ihren gesamten Kleiderschrank mitgenommen und am Flughafen eine Fantastillion an Übergepäcksgebühren bezahlt haben! Schnaufend stelle ich den Koffer vor der Eingangstür ab und will mir gerade ein Taxi rufen, als mir einfällt, dass Oliver mich ja noch gebeten hatte, schnell die Küche aufzuräumen und mich um die Wäsche zu kümmern. Also stecke ich mein Handy wieder weg.

In der Küche erwartet mich allerdings ein Anblick, der meine Vorstellung von »mal eben schnell« ad absurdum führt. Ich weiß nicht, wie viele Menschen hier heute morgen gefrühstückt haben, aber es sieht aus wie nach einem rauschenden Fest: In der Spüle stapeln sich Teller und Tassen bis unter den Wasserhahn, auf dem Herd stehen drei dreckige Pfannen, die Arbeitsplatte ist vor lauter Gläsern und Müslipackungen nicht mehr zu sehen, und überall dazwischen verteilen sich kleine Häufchen aus Cornflakes, Brötchenkrümeln und, wie ich glaube, Nutella.

Mitten im Raum stehen darüber hinaus drei randvolle Körbe mit Dreckwäsche, darauf liegt ein Zettel mit der handschriftlichen Order »Bitte waschen und dann in den Trockner«. An der Klinke der Küchentür hängen mehrere Hemden, und auf einen der Bügel ist ein Zettel gepiekst: »Bitte bügeln.« Ich glaube, mich tritt ein Pferd. Damit bin ich mindestens zwei Stunden beschäftigt.

Oder eher vier, denn als ich anfangen will, die schmutzigen Sachen in die Spülmaschine einzuräumen, fällt mir ein weiterer Zettel ins Auge, der am Geschirrspüler klebt: »Bitte nicht benutzen, sondern per Hand abwaschen. Wird sonst nicht richtig sauber.«

»Sauber« ist das richtige Stichwort – mein Schwager tickt wohl nicht mehr ganz sauber! Ich stell mich doch nicht hin und schwinge den Spüllappen, wenn es in diesem Haushalt eine wunderbare Maschine für so was gibt! Genervt reiße ich den Zettel ab und befördere ihn in den Müll. Dann räume ich Teller, Tassen, Gläser, Pfannen und Besteck in den Geschirrspüler. Meine Suche nach Pulver oder Tabs für die Maschine bleibt erfolglos (kein Wunder, wenn das Teil nie benutzt wird), also fülle ich einfach einen Spritzer Spüli hinein und werfe das Ding dann an.

Seufzend lehne ich mich mit dem Rücken gegen die Arbeitsplatte. Jetzt noch schnell die Wäsche in die Maschine im Keller und dann los. Die Hemden bringe ich morgen in die Reinigung, das ist für alle Beteiligten – also für mich, für Oliver und nicht zuletzt für die Hemden – am besten.

Ich schnappe mir Wäschekorb Nummer eins und trage ihn in den Hauswirtschaftsraum im Keller. Unten angekommen, fällt mir sofort ein weiterer Zettel mit Olivers Handschrift ins Auge, der unübersehbar auf der Waschmaschine liegt. Einigermaßen fassungslos studiere ich, was mein Schwager mir da aufgeschrieben hat:

Für Nele: Plan KW 12

Kurz überlege ich, was damit gemeint ist. Kontrollwahn? Kilowattstunde? Karnewal, ha, ha? »Kalenderwoche« soll das vermutlich heißen, und ich tippe mal, dass KW 12 morgen beginnt. In solchen Kategorien habe ich bisher noch nie gedacht. Für mich ist heute einfach Sonntag. Und wenn man es genauer wissen will, schaut man im Kalender nach. Aber wenn Oliver sich so gestelzt ausdrücken möchte, bitte sehr! Ich lese weiter.

Montag
Alle Zimmer und Flure staubsaugen
Böden feucht wischen
Fenster putzen
Betten neu beziehen (alle!)
Entsorgung Altglas und Altpapier
Blumen gießen
Einkaufen (Liste hängt immer in der Küche)
Küche aufräumen und putzen
Bäder putzen
Wäsche

Dienstag
Alle Zimmer und Flure staubsaugen
Böden feucht wischen

Ich halte inne. Hab ich mich da gerade verlesen? Dienstag alles saugen und wischen? Noch einmal oder schon wieder? Da hat sich mein Schwager doch wohl vertan. Oder auch nicht. Denn auch für Mittwoch, Donnerstag, Freitag und Samstag hat er diesen Punkt aufgeschrieben.

Das Gleiche gilt für die Küche, die Bäder und die Wäsche, Fensterputzen ist für Donnerstag noch mal dran (ZWEIMAL DIE WOCHE FENSTER PUTZEN???), Blumengießen ebenfalls. Dazu hat Oliver mir noch die Zeiten aufgeschrieben, an denen die Kinder zu irgendwelchen Aktivitäten gefahren und wieder abgeholt werden müssen, wann ich mit ihnen Hausaufgaben machen soll, wie lange und was sie im Fernsehen gucken dürfen und, und, und …

Mir schnürt sich augenblicklich der Hals zu, und ich hoffe, dass dieser Zettel hier nur ein Spaß sein soll. Aber irgendwie beschleicht mich das Gefühl, dass Oliver das alles ernst meint. Ich bin mitten in einem Arbeitslager gelandet!

Oder denkt mein Schwager, dass ich sofort aufgebe, wenn ich seine langen Listen sehe, und mich wieder davonmache? Ist das seine subtile Art, mir zu zeigen, dass ich hier doch nicht willkommen bin?

Trotzig fange ich an, die Wäsche in die Maschine zu stopfen. Ich starte das Waschprogramm und mache mich summend auf den Weg zurück nach oben. Wäre doch gelacht, wenn ich mich von so etwas wie banaler Hausarbeit einschüchtern ließe!

Das bisschen Haushalt macht sich von allein,
sagt mein Mann.
Das bisschen Haushalt kann so schlimm nicht sein,
sagt mein Mann.

Wie eine Frau sich überhaupt beklagen kann, ist unbegreiflich sagt mein Mann

Das Gesumme hebt meine Stimmung augenblicklich. Allerdings nur einen Moment lang. Denn kaum betrete ich die Küche, schlägt das Lied plötzlich um in die Titelmelodie von »Twilight Zone«: Diedeldadel, diedeldadel, diedeldadel …

Nein, es war KEINE gute Idee, den Geschirrspüler mit Spüli zu befüllen. Direkt zu meinen Füßen, auf dem Küchenboden, breitet sich die schönste Schaumlandschaft aus, die ich je gesehen habe. Quasi schaumparty-fähig quillt es nur so aus der Maschine. Der Anblick erinnert mich spontan an das Märchen »Der süße Brei«, in dem ein Zaubertopf einfach nicht mehr aufhört, Brei zu produzieren, bis ein gesamtes Dorf darunter begraben ist. So ähnlich sieht es hier aus, der Schaum steht schon einen halben Meter hoch.

»Scheiße!« Ich stürze auf den Geschirrspüler zu. Leider gerate ich dabei ins Schlittern, weil der Boden so rutschig ist, und schlage der Länge nach hin. »Omph!«, stöhne ich auf, als ich extrem schmerzhaft auf mein Steißbein donnere. So liege ich einen Moment lang einfach nur da, mitten im glitschigen Nass, das meine frisch angezogenen Klamotten durchtränkt. Dazu habe ich Schaum in den Mund bekommen und muss schrecklich husten, vermutlich biete ich gerade keinen sonderlich würdevollen Anblick.

Mühsam rappele ich mich wieder halbwegs hoch, krabbele auf allen vieren zur Spülmaschine und stelle sie aus. An der Arbeitsplatte ziehe ich mich ganz hoch, im Stehen schmerzt mein Steißbein noch ein bisschen mehr, sodass ich gequält aufjaule. Ist ja alles nichts, wenn man älter wird. Ich fühle mich, als hätte mich jemand schwer verprügelt.

In gebückter Schonhaltung öffne ich die Maschine. Vor lauter Schaum ist kein Geschirr zu erkennen, also taste ich nach Tellern, Gläsern und Tassen, räume alles raus und stelle es im Waschbecken ab. Als die Maschine leer ist, überlege ich, wie ich nun am besten vorgehe. Vermutlich sollte ich sie jetzt einfach noch einmal laufen lassen, ohne Geschirr drin und ohne Spüli. Ich stelle sie wieder an, doch schon eine Sekunde später quillt neuer Schaum heraus. Schnell haue ich auf den Stopp-Knopf. Okay, so wird das nichts. Ich zücke mein Handy, um mal eben zu googeln, was in solch einem Fall zu tun ist, doch noch bevor ich den Webbrowser öffnen kann, klingelt es.

»Sag mal, wo bleibst du denn?«, erklingt die Stimme meines Schwagers, ehe ich auch nur »Hallo« sagen kann.

»Ich hatte hier ein, äh, kleines Problem.«

»Was denn für ein Problem?«

Ich lasse meinen Blick über den Küchenfußboden gleiten, mittlerweile fällt der Schaum in sich zusammen, und Spülwasser läuft überall unter die Schränke.

»Ach, nichts. Es löst sich gerade von selber auf. Ich fahre jetzt los.« Ich lege auf, stapfe mit quietschend nassen Turnschuhen raus in den Flur, laufe nach oben und ziehe mir neue Sachen an. Um das Problem hier werde ich mich später kümmern, jetzt sind erst einmal meine Mutter und meine Schwester dran.

Zehn Minuten später sitze ich im Taxi Richtung Krankenhaus, von unterwegs wähle ich Caros Nummer und bringe sie kurz auf den neuesten Stand der Dinge.

»Auweia«, sagt sie, nachdem ich ihr von Olivers Listen

und dem kleinen Malheur mit der Spülmaschine erzählt habe. »Klingt nicht gerade lustig.«

»Stimmt, bisher hält sich der Spaß noch in beschaulichen Grenzen«, gebe ich zu. »In Haushaltsdingen scheinen Oliver und meine Schwester jedenfalls einen ziemlichen Knall zu haben.«

»Es hört sich zumindest extrem seltsam an, fast schon pathologisch. Ich meine, zweimal pro Woche Fenster putzen? Wer macht denn *so was*?

»Keine Ahnung.« Ich kichere. »Bei mir zu Hause habe ich noch NIE die Fenster geputzt. Und ich wohne da schon seit sechs Jahren.«

»Das allerdings ist auch pathologisch«, kommt es lachend zurück. »Das heißt, nein, es ist schlampig.«

»Na ja, egal, ich werde mich da schon zurechtwurschteln. Und im Zweifel hole ich mir einfach eine Haushaltshilfe – das kriegt Oliver doch gar nicht mit, wenn er tagsüber in seinem Büro ist.«

»Wann sehen wir uns denn eigentlich mal wieder?«, will Caro wissen.

»Hoffentlich bald! Mal gucken, wie es Mama und Heike heute und in den nächsten Tagen so geht, aber du kannst mich natürlich auch gern mal in Flottbek besuchen.«

»In Sagrotanien? Also ich weiß nicht, da müsste ich ja erst mal gucken, ob ich meinen partikeldichten Schutzanzug und meine Gasmaske im Keller wiederfinde.«

»Die vakuumverschlossenen Gummistiefel nicht zu vergessen«, spinne ich den Witz weiter.

»Richtig, die sind ja GANZ wichtig!« Sie gluckst vor Lachen. »Und natürlich musst du erst noch den Herrn des Hauses fragen, ob du überhaupt Damenbesuch bekommen darfst.«

»Oha, da sehe ich tatsächlich schwarz. An Herrenbesuch will ich gar nicht erst denken!«

»Was ist denn eigentlich mit Niklas?«, fragt Caro.

»Hab ihn bisher noch nicht angerufen.«

»Und?«

»Was, und?«

»Wie geht es mit euch beiden weiter?«

Ich seufze. »Keine Ahnung, momentan habe ich dafür aber auch echt nicht den Kopf frei.«

»Dann sieht's wohl schlecht aus für ihn«, stellt meine Freundin fest.

»Warum das?«

»Na ja, gerade in schwierigen Situationen will man doch normalerweise einen Menschen, an dem man hängt, um sich haben.«

»Ich weiß nicht«, erwidere ich. »Bis gestern war ich schlicht und ergreifend wahnsinnig sauer auf ihn, weil er uns das alles eingebrockt hat. Aber ich mag ihn schon sehr.«

»Was ist mit seiner Frau?«

»Keine Ahnung. Wie gesagt, wir haben bisher ja noch gar nicht wirklich miteinander geredet.« Das Taxi fährt vorm Krankenhaus vor, und der Fahrer hält an. »Du, Caro, ich bin jetzt da. Ich rufe dich später noch mal an, okay?«

»Ja, mach das.« Wir verabschieden uns, ich bezahle und steige aus.

Zuerst schaue ich bei Mama vorbei, die allerdings selig schlummert. Ich stelle ihren Koffer neben das Bett und bin froh, dass der Reißverschluss bis jetzt gehalten hat. Ihr Buch lege ich ihr auf den Nachttisch. Ich rücke das Lesezeichen zurecht und gebe meiner Mutter einen Kuss auf die Stirn. So und jetzt hoch zu Heike auf die Intensivstation.

Draußen vor Heikes Zimmer lümmeln Jakob und Emma auf zwei Stühlen herum, mein Neffe spielt mit seinem iPhone, Emma blättert in einem Bilderbuch.

»Hallo, ihr zwei!«, begrüße ich sie. »Was macht ihr denn hier draußen?«

»Der Arzt ist gerade bei Mama«, erwidert Jakob, ohne von seinem Spiel aufzublicken. »Papa hat uns rausgeschickt.« Ich merke, wie ich nervös werde. Ist das ein gutes oder ein schlechtes Zeichen?

»Na ja, ich gehe mal kurz rein«, sage ich und versuche dabei, die Kinder nicht spüren zu lassen, wie mulmig mir gerade wird.

An dem kleinen Tisch in der Ecke sitzen Oliver und, mit dem Rücken zur Tür, ein Mann im weißen Kittel. Oliver schaut zu mir auf und sieht so ernst aus, dass sich mir der Hals zuschnürt. Heike liegt unverändert in ihrem Bett und scheint zu schlafen, der Kinderwagen mit Lotta steht direkt neben ihr.

Ich gebe mir einen Ruck. »Hallo!«, sage ich und gehe rüber zu dem Tisch. »Ich bin Nele Krüger, Heikes Schwester.« Der Arzt steht auf und schüttelt mir die Hand.

»Henning Masch«, stellt er sich vor. »Ich bin der zuständige Neurologe. Gut, dass Sie kommen. Ich erkläre Herrn Bachmann gerade, wie wir in der nächsten Zeit weiter vorgehen wollen.« Der Arzt spricht leise, fast zu leise. Merkt er, wie nervös ich bin, und will mich damit beruhigen? Er zieht mir einen dritten Stuhl an den Tisch, und ich setze mich. Der Neurologe spricht weiter. »Wir werden ab morgen die Sedierung reduzieren und mit dem Weaning beginnen.«

»Weaning?«, frage ich nach. »Was ist das?« Ich spüre, wie ich noch nervöser werde.

»Das ist die Beatmungsentwöhnung«, erklärt er. »Sobald Ihre Schwester wieder selbstständig atmet, können wir sie extubieren.« Ich atme tief aus und blicke zu Oliver.

»Sie meinen«, fragt Oliver und deutet mit dem Kopf rüber zu Heikes Bett, »dass dann das Ding da aus ihrem Hals entfernt wird?«

Dr. Masch nickt. »Ja, der Trachealtubus ist nur nötig, solange Ihre Frau noch nicht wieder von allein atmet.«

»Was bedeutet das mit der Sedierung?«, will ich wissen.

»Vereinfacht gesagt, fangen wir damit an, Ihre Schwester aufzuwecken.«

»Und wann wird sie wieder wach sein?« Ich merke, wie ich ganz aufgeregt werde.

Dr. Masch schaut mir direkt in die Augen und schüttelt fast unmerklich den Kopf. »Das kann ich Ihnen leider nicht sagen. Es kann ein paar Tage dauern. Oder auch länger.« Seine Stimme scheint noch einen kleinen Tick leiser zu werden.

»Länger?«, kommt es von Oliver, während er anfängt, mit den Fingern auf der Tischplatte herumzutrommeln.

»Davon sollten wir alle aber erst einmal nicht ausgehen«, entgegnet der Arzt. Seine betont ruhige Art fängt an, mich ganz verrückt zu machen.

»Und wird sie … ist sie …« Ich gerate ins Stocken. »Können Sie schon sagen, ob sie … ob mit Heikes Gehirn alles in Ordnung sein wird?«

»Auch das können wir leider erst beurteilen, wenn sie wieder wach ist.«

»Aber Sie haben meine Frau doch untersucht!« Ich spüre, dass nun auch Oliver nervös wird. »Sie haben doch Röntgenaufnahmen von ihrem Kopf gemacht!«

Der Arzt nickt. »Ja, sie war zweimal im CT. Und auf den Aufnahmen sieht auch alles so weit in Ordnung aus.«

»Aber das ist doch gut!«, ruft Oliver aus. Seine Finger trommeln lauter.

»Ja, das ist richtig. Trotzdem können wir über den Zustand Ihrer Frau noch überhaupt nichts mit Gewissheit sagen.«

»Das heißt also, wir müssen weiter warten?«

»Ja«, antwortet der Arzt. »So leid es mir tut, wir brauchen weiterhin Geduld.«

Ich seufze. Denn wenn es etwas gibt, das ich jetzt absolut gar nicht habe, dann ist es das: Geduld.

Nachdem sich Dr. Masch verabschiedet hat, holen Oliver und ich die Kinder rein und bleiben noch mehr als eine Stunde bei Heike. Wir sprechen kaum miteinander, und ich bin froh darüber. Ich wüsste wirklich nicht, worüber ich jetzt mit meinem Schwager reden sollte. Nach Small Talk an Heikes Bett ist mir nach dem Gespräch mit dem Neurologen ganz sicher nicht. Und die Situation zu Hause erkläre ich ihm lieber erst, wenn wir da sind. Vielleicht ist das Wasser ja bis dahin wieder abgelaufen? Könnte doch sein.

»Lass uns mal gehen«, sagt Oliver irgendwann, als Emma und Jakob anfangen, nölig zu werden, und Lotta sich ebenfalls aus ihrem Kinderwagen meldet. »Wir sollten noch einmal bei deiner Mutter vorbeischauen, und dann müssen die Kinder auch nach Hause.«

»In Ordnung.« Wir stehen auf, jeder von uns vieren gibt Heike noch einen Kuss auf die Wange, dann lassen wir sie für heute allein. »Bitte, bitte«, sende ich ein stummes Gebet gen Himmel, als wir nach draußen gehen, »lass sie ganz bald wieder aufwachen! Und lass sie gesund sein!«

Wir sind gerade raus auf den Flur getreten, als hinter mir ein Aufschrei erklingt: »Nele! Da bist du ja, mein Täubchen!« Die singende Stimme kenne ich doch! Ich fahre herum, direkt vor mir – mit einem überdimensionalen Rosenstrauß in der einen Hand, den anderen Arm demonstrativ für eine Umarmung ausgestreckt – steht Wolfgang Steier. Heikes und mein Agent. Was macht der denn hier? Und vor allem: Wer hat ihn hier reingelassen?

10. Kapitel

»Ich habe dich zigmal angerufen, warum hast du dich denn nicht zurückgemeldet?« Ehe ich weiß, wie mir geschieht, hat mein Agent mich schon in seine Arme gerissen und drückt mich an seine Brust, der Rosenstrauß geht dabei zu Boden. »Liebes!«, trötet er direkt in mein Ohr. »Ich habe mir ja *solche* Sorgen gemacht!«

»Ja, ähm.« Ich mache mich von ihm los und starre ihn ein wenig irritiert an. Aus den Augenwinkeln erkenne ich, dass Oliver gerade dasselbe tut, sogar der Mund steht ihm ein bisschen offen. »Wie kommst *du* denn hierher?«

»Das war wirklich nicht einfach«, erklärt Wolfgang, bückt sich nach den Blumen und drückt sie mir in die Hand. »Ich habe fast alle Krankenhäuser abtelefoniert, um euch zu finden.« Er schüttelt den Kopf. »Mädchen, Mädchen, Mädchen! Was macht ihr denn nur für Sachen?«

Ich ignoriere das »Mädchen« – immerhin ist Wolfgang fünf Jahre jünger als ich, wirkt als homosexueller Bilderbuchdandy in Anzug und Trenchcoat allerdings wie eine zeitlose Karikatur von Oscar Wilde – und komme gleich zur Sache: »Und die haben dir einfach so Auskunft erteilt?«

Wolfang lacht. »Nun ja, ich habe gesagt, ich sei euer

Vater.« Er legt einen Arm um meine Schulter und drückt mich an sich. »Und das bin ich ja auch irgendwie, nicht wahr?«

Während er mich noch immer umklammert, zieht er mich zu sich heran. »Endlich habe ich meine Schätzchen wiedergefunden!« Ich begreife im ersten Moment nicht so recht, wie er das meint und warum er so einen Unsinn faselt, aber dann entdecke ich den jungen Mann mit der TV-Kamera, der vermutlich schon die ganze Zeit hinter uns gestanden hat und nun direkt auf uns draufhält. »Ich bin so froh, dass es Nele Krüger gut geht«, sagt Wolfgang in die Kamera und drückt mich erneut.

Diesmal schubse ich ihn von mir weg, und mein Agent gerät kurzfristig ins Taumeln. »Entschuldigung«, sage ich zu dem Typen mit der Kamera, »Sie filmen das hier nicht gerade, oder?«

»Doch, doch«, antwortet er und nickt eifrig, ohne dabei die Kamera abzusetzen, »es wäre schön, wenn Sie ein bisschen mehr lächeln würden. Geht das?«

»Sag mal, spinnst du?«, fahre ich Wolfgang an. »Was soll das?«

»Reg dich nicht auf«, erwidert er und hebt beschwichtigend die Hände. »Das hier ist Tobi von ›Prominent aktuell‹.«

»Prominent aktuell?«, schaltet sich nun Oliver ein, während Jakob und Emma versuchen, sich an mir vorbeizudrängen – ich glaube, um in die Kamera zu winken.

»Ja«, bestätigt Wolfgang und grinst dabei euphorisch. »Es ist mir gelungen, einen absoluten Coup zu landen! Die wollen noch heute Abend in der Sendung über uns berichten.«

»Über uns berichten?«, wiederhole ich fassungslos. Dann wende ich mich an Tobi. »Könnten Sie wohl bitte für einen Moment mit dem Filmen aufhören?« Der junge Mann nickt und nimmt die Kamera von der Schulter. Sehr gut. Denn das, was jetzt folgt, muss für die Nachwelt nicht dokumentiert werden. »DIR HABEN SIE WOHL KOMPLETT INS HIRN GESCHISSEN!«, brülle ich Wolfgang an, der vor Schreck schlagartig so weiß wie die Wand wird. »Was fällt dir ein, hier mit einem Kameramann aufzutauchen? Noch dazu, ohne uns zu fragen?«

»Aber ich hab doch versucht, dich anzu...«

»ICH GLAUBE, ES HACKT!«, unterbreche ich ihn, immer noch brüllend. »Du informierst eine Boulevardsendung darüber, dass meine Schwester im Koma liegt? Und willst die Geschichte für die Medien ausschlachten? Sag mal, BIST DU NOCH GANZ DICHT?«

»Aber Nele, mein Täubchen ...«

»UND NENN MICH NICHT TÄUBCHEN!«

»Ich wollte doch nur ...«, stottert er. »Also, ich meine, nach dem, was passiert ist, dachte ich, das wäre eine tolle Geschichte für euer Image, damit können wir ...«

»Kommen Sie«, wird er nun von Oliver unterbrochen, der ihn ziemlich unsanft am Schlafittchen packt. »Ich denke, es ist besser, Sie gehen jetzt. Und nehmen Sie Ihren Kamerafuzzi gleich mit.«

Der »Fuzzi« lässt sich das nicht zweimal sagen. Ruck, zuck schultert er seine Kamera und eilt auf den Ausgang der Station zu. Ich höre ihn noch so etwas wie »... alle verrückt hier ...« murmeln und muss beinahe lachen. Aber nur beinahe. Denn in erster Linie bin ich immer noch geschockt darüber, wie mein Agent auf so eine schwachsinnige Idee kommen kann, mit der Presse im Krankenhaus aufzutauchen.

»Dann wollt ihr also nicht?«, startet Wolfgang einen letzten Versuch, mir seinen »Coup« schmackhaft zu machen.

Ich lasse ihn gar nicht erst weiterreden. »Nein«, erwidere ich bestimmt. »Das wollen wir ganz sicher nicht!«

»Aber, aber …« Er windet sich unter Olivers Griff. »Würden Sie mich bitte loslassen?« Mein Schwager schweigt und hält ihn weiter fest. »Bitte«, wiederholt Wolfgang, »ich mach doch gar nichts.«

Ich nicke Oliver zu. »Lass ihn los, ja?«

»Okay«, sagt er und lässt von meinem Agenten ab. »Wenn du sicher bist, dass der hier keinen Ärger mehr macht …«

Wieder hebt Wolfgang beschwichtigend die Hände. »Auf gar keinen Fall, ich bin ganz brav.«

»Das kann ich Ihnen nur raten.« Ein letzter böser Blick zu Wolfgang, dann dreht Oliver sich zu mir. »Gut. Dann gehe ich jetzt mal mit den Kindern runter zu Helga.«

Als wir allein sind, gibt mein Agent sich aufrichtig zerknirscht. »Tut mir leid, Nele. Ich dachte wirklich, das wäre eine gute Idee. Sonst hätte ich das nicht gemacht, du kennst mich doch!«

Ich schüttele verständnislos den Kopf. »Wie du so etwas glauben kannst, ist mir echt schleierhaft.«

»Na ja«, er zuckt mit den Schultern. »Ich hab dir ja gesagt, dass euer Verleger fuchsteufelswild ist und alle Verträge mit euch fristlos gekündigt hat. Und da habe ich mir überlegt … Also, wenn man dich und Heike in ein anderes Licht rücken könnte … Ich meine … äh …« Er lässt noch immer nicht wirklich locker.

»Redest du gerade vom Mitleidsbonus?«

»So in der Art, ja.«

»Sorry, Wolfgang, die Sache hier ist echt zu ernst, um daraus einen beruflichen Vorteil zu ziehen. Das ist, ganz ehrlich, einfach nur geschmacklos.«

»Wie geht es Heike denn?«, gibt Wolfgang endlich auf.

»Das wissen wir noch nicht. Die Ärzte fangen langsam an, sie wieder aufzuwecken. Über ihren genauen Zustand können sie aber erst etwas sagen, wenn sie wieder bei Bewusstsein ist.« Schon wieder dieser Kloß in meinem Hals, wenn ich nur daran denke, dass es im Bereich des Möglichen ist, dass Heike nicht wieder ganz gesund wird.

»Darf ich zu ihr?«, will Wolfgang wissen.

»Tut mir leid«, sage ich, »lieber nicht.« Ich traue es Wolfgang zwar nicht wirklich zu, aber nach der Nummer mit »Prominent aktuell« bin ich mir nicht zu hundert Prozent sicher, dass er in Heikes Zimmer nicht plötzlich sein Handy zückt, ein Foto schießt und es an die »Blöd« schickt. Schließlich sieht er nicht nur aus wie Oscar Wilde, sondern er zitiert ihn auch gern: »Versuchungen sollte man nachgeben. Wer weiß, ob sie wiederkommen?«

»Du glaubst aber nicht wirklich, dass ich irgendwelchen Unsinn machen würde, oder?«, fragt er, als hätte er meine Gedanken gelesen.

»Nein, natürlich nicht!«, streite ich entschieden ab und werde dabei fast rot. »Aber das hier ist einfach zu privat.«

»Verstehe«, sagt er, schmollt allerdings auch ein bisschen. »Aber du meldest dich bei mir, sobald es ihr besser geht, ja?«

Ich nicke. »Ja, sicher mache ich das.«

»Weißt du … Ich fühle mich ja schließlich schon auch irgendwie mitschuldig an der ganzen Situation. Hätte ich euch nicht angerufen, dann …«

»Hätte war schon«, sage ich und lege ihm in einer versöhnlichen Geste eine Hand auf die Schulter. »Und genau genommen bin *ich* ja diejenige, die den ganzen Bockmist verzapft hat.«

»Hm«, er nickt, »ja, genau genommen schon.«

»Äh.« Kurz bin ich sprachlos. Mein Agent – einfühlsam und charmant wie immer.

»Aber mach dir bitte trotzdem nicht zu viele Vorwürfe«, setzt er noch einen drauf. »Das nützt ja auch nichts.«

»Danke, dass du es noch einmal betonst«, gebe ich sarkastisch zurück.

»Keine Ursache.« Der Mann macht mich fertig!

»Ich muss dann auch mal weiter«, beende ich das Gespräch, bevor es noch absurder werden kann. Und bevor ich der Versuchung nachgebe, ihn anzupampen und ihm auseinanderzusetzen, wie unfassbar daneben ich es finde, dass er Heike vorgeschlagen hat, in Zukunft mit ihr allein weiterzumachen. In dieser Situation wollte ich das absichtlich nicht ansprechen, aber wenn Wolfgang so weitermacht, bin ich gleich so weit!

Gemeinsam gehen wir zum Ausgang der Station und rufen einen Aufzug.

»Was machst du denn jetzt die nächsten Tage?«, will Wolfgang wissen, als wir gemeinsam nach unten fahren.

»Wie gesagt, erst einmal warten wir ab, dass Heike wieder aufwacht«, antworte ich. »Und ansonsten wohne ich momentan in Flottbek, um meinem Schwager mit den Kindern und im Haus zu helfen.«

»DU?«, entfährt es Wolfgang, dicht gefolgt von einem prustenden Lachen.

»Wie meinst du das denn?«

»Na ja.« Er kichert noch immer. »Ich kann mir ja sehr viel vorstellen – aber nicht, wie du an vorderster Haushaltsfront kämpfst.«

»Das ist überhaupt kein Problem für mich«, gebe ich zurück. Und denke gleichzeitig an meine (Stichwort: »vorderste Front«) Schaumschlacht in der Küche.

»Da kommen ja völlig neue Seiten an dir zutage.«

»So ist es.«

Nun ist es Wolfgang, der mir eine Hand auf die Schulter legt. »Ich finde es schön, dass du das machst. Wenn man in der Not nicht zusammenhält, wann dann?«

»Genau.« Mich sucht ein kleiner Anflug von Pathos heim, einen Moment lang fühle ich mich eigenartig rührselig. Aber nur so lange, bis mir Olivers Listen wieder einfallen. Zusammenhalten hin, Zusammenhalten her – darüber werden wir noch reden müssen. Auf gar keinen Fall werde ich täglich staubsaugen und wischen oder, noch viel besser: ZWEIMAL DIE WOCHE DIE FENSTER PUTZEN!

Der Lift hält in dem Stockwerk, in dem meine Mutter liegt.

»Ich steige hier aus«, erkläre ich. »Sobald es etwas Neues gibt, melde ich mich.«

»Ja, bitte mach das.« Wir umarmen uns noch einmal, dann verlasse ich mit meinem Rosenstrauß den Aufzug. Wie praktisch, denke ich, als ich den Flur entlang zu Mamas Zimmer gehe. Habe ich doch gleich ein paar Blümchen für sie dabei – da wird sie sich bestimmt freuen!

Diesmal ist Mama wach, wirkt aber noch immer ziemlich schlapp. Sie sieht richtig grau und eingefallen aus, lächelt aber tapfer, als ich mit den Rosen hereinkomme und sie zuerst einmal auf die Fensterbank lege.

»Wie lieb von dir«, stöhnt sie. »Das wäre aber wirklich nicht nötig gewesen.«

»Doch«, antworte ich und werfe Oliver, der mit dem Kinderwagen neben ihrem Bett steht, einen Blick zu, der so viel heißen soll wie: »Behalt die Wolfgang-Geschichte bitte für dich!« Er nickt kaum merklich.

»Wo sind denn Emma und Jakob?«, will ich wissen.

»Vorne im Aufenthaltsraum«, antwortet mein Schwager. »Ich finde, das ist heute genug Krankenhaus für sie gewesen – die beiden sollen sich lieber mal ein bisschen ablenken.«

»Ja, ist bestimmt besser so«, gebe ich ihm recht. Dann wende ich mich wieder an meine Mutter. »Wie geht es dir denn?«

»Bis auf die Schmerzen ganz gut so weit. Aber viel wichtiger ist, dass Heike bald wieder wach wird.«

»Ich hab Helga schon erzählt, was die Ärzte vorhaben«, erklärt Oliver.

»Wollen wir hoffen, dass sie bald ansprechbar ist«, sagt Mama, und ein paar Tränen treten ihr in die Augen.

»Ich hab dir deine Sachen mitgebracht«, wechsele ich das Thema, weil ich befürchte, dass meine Mutter sonst gleich ganz fürchterlich weint. »Soll ich sie in deinen Schrank räumen?«, frage ich und deute auf den Koffer, der noch immer dort steht, wo ich ihn vorhin abgestellt habe.

»Ja, das wäre lieb von dir!«

Ich schiebe den Koffer zum Schrank, öffne die Türen und fange an, Mamas Klamotten in die Regale zu legen. »Ich muss schon sagen, du hast ja wirklich für eine halbe Weltreise gepackt«, meine ich mit dem Rücken zu ihr. Keine Antwort. »Mama?«, frage ich nach und drehe mich um.

»Psst!«, kommt es von Oliver, und er legt den Zeigefinger an seine Lippen. »Sie schläft schon wieder.« Tatsächlich hat Mama die Augen geschlossen und atmet tief und regelmäßig.

»Sie muss ja wirklich total schlapp sein«, flüstere ich.

»Kein Wunder«, stellt Oliver fest, »war ja auch alles ein bisschen viel in den letzten Tagen, findest du nicht?«

»Hm, ja.« Ich räume die restlichen Sachen ein, besorge im Schwesternzimmer eine Vase für die Rosen, dann stehlen mein Schwager und ich uns leise aus dem Zimmer. Als ich mich noch einmal zu meiner Mutter umdrehe und sie da so schlafend in ihrem Bett liegen sehe, habe ich plötzlich ein ganz warmes Gefühl im Bauch. Es ist ein Gefühl von »Mama, ich hab dich lieb!«.

Zehn Minuten später sitzen wir in Olivers Multivan und fahren zurück nach Flottbek. Mein Schwager hat mich nach hinten zu Emma und Jakob verfrachtet, weil auf dem Beifahrersitz Lotta in ihrer Babyschale liegt. Ist mir ganz recht so, ich unterhalte mich sowieso lieber mit den Kindern als mit meinem Schwager. Die allerdings nicht mit mir, wie ich feststellen muss. Denn während Emma nur schweigend aus dem Fenster starrt, blickt Jakob während der zwanzigminütigen Fahrt nicht ein einziges Mal von seinem iPhone auf, auf dem er irgendein Spiel daddelt. Auch nicht, als ich es mit einem heiteren »Erzähl doch mal, wie läuft es denn so in der Schule?« versuche. Keine Antwort, nicht mal ein Schulterzucken.

»Vergiss es«, kommt es von meinem Schwager. »Aus Jakob kriegt man nur noch etwas raus, wenn man ihn dafür bezahlt.«

»Gar nicht wahr!«, protestiert mein Neffe prompt.

»Oh, ein Wunder! Es spricht!« Oliver dreht sich mit einem spöttischen Lächeln zu uns um. »Dann kannst du mir jetzt ja vielleicht mal eben die Fünf in Mathe erklären, über die wir noch gar nicht geredet haben.« Sofort verkriecht Jakob sich wieder schweigend in sein Spiel. »Junger Mann?«, lässt Oliver nicht locker. »Ich warte auf eine Erklärung! Nur weil deine Mutter im Krankenhaus liegt, heißt das nicht, dass wir dir das so durchgehen lassen.«

Die Temperatur im Wagen sackt schlagartig in den Minusgradbereich.

»Oliver«, schalte ich mich ein, »lass ihn doch bitte in Ruhe!« Ich will schützend eine Hand auf Jakobs Arm legen, aber er schiebt sie sofort bockig wieder weg. Dafür spüre ich auf einmal Emmas Hand auf meinem Bein, die Kleine ist unmerklich dichter an mich herangerutscht und drückt sich an meine Seite. Ich lege einen Arm um sie und ziehe sie fest an mich.

»Du hast gut reden«, blafft Oliver mich an. »Weißt du eigentlich, dass Jakob kurz davor ist, vom Gymnasium zu fliegen?«

»Oh nein, das wusste ich nicht!« Ich werfe Jakob einen besorgten Blick zu, aber der scheint sein iPhone mittlerweile hypnotisieren zu wollen.

»Klar wusstest du das nicht!«, gibt Oliver zurück. »Woher auch?«

»Aber eine Fünf in Mathe wird doch nicht so dramatisch sein.«

»Nein, *eine* Fünf sicher nicht. Aber frag doch deinen Neffen mal, wie es in Deutsch und Englisch aussieht. Von Erdkunde und Biologie ganz zu schweigen.«

»Na ja, man muss ja auch gar nicht unbedingt aufs Gymnasium gehen«, starte ich einen Versuch, zu deeskalieren. Anstelle einer Antwort ernte ich aber nur einen weiteren spöttischen Blick von Oliver. Ich beschließe, lieber den Mund zu halten, denn mich beschleicht das dumpfe Gefühl, dass alles, was ich jetzt sage, die Situation nur noch schlimmer macht. So fahren wir schweigend weiter, Oliver mit grimmiger Miene, Jakob mit der Nasenspitze in seinem Spiel und Emma und ich dicht aneinandergekuschelt.

Zu Hause schickt Oliver Emma und Jakob sofort auf ihre Zimmer, da gibt es auch schon den nächsten Eklat. Denn natürlich steht die Küche noch immer unter Wasser, was meinem Schwager als erste Reaktion ein erfrischend authentisches »SCHEISSE – WAS IST HIER DENN PASSIERT?« entlockt.

Ich mache mir erst gar nicht die Mühe, ihm alles zu erklären, sondern hole wortlos ein paar Putzlappen aus dem Schrank und fange an, das Malheur aufzuwischen.

»Lass mich das machen!«, motzt Oliver und entreißt mir die Lappen. »Dann wird es wenigstens ordentlich.«

»Bitte schön!«, gebe ich patzig zurück. »Ich geh dann mal mit den Kindern was spielen.«

»Nein! Die sollen jetzt ihre Hausaufgaben für morgen machen. Gib du lieber Lotta ihre Milch und bring sie dann ins Bett.«

»Gut«, seufze ich. »Das mach ich.« Ich gehe raus in den Flur und schnappe mir den Maxi-Cosi, in dem Lotta sitzt und mit ihrer Schnullerkette spielt. Während ich sie die Treppe hochtrage, höre ich Oliver leise in der Küche vor sich hin schimpfen: »So eine Sauerei! Wenn Heike das sehen würde!« Tut sie aber nicht, denke ich böse, sie liegt im Koma!

Oben im ersten Stock ist alles ruhig. Emma und Jakob scheinen tatsächlich brav ihre Hausaufgaben zu machen. Vielleicht werfen sie aber auch Dartpfeile auf ein Foto ihres Vaters. Im Moment würde ich glatt mitmachen.

Ich mische weisungsgemäß Lottas Milch an, setze mich mit ihr in den kleinen Sessel in ihrem Zimmer und gebe ihr das Fläschchen. Sie lächelt, während sie in gierigen Zügen trinkt, und ich kann nicht umhin, zu denken, dass es in diesem Haus also doch einen Menschen gibt, der einen zufriedenen Eindruck macht.

»Ja, meine Süße«, flüstere ich und streichele dabei über die Wange. »In deiner kleinen Babywelt ist noch alles in Ordnung.« Als würde sie mich verstehen, strahlt sie mich an. Und für einen kurzen Moment geht in mir ein kleines bisschen die Sonne auf. Soll mein Schwager sich ruhig aufführen wie ein verrückter Despot – wir machen es uns hier zu zweit gemütlich!

Ich krame in meinem verstaubten Hirn nach irgendwelchen Kinderliedern, die ich Lotta vorsingen könnte. Aber diesbezüglich ist meine Festplatte leider komplett leer. Damit hatte ich bisher ja noch nie etwas zu tun. Was natürlich ein bisschen peinlich ist, denn tatsächlich habe ich sogar mit meiner Patentochter Emma in den vergangenen sechs Jahren nichts weiter als zwei Besuche im Tierpark Hagenbeck hinbekommen.

»Tut mir leid«, sage ich leise zu Lotta. »Ich bin wohl als Tante ein ziemlicher Totalausfall. Aber ich gelobe Besserung!« Wieder gluckst die Kleine, ich habe wirklich das Gefühl, als würde sie mich verstehen. Und dann fällt mir doch ein Lied ein, das ich ihr vorsingen könnte. Vielleicht nicht *ganz* passend, aber neulich habe ich bei einer Ballermann-Karaoke-Party auf dem Kiez damit ganz große Erfolge gefeiert. Zumindest kam es mir nach der dritten Caipirinha so vor. Und *getrunken* hat meine Nichte ja jetzt auch schon eine ganze Menge …

»Wind Nord-Ost, Startbahn Null-Drei«, trällere ich los, und sofort fängt Lotta an, richtig laut zu lachen. Ich stelle das Fläschchen ab, stehe auf und fange an, mit ihr auf dem Arm durchs Zimmer zu tanzen. »Bis hier hör ich die Motoren«, singe ich weiter, »wie ein Pfeil zieht sie vorbei, und es dröhnt in meinen Ohren.«

Die Zimmertür öffnet sich, Emma steckt den Kopf herein und sieht mich neugierig an. Ich winke ihr zu und fordere sie auf, mitzusingen und zu tanzen. Und so hopsen wir gemeinsam um Lottas Bettchen herum und schmettern nach bester Dieter-Thomas-Kuhn-Manier »Über den Wolken«. Emma macht zwar nur »Trallalla«, weil sie den Text nicht kennt, aber egal – wir haben Spaß, und Lotta kriegt sich vor fröhlichem Quietschen gar nicht mehr ein.

»Noch mal!«, fordert Emma, als das Lied zu Ende ist.

»Okay«, japse ich und trällere gleich wieder los, diesmal singt Emma schon lautstark den Refrain mit. »Über den Wolken muss die Freiheit wohl grenzenlos seiiiiiin …«

»Könnt ihr mir mal verraten, was ihr hier veranstaltet?« Zack, schon ist der Spaß wieder vorbei. Oliver steht vor uns und sieht uns an, als hätten wir mindestens die Reifen seines Autos aufgeschlitzt. Emma verstummt sofort und zieht schuldbewusst den Kopf ein.

»Nichts«, sage ich so ruhig wie möglich. »Wir singen, das ist alles.«

»Bist du mit deinen Schulaufgaben fertig?«, wendet er sich an Emma.

»Ja?«, sagt sie ganz schüchtern, lässt es aber wie eine Frage klingen.

»Wirklich?«

»Fast«, gibt sie zu.

»Dann schlage ich vor, du gehst jetzt in dein Zimmer und machst sie fertig.« In Windeseile ist Emma verschwunden. »Und dir schlage ich vor«, sagt Oliver zu mir, »dass du …«

»Falsch!«, unterbreche ich ihn und drücke ihm Lotta auf den Arm. »Ich schlage vor, *dass du* mich jetzt mal gern haben und dich um deinen Mist wieder allein kümmern kannst!«

»Aber …«

»Und tschüss!« Mit diesen Worten rausche ich an ihm

vorbei, stürme in mein Zimmer, greife mir meine Jacke und bin Sekunden später schon unten aus der Tür, die ich geräuschvoll hinter mir zuknallen lasse. Mein Schwager hat sie wohl nicht mehr alle – bloß raus hier! Ich bin doch nicht verrückt, warum sollte ich mir das antun? Nee, nee, das mache ich nicht mit! Ich will nur noch nach Hause und meine Ruhe haben.

Draußen auf der Straße stelle ich fest, dass ich blöderweise meine Handtasche im Gästezimmer vergessen habe. Egal, die hole ich morgen, zusammen mit meinen restlichen Sachen. Keine zehn Pferde bringen mich jetzt dazu, noch einmal zurückzugehen. Wenigstens mein Handy habe ich dabei. Ich rufe Caro an, um sie zu fragen, ob sie mich abholen kann, denn ohne Geld wird es schwierig werden, ein Taxi zu bekommen.

Meine beste Freundin geht blöderweise nicht ran, also werde ich mich wohl bis zur S-Bahn durchschlagen müssen und hoffen, dass man mich nicht beim Schwarzfahren erwischt. »Bestsellerautorin prellt die Hamburger Verkehrsbetriebe«, auch ein schönes Thema für »Prominent aktuell«. Na ja, so schlimm wird's schon nicht kommen, selbst wenn ich kontrolliert werde. Ich bin ja schließlich höchstens ein G-Promi.

Allerdings habe ich nicht einmal meinen Ausweis dabei, und ich glaube, die Kontrolettis nehmen einen zur nächsten Polizeiwache mit, wenn sie die Personalien nicht feststellen können. Hm, *das* Risiko ist mir dann doch ein bisschen zu groß. Aber zehn Kilometer zu Fuß zu laufen ist auch irgendwie doof. Moment! Wäre jetzt nicht genau der richtige Zeitpunkt, um endlich mal bei Niklas anzurufen?

11. Kapitel

»Also, für mich hört sich das alles ziemlich krank an.«

Niklas und ich sitzen bei meinem Lieblingsitaliener in der Schanze, und ich genieße es, dem ländlichen »Idyll« entkommen zu sein. Nach meinem Anruf hat er mich in Flottbek eingesammelt, und auf der Fahrt hierher habe ich ihm den gesamten Bachmann'schen Horror bereits in den schillerndsten Farben ausgemalt. Er hat mit Begeisterung zugehört und sich stellenweise schlappgelacht. Wobei das alles natürlich in Wahrheit überhaupt nicht lustig ist.

»Hm«, antworte ich, weil ich gerade ein köstliches Stück von meiner Saltimbocca im Mund habe.

»Ich war ja nie ein großer Fan deiner Schwester«, spricht Niklas weiter, »aber das, was du da jetzt erzählst, macht einem ja fast Sorgen!«

Ich schlucke und spüle mit einem großen Schluck Vernaccia nach. »Schwer zu sagen«, meine ich, »ich will da aber auch nicht ungerecht sein.«

»Ungerecht? Täglich die Bäder und zweimal die Woche Fenster putzen? Ich bitte dich!«

»Vielleicht sollte das auch nur Schikane sein«, überlege ich laut.

»Was denn für eine Schikane?«

Ich zucke mit den Schultern. »Keine Ahnung. Aber wäre ja möglich, dass mein Schwager mich schlicht und ergreifend ärgern wollte. Oder auf den Arm nehmen.«

»Seltsame Art von Humor.«

»Lass uns mal lieber über was anderes reden«, lenke ich ein. Jetzt tut es mir schon fast wieder leid, dass ich Niklas so ausführlich von den Zuständen, die im Haus meiner Schwester herrschen, erzählt habe.

Klar, in meiner emotionalen Aufgewühltheit war mir einfach das Herz übergegangen, und ich musste das irgendwo loswerden – aber jetzt, während Niklas nicht aufhört, auf dem Thema herumzureiten, fühlt es sich so an, als hätte ich meine Schwester ein bisschen verraten. Mal wieder, das hatten wir ja schon. Genau genommen hat ja die ganze Katastrophe begonnen, als ich Niklas in Dinge eingeweiht habe, die ihn nichts angehen. Und erst recht nicht seine Frau Annette!

»Wie geht es denn Annette?«, platzt es spontan aus mir heraus.

Sofort verfinstert sich Niklas' Miene. »Annette? Warum willst du das denn wissen?«

»Och, interessiert mich halt.«

»Wie soll es ihr schon gehen? Wahrscheinlich nicht so gut, wir sind ja getrennt. Ich bin noch am selben Tag mit ein paar Sachen zu einem Kumpel gezogen.«

»Du hast es tatsächlich gemacht?«

»Natürlich!« Er nickt und trinkt, wie zur Bekräftigung, ebenfalls einen großen Schluck aus seinem Weinglas.

»Hm.« Diesmal ist es nicht die Saltimbocca, die mich am Sprechen hindert, sondern eine plötzliche Befangenheit.

»Nele«, Niklas greift über den Tisch nach meiner Hand,

»als ich dir gesagt habe, dass ich mich in dich verliebt habe, war das absolut ernst gemeint.«

»Hm.«

»Fällt dir noch was anderes ein als ›Hm‹?« Er zwinkert mir zu.

»In den vergangenen Tagen ist so viel passiert, ich glaube, ich bin etwas überfordert.«

»Das verstehe ich. Und es tut mir unheimlich leid, dass die Sache so dermaßen aus dem Ruder gelaufen ist. Nie im Leben hätte ich damit gerechnet, dass Annette …«

»Schon gut. Kann man jetzt sowieso nicht mehr ändern.«

»Ich habe sie so noch nie erlebt«, spricht er trotzdem weiter. »Sie ist komplett ausgeflippt, und ich konnte sie einfach nicht stoppen.«

»Ist eben blöd gelaufen. Allerdings nehme ich es dir immer noch übel, dass du ihr erzählt hast, dass Heike und ich uns in Wahrheit überhaupt nicht mehr verstehen. Das ist doch was ganz Persönliches, das hatte ich dir im Vertrauen erzählt.«

»Ich weiß«, sagt er und sieht mich zerknirscht an. »Das ist auch nicht zu entschuldigen. Außer, dass ich wirklich dachte, dass ich damit davon ablenken kann, dass ich in Wahrheit ganz schrecklich verliebt in dich bin.«

»Ein eigenartiges Ablenkungsmanöver.«

»Annette hat mich dabei erwischt, als ich gerade eines eurer Bücher las.«

»Du hast einen Sanne-Gold gelesen?« Ich kichere. »*Das* muss dir natürlich extrem peinlich gewesen sein … in flagranti mit rosafarbener Lektüre … Ich lach mich schlapp!«

»Ja«, gibt er zu und grinst dabei schief. »Aber ich wollte dir nah sein, und da …«

»Da warst du nicht mir, sondern unserem Ghostwriter nahe«, korrigiere ich ihn.

Er schüttelt den Kopf. »Nein, ich hab euren ersten Roman ›Glücksrad‹ gelesen. Den habt ihr doch zusammen geschrieben, oder?«

»Ja«, sage ich und seufze. »Das ist lange her.« Kurz schweifen meine Gedanken ab. Damals, vor über zehn Jahren, hatten Heike und ich die Idee zu diesem Buch. Und beim gemeinsamen Schreiben eine Menge Spaß, wir haben permanent miteinander gelacht, der Roman schrieb sich nahezu wie von selbst. Dass er dann nach Veröffentlichung einschlug wie eine Bombe und sofort in die Bestsellerliste einstieg, sodass Heike ihren Job als Juristin aufgeben und ich endlich von der Schreiberei leben konnte, hatte uns selbst überrascht. Der Roman war vom Verlag nicht gerade als Marketingschwerpunkt eingeplant gewesen, sondern mehr oder weniger unter »ferner liefen«.

Aber offenbar mochten die Leser sowohl die Geschichte als auch die Tatsache, dass ihn zwei sympathische Schwestern geschrieben hatten, die gleichzeitig auch beste Freundinnen waren (so war es jedenfalls damals überall in der Presse zu lesen gewesen: »Die sympathischen Schreibschwestern sind ein Herz und eine Seele«; »Schwesterherzen mit Schreibtalent«; »We are family – das Erfolgsgeheimnis der Gold-Schwestern«).

Nach diesem Durchbruch schrieben wir dann natürlich gleich einen zweiten Roman, bei dem die Zusammenarbeit schon nicht mehr ganz so viel Spaß machte, was wir auf den Druck schoben, der auf einmal auf uns lastete. Roman Nummer drei war dann ein echter Kraftakt, und Nummer vier wurde zum Horrortrip:

Wir hatten uns zwei Wochen lang in einem Hotel an der Ostsee eingemietet, um fernab von Heikes Kindern und meinem Telefon/Internet/Fernsehen in Ruhe arbeiten zu können. Ein Experiment, das bereits am dritten Tag endete, weil meine Schwester und ich uns so dermaßen in der Wolle hatten, dass wir beide abreisen wollten. An eine gemeinsame Weiterarbeit war überhaupt nicht mehr zu denken.

Tja, und dann kam Wolfgang Steier mit der Idee, dass wir nicht mehr selbst schreiben, sondern einen Ghost beschäftigen sollten. Ende der sympathischen Schreibschwestern, Ende von »ein Herz und eine Seele«. Wie gesagt, lange her.

»Jedenfalls wollte Annette natürlich wissen, warum ich das lese«, reißt Niklas mich aus meinen Gedanken. »Zuerst habe ich behauptet, ich würde das tun, weil sie die Romane so gern mag und ich wissen möchte, was sie daran so begeistert.«

»Lass mich raten: Das hat sie dir nicht geglaubt.«

Er lächelt und schüttelt den Kopf. »Nein, hat sie nicht. Also habe ich ihr unter dem Siegel der absoluten Verschwiegenheit erzählt, dass ich die Sache mit dem Ghost weiß. Und dass mich als Texter einfach nur interessiert hat, ob man da einen Unterschied merkt, und ich mir deshalb ein paar von euren Bücher ansehen wollte.«

»Aha, verstehe. Du hast sie also knallhart angelogen.«

»Ja«, gibt er zu. »In dem Moment wusste ich nicht, was ich sonst sagen soll.«

»Die Wahrheit vielleicht? Dass du sie nicht mehr liebst und dich von ihr trennen willst?«

»Das hätte ich wohl tun sollen, dann wäre es am Ende vermutlich nicht so eskaliert. Aber ich bin eben auch nicht perfekt.« Er legt den Kopf schräg und bedenkt mich mit einem Hundeblick, während er meine Hand drückt, die er immer noch hält.

»Du scheinst ja ziemlich gut lügen zu können«, stelle ich fest.

»Sei bitte nicht ungerecht. Ich war ja selbst vollkommen überrascht, dass ich mich nach so vielen Jahren wieder neu in dich verliebt habe.«

»Hast du das denn?« Auweia, gerade merke ich, dass mir der Weißwein schon ziemlich zu Kopf gestiegen ist. Wie ich hier so mit Niklas sitze, bei Kerzenschein und gutem Essen, lauschiger Musik im Hintergrund ... da bekomme ich ein richtig warmes Gefühl im Bauch.

»Natürlich, du Dummkopf.« Er beugt sich über den Tisch zu mir und gibt mir einen zärtlichen Kuss.

»Nicht so schnell«, murmele ich. »Immerhin bin ich noch total sauer auf dich.«

»Wie lange denn noch?«, fragt er und gibt mir einen zweiten Kuss.

»Mal sehen«, antworte ich und beuge mich etwas zurück, so, dass ich außerhalb seiner Reichweite bin. »Du vergisst, dass ich mir immer noch nicht ganz sicher bin, ob man dir mittlerweile vertrauen kann.«

»Ob man mir *mittlerweile* vertrauen kann?« Er sieht mich verständnislos an.

»Nun ja«, erkläre ich. »Da haben wir zum einen die Tatsache, dass du mir gerade erzählt hast, dass du deine Frau belogen hast.«

»Eine Notlüge. Nur bis ich mir darüber im Klaren war, dass ich mit dir zusammen sein will. Danach habe ich sofort mit ihr gesprochen.« Er lächelt etwas unbeholfen. »Das Ergebnis ist leider nicht so toll, aber ich hab's immerhin gemacht.«

»In Ordnung, das nehme ich mal so hin. Bleibt aber immer noch das, was du mir damals angetan hast.«

»Damals?«

»Du weißt genau, was ich meine!«

Einen Moment lang sieht er mich fassungslos an. Dann fängt er an zu lachen. »Du spielst jetzt nicht allen Ernstes wieder auf die Sache in unserer Schulzeit an, oder? Nele, da waren wir noch Kinder!«

»Mag sein. Aber ich hab's bis heute nicht verstanden. Du hast mich einfach so fallen gelassen, ohne jeden Grund. So was vergisst ein Mädchen nicht!«

Plötzlich bin ich gefühlt wieder vierzehn Jahre alt. Die Erinnerung ist zurück, als wäre es erst gestern passiert, dass Niklas so überraschend mit mir Schluss gemacht hat und ich die Welt nicht mehr verstand.

Unsere Eltern hatten sich gerade erst vor einem halben Jahr scheiden lassen, Niklas und ich gingen seit gut zwei Monaten miteinander, und ich war trotz der Trennung von Mama und Papa selig darüber (ich erinnere mich noch daran, dass ich ein schlechtes Gewissen hatte, weil ich so glücklich war, obwohl bei uns zu Hause doch gerade erst eine Katastrophe passiert war).

Und tatsächlich, ich weiß noch, dass Niklas und Heike gerade von ihrer Klassenfahrt zurückgekehrt waren, als es knallte. Ich weiß das deshalb noch so genau, weil ich extra am Freitagnachmittag ihrer Ankunft zur Schule gefahren war, um Niklas zu begrüßen. Und ich erinnere mich noch genau, dass er da schon so komisch distanziert war und behauptete, das ganze Wochenende keine Zeit für mich zu haben, bevor er dann am Montag in der großen Pause mit mir Schluss machte.

Schon ewig habe ich nicht mehr daran gedacht, aber jetzt und hier, während Niklas mir gerade seine Liebe erklärt, habe ich alles wieder ganz deutlich vor Augen.

Hamburg, Montag, den 15. Mai 1989

Liebes Tagebuch,

ich verstehe die Welt nicht mehr! Niklas hat mit mir Schluss gemacht!!!! Einfach so, ohne jeden Grund! Er kam in der großen Pause zu mir und meinte, dass er mit mir reden müsste – und dann hat er gesagt, dass er nicht mehr mit mir gehen will. Ich war total geschockt und hab angefangen zu weinen, aber Niklas hat das null interessiert. Hat immer wieder nur gesagt, dass es für ihn keinen Sinn mehr macht und ich jetzt bloß nicht rumheulen soll.

Bloß nicht rumheulen? Ich verstehe das nicht, vor ein paar Tagen war noch alles gut, aber schon am Freitag, als er und Heike von ihrer Klassenfahrt in den Harz zurückgekommen sind, war er so komisch. Ich war extra bei der Schule, um ihn am Bus abzuholen, aber er hat mich kaum beachtet. Nicht mal einen Kuss hat er mir gegeben! Das Wochenende habe ich ihn dann auch nicht gesehen, weil er meinte, er hätte keine Zeit – und jetzt macht er einfach so Schluss mit mir?

Heike hat das in der Pause auch voll mitgekriegt, sie ist dann sogar zu mir gekommen, hat mich in den Arm genommen und wollte mich trösten. Hat gesagt, dass ich froh sein soll, den Idioten los zu sein. Aber Niklas ist doch mein absoluter Traumtyp!

Ich verstehe das nicht, ich verstehe das echt nicht! Was ist denn bloß passiert, was habe ich falsch gemacht? Oder hat er sich etwa in eine andere verknallt? Vielleicht bei der Klassenfahrt? Er hat geschworen, dass es nicht so ist, aber dann raffe ich wirklich überhaupt nichts mehr.

Ich bin sooo todtraurig, dass ich nur noch heulen könnte. Ist doch echt alles scheiße! Erst trennen sich Mama und Papa, dann serviert Niklas mich ab – die Sache mit der Liebe ist doch einfach nur eine große Scheiße! Was soll denn schön daran sein, wenn es einfach nur wehtut?

Gerade weiß ich echt nicht mehr, was ich noch glauben soll oder wem ich noch vertrauen kann. Und am schlimmsten ist, dass ich Niklas trotzdem jeden Tag in der Schule sehe. Am liebsten würde ich da gar nicht mehr hingehen!

FUCK LOVE!
Nele

»Mein Gott!«, ruft Niklas aus, nachdem ich ihm erzählt habe, was damals in mir vorgegangen ist. »Das habe ich nicht einmal ansatzweise geahnt.«

»Du hast nicht geahnt, dass es mich total verletzt hat, von dir einfach so abserviert zu werden?«

»Nein, doch, ja, schon«, gibt er etwas konfus zurück. »Aber mir war nicht bewusst, dass es für dich SO schlimm war.«

»Mehr als das«, erwidere ich. »Da brach meine kleine Welt zusammen, und wenn ich ehrlich bin, habe ich bis heute so meine Probleme damit, jemandem voll und ganz zu vertrauen. Die Sache hat mir einen ziemlichen Knacks versetzt.«

»Nele«, er nimmt wieder meine Hand, die er während

meiner Erzählung losgelassen hatte. »Es tut mir so un-un-un-endlich leid! Ich war halt sechzehn Jahre alt, dumm und unsensibel.«

»Tja«, ich ziehe meine Hand wieder weg, »und wer sagt mir, dass du jetzt zwar über vierzig bist, aber nicht immer noch ein gedankenloser Idiot?«

»Ich sage dir das.«

»Habe ich ja gerade gemerkt, dass es nicht so ist«, gebe ich spöttisch zurück. Und denke gleichzeitig: Ich mag ihn, herrjeh, ich mag ihn echt! Aber ist es nicht weniger eine Frage des Alters als vielmehr des Charakters, wenn sich jemand so verhält? Und kann sich so ein Charakter im Verlauf der Jahre wirklich ändern?

Die Affäre mit Niklas war ja schön und gut – aber wenn ich mich jetzt noch einmal mit dem Herzen auf ihn einlasse, laufe ich da nicht Gefahr, am Ende wieder wie eine heulende Vierzehnjährige dazustehen? Und davon mal ganz abgesehen: IST ES IN DER MOMENTANEN SITUATION RICHTIG, MIT EINEM TYPEN BEIM ITALIENER ZU SITZEN UND SICH SOLCHE GEDANKEN ZU MACHEN??? Die kleine, sich schämende Nele in mir sagt mir, dass es absolut *nicht* richtig ist. Trotzdem kann ich gerade nicht anders.

»Nele«, Niklas steht auf, kommt um den Tisch herum zu mir, zieht sich einen Stuhl heran und setzt sich neben mich. Dann legt er einen Arm um meine Schulter. »Darf ich?« Ich nicke. »Hör zu«, fängt er an. »Ich habe schon länger darüber nachgedacht, ob ich dir das nicht erzählen soll. Aber zum einen hielt ich es bisher für unwichtig, zum anderen wollte ich nicht noch mehr Öl ins Feuer gießen.«

»Öl ins Feuer gießen?«

»Weil es zwischen dir und Heike ja eh schon schwierig ist.«

»Gleich verstehe ich gar nichts mehr.«

»Wirst du sofort«, sagt er. »Aber es fällt mir schwer, darüber zu reden, weil ich natürlich nichts Schlechtes über deine Schwester sagen will. Ich meine, sie liegt im Koma ...«

»Könntest du bitte auf den Punkt kommen?« Ich fühle mich etwas unwohl, weil ich den Eindruck habe, dass Niklas gleich etwas sagen wird, was mir ganz und gar nicht gefällt.

»Als ich mit dir Schluss gemacht habe, wollte ich das nicht«, sagt er und zieht mich noch ein bisschen enger an sich heran. Er seufzt tief, nimmt noch einen Schluck Wein und spricht dann weiter. »Heike hat mich dazu gezwungen. Ich glaube, weil sie eifersüchtig war.«

»Eifersüchtig? Heike?«

»Natürlich hat sie das nie so offen gesagt, aber ich habe es trotzdem immer gewusst.«

Moment mal, kurze Pause bitte, ich kann gerade nicht mehr ganz folgen ... Heike hat Niklas *gezwungen*, mit mir Schluss zu machen? Weil sie *eifersüchtig* gewesen ist?? Und *das* soll ich glauben???

»Du warst halt schon immer die Lebenslustigere. Die, die so viel Freude und Leichtigkeit ausstrahlt. Ich glaube, das hat Heike gewurmt. Und ich denke, sie war in Wahrheit auch verliebt in mich.«

Pruuust! Ich kann mir ja viel vorstellen, aber *das* nun wirklich nicht! Da müsste meine Schwester ja eine *echt* gute Schauspielerin sein.

»Jedenfalls hat sie damals auf der Klassenfahrt versucht, mich zu küssen. Am ersten Abend, auf der Willkommensparty. Ich hab sie aber weggeschoben und ihr gesagt, dass du meine Freundin bist und ich das nicht will.«

Ups ... Vielleicht *ist* Heike eine echt gute Schauspielerin???

»Zwei Tage später hat sie mich dann im Garten hinter der Jugendherberge zusammen mit einem Kumpel beim Kiffen erwischt. Tja, und dann hat sie es eben gemacht, hat mich erpresst und gesagt, dass sie mich auffliegen lässt, wenn ich nicht mit dir Schluss mache. Heute kann ich darüber natürlich nur lachen, aber damals hatte ich echt Schiss, dass sie es macht und ich dann von der Schule fliege. Ich hatte also keine andere Wahl. Und weil ich mich nie getraut habe, dir das alles zu erzählen, muss es für dich bis heute komplett unverständlich sein, warum das damals alles so gelaufen ist.«

»Sorry«, gehe ich dazwischen, weil mir mittlerweile der Kopf schwirrt. »Das hört sich für mich alles völlig verrückt an.«

»Ja, ich weiß, aber so ist es eben gewesen, das schwöre ich dir! Natürlich hätte ich dir das mittlerweile schon alles sagen können, aber es kam mir inzwischen so unwichtig vor.«

Ich verstehe nur Bahnhof. Heike hat Niklas damals erpresst und so dazu gebracht, sich von mir zu trennen? Aus Eifersucht? Nein, das *kann* ich nicht glauben! Oder *will* ich nur nicht? Irgendwie war es ja wirklich schon immer auffallend, wie sehr meine Schwester über Niklas hergezogen ist. Könnte es nicht tatsächlich sein, dass der Grund dafür in Wahrheit gar nicht besondere Abneigung, sondern im Gegenteil besondere Zuneigung war?

In einem Sanne-Gold-Roman wäre es jedenfalls GENAU so. Exakt so würden wir – beziehungsweise unser Ghostwriter – das schreiben. Verschmähte Liebe schlägt in Hass um. Kann man ja jeden Tag in der Zeitung lesen, in welchen Dramen so etwas enden kann.

Ich nehme mein Glas Wein und stürze es in einem Zug hinunter, in meinem Kopf herrscht ein totales Kuddelmuddel, und ich weiß überhaupt nicht mehr, was ich glauben kann und soll. Wenn ich doch nur Heike fragen könnte! Aber das kann ich ja nicht …

»Nein«, sage ich dann, mehr zu mir als zu Niklas. »Das passt überhaupt nicht zu Heike, so etwas hätte sie nie getan. Ja, sie war nicht sonderlich begeistert, als wir damals zusammenkamen, daraus hat sie auch nie ein großes Geheimnis gemacht. Aber trotzdem – sie hat gewusst, wie sehr ich in dich verknallt war, das hätte sie mir nicht angetan.«

»Mir war klar, dass du mir nicht glaubst.« Niklas wirft mir einen resignierten Blick zu. »Auch ein Grund dafür, weshalb ich es dir nie erzählt habe. Ich wusste, dass du im Zweifel sowieso auf der Seite deiner Schwester stehst.«

»Das ist doch Unsinn. Aber du musst zugeben, dass das schon ziemlich weit hergeholt klingt.«

»Was klingt weit hergeholt? Dass Heike auch was von mir wollte?«

»Ja«, sage ich. »Nein«, verbessere ich mich dann. »Tut mir leid, ich muss das erst einmal sacken lassen, das ist doch ein ziemlicher Schock für mich.«

»Nimm es aber bitte nicht zu dramatisch. Ist doch schon so lange her und auch kein wirklicher Weltuntergang.«

»Du bist Einzelkind«, erwidere ich, »das merkt man.«

»Was meinst du damit?«

»Wenn du jemanden hättest, der dir so vertraut und nah ist, wie Heike und ich es mal waren – dann würdest du verstehen, wie sehr es einen trifft, von genau diesem Menschen so verraten zu werden.«

»Nimmst du da gerade nicht ein paar sehr große Worte in den Mund? *Verrat?*«

»Mag sein. Aber so fühlt es sich an. *Ganz schrecklich*!«

Einen Moment lang sagt keiner von uns etwas, wir sitzen einfach nur so da, jeder hängt seinen Gedanken nach. Wenn das, was Niklas mir da eben erzählt hat, wirklich stimmt, bedeutet das tatsächlich eine Art Verrat. Oder zumindest eine ziemliche Bevormundung. Und die wiederum traue ich Heike schon zu. Sie hat ja schon immer gewusst, was besser für mich ist. Oder sie war zumindest der Meinung, dass sie es wüsste. Ging es ihr also dabei um mich, wollte sie mich beschützen? Oder war sie eifersüchtig und wollte nur nicht, dass ich noch länger mit Niklas zusammen bin? Ach, das ist alles so kompliziert …

Ich bin immer noch komplett von der Rolle, als Niklas mich eine Stunde später zu Hause absetzt. Vor lauter Aufregung habe ich noch eine weitere Flasche Wein fast allein getrunken, und es ist mir gerade total egal, ob ich morgen einen Kater habe oder mit einer Fahne im Krankenhaus auftauche. Wenn man auf so eine Neuigkeit keinen trinken darf, dann weiß ich auch nicht, wann ein passender Anlass ist. Zugegeben, um einen Anlass war ich noch nie verlegen, aber *das hier* ist *echt einer!*

»Da sind wir«, sagt Niklas und stellt den Motor aus.

»Ja, da sind wir.« Wir sehen uns etwas verlegen an, keiner von uns scheint zu wissen, wie man in so einer Situation auseinandergeht. »Dann werde ich mal«, sage ich und greife nach dem Türöffner.

»Können wir uns denn …«, fragt Niklas hektisch, als hätte er Angst, dass ich einfach so verschwinde, »… uns jetzt wieder treffen?« Er sieht mich durchdringend an, seine eisblauen Augen sind mir so nah, dass ich sehen kann, wie sich seine dunklen Pupillen verengen.

»Niklas«, fange ich an, komme aber nicht weit, weil er sich zu mir beugt und mich küsst. Und das ist sooo schön, dass ich einen Augenblick lange alles um mich herum vergesse. Die Talkshow, den Unfall, das Krankenhaus, den Terror bei meinem Schwager, sogar das, worüber Niklas und ich vorhin gesprochen haben – all das spielt in diesem Moment keine Rolle mehr. Stattdessen schlagen die Schmetterlinge in meinem Bauch Purzelbäume, mehr noch als in den vergangenen Wochen, in denen wir nur eine »Affäre« miteinander hatten.

Habe ich eben noch darüber nachgedacht, ob es eine gute Idee ist, mich noch einmal mit ganzem Herzen auf Niklas einzulassen? Die Überlegung kann ich mir wohl schenken, offenbar ist es schon längst passiert. Und was will ich eigentlich mehr, immerhin hat er sich meinetwegen von seiner Frau getrennt? Meinetwegen! Kann es einen größeren Liebesbeweis geben?

»Niklas«, flüstere ich noch einmal, als er mich nach einer halben Ewigkeit wieder loslässt. »Ich habe ein bisschen Angst.«

»Wovor?« Er sieht mich unendlich zärtlich an.

»Vor allem. Davor, was die nächsten Tage bringen, ob Heike wieder ganz gesund wird oder nicht. Und davor, dass ich mir an dir ein zweites Mal die Finger verbrenne und du mir ganz fürchterlich wehtust.«

»Hab keine Angst.« Er streichelt mir mit einer Hand über die Wange. »Wenigstens eines kann ich dir versprechen: Ich meine es wirklich ernst und werde dich nicht verletzen. Das hätte ich schon damals nicht getan, wenn deine Schwester mich nicht dazu gezwungen hätte. Aber so dumm werde ich nicht noch einmal sein.« Wir küssen uns wieder, diesmal so leidenschaftlich, dass ich ganz weiche Knie bekomme. Auweia, ist das schön, ich will gar nicht mehr aufhören.

»Nimmst du mich noch mit nach oben?«, nuschelt

Niklas in mein Ohr. »Ich möchte noch ein bisschen bei dir sein.«

»Nur ein bisschen bei mir sein?«, necke ich ihn.

»Ja«, er kichert, »bei dir und …«

Mein Handy klingelt. So ein Mist, ausgerechnet jetzt! »Geh nicht ran«, bittet Niklas und hält mich mit beiden Händen davon ab, in meiner Jackentasche danach zu suchen.

»Ich muss«, sage ich und schiebe ihn weg. »Könnte das Krankenhaus sein.«

»Sicher, natürlich. Sorry, das hatte ich gerade ganz vergessen.«

Ich wühle nach meinem Telefon und erwische es nach dem vierten Klingeln. Ein Blick aufs Display verrät mir, dass es *nicht* das Krankenhaus ist. Es ist Oliver.

»Mein Schwager«, sage ich zu Niklas und verdrehe die Augen. Dann nehme ich den Anruf an. »Hallo Oliver«, begrüße ich ihn und gebe mir Mühe, möglichst kühl zu klingen, obwohl ich ein bisschen aufgeregt bin, weil ich damit rechne, dass es Neuigkeiten von Heike gibt. Er sagt etwas, was ich aber nicht verstehen kann, weil im Hintergrund so lautes Geschrei herrscht, Lotta scheint eine Art Wutanfall zu haben. »Oliver?«, wiederhole ich.

»Nele!«, ruft er laut ins Telefon. »Bitte …« Der Rest geht in noch lauterem Geschrei unter.

»Was hast du gesagt? Ich verstehe kein einziges Wort!«

»BITTE KOMM WIEDER ZURÜCK!«, brüllt er. »ICH BRAUCHE DEINE HILFE!«

12. Kapitel

»Wow! Nicht schlecht!« Niklas pfeift anerkennend durch die Zähne, als wir kurze Zeit später wieder bei der Bachmann'schen Villa in Flottbek vorfahren. Vor ein paar Stunden hatte ich mich von ihm an einer Straßenecke einsammeln lassen, jetzt erst sieht er das bescheidene Anwesen, in dem meine Schwester mit ihrer Familie lebt. »Sanne Gold scheint sich ja echt zu lohnen, Respekt!«

»Olivers Architekturbüro läuft auch ziemlich gut«, sage ich, weil es mir etwas peinlich ist, dass Niklas solche Rückschlüsse zieht, die natürlich auch auf mich zutreffen. Auch wenn er da nicht ganz falschliegt, die Bücher laufen schon ziemlich gut. Bisher jedenfalls, wie es mit Sanne Gold weitergeht, steht ja derzeit in den Sternen.

»Da hab ich mit Werbung wohl aufs falsche Pferd gesetzt«, sagt er. »Die Medienbranche liegt ziemlich am Boden, und wir alle schlagen uns mehr schlecht als recht durch.«

»Ja, ähm«, gebe ich etwas fahrig zurück. Es ist fast Mitternacht, und mein Schwager hat mich zu Hilfe gerufen, nicht gerade der ideale Zeitpunkt, um mit Niklas jetzt solche Diskussionen zu führen. »Ich geh mal rein, Oliver wartet bestimmt schon auf mich.«

»Kuss!«, fordert Niklas und spitzt erwartungsvoll die Lippen. Ich beuge mich zu ihm und drücke ihm ein schnelles Bussi auf den Mund. Blitzschnell greift er nach meinem Arm und zieht mich an sich.

»Das ist doch kein Kuss!«, protestiert er.

Trotzdem schiebe ich ihn wieder weg. »Ich finde das vorm Haus meiner Schwester etwas unpassend«, erkläre ich, während ich schon mit einer Hand nach dem Türöffner taste.

»Wieso?«, will Niklas wissen. »Ist doch kein katholisches Mädchenpensionat.«

»Aber nah dran«, versuche ich es mit einem Witz. Dann beuge ich mich noch einmal zu ihm und gebe ihm einen weiteren Kuss, diesmal etwas zärtlicher. »Ich ruf dich an«, sage ich, dann steige ich aus. Niklas wendet das Auto, hupt und winkt noch einmal, dann ist er auch schon hinter einer Kurve verschwunden.

»Wer war das denn?« Oliver steht am Tor und hat Lotta auf dem Arm, die im Gegensatz zu vorhin absolut friedlich ist.

»Gustav«, sage ich, weil ich noch immer keine Lust habe, ihm zu erklären, dass ich mich wieder mit Niklas treffe. Und außerdem geht's ihn auch nichts an.

»Der Typ vom Krankenhaus?«

Ich nicke. »Also, du hast mich gerufen, Meister«, sage ich und verschränke die Arme vor meinem Oberkörper wie die Bezaubernde Jeannie. »Da bin ich.«

»Hast du schon wieder was getrunken?«, will er wissen und mustert mich leicht missbilligend.

Ich grinse ihn einfach überlegen an. »Willst du mir schon wieder auf den Keks gehen? Dann rufe ich sofort Ni... Gustav an, dass er zurückkommen und mich einsammeln soll.«

»Nein«, sagt mein Schwager schnell und ringt sich sogar zu einer Art Lächeln durch. »Tut mir leid. Ich bin froh, dass du da bist, der Abend und die Nacht waren bisher der blanke Horror.«

»Wirkt gar nicht so«, sage ich mit einem Blick auf Lotta.

»Als ich ihr gesagt habe, dass du kommst, war sofort Ruhe.«

»Echt?« Zugegeben, ich bin gerührt.

»Dann lass uns mal reingehen. Und gib mir die Kleine mal.« Oliver drückt mir Lotta auf den Arm, dann gehen wir zusammen ins Haus. Ich bringe meine kleine Nichte hoch in ihr Zimmer und lege sie in ihr Bettchen. Kaum hat sie die Matratze berührt, dreht sie sich auch schon zur Seite, stopft sich ungelenk ihren Schnuller in den Mund und schläft ein. Geht doch! Nele Krüger, die Supernanny! Ich schalte die Spieluhr ein und betrachte Lotta noch zwei Minuten lang, bis ich sicher bin, dass sie wirklich schlummert.

Unten im Wohnzimmer höre ich Oliver rumoren. Als ich reinkomme, ist er gerade dabei, eine Flasche Wein zu entkorken.

»Magst du auch ein Glas?«, will er wissen.

»Böser Alkohol? Für mich? Ich weiß nicht ...«

»Ach, komm. Lass uns einen Friedenswein trinken.« Er stellt zwei Gläser auf dem Couchtisch ab, schenkt ein und bedeutet mir, mich aufs Sofa zu setzen.

»Bisher kannte ich nur die Friedenspfeife«, sage ich, als wir sitzen und miteinander angestoßen haben. »Aber so eine könnte ich zum Wein jetzt auch gut paffen.« Mit diesen Worten krame ich in meiner Handtasche nach meinen Zigaretten.

»Hier wird nicht geraucht«, bremst Oliver mich barsch aus. Dann fällt ihm aber offenbar auf, dass er sich wieder im Ton vergriffen hat, denn er fügt wesentlich freundlicher hinzu: »Im Haus mögen Heike und ich das nicht, schon allein wegen der Kinder. Aber wenn du magst, können wir uns raus auf die Terrasse setzen.«

»Nee«, sage ich und stecke die Kippen wieder weg. »So süchtig bin ich auch wieder nicht, dass ich mir dafür den Pöppes abfrieren will.«

Was glatt gelogen ist, ich bin sogar sehr, sehr, sehr nikotinsüchtig. Aber hier in Sterilistan vergeht mir trotzdem die Lust aufs Rauchen. Und mein Schwager hat natürlich auch recht, in einer Umgebung, in der Kinder wohnen, geht das überhaupt nicht.

»Stichwort ›euer Haus‹«, sage ich und nehme noch einen Schluck Wein. »Ich bin, ehrlich gesagt, ein bisschen entsetzt über das strenge Regiment, das hier herrscht.«

»Wieso?«, will Oliver wissen.

»Die Liste, die du mir geschrieben hast, soll doch wohl hoffentlich nur ein Scherz sein!«

Er schüttelt den Kopf. »Heike möchte das so haben.«

»Und du bist nicht der Meinung, dass meine Schwester hier und da übertreibt?«

»Na ja, der Haushalt ist schließlich ihr Bereich, da rede ich ihr nicht rein. Sie wird schon ihre Gründe haben.«

»Ich kann mir keinen Grund vorstellen, der es erforderlich macht, zweimal die Woche alle Fenster zu putzen. Noch dazu in einem Nichtraucherhaushalt, wie du mir ja eben erläutert hast.«

»Kinder machen viel Dreck und Unordnung.«

»Wie denn? Malen sie täglich mit Plakafarbe auf den Scheiben herum?«

»Du hast eben keinen Nachwuchs.«

»Nein, habe ich nicht. Aber ich bin auch nicht vom Mars.« Ich beuge mich zu ihm vor. »Oliver, ganz ehrlich,

ich finde, dass ihr hier übertreibt. Und zwar nicht nur ein bisschen, sondern ganz schön. Das war doch früher nicht so!«

Mein Schwager zuckt mit den Schultern und spielt nachdenklich mit seinem Weinglas herum. »Kann schon sein, dass deine Schwester es mit Ordnung und Sauberkeit sehr genau nimmt.«

»Übergenau«, korrigiere ich ihn. »Und wenn ich euch helfen soll, muss das hier ein wenig anders laufen.«

»Wie anders?«

»Etwas entspannter und lockerer, mit mehr Mut zur Lücke.«

»Mut zur Lücke?«

»Damit meine ich, dass die Fenster geputzt werden, wenn sie dreckig sind, und nicht, wenn der Plan es vorschreibt.«

»Das wäre Heike sicher nicht recht.«

»Heike ist nicht hier.«

»Ich würde es trotzdem gern weitermachen wie bisher.« Täusche ich mich, oder schwingt da so etwas wie Angst in der Stimme meines Schwagers mit? Er wirkt auf einmal ganz klein und mickrig, nahezu unglücklich.

»Sag mal, Oliver, ist bei euch beiden eigentlich alles in Ordnung?«

»Was soll denn bei uns nicht in Ordnung sein?« Er sieht mich überrascht an. Aber wenn ich nichts am Ohr habe, zittert seine Stimme leicht. Was ist bloß los mit ihm? Klar, die Sorge um Heike nimmt uns alle mit, aber hier scheint es noch um etwas anderes zu gehen. Glaube ich jedenfalls.

»Ich frage mich das nur, weil mir hier einiges seltsam vorkommt«, formuliere ich meine Gedanken laut.

»Doch, alles gut«, versichert Oliver. »Uns geht es bestens, na ja, den Umständen entsprechend. Es war nur in den vergangenen Wochen ziemlich viel Stress. Ständig war irgendwas mit den beiden Großen, dann noch Lotta, die nicht durchschläft, das schlaucht eben ganz schön.«

»Da schlaucht es nicht weniger, wenn man sich vornimmt, ohne jede Hilfe einen Meister-Proper-Vorzeigehaushalt zu führen, in dem man noch vom dreimal pro Tag gesaugten Teppichboden essen kann.«

»Da hast du wohl recht.«

»Dann machen wir es ab sofort anders?«, frage ich. »Bis Heike wieder hier ist, machen wir den Haushalt auf meine Art?«

Oliver zögert, aber dann nickt er. »Einverstanden.« Richtig glücklich klingt er allerdings nicht.

In der Nacht bekomme ich kaum ein Auge zu. Nicht weil Lotta mich wach hält, sondern weil mir so viele Gedanken durch den Kopf gehen. Wieder und wieder muss ich darüber nachgrübeln, ob Niklas wirklich die Wahrheit gesagt hat, als er erzählt hat, dass Heike ihn damals zum Schlussmachen gezwungen hat. Nur: Warum sollte er da lügen? Andererseits: Warum sollte Heike das getan haben? Es sei denn, sie war wirklich in Niklas verliebt. Was ich mir aber irgendwie überhaupt nicht vorstellen kann. Allerdings konnte ich mir bisher schon sehr viel nicht vorstellen, auch nicht, dass meine Schwester offenbar einen echten Sauberkeitsfanatismus entwickelt hat, wie eine Art von Kontrollsucht. Vielleicht hatte sie ja früher auch schon einen Hang dazu und wollte dann eben mich kontrollieren?

Ich werfe mich von einer Seite auf die andere, wenn ich nicht gleich mal einschlafe, bin ich morgen früh komplett gerädert. Außerdem wird Lotta bald ihr nächstes Fläschchen fordern, also sollte ich schleunigst wegnicken.

Gerade als mich dann doch eine angenehme Müdigkeit überkommt und mir fast die Augen zufallen, meldet sich die Kleine mit lautem Quaken. Entnervt stehe ich auf und mache mich daran, eine Flasche zu mischen. Das war ja irgendwie klar!

»Meine Süße«, flüstere ich Lotta ins Ohr, als ich mit ihr im Sessel sitze und sie füttere. »Was ist hier bloß los? Was ist mit Heike los? Und außerdem: Was kann ich tun, damit du nachts mal durchschläfst?«

Ich versuche, meine Gedanken zu sortieren. Punkt eins: Was hier und mit Heike los ist, werde ich schon noch herausfinden. Im Zweifel muss ich einfach nur warten, bis meine Schwester wach ist, dann kann ich ihr all die Fragen stellen, die mich gerade beschäftigen. Punkt zwei: Gleich morgen werde ich mich fachkundig machen, wie man ein sieben Monate altes Baby zum Durchschlafen bringt.

Zufrieden mit diesen beiden Erkenntnissen sinke ich nach erfolgreicher Fütterung wieder ins Bett – und bin Sekunden später bereits im Land der Träume.

»Guten Morgen!« Oliver steht in der Tür zum Gästezimmer und mustert mich erstaunt. Verständlich, denn ich würde einen namhaften Betrag darauf wetten, dass er damit gerechnet hat, mich wieder aus den Federn zu schmeißen. Falsch gedacht! Ich bin seit halb sieben wach, habe schon geduscht und bin angezogen – bereit, den Tag in Angriff zu nehmen. »Was ist denn mit dir los?«, fragt er nun tatsächlich.

»Was soll los sein?«, stelle ich die Gegenfrage. »Ich habe eine Familie zu managen.«

»Aha.« Einen Moment lang sieht er mich noch erstaunt an, dann nickt er mir anerkennend zu. »Prima. Dann kannst du mir ja helfen, die Kinder für die Schule fertig zu machen, solange Lotta noch schläft.«

»Kein Problem«, sage ich. »Was soll ich tun?«

»Jakob ist schon unten, aber wenn du Emma weckst, kann ich schon mal das Frühstück vorbereiten.«

»Klar, sicher«, sage ich. Sieh an, sieh an! Oliver macht das Frühstück, geht doch alles!

Ich gehe rüber zu Emmas Zimmer und klopfe vorsichtig an die Tür. Als ich keine Antwort erhalte, drücke ich die Klinke herunter und gehe leise hinein. Meine Nichte schläft noch friedlich, sie hat sich in ihre Decke eingewickelt, liegt quer in ihrem Bett, und das linke Bein hängt heraus.

Wieder so ein Anblick, der mein Herz mal kurz zum Hüpfen bringt. Warum habe ich sie eigentlich noch nie zu einem Tante-Nichten-Wochenende bei mir eingeladen, an dem wir Pizza essen, Zeichentrickfilme gucken und eine Pyjamaparty machen? Auch diesen Punkt notiere ich im Geiste auf meiner To-do-Liste.

»Emma?«, flüstere ich, setze mich zu ihr ans Bett und streichele ihr sanft über den Kopf. Sie räkelt sich, schläft aber weiter. »Emma?«, wiederhole ich etwas lauter. Wieder ein Räkeln, ihre Lider flattern ein bisschen. Ich beuge mich zu ihr hinunter und gebe ihr einen Kuss auf die Stirn. »Aufwachen, meine Süße«, flüstere ich in ihr Ohr. »Zeit für die Schule.«

»Hmmm«, macht sie und streckt sich. Vorsichtig zupfe ich ihre Bettdecke ein Stück zur Seite und stütze mich links und rechts von ihr auf der Matratze ab. Auf einmal sind meine Hände feucht, verwundert ziehe ich sie zurück. Was ist denn hier los, wieso ist Emmas Bett so nass?

»Emma?«, sage ich ein weiteres Mal, diesmal noch etwas lauter. »Du musst aufstehen.« Sanft schiebe ich meine Arme unter ihren kleinen Körper und ziehe sie auf meinen Schoß, ihr Nachthemd ist ebenfalls komplett durchnässt. Jetzt schlägt sie die Augen auf und sieht mich an. Eine Sekunde später sieht sie an sich hinunter und versteift sich augenblicklich. »Hast du heute Nacht ins Bett gepiescht?«, frage ich so zartfühlend wie möglich. »Ist nicht schlimm, meine Süße, so was passiert.«

Meine Nichte schüttelt energisch den Kopf. »Nein«, behauptet sie. »Da ist mir nur Wasser ausgelaufen.«

»Okay«, sage ich. »Dann wollen wir dir mal etwas Frisches anziehen, ich mach dann nachher dein Bett. Gehst du schon mal ins Bad und putzt dir die Zähne?«

Emma nickt, rutscht von meinem Schoß runter und tapst raus in den Flur. Ich bleibe noch sitzen und schnuppere an der Matratze. Nein, das ist kein Wasser. Aber natürlich werde ich Emma nicht in die Mangel nehmen, das kann ja wirklich mal passieren. Im Schrank meiner Nichte suche ich ein paar Sachen für den heutigen Tag heraus und folge ihr dann ins Bad.

Sie ist mit Zähneputzen schon fertig, ich helfe ihr dabei, sich zu duschen, und will sie anziehen, was sie allerdings verweigert.

»Ich bin doch kein Baby!«, erklärt sie mir empört. »Das kann ich allein.«

»Natürlich, sicher!« Also gucke ich in aller Seelenruhe dabei zu, wie sie fast zehn Minuten lang mit einer rosafarbenen Strumpfhose und einem Nikki-Kleid kämpft. Dann kämme ich ihr noch die Haare, und als sie mich bittet, ihr einen Bauernzopf zu flechten, schmelze ich zum dritten Mal an diesem Morgen dahin.

»Nele?«, höre ich irgendwann Oliver von unten rufen. »Wo bleibt ihr denn?«

»Wir kommen gleich!«, rufe ich zurück, während ich

mit den letzten widerspenstigen Haarsträhnen kämpfe. Zwei Minuten später ist mein Kunstwerk fertig und erinnert tatsächlich entfernt an einen Bauernzopf, zumindest in der lässigen 80er-Jahre-Gloria-von-Thurn-und-Taxis-Version. Emma scheint es zu gefallen, sie betrachtet sich zufrieden im Spiegel.

»Danke, Tante Nele«, sagt sie. Sie dreht sich zu mir um, betrachtet mich aus ihren großen blauen Kugelaugen und bittet mich: »Du sagst das Papi nicht, das mit dem Wasser, ja?« Heartbreak Nummer vier!

»Nein, keine Sorge, das mache ich nicht.«

Sie lächelt. »Darf ich noch ein bisschen Lippenstift drauftun?« Sie deutet ins Regal, wo das Schminktäschchen meiner Schwester steht.

»Klar«, sage ich, nehme die Tasche und suche einen Lippenstift raus. Ganz dezent tupfe ich ihr etwas auf, dann ruft Oliver uns wieder.

»Komm, meine Süße«, sage ich und strecke ihr eine Hand entgegen. »Zeit fürs Frühstück.« Sie nimmt sie (dieses Gefühl von einer kleinen, weichen, warmen und etwas schwitzigen Kinderhand in meiner ist so … so … sooo … hach!), wir gehen die Treppe runter zur Küche.

Da sitzen Oliver und Jakob bereits am Tisch. Jakob wie immer mit seinem iPhone beschäftigt, während er gedankenverloren auf etwas herumkaut, sein Vater hat sich über eine Zeitung gebeugt.

»Da sind wir!«

»Jetzt wird's aber auch Zeit«, sagt mein Schwager und sieht zu uns auf. Für den Bruchteil einer Sekunde tritt ein Schatten auf sein Gesicht. »Was ist denn …?« Doch er unterbricht sich und schüttelt nur den Kopf. Vermutlich meint er Emmas Lippenstift, aber scheint ihn dann doch nicht kommentieren zu wollen.

Wir nehmen Platz, Emma futtert ein paar Cornflakes, ich selbst gieße mir nur eine Tasse Kaffee ein, denn mit Frühstück konnte ich noch nie etwas anfangen.

»Hast du keinen Hunger?«, will meine Nichte prompt wissen.

»Nein«, antworte ich. »Ich frühstücke immer nur Koffein und Nikotin.« Sofort ein strafender Blick von Oliver. Ja, okay, das war pädagogisch nicht ganz einwandfrei, ich gebe es zu. Missmutig angele ich mir eins von den aufgebackenen Brötchen aus dem Korb und fange an, daran herumzuknabbern.

Zehn Minuten später faltet Oliver die Zeitung zusammen. »Gut«, sagt er an mich gerichtet. »Ich fahre jetzt die Kinder zur Schule. Mach du bitte in der Zwischenzeit Lotta fertig, dann sammele ich euch ein, und wir fahren ins Krankenhaus. Ich werde in nächster Zeit erst mittags ins Büro fahren, so lange, bis es Heike besser geht.«

»Okay«, antworte ich. »Ich kümmere mich um Lotta, räume ein bisschen auf und warte auf dich.«

Nachdem Oliver und die Kinder weg sind, ziehe ich zuerst Emmas Bett ab, beziehe es neu und stopfe die nassen Laken in die Waschmaschine. Et voilá!, nichts passiert. Dann mache ich noch schnell die Küche sauber und gehe in den zwei Bädern flüchtig mit einem Lappen übers Waschbecken. Bevor ich mich totputzen kann, meldet sich allerdings Lotta, also füttere ich sie, wickele sie und ziehe sie an. Kurze Zeit später ist Oliver wieder da, und wir fahren gemeinsam ins Krankenhaus.

»Hallo, Frau Krüger, Herr Bachmann!« Auf dem Gang zu Heikes Zimmer treffen wir den Neurologen Henning Masch.

»Wie geht es meiner Frau?«, will Oliver wissen.

»Bisher verläuft alles gut«, sagt der Arzt zu meiner großen Erleichterung.

»Ist Heike wach?«, frage ich.

»Nein, bisher noch nicht. Aber sie atmet weitestgehend selbstständig, wir können den Tubus bald entfernen«, erklärt Dr. Masch.

»Ach so.« Ich kann meine Enttäuschung kaum verbergen.

»So schnell geht es leider nicht.« Er lächelt Oliver und mich an. »Aber wir sind ganz optimistisch.«

Obwohl er das sagt, klingt es für mich wie eine weitere Vertröstung. Ohne dass ich erklären kann, woher es kommt, kriecht die Angst wieder in mir hoch. Die Angst, dass es bei allem Optimismus für Heike nicht gut ausgeht. Ich gebe mir Mühe, mir diesen Gedanken zu verbieten, so etwas darf ich mir nicht einmal vorstellen!

»Dann gehen wir mal zu ihr rein«, sagt mein Schwager, Dr. Masch nickt uns zu und geht mit schnellen Schritten den Flur runter Richtung Schwesternzimmer.

Rein äußerlich hat sich an Heikes Zustand nichts verändert. Sie liegt weiterhin blass in ihrem Bett und hängt an den Maschinen. Wir setzen uns zu ihr, Oliver nimmt ihre Hand und streichelt sie. Wieder schweigen wir, keinem von uns fällt ein passender Gesprächsstoff ein.

Mir wäre es lieber, mit Heike allein zu sein, zusammen mit meinem Schwager hat die Atmosphäre etwas Beklemmendes. In seiner Gegenwart habe ich Hemmungen, einfach so loszuplaudern und meiner Schwester etwas zu erzählen. Oder sie etwas zu fragen, zum Beispiel, was bei ihr zu Hause eigentlich los ist. Selbst wenn ich weiß, dass ich keine Antwort bekommen werde, würde ich das gern tun.

Oliver lässt seinen Blick durchs Zimmer schweifen.

Vielleicht geht es ihm ja wie mir und er wäre gern ohne mich bei seiner Frau?

Ich stehe auf. »Ich geh mal runter zu Mama«, sage ich. »Bin in einer halben Stunde wieder da.«

»In Ordnung«, sagt Oliver. Und ich habe den Eindruck, dass er mir einen dankbaren Blick zuwirft.

»Was soll das heißen, Sie können mich noch nicht in einen Rollstuhl setzen? Ich sitze doch auch im Bett!«

Mama ist gerade mitten in eine wilde Diskussion mit einer Krankenschwester vertieft, als ich in ihr Zimmer komme.

»Morgen, Frau Krüger«, erklärt die Schwester. »Heute ist es noch zu früh.«

»Das kann ich doch wohl bitte selbst entscheiden!«, gibt meine Mutter zurück. »Ich bin immer noch eine mündige Bürgerin, und solange Sie von meinen Steuern ...«

»Hallo, Mama«, mache ich die beiden auf mich aufmerksam.

»Hallo, Frau Krüger«, werde ich von der Krankenschwester begrüßt. »Würden Sie bitte mit Ihrer Mutter reden und sie zur Vernunft bringen?«, kommt sie ohne Umschweife zur Sache.

»Was heißt hier ›Vernunft‹?«, krakeelt Mama. »Ich möchte jetzt sofort einen Rollstuhl und zu meiner anderen Tochter gebracht werden!«

»Ich sagte Ihnen bereits mehrfach, dass es dafür zu früh ist. Selbst morgen würde ich es Ihnen nicht empfehlen. Und ohne Physiotherapeut erst recht nicht!« Die Schwester verdreht genervt die Augen und bedenkt meine Mutter mit einem Blick der Sorte »Ich hasse renitente Patienten!«.

»Vielleicht lassen Sie uns am besten allein«, sage ich

und fange mir damit prompt ein verärgertes Schnaufen von Mama ein.

»Liebend gern«, erklärt die Schwester und verschwindet.

»Ist ja toll!«, fährt meine Mutter mich an und verschränkt die Arme vor der Brust. »Du bist mir ja eine große Hilfe!«

»Sei doch nicht so bockig«, sage ich. »Wem nützt es, wenn du dich gegen den Rat des Krankenhauspersonals durchsetzt?«

»Mir! Ich will endlich zu Heike!«

»Das verstehe ich. Aber wir können doch gerade eh nichts für sie tun.«

»Doch!« Sie schluckt, und ich merke, dass sie mit den Tränen kämpft. »Ich könnte bei meinem Kind sein.«

»Oliver ist gerade bei ihr.«

»Wie geht es ihr denn?« Ich erzähle meiner Mutter, was Dr. Masch uns berichtet hat.

»Ach«, Mama schließt für einen Moment die Augen, »das ist wirklich alles ein Albtraum!«

»Ja, das ist es.« Ich ziehe mir einen Stuhl heran und setze mich zu ihr. »Wie geht es dir denn eigentlich?«

»Das ist doch überhaupt nicht wichtig! An einem gebrochenen Bein stirbt man nicht.«

»Nein«, gebe ich ihr recht. »Aber es tut trotzdem weh.«

»Ja«, Mama seufzt. »Es geht schon einigermaßen. Deshalb will ich ja auch einen Rollstuhl!«

»Den wirst du schon noch kriegen.«

»Wie läuft es denn mit Oliver und den Kindern?«

»Ganz gut. Allerdings ist es auch ein bisschen seltsam.«

»Seltsam?«

»Na ja«, ich zucke mit den Schultern. »Ist dir nicht aufgefallen, wie es bei denen zu Hause aussieht? Ist ja schon nahezu klinisch.«

Mama lacht. »Im Gegensatz zu deinem Chaos finde ich das ganz angenehm.«

»Ha, ha, ha!«, erwidere ich. »Aber du musst zugeben, dass da schon etwas übertrieben aufgeräumt ist.«

»Heike war schon immer ordentlicher als du. Und pünktlicher.« Sie grinst.

»Hm, ja, mag sein.« Ich beschließe, das Thema zu wechseln. Eigentlich würde ich gern mit meiner Mutter darüber reden, dass ich das seltsame Gefühl nicht loswerde, dass bei den Bachmanns etwas nicht stimmt. Zumal sie ja selbst schon angesprochen hat, dass sie sich Gedanken um Jakob macht. Aber jetzt, da sie sich ohnehin gerade schon so aufgeregt hat, will ich nicht, dass sie sich noch mehr Sorgen macht. Die womöglich vollkommen unnötig sind.

Allerdings: Während wir gerade darüber reden, fällt mir etwas ein, das ich schon komplett vergessen hatte. Nämlich dass Heike als Kind auch nicht viel ordentlicher war als ich, wir haben eigentlich immer beide Ärger mit Mama und Papa bekommen, weil unsere Zimmer solche »Schlachtfelder« waren. Aber irgendwann hat sich das verändert, da wurde Heike immer ordentlicher, während ich immer mehr Chaos verbreitet habe.

»Was macht Jakob?«, unterbricht Mama meine Gedanken.

»Spielt mit seinem iPhone rum und ist bockig«, sage ich. »Wenn du mich fragst, ein normaler Teenager.«

»Wenn man dich zum Maßstab nimmt, dann schon.«

»Was willst du denn damit sagen?«

Mama zwinkert mir zu. »Bockig warst du auch immer. Du warst quasi die Königin der Bockigkeit.«

»Wenn du meinst.«

»Da musst du doch nicht gleich eingeschnappt sein.« Mama will nach meiner Hand greifen, aber ich ziehe meine zurück.

»Ich bin nicht eingeschnappt«, behaupte ich. »Aber ich muss los.«

»Jetzt schon?«

»Oliver will gleich ins Büro, und vorher setzt er Lotta und mich zu Hause ab.«

»Verstehe.« Ein enttäuschter Ausdruck tritt auf ihr Gesicht. Aber sie kann ja wohl schlecht erwarten, dass ich mir in der jetzigen Situation mal wieder anhören möchte, dass ich schon immer ein »enfant terrible« war. »Kommst du morgen wieder?«

»Ja, klar, mach ich.« Ich beuge mich zu ihr, gebe ihr einen flüchtigen Kuss auf die Wange und stehe auf.

»Ach, Nele, danke übrigens für das Buch, das du mir mitgebracht hast.« Mama dreht sich zu ihrem Nachttisch. »Ich hab's schon durch, weil ich heute Nacht nicht schlafen konnte, also vielen Dank.« Sie hält mir den Roman von Anna Gavalda entgegen.

»Keine Ursache, ich hab ja gesehen, dass du mittendrin warst.«

»Mittendrin?«

»Es lag doch mit Lesezeichen auf deinem Nachttisch, da dachte ich mir schon, dass du es bestimmt gern weiterlesen willst.«

»Das ist gar nicht von mir.«

»Nein? Ach so, dann lag das nur so da rum.«

»Auf jeden Fall hat es mir sehr gut gefallen. Solltest du auch mal lesen.«

»Das mache ich.« Ich stecke das Buch ein. »Dann bis morgen«, verabschiede ich mich.

Oliver setzt mich in Flottbek ab, erklärt mir noch kurz, wo ich den Schlüssel für Heikes Mini finde und wann und wo ich Jakob und Emma von der Schule abholen soll. Lotta nimmt er netterweise mit ins Büro. »Ich hab heute eine Besprechung nach der nächsten, aber meine Assistentin Nina liebt die Kleine, die wird sich freuen, wenn sie sich kümmern kann.«

Also habe ich nun zwei, drei Stunden für mich, die ich in vollen Zügen genießen werde. Zwar sind im Haus noch ein paar Dinge zu erledigen, aber zuerst werde ich mir eine schön heiße Wanne mit Wasser einlassen und mal eine halbe Stunde entspannen. Bevor ich abtauche, rufe ich noch schnell Caro an, um mich für die nächsten Tage mit ihr zu verabreden. Wir machen aus, dass sie Mittwochabend raus nach Flottbek kommt. Dann erzähle ich ihr noch kurz von den neuesten Entwicklungen in Sachen Niklas.

»Das hat er behauptet?«, fragt sie überrascht. »Dass Heike ihn gezwungen hat, mit dir Schluss zu machen?«

»Ja«, antworte ich. »So ungefähr jedenfalls.«

»Kann ich mir nicht vorstellen.«

»Ich mir auch nicht. Aber wie sollte es sonst gewesen sein? Es kam damals für mich wirklich total überraschend, und das wäre zumindest eine Erklärung.«

»Oder Niklas ist ein Depp, das wäre auch eine Erklärung.«

»Ich weiß, dass du ihn nichts magst.«

»Stimmt nicht«, gibt Caro zurück. »Er war immer sehr höflich und nett zu mir. Ich bin nur generell skeptisch, wenn es um Menschen mit charakterlichen Mängeln geht.«

»Von was für einem charakterlichen Mangel sprichst du?«

Caro seufzt. »Fremdgehen, zum Beispiel?«

»Wie dem auch sei«, kürze ich das Thema ab, weil ich darüber schon oft genug mit Carolin diskutiert habe und gerade wenig Lust habe, dass mein Badewasser kalt wird. »Ich mag ihn eben. Alles Weitere werden wir sehen.«

»Genau, du machst das schon.«

Wir legen auf, ich lasse mich in die Wanne gleiten und schließe die Augen. Was für eine herrliche Ruhe! Keiner, der was von mir will, kein Kind, kein Oliver, keine Mama. Meine Gedanken wandern zu Niklas und dem gestrigen Abend. Und ich muss gestehen: Er fehlt mir. Tatsächlich möchte ich ihn gern so bald wie möglich wiedersehen. Am liebsten hätte ich einen romantischen Abend mit ihm, an dem wir zuerst schick essen gehen und dann zum Nachtisch zu mir fahren …

Ich seufze. Das wird wohl erst einmal nichts werden. Und wie romantisch der Abend wohl erst werden würde, wenn er mich so wie Caro in Flottbek besuchen käme … Da habe ich so meine Zweifel. Unter den Argusaugen meines Schwagers stelle ich mir ein Date mit »Gustav« nicht allzu prickelnd vor.

Das warme Wasser macht mich richtig schummerig, ich gleite noch ein Stückchen tiefer, plansche ein bisschen mit den Händen und summe leise vor mich hin. Wenn mir jetzt noch jemand ein Glas Sekt reichen würde, wäre es perfekt. Fast perfekt. Zumindest für den Moment.

»Rrrrrring. Rrrrrring. Rrrrrring.« Irgendjemand scheint etwas dagegen zu haben, dass ich wenigstens einen kurzen, fast perfekten Moment genießen darf, unten im Erdgeschoss klingelt das Telefon. Fluchend quäle ich mich aus der Wanne. Wäre mein Leben so normal, wie es vor wenigen Tagen noch war, hätten mich keine zehn Pferde und erst recht kein bimmelndes Telefon aus meinem Bad gekriegt. Aber so, wie es ist, muss ich natürlich rangehen, wer weiß, was jetzt schon wieder los ist.

Eilig schlinge ich mir ein Handtuch um und eile raus in den Flur. Auf der Treppe nach unten komme ich fast ins Stolpern, nur im letzten Moment kann ich mich am Geländer festhalten. Das würde auch gerade noch fehlen, dass ich mir als Nächste was breche, da bekommen wir im Krankenhaus bald Gruppenrabatt.

»Bei Bachmann?«, rufe ich atemlos in den Hörer, nachdem ich abgehoben habe.

»Nora Meier«, erklingt eine Frauenstimme am anderen Ende der Leitung. »Ich hätte gern Herrn Bachmann gesprochen.«

»Der ist nicht da«, antworte ich. »Kann ich Ihnen helfen? Ich bin seine Schwägerin.«

»Seine Schwägerin?«, fragt die Frau.

»Ja, seine Frau ist meine Schwester.«

»Ach so.« Die Frau schweigt einen Moment, dann spricht sie weiter: »Also, ich müsste eigentlich wirklich mit Jakobs Vater reden, ich weiß nicht ...«

»Der ist heute leider sehr beschäftigt, aber Sie können sich wirklich gern an mich wenden.«

»Also gut. Ich bin Jakobs Klassenlehrerin. Sie sollten besser zur Schule kommen.«

Sofort bin ich alarmiert. »Ist etwas passiert?«

»Das kann man wohl sagen. Jakob hat einen Mitschüler verprügelt.«

13. Kapitel

Jakob sieht nicht sonderlich bedrückt aus, als ich ins Lehrersprechzimmer seiner Schule gerauscht komme. Im Gegenteil, er wirkt nahezu triumphierend, obwohl er von drei Erwachsenen umzingelt ist, die ihn mit vorwurfsvollen Blicken bedenken. Eine vierte Frau spricht gerade mit einem Jungen in Jakobs Alter, der neben ihr auf einem Stuhl sitzt und sich ein blutiges Taschentuch unter die Nase hält.

»So, da bin ich!«, rufe ich übertrieben fröhlich und eile auf die Gruppe zu. Eine Frau in meinem Alter erhebt sich und streckt mir ihre Hand entgegen.

»Nora Meier«, stellt sie sich vor. »Ich hatte Sie angerufen.«

»Hallo, Frau Meier, Nele Krüger«, erwidere ich und schüttele ihre Hand.

»Schön, dass Sie so schnell kommen konnten. Jakobs Vater …?«

»Ist auf dem Weg hierher, ich habe ihn ihm Büro erreicht, und er hat versprochen, sofort loszufahren.« Frau Meier bietet mir einen Platz an, ich setze mich. »Was ist denn nun passiert?«

»*Ihr* Neffe«, legt die Frau, die mit dem anderen Jungen

bei uns sitzt, sofort los, »hat *meinen* Sohn Konstantin schwer misshandelt!«

»Frau Dannwitz«, schaltet sich der einzige Mann in der Runde – ein untersetzter Mittfünfziger – ein. »Lassen Sie doch lieber uns erzählen, Sie waren ja nicht dabei.« Dann wendet er sich an mich. »Ich bin übrigens Peter Strauss, der Schuldirektor.« Brav schüttele ich auch ihm die Hand. »Und das hier«, er deutet auf die dritte Frau, »ist Beatrice Richter. Sie hatte gerade Pausenaufsicht, als der ... Vorfall passiert ist. Am besten erzählt sie mal, wie es zu der Auseinandersetzung kam.«

»Auseinandersetzung?«, kommt es schrill von Frau Dannwitz. »Mein Konstantin ...«

»Bitte, Frau Dannwitz!«, ruft Peter Strauss sie sofort wieder zur Ordnung, woraufhin sie die Klappe hält und nur noch beleidigt guckt. Ich mustere sie so unauffällig wie möglich. Und kann nur sagen: Perlenpaula-Alarm. Die Mutter von »meinem Konstantin« sieht genau so aus, wie ich mir bisher Eltern aus den Elbvororten immer vorgestellt habe: beige Reithose (wobei sie vermutlich gar nicht reitet), dunkelgrüne Steppjacke, darunter irgendwas aus Kaschmir, die blonden Haare hochgesteckt, mit Perlohrringen, Perlenkette UND einem Halstuch von Hermès. Ja, sicher, ein Klischee – aber: How does a cliché become a cliché?! Frau Dannwitz ist das beste Beispiel dafür, woher der Begriff »Elblette« stammt.

Bei solchen Frauen frage ich mich immer, wie die überhaupt an Kinder kommen. Jedenfalls, wenn ich mir ihre Tod's tragenden Männer im Wollpullunder mit Burlington-Muster dazu vorstelle. In vitro, Adoption, Entführung, was weiß denn ich? Aber nie und nimmer haben solche Leute Sex!

Ja, auch ein böses Vorurteil, aber ich finde es ganz praktisch, mir die Welt in Schubladen einzuteilen. Und Konstantin ... Sicher tut es mir leid, dass der Junge von Jakob offensichtlich ganz schön eins auf die Nase bekommen hat. Aber wer mit dreizehn in Ralph-Lauren-Hemd (der Kragen natürlich in bester Graf-Dracula-Manier hochgestellt) und brauner Cordhose rumläuft, ist ohnehin schon ein Opfer.

Natürlich lasse ich mir meine Gedanken nicht anmerken, sondern setze ein professionell-besorgtes Gesicht auf, während die Lehrerin Beatrice Richter etwas atemlos erzählt:

»Ich bin eigentlich erst dazugekommen, als die beiden sich schon ineinander verkeilt hatten«, sagt sie. Verstehe. Das heißt, dass sie eigentlich nichts weiß. Ich werfe Jakob einen fragenden Blick zu, aber der dreht nur den Kopf zur Seite und starrt Löcher in die Luft. »Es ist mir nur mit Mühe gelungen, sie voneinander zu trennen.« Sie läuft einen Hauch rot an, was ganz niedlich aussieht. »Beinahe hätte ich in dem Gerangel auch noch eine abbekommen.«

»Jakob hat meinem Sohn fast die Nase gebrochen!«, wirft Madame Reiterhose ein.

»Aber nur fast«, stelle ich fest. »Blutet's denn noch?«, will ich von Konstantin wissen.

Der nimmt das Taschentuch weg, wird aber sofort von seiner Mutter angeherrscht. »Drück weiter! Wer weiß, was da alles kaputt ist!?« Ihr Sohn zuckt schuldbewusst zusammen und presst seine Hand wieder fest auf seine Nase.

»Also«, sagt Herr Strauss. »Wir werden den Vorfall nun gemeinsam klären. Konstantin«, wendet er sich an Jakobs Opfer, »erzähl du doch mal.« Der Junge schweigt beharrlich. »Du kannst ruhig erzählen«, fordert der Schulleiter ihn ein weiteres Mal auf, »wir hören dir alle zu.« Wieder nur Schweigen.

»Sehen Sie nicht, dass mein Sohn vollkommen verstört ist?«, ereifert sich Frau Dannwitz. »Wo ist denn überhaupt der Schulpsychologe?«

»Jetzt lassen Sie mal die Kirche im Dorf«, schalte ich mich ein. »Da haben sich zwei Jungs geprügelt, so was passiert doch andauernd.«

Sie mustert mich abfällig, eine Augenbraue geht in die Höhe. Scheint irgendwas mit dem Flottbeker Trinkwasser zu tun zu haben. »Mag sein«, erwidert sie gedehnt, »dass das da, wo *Sie* herkommen, so ist. Hier ist das eigentlich nicht an der Tagesordnung.«

»Was wollen Sie damit sagen? ›Da, wo ich herkomme?‹« Ich merke, wie mir gerade der Kamm schwillt, was fällt dieser blöden Pute denn ein?

»Sie sind doch die Schwester von Heike Bachmann, oder?«, will sie wissen, ohne meine Frage zu beantworten.

»Was hat das bitte mit der Sache hier zu tun?«, stelle ich die Gegenfrage.

Sie gibt einen despektierlichen Laut von sich. »Nur so«, zickt sie mich an. »Man hört da ja so einiges.«

»So? Was haben Sie denn gehört?«

»Frau Krüger«, kommt es nun wieder von Peter Strauss. »Ich würde sagen …«

»Konstantin hat gesagt, dass Mama eine Lügnerin ist!«, bricht es mit einem Mal aus Jakob heraus. Er bedenkt seinen Klassenkamerad mit einem fürchterlichen Blick. »Und dass es ihr recht geschieht, dass sie jetzt im Koma liegt!«

Ich sauge scharf die Luft ein und starre das Bürschchen im Ralph-Lauren-Hemd fassungslos an. Auch alle anderen Blicke richten sich auf ihn.

»Gar nicht wahr!«, verteidigt der Junge sich näselnd.

»Wohl wahr!« Jakob ballt seine Fäuste und sieht aus, als würde er im nächsten Moment aufspringen, um Konstantin noch eine zu verpassen.

»Ruhe, bitte!«, fordert Herr Strauss. »So kommen wir ja nicht weiter.«

»Ich kann mir nicht vorstellen, dass Jakob sich das ausgedacht hat«, ergreife ich für meinen Neffen Partei, der daraufhin zaghaft zu mir rübersieht.

»Das kann ich mir aber sehr gut vorstellen«, keift Frau Dannwitz. »Liegt ja schließlich in der Familie!«

»Bleiben Sie bitte sachlich, ich möchte …«, setzt der Rektor an.

»Was wollen Sie denn damit schon wieder sagen?«, ist es nun an mir, ebenfalls zu keifen.

»Gar nichts«, gibt sie schnippisch zurück. »Außer, dass es in Jakobs Familie ja wohl eine blühende Phantasie gibt.«

»Meine Schwester und ich schreiben Romane, Frau Dannwitz, das ist richtig«, weise ich sie zurecht. »Das heißt aber noch lange nicht, dass mein Neffe lügt!«

»Wie dem auch sei«, meldet sich wieder Herr Strauss zu Wort, dem die Situation sichtlich unangenehm ist. Was für ein Waschlappen! »Wir werden wohl kaum herausfinden, wer nun zu wem was gesagt hat. Unstrittig ist allerdings, dass Jakob Konstantin geschlagen hat.«

Mit Recht!, würde ich am liebsten sagen, denn für mich steht einwandfrei fest, dass diese kleine Kanalratte Konstantin meinen Neffen aufs Gemeinste provoziert hat. Aber eine innere Stimme sagt mir, dass es gerade klüger ist, die Klappe zu halten.

»Jakob bekommt eine schriftliche Ermahnung, und damit ist die Sache erledigt. Aber ich rate Ihnen«, er wendet sich an mich, »und Ihrem Schwager dringend, ein ernstes Gespräch mit dem Jungen zu führen. Sie wissen ja vermutlich, dass Jakobs Zukunft an dieser Schule mehr als auf der Kippe steht?«

Mir bleibt fast die Luft weg, das hat er nicht wirklich gerade gesagt? Vor versammelter Mannschaft? Was sind denn das für pädagogische Holzhammermethoden? Prompt grinsen Frau Dannwitz und ihr schnöseliger Zögling breit.

»Was fällt Ihnen ein?«, belle ich Peter Strauss an, sodass er vor Schreck ein Stück mit seinem Stuhl zurückrutscht. »Das ist ja wohl bitte eine äußerst vertrauliche Information, die hier so ungefähr überhaupt nichts verloren hat! Außerdem finde ich es unmöglich, dass nur Jakob eine Ermahnung bekommen soll. Konstantin müsste ja wohl auch eine kriegen!«

»Wieso denn mein Sohn?«, kommt es prompt von Frau Dannwitz. »Konstantin ist ein erstklassiger Schüler. Ganz im Gegensatz zu Jakob! Was heißt hier ›vertrauliche Information‹? Es weiß doch sowieso schon jeder, dass dieser Junge das Gymnasium nicht schafft!« Wenn die Alte nicht aufpasst, braucht sie auch bald ein Taschentuch!

Unvermittelt springt Jakob auf und stürmt aus dem Lehrerzimmer, wir alle sehen ihm ziemlich perplex nach. Ich allerdings nur eine Schrecksekunde lang, dann laufe ich ihm hinterher. Draußen vor der Schule erwische ich ihn, wie er sich gerade ein Fahrrad schnappen und davonradeln will.

»Jakob, stopp!«, rufe ich, hechte ihm nach und erwische ihn gerade noch am Kragen seiner Jacke. Es gibt einen solchen Ruck, dass wir beinahe miteinander umfallen. »Was soll das?«, herrsche ich ihn an. »Das ist doch überhaupt nicht dein Fahrrad, oder?«

»Mir egal«, bringt er wütend hervor und versucht, sich

von mir loszureißen, aber ich habe ihn fest im Griff. »Mir ist alles egal!«

»Beruhig dich mal wieder! Wir werden das alles klären, aber doch nicht, indem du abhaust.«

»Ach nein?« Er dreht sich zu mir um und wirft mir einen Blick zu, der mich augenblicklich dazu bringt, ihn loszulassen. »Das musst du ja gerade sagen.«

»Wie bitte?« Mir verschlägt es kurzfristig die Sprache.

»Du hast dich doch bisher noch nie freiwillig bei uns blicken lassen!«

Das sitzt. Ich spüre sofort einen fiesen Stich.

»Und nur, weil Mama im Koma liegt und du schuld bist, spielst du dich jetzt als Supertante auf.«

»Jakob!« Es ist nicht meine Stimme, die ihn zurechtweist, obwohl ich das eigentlich tun müsste. Es ist Oliver, der auf einmal neben uns steht und seinen Sohn nahezu vom Fahrrad zerrt. Der wiederum ist so überrascht, dass er ohne jeden Widerstand das Rad loslässt. Scheppernd geht es zu Boden. »Was hast du schon wieder angestellt?«, fährt Oliver ihn an. »Und wie sprichst du überhaupt mit deiner Tante?« Jakob sagt nichts, sondern verfällt erneut in bockiges Schweigen. »Tut mir leid, Nele«, sagt Oliver und fährt sich mit einer Hand durch die Haare, als würde er sie sich raufen wollen. »Ich weiß einfach nicht mehr, was mit dem Jungen los ist.«

»Mach dir keine Gedanken«, sage ich, obwohl ich immer noch ganz erschüttert bin von dem, was Jakob mir gerade um die Ohren gehauen hat. So sieht mein Neffe mich also? Okay, ich habe diese Gedanken über mich ja auch schon gehabt – aber es ist viel schlimmer, das von jemand anderem zu hören. »Ich denke, du bringst Jakob jetzt am besten nach Hause.«

»Willst du nicht mitkommen?«

Ich schüttele den Kopf. »Nein, ich wäre gern noch ein bisschen allein.«

»Und was genau war nun in der Schule los?«

»Erzähle ich dir, wenn ich nach Hause komme, okay?« Mein Blick wandert zu Jakob, der den Boden fixiert. »Aber es gibt keinen Grund, Jakob zu schimpfen oder ihn zu bestrafen. Ich finde, er hat nichts falsch gemacht.«

»Du hast gesagt, er hätte einen anderen Jungen verprügelt.«

»Das stimmt«, erwidere ich. »Aber er hat ihm leider nicht die Nase gebrochen.«

»Was???« Oliver starrt mich verständnislos an. Jakob hingegen grinst, das kann ich erkennen, obwohl er immer noch den Kopf gesenkt hält.

»Wie gesagt, ich erkläre dir alles nachher, wenn ich zu Hause bin.«

»Gut«, sagt Oliver. »Dann fahren wir. Ich hole auf dem Weg noch Emma ab und sammel dann Lotta ein, die habe ich bei Nina gelassen.«

Die beiden trotten davon, ich sehe ihnen nach und atme einmal tief durch. Dann setze ich mich auf die kleine Mauer neben der Treppe zur Schule und warte. Auf Frau Dannwitz. Mit der habe ich noch was zu besprechen.

»Frau Krüger!« Konstantins Mutter sieht mich überrascht an, als sie zehn Minuten später mit ihrem Rotzlöffel das Gebäude verlässt und ich ein paar Schritte auf sie zugehe. »Warten Sie etwa auf mich?«

»Ja«, antworte ich.

»Wo ist denn Ihr missratener Neffe?« Allein die Tatsache, dass Konstantin – halb hinter seiner Mutter versteckt – wieder breit grinst, macht es mir einigermaßen schwer, die Ruhe zu bewahren.

»Haben Sie ein paar Minuten für mich?«, frage ich so freundlich wie möglich.

»Ich wüsste jetzt nicht …«

»Bitte«, unterbreche ich sie. »Ich würde gern noch einmal in Ruhe mit Ihnen reden.«

Sie zögert. »Na gut«, sagt sie dann. »Konstantin, gehst du schon mal vor zum Auto?« Keine Reaktion, er bleibt einfach hinter seiner Mutter stehen. Kein Wunder, der kleine Terrorist will bestimmt mitkriegen, was ich mit seiner Mama bereden will. »Konstantin!«, ermahnt sie ihn, woraufhin er sich widerwillig in Bewegung setzt.

»Also, Frau Dannwitz«, beginne ich, als er so weit weg ist, dass er uns mit Sicherheit nicht mehr hören kann. »Sie und ich – wir beide wissen doch ganz genau, dass ihr Sohn tatsächlich das gesagt hat, was Jakob behauptet.«

»So?« Wieder geht eine Augenbraue in die Höhe. Ich kann es wirklich bald nicht mehr sehen! »Wissen wir das?«

»Ja«, stelle ich fest und verschränke beide Arme vor der Brust. »Und wir wissen das deshalb so genau, weil er das vermutlich von Ihnen hat.«

»Von mir?« Sie lacht auf. »Wie kommen Sie denn auf so eine absurde Idee?«

»Ich kann mir kaum vorstellen, dass sich ein Dreizehnjähriger so etwas von allein einfallen lässt. Dass seine Mutter ihm so einen Unsinn erzählt, kann ich mir allerdings umso besser vorstellen.«

»Das ist ja eine infame Unterstellung!«

»Infam? Ich sage Ihnen mal, was infam ist: Wenn man einem Kind sagt, dass seine Mutter zu Recht im Koma liegt, das ist infam!« Mittlerweile bin ich wohl etwas laut geworden, jedenfalls sehe ich aus den Augenwinkeln, wie uns einige der Kinder, die gerade aus der Schule kommen, erstaunte Blicke zuwerfen.

»Das ist eine bodenlose Frechheit!«, bellt Konstantins Mutter mich an. »Was nehmen Sie sich heraus? Gerade Sie, Sie …« Sie unterbricht sich.

»Gerade ich?«, hake ich nach.

»Ach, vergessen Sie es«, rudert Frau Dannwitz zurück, »mit einer wie Ihnen rede ich gar nicht.«

»Wie ich?« Ich mache einen Schritt auf sie zu. Sie weicht unmerklich zurück, hat wohl Angst vor mir. Und mit was? Mit Recht! Ich bin kurz vor 180!

»Na, das wissen Sie doch wohl selbst!«, sagt sie nun. »Jeder hier an der Schule hat das mit der Talkshow mitgekriegt. Dass Sie und Ihre Schwester allen eine riesengroße Lügengeschichte aufgetischt haben. Von wegen erfolgreiche Schriftstellerinnen, dass ich nicht lache!« Sie beäugt mich abschätzig. »Aber immer schön die Nase hochtragen, Ihre Schwester und Sie, und sich für was Besseres halten!« Sie lacht auf. »Und dass Sie ein Flittchen sind, das wissen auch alle.«

»Haben Sie«, meine Stimme bebt, »mich gerade Flittchen genannt?«

»Gefällt Ihnen Ehebrecherin besser?«

»Ich warne Sie!« Mit einem Schlag bin ich wieder ganz ruhig. Es ist die Ruhe vor dem Sturm, noch ein falsches Wort von dieser Tante, und *ein* Taschentuch wird nicht reichen.

»Nein, ICH warne SIE!« Jetzt macht Konstantins Mutter einen Schritt auf mich zu, offenbar hat sie ihren Mut wiedergefunden. »Wir wollen Sie hier bei uns nicht haben, denn wir brauchen keine Frau, die sich an unsere Männer ranmacht.«

»Keine Sorge«, bringe ich zwischen zusammengepressten Zähnen hervor, »Ihre Schnösel in Budapestern können Sie gern behalten!«

»Flittchen!«, wiederholt sie und blitzt mich herausfordernd an. Ich koche innerlich. Ach was, ich brodele, bin kurz vor der Explosion. Es gelingt mir nur mit äußerster Selbstbeherrschung, meine Arme verschränkt zu lassen und der Alten keine zu ballern. Stattdessen setze ich ein zuckersüßes Lächeln auf, was Frau Dannwitz sichtlich irritiert, denn sie macht wieder einen Schritt zurück.

»Passen Sie in Zukunft lieber auf, wenn Sie mir begegnen«, sage ich.

»Keine Sorge, das mache ich. Das machen wir alle hier!« Mit diesen Worten dreht sie sich um und geht weg. Sie läuft beinahe. Und ich glaube nicht, weil sie es eilig hat. Ich sehe ihr nach, wie sie zu ihrem SUV eilt, aufschließt, mit Konstantin einsteigt und dann vom Gelände rauscht. Gut so, die soll sich bloß vom Acker machen!

Ein paar Meter entfernt erklingt ein Klatschen. Nanu? Ich sehe mich um. Ein Mann, den ich schon mal irgendwo gesehen habe, kommt auf mich zu. Er lächelt. »Großes Kino!«, sagt er anerkennend und klatscht noch immer, als er direkt vor mir steht. »Der haben Sie es wirklich gezeigt!« Erst jetzt erkenne ich ihn: Matthias Rudolph, der Notarzt.

»Oh, hallo, Herr Rudolph«, bringe ich stotternd hervor. »Sie haben das eben mitbekommen?«

»Jedes einzelne Wort«, bestätigt er. »Ich weiß, man soll niemanden belauschen, aber die Show war einfach zu gut.«

»Jedes einzelne Wort?«, frage ich nach. Wieder einmal schießt mir die Röte ins Gesicht.

Er nickt. »Japp.«

»Oh.« Flittchen, er hat auch das mit dem Flittchen gehört!

»Flittchen«, sagt er wie zur Bestätigung. »Wer benutzt denn heute noch so ein Wort? Das ist doch total Achtziger!«

»Ähm.« Auweia, ist mir das peinlich! Matthias Rudolph allerdings macht einen mehr als amüsierten Eindruck, seine braunen Augen lachen mich fröhlich an.

Er beugt sich zu mir und spricht etwas leiser. »Ganz ehrlich, wenn es von dieser blöden Kuh kommt, würde ich persönlich das als Kompliment nehmen.«

»Sie kennen Frau Dannwitz?«

»Klar kenne ich die, unsere Kinder gehen doch in eine Klasse.«

»Ach ja, richtig! Ihre Tochter geht ja auch hier zur Schule.«

»Ja«, bestätigt er. »Ich habe Laura gerade zum Chor gebracht, und als ich eben aus der Schule kam, habe ich Sie mit der Dannwitz streiten gehört. Da konnte ich der Versuchung nicht widerstehen, mir das Schauspiel anzusehen. Wie gesagt, tut mir leid.«

»Na ja, scheint Ihnen ja gefallen zu haben. So konnte ich mich wenigstens mal ein bisschen revanchieren. Von daher: Immer wieder gern!«

»Was war denn los?«, will er wissen.

»Ach«, ich mache eine wegwerfende Handbewegung. »Es gab Ärger mit Jakob. Er hat Konstantin eins auf die Nase gegeben und kriegt jetzt eine schriftliche Ermahnung.«

»Was hat Konstantin denn gemacht?«

»Er hat zu Jakob gesagt, dass es Heike ganz recht geschieht, dass sie im Koma liegt.«

Ein mitfühlender Ausdruck tritt auf Matthias Rudolphs Gesicht. »Das hat er gesagt?«

Ich nicke.

»Da hätte ich an Jakobs Stelle auch zugeschlagen.«

»Meine Rede!«

Matthias Rudolph pfeift durch die Zähne. »So jung und schon so verschlagen, der Konstantin. Unglaublich!«

»Seine Mutter nimmt ihn natürlich in Schutz.«

»Klar. Die vergöttert ihren Sohn, das ist schon nicht mehr feierlich. Wenn Konstantin ein Pups quersitzt, rennt sie sofort zum Rektor. In ein paar Jahren ist der Junge vermutlich ähnlich sympathisch wie Boris Becker – so, wie die ihn verzieht. Bleibt nur zu hoffen, dass er dann auch so viel Kohle hat wie unser Ex-Tennis-As, sonst wird es eng mit Freunden und hübschen Frauen.« Matthias lacht, und auch ich muss kichern. »Tja«, er wiegt den Kopf hin und her, »aber die Familie Dannwitz ist hier nicht ganz unwichtig.«

»Nicht ganz unwichtig?«

»Rotarier, Mitglied in allen wichtigen Vereinen, CDU und so, Sie wissen schon. Noch dazu spenden die immer eine ganze Menge an die Schule.« Wieder senkt er die Stimme. »Ganz so ein toller Schüler ist Konstantin nämlich gar nicht, wenn Sie verstehen, was ich meine.«

»Ja, klar«, sage ich. »Aber in erster Linie mache ich mir natürlich Sorgen um Jakob.«

»Das kann ich verstehen«, sagt er, und ein nachdenklicher Ausdruck tritt auf sein Gesicht. »Tatsächlich scheint Ihr Neffe in letzter Zeit ein paar Schwierigkeiten zu haben, das haben wir anderen Eltern auch schon mitgekriegt.«

»Woran liegt das bloß?«

»Keine Ahnung.« Er zuckt mit den Schultern. »Pubertät?«

»Schon möglich.« Ich seufze. »Und dass meine Schwester im Krankenhaus liegt, macht die Sache natürlich auch nicht leichter für ihn.«

»Sicher nicht«, gibt er mir recht. »Wie geht es Heike denn?«

»Sie versuchen gerade, sie wieder aufzuwecken.«

»Das klingt doch gut!«

»Also ›gut‹ ist sicher was anderes.« Wir stehen uns einen Moment schweigend gegenüber, und eigentlich wäre nun der richtige Zeitpunkt, sich voneinander zu verabschieden. Aber es ist auch ganz interessant, was Matthias Rudolph mir da gerade so alles erzählt. Für mich als »Interims-Mama« keine unwichtigen Informationen. Zumal ich denke, dass ich heute Abend mal ein längeres Gespräch mit Oliver führen sollte.

»Sagen Sie«, fragt Matthias Rudolph unvermittelt, »haben Sie vielleicht Lust, mit mir noch irgendwo einen Kaffee trinken zu gehen? Ich muss Laura in eineinhalb Stunden wieder abholen, und so richtig lohnt es sich da nicht, nach Hause zu fahren. Was meinen Sie? Haben Sie etwas vor? Wir könnten mir sonst gemeinsam die Wartezeit verkürzen, wenn Sie mögen.«

Ich überlege. Aber nur kurz. So ein Kaffee von Elternteil zu Elternteil? Warum eigentlich nicht? Ist mal was Neues für mich!

»Vielen Dank, das war wirklich sehr nett und aufschlussreich«, sage ich, als Matthias – wir sind mittlerweile beim »Du«, so von Elternteil zu Elternteil – mich eine gute Stunde später in der Ohnhorststraße absetzt. Nach unserem Kaffee, bei dem er mir alles Mögliche über die Schule und Jakobs Klasse erzählt hat, hat er darauf bestanden, mich noch schnell nach Flottbek zu fahren. In der Eile hatte ich zur Schule ein Taxi genommen, weil ich keine Zeit damit verplempern wollte, nach dem Schlüssel für Heikes Mini zu suchen.

Natürlich finde ich es nett, dass *mein Notarzt* mich fahren wollte, sodass ich nicht noch Mal ein Taxi nehmen musste. Aber so ganz verstanden habe ich das nicht, weshalb es sich für Matthias dann nicht auch gelohnt hätte, während Lauras Chorprobe nach Hause zu fahren – denn er wohnt in unmittelbarer Nachbarschaft. Aber ich habe das einfach mal nicht hinterfragt, sondern dankbar angenommen.

»Mir hat's auch Spaß gemacht«, sagt er. »Es gibt an der Schule ja leider nur wenige entspannte Eltern. Wir können ja auch mal was mit den Kindern zusammen unternehmen, da wäre Jakob sicher begeistert.«

»Jakob?«, frage ich nach. »Wieso sollte der begeistert sein, wenn wir was miteinander unternehmen?« Die viel interessantere Frage, die ich nicht stelle, lautet allerdings: Warum sollte ich mit einem Familienvater was unternehmen? Sehe ich aus, als bräuchte ich noch mehr Probleme? Aber das sage ich nicht, vermutlich meint Matthias es wirklich einfach nur nett.

»Also«, sagte er und senkt die Stimme. »Das dürfte ich dir eigentlich nicht verraten, weil das vielleicht ein bisschen gemein ist. Und den Kindern ist es mit Sicherheit peinlich, also muss das unter uns bleiben.«

»Was ist gemein und peinlich?«

Er schmunzelt. »Wenn du mich mal ausreden lässt, erfährst du es gleich.«

»Okay, ich bin ganz Ohr.«

»Es ist schon ein paar Wochen her, da hatte Laura ihr Hausaufgabenheft unten in der Küche liegen lassen. Und als ich es wegräumen wollte, kam mir ein Zettel entgegengesegelt.«

»Was stand denn drauf?«

»Das war unheimlich niedlich«, spricht er weiter und

lacht dabei. »Hat mich sofort wieder in meine Teenagerzeit zurückversetzt.«

»Jetzt mach's doch nicht so spannend!«

»Es war einer dieser Ankreuz-Zettel.«

»Ankreuz-Zettel?«

»Du weißt schon! Da stand: ›Willst du mit mir gehen?‹ Und darunter waren drei Kästchen gemalt mit ›Ja, nein, vielleicht‹. Unterschrieben war das Ganze mit ›Jakob‹.«

»Echt jetzt?«

Er nickt.

»Wie süüüß!« Mir wird ganz warm ums Herz, und ich erinnere mich daran, dass ich solche Zettel früher auch zugesteckt bekommen habe. Okay, die meisten habe ich an andere geschrieben – aber den einen oder anderen habe ich auch erhalten. Von Niklas zum Beispiel damals, so hat das alles mit uns mal angefangen. »Und?«, will ich wissen.

»Was, und?«

»Na, wie hat Laura geantwortet?«

Er zuckt mit den Schultern. »Weiß ich doch nicht!«

»Na ja«, meine ich, »wenn die zwei miteinander gehen würden, hättest du es wohl schon mitgekriegt.«

»Ja, kann sein.«

»Vielleicht erklärt das Jakobs Bockigkeit?«, überlege ich. »Ist doch möglich, dass er einfach Liebeskummer hat?«

»Hm«, er sieht mich nachdenklich an, wobei seine dunklen Augen fast noch eine Spur dunkler werden. »Das kann natürlich sein, auf die Idee bin ich noch gar nicht gekommen.«

»Typisch Mann!« Ich muss lachen. »Auf das Naheliegendste kommen sie wie immer nicht!«

»He!«, beschwert er sich. »Ich bin ein vielbeschäftigter

Arzt. Da habe ich keine Zeit, mich auch noch um Teenagerherzen zu kümmern.« Er zwinkert mir zu. »Nein«, korrigiert er sich, »du hast schon recht. Auch wenn wir Erwachsenen so eine Teenager-Schwärmerei total niedlich und überhaupt nicht dramatisch finden – für die Kids ist es natürlich bitterernst.«

»Allerdings«, sage ich – und muss dabei unwillkürlich an Niklas und mich denken und daran, wie sehr er mir das Herz damals gebrochen hat, als er sich von mir getrennt hat.

»Wie dem auch sei«, unterbricht Matthias meine Gedanken. »Wenn du mal Zeit und Lust hast, dass wir was mit den Kindern machen, ruf mich einfach an.« Er greift ins Handschuhfach, holt einen Block und einen Stift hervor, schreibt mir seine Handynummer auf und drückt mir den Zettel in die Hand. »Ich arbeite oft nachts, damit ich mich ab mittags um Laura kümmern kann, wenn ihre Mutter noch arbeitet.«

»Aha.« Ich starre auf die Handynummer. Soll das eine Anmache sein? Oder ist es nur nett gemeint? Ich tippe auf Letzteres, denn eine Anmache, bei der er gleichzeitig die Mutter seiner Tochter erwähnt – das wäre ja nun wirklich saudumm. Oder saudreist. »Danke«, sage ich. »Das mache ich.«

Er lächelt mich an. »Du kannst auch gern anrufen, wenn mal wieder was mit Jakob ist. Oder wenn du Rat oder Hilfe in Sachen Frau Dannwitz & Co. brauchst – dafür bin ich auch immer zu haben.«

»Wie gesagt, das mache ich.«

»Gut, dann …«

»Hallo, meine Süße!« Mit einem Ruck wird die Beifahrertür aufgerissen, ich bekomme vor Schreck beinahe einen Herzinfarkt, mein Kopf fährt nach rechts herum.

Direkt vor mir, auf Augenhöhe, ist das Gesicht von Niklas, und ehe ich weiß, wie mir geschieht, hat er mir auch schon einen Kuss aufgedrückt.

»Huch!«, japse ich.

»Hi, ich bin Gustav.« Er beugt sich über mich in den Wagen und streckt dem verdutzt dreinblickenden Matthias eine Hand entgegen. »Danke, dass Sie meine Freundin nach Hause gefahren haben.« Dann an mich: »Oliver hat mir schon erzählt, das was in der Schule passiert ist und du noch dageblieben bist. Gerade wollte ich hinfahren, aber dann habe ich dich hier im Auto gesehen.«

»Oliver hat dir erzählt, was passiert ist?« Was ist denn hier los?

»Ja, hat er. Nur ganz kurz, dass es wohl etwas Ärger mit Jakob gab.«

»Äh.« Ich weiß gar nicht, was ich sagen soll.

Niklas lacht. »Wie guckst du denn, meine Süße? Als hättest du einen Geist gesehen!« Hab ich auch. So in der Art jedenfalls. Oder anders formuliert: Wenn ich nicht wüsste, dass ich garantiert wach bin, würde ich denken, ich träume gerade nur, dass Niklas sich vor zwei Sekunden als Gustav vorgestellt und mich als seine Freundin bezeichnet hat. Verrückt!

»Gut«, meldet Matthias sich nun zu Wort. »Ich fahr dann mal wieder los und hole Laura ab.«

»Okay«, sage ich und bin immer noch mehr als verwirrt. »Vielen Dank noch einmal.«

»Keine Ursache.« Ich steige aus, Matthias fährt davon.

Niklas legt einen Arm um mich und zieht mich an sich. »Ich hoffe, du bist mir nicht böse, dass ich einfach so vorbeigekommen bin. Aber ich hatte einfach solche Sehnsucht nach dir und habe dich nicht erreicht, da wollte ich nachsehen, was du so treibst.«

»Schulgespräche«, sage ich.

»Wie bitte?«

»Das, was ich so treibe«, erläutere ich. »Schulgespräche.«

»Das musst du mir genauer erzählen.«

»Ist gerade schlecht«, sage ich. »Oliver wartet auf mich, wir müssen über Jakob reden.«

»Oliver hat mich schon eingeladen, noch auf einen Drink zu bleiben.« Er gibt ein Kichern von sich. »Das heißt, er hat Gustav eingeladen.«

»Hat er?«

»Ja. Er meinte, es würde ihn freuen, den Freund seiner Schwägerin besser kennenzulernen.«

Na denn.

»Kann ich mir vorstellen.« Er legt einen Arm um mich, ich lasse mich für einen kurzen Moment gegen seine Brust sinken und genieße das Gefühl, dass mich jemand festhält. Dann schiebt er mich ein Stückchen von sich weg und sieht mich an. »Du bist nicht sauer auf mich, oder?«

Ich schüttele den Kopf. »Nein, bin ich nicht. Aber ich muss mich gerade um andere Dinge kümmern.«

»Andere ›Dinge‹?«, fragt er neckend nach.

Ich gebe ihm einen Kuss auf den Mund. »Ja. Und wenn ich damit fertig bin, kümmere ich mich um dich, du Ding.«

Er schmunzelt. »Ich freu mich schon drauf!« Dann zieht er mich noch einmal fest an sich und haucht mir einen Kuss aufs Haar, woraufhin ich eine angenehme Gänsehaut bekomme. »Duhu?«, nuschelt er nach einer Weile in mein Ohr.

»Jaha?«, frage ich zurück.

»Wer war denn dieser Typ im Auto?«

Ich beuge den Kopf zurück und sehe ihn amüsiert an. »Eifersüchtig?«

Niklas zuckt mit den Schultern. »Ein bisschen vielleicht. Sah ja ganz gut aus.«

»Nur der Vater einer Klassenkameradin von Jakob«, beruhige ich ihn. »Verheiratet mit Tochter, also keine Gefahr.«

»Verheiratet heißt bei dir ja nichts«, macht Niklas einen Witz. Und sieht im nächsten Moment ziemlich erschrocken aus. »Sorry, das habe ich jetzt nicht wirklich gesagt.«

»Doch, hast du«, erwidere ich und mache mich von ihm los. Gleichzeitig denke ich: Du Riesenidiot! »Ich muss langsam mal los, Lotta abholen.«

»Nele ...«, setzt Niklas an.

»Vergiss es einfach«, unterbreche ich ihn. »Das war ein

ziemlich blöder Spruch, aber gerade habe ich andere Sorgen.«

»Okay.« Er wirkt zerknirscht. »Dann geh ich jetzt wohl besser?«

»Ja«, sage ich. »Du findest allein raus, oder?«

»Klar.« Mit hängenden Schultern schlurft er die Treppe runter in den Flur, dreht sich unten am Absatz noch einmal zu mir um. »Das war echt ein misslungener Witz, es tut mir leid.«

»Vergiss es einfach.«

»Ich darf dich anrufen, ja?«

»Sicher«, antworte ich. »Und mach bitte kein Drama daraus.«

Eine Sekunde später ist er verschwunden, ich gehe zu Jakobs Zimmer und klopfe an. Keine Antwort, ich klopfe noch einmal. Als er auch auf mein drittes Klopfen nicht reagiert, gehe ich hinein.

Mein Neffe liegt mit Kopfhörern und geschlossenen Augen auf seinem Bett, in der rechten Hand hält er sein geliebtes iPhone. Die Musik, die darauf gerade läuft, ist so laut, dass ich sie als irgendwas von Linkin Park ausmachen kann. Die kreischende Stimme des Leadsängers scheppert durch Jakobs Ohrstöpsel bis zu mir. Sieht es so gerade in ihm aus? Eine Mischung aus Wut und Verzweiflung? Das Gefühl kenne ich, ich kenne es nur zu gut. Ich hab's erfunden, wie die Schweizer sagen würden.

Hamburg, Dienstag, den 12. September 1989

Liebes Tagebuch,

irgendwie ist gerade alles Mist! Alles, alles, alles! Heute Morgen habe ich in Latein ein Fünf zurückgekriegt, und Mama ist natürlich total ausgeflippt. Hat gesagt, dass sie mich vom Gymi nimmt, wenn das so weitergeht. Sogar Papa hat sie angerufen, um ihm das zu erzählen, dabei reden die beiden doch sonst kaum noch miteinander.

Er wollte mich dann auch sprechen und hat mich vollgelabert, von wegen, ich müsse mehr für die Schule tun und so. Am liebsten hätte ich ihn angebrüllt. Warum soll ich mir von dem was sagen lassen? Wer ist denn schließlich einfach abgehauen? Zu Mama habe ich das dann auch gesagt, dass ich keinen Bock habe, mir ausgerechnet von Papa was anzuhören. Aber natürlich hat sie das null verstanden, hat nur gesagt, dass das alles faule Ausreden wären, Heike hätte ja in der Schule auch keine Probleme.

Ja, sicher, Heike macht mal wieder alles besser als ich. Schreibt nur Einser, baut nie Mist, räumt ihr Zimmer auf, hilft im Haushalt mit und überhaupt. »Nimm dir mal ein Beispiel an deiner Schwester und blah«, ich kann's echt nicht mehr hören!

Nein, klar, ich bin froh, dass ich sie habe. Aber manchmal nervt es tierisch, immer mit ihr verglichen zu werden. Ich bin eben ich und nicht Heike!

Und dann habe ich immer noch riesigen Liebeskummer wegen Niklas. Seit er mit mir Schluss gemacht hat, ignoriert er mich ziemlich, sagt vielleicht mal »Hallo!«, wenn ich ihn auf dem Schulhof sehe, aber das war's dann auch schon. Das tut sooo weh! Gestern Abend habe ich stundenlang den neuen Song von Richard Marx gehört und dabei nur geheult. Der Text passt eigentlich ganz gut:

Wherever you go,
Whatever you do,
I will be right here waiting for you.
Whatever it takes
Or how my heart breaks,
I will be right here waiting for you.

Irgendwann kam dann Mama rein und hat mich angepflaumt, dass ich die Musik leiser stellen soll. Und als sie gesehen hat, dass ich geweint habe, hat sie nur die Augen verdreht und den Kopf geschüttelt, die versteht überhaupt nicht, dass ich wegen Niklas immer noch total unglücklich bin.

Heike versteht das auch nicht, aber immerhin tröstet sie mich und sagt, dass das schon vorbeigeht. Dabei hat sie noch nie Liebeskummer gehabt, woher will sie das wissen?

Übrigens, ich habe angefangen, Gedichte zu schreiben. Na ja, eher Songtexte vielleicht. Das hier ist mir heute Nachmittag eingefallen:

Wenn ich nur so sein kann
Wie ich sein soll
Dann bin ich
Lieber gar nicht.

Finde ich gar nicht schlecht!

So, jetzt muss ich ins Bett, aber ich nehme mir ganz fest vor, dir morgen gleich wieder zu schreiben.

Gute Nacht,
Nele

Vorsichtig berühre ich Jakob an der Schulter, damit er sich nicht erschreckt. Er schlägt die Augen auf, sieht mich an und nimmt die Kopfhörer ab.

»Was ist?«, fragt er, nicht gerade freundlich. Kurz überlege ich, ob ich mit ihm noch einmal über den Vorfall in der Schule reden soll, aber die Miene meines Neffen zeigt mir deutlich, dass er gerade alles andere als auf Empfang ist.

»Dein Vater hat sich ein bisschen hingelegt«, erkläre ich. »Ich fahre jetzt mit Emma los und hole Lotta ab.«

»Und?«

»Ich wollte dir das nur sagen, damit du dich nicht wunderst, dass wir alle weg sind.«

»Ist schon okay«, erwidert Jakob und hat schon wieder die Kopfhörer auf, bevor ich noch etwas sagen kann. Ja, schwieriges Alter.

Nina Sobotta, Olivers Assistentin, ist eine sympathische junge Frau mit blondem Lockenkopf und zwei Millionen Sommersprossen im Gesicht. Als ich klingele und sie öffnet, strahlt sie mich an, als wäre ich eine langjährige Freundin, die endlich mal wieder zu Besuch kommt.

»Hallo, Frau Krüger!«, begrüßt sie mich freundlich. Ich hatte sie bereits aus dem Auto angerufen und mich angekündigt. Sie beugt sich zu Emma hinunter, die neben mir steht. »Hallo, Emma! Schön, dich mal wieder zu sehen!«

»Hallo!«, murmelt meine Nichte schüchtern.

»Kommen Sie doch rein«, fordert Nina uns auf und senkt dann die Stimme: »Lotta schläft noch. Die kleine Maus und ich haben den ganzen Tag gespielt, und jetzt ist sie ziemlich fertig.«

Wir folgen Nina in ihr Wohnzimmer, sie bietet uns einen Platz auf dem Sofa an. Emma will sich gerade setzen, doch als sie merkt, dass ich stehen bleibe, tut sie es auch und greift nach meiner Hand.

»Möchten Sie einen Kaffee?«, fragt sie mich. »Und Emma vielleicht eine Apfelschorle? Steht schon alles bereit, ich habe gleich nach Ihrem Anruf einen frischen aufgesetzt.«

»Eigentlich wollen wir nur kurz Lotta abholen«, lehne ich dankend ab.

Ein enttäuschter Ausdruck tritt auf Nina Sobottas Gesicht. »Wie schade!«, sagt sie. »Ich hätte mich gern ein bisschen mit Ihnen unterhalten.« Offenbar sehe ich sie ziemlich kariert an, denn sie erklärt: »Oliver hat wohl nicht erzählt, dass ich ein riesiger Sanne-Gold-Fan bin.«

»Aha«, sage ich. Hier steht er also, der einzige Mensch auf der Welt, der noch nicht mitbekommen hat, was die Wahrheit hinter Sanne Gold ist. Na ja, »der Welt« ist vermutlich etwas übertrieben, Heike und ich sind ja schließlich keine Superstars. Aber dass anscheinend ausgerechnet die Assistentin meines Schwagers keine Ahnung hat, was in den vergangenen Tagen passiert ist, erstaunt mich nun doch etwas. »Wissen Sie denn nicht …?«, setze ich an, werde aber von Nina unterbrochen.

»Doch, doch«, sagt sie. »Das weiß ich natürlich. Und

ich möchte Ihnen sagen, wie leid mir die Sache mit dem Unfall tut, das ist wirklich ganz furchtbar! Aber ich bin mir sicher, dass Ihre Schwester schon bald wieder gesund sein wird. Wenn ich Ihnen und Oliver irgendwie helfen kann, sagen Sie es nur!«

»Äh, ja.« Mehr fällt mir gerade nicht ein, diese Frau ist die Freundlichkeit auf zwei Beinen. Ihre blonden Locken hüpfen, während sie spricht, und die Sommersprossen auf ihrer Nase scheinen zu tanzen. Selten habe ich einen Menschen mit so einer optimistischen Ausstrahlung getroffen, ich bin auf gewisse Weise regelrecht fasziniert.

»Jedenfalls«, fährt sie fort, während sie sich auf die Lehne eines 60er-Jahre-Sessels setzt und uns ein weiteres Mal bittet, uns ebenfalls zu setzen, »bin ich ein Sanne-Gold-Fan der ersten Stunde. Gerade ›Glücksrad‹ fand ich großartig!«

»Das freut mich, danke«, sage ich und lasse mich mit Emma ins Sofa sinken.

»Bitte sehr.« Sie schenkt mir aus der Thermoskanne, die auf dem kleinen runden Tisch vorm Sofa steht, eine Tasse Kaffee ein, dann mixt sie für Emma eine Apfelsaftschorle, die meine Nichte mit einem schüchternen »Vielen Dank« entgegennimmt. »Als ich mich vor drei Jahren im Architekturbüro Ihres Schwagers beworben habe«, erzählt sie weiter, »war ich natürlich begeistert, als ich erfuhr, dass seine Frau Teil von Sanne Gold ist. Heike hat mir seitdem jeden Roman geschenkt und mir alle Bücher, die ich schon hatte, signiert. Die haben hier bei mir zu Hause einen ganz besonderen Platz.« Sie deutet auf das große Bücherregal hinterm Sofa – und tatsächlich entdecke ich eine eigene Sanne-Gold-Ecke, in der alle unsere Bücher stehen.

»Das freut mich«, wiederhole ich, weil mir nichts Besseres einfällt. »Allerdings«, wende ich dann ein, »sagten Sie eben, dass Sie wissen, dass, äh …«

»Dass Sie und Ihre Schwester die Romane nicht mehr selbst schreiben?

»Genau«, antworte ich. Und bemerke, dass Emma mich gerade mit sehr, sehr großen und verwunderten Augen ansieht. Hm, sie ist sechs – ob sie schon versteht, worüber wir hier reden? Vielleicht sollte ich ihr, wo ich gerade schon so schön dabei bin, Kinderillusionen zu zerstören, am besten auf dem Heimweg gleich noch erklären, dass es weder den Weihnachtsmann noch den Osterhasen gibt, und dass das alles nichts weiter als eine geniale Erfindung der Geschenkeindustrie ist. Heike wird begeistert sein, wenn sie ihre Kinder wieder in Empfang nimmt!

»Wissen Sie, ich sehe das so.« Nina macht eine Pause, als müsste sie erst mal darüber nachdenken, wie sie das so sieht. Und auch ich bin gespannt, was nun kommt. »Sie und Ihre Schwester, Sie haben Sanne Gold erfunden, sie erschaffen.«

»Hm«, nicke ich. »Erschaffen« klingt für mich zwar gerade etwas *zu* groß und hochtrabend, denn genau genommen haben wir uns beim ersten Roman ja nichts weiter als eine kleine, süße Liebesgeschichte ausgedacht. Aber so, wie diese blond gelockte Fröhlichkeit das gerade darstellt, klingt es schon irgendwie nett. Den Literaturnobelpreis mal eben kurz außer Acht gelassen.

»Und darin besteht doch die eigentliche kreative Leistung, nicht wahr?«

Ich bin baff. *So* habe ich das ja noch gar nicht gesehen! *Das* sollte unser Ghostwriter mal hören, der für die letzten beiden Romane plötzlich das doppelte Honorar gefordert hat.

»Wissen Sie, um mal in meiner Branche zu bleiben:

Viele große Architekten lassen sich heutzutage nach dem Sektchen zur Grundsteinlegung kein zweites Mal auf ihrer Baustelle blicken. Vielleicht noch zum Richtfest, okay. Aber das war's dann auch. Die Arbeit machen die Lakaien. Und trotzdem ist es am Ende immer *ihr* Werk.«

»Auch wenn mir das schmeichelt«, wende ich ein, »hinkt der Vergleich doch ein wenig. Denn der Architekt macht ja immerhin den Entwurf selbst.«

Nina Sobotta kichert. »Ja? Wissen wir das wirklich so genau? Die großen Meister der Malerei haben vor Jahrhunderten auch nicht immer unbedingt selbst zum Pinsel gegriffen, sondern haben ihre Schüler malen lassen und das Ergebnis dann als ihr eigenes Werk ausgegeben. Rubens zum Beispiel, bei dem ist das quasi erwiesen. Und was Shakespeare selbst geschrieben hat und was nicht – darüber streiten sich bis heute die Geister. Trotzdem zählen beide zu den größten Künstlern, die die Welt je hatte.«

»Das ist ein interessanter Aspekt.« Ich muss grinsen und stelle mir vor, wie ich Wolfgang anrufe und ihm sage, dass ich DIE perfekte Lösung für unser Problem gefunden habe: »Pass auf, Wolfgang, ich hab's! Du rufst unseren Verleger an und sagst ihm, dass Heike und ich quasi wie zwei alte Meister sind. Die Rubens' und die Shakespeares der Frauenunterhaltung – wenn du verstehst, was ich meine.«

»Na ja«, Nina Sobotta klatscht sich mit beiden Händen auf die Oberschenkel und lächelt mich an, »so sehe ich das jedenfalls.«

»Wirklich interessant!« Ich trinke meinen Kaffee aus. »Das ist sehr nett von Ihnen.«

»Warum nett?« Sie lacht. »Das ist doch nur meine Meinung.«

Ein paar Minuten plaudern wir noch miteinander, ich beantworte ihr ein paar Fragen zum Schreiben und der Buchbranche, dann werfe ich einen Blick auf meine Armbanduhr. »So langsam müssten wir jetzt leider wieder los.«

»Klar, dann wecken wir mal Lotta.« Sie steht auf und geht raus, zwei Minuten später kommt sie mit dem Baby auf dem Arm zurück und reicht es mir. Meine Nichte reibt sich verschlafen die Augen und gähnt einmal herzhaft.

»Na, meine Süße?« Ich gebe ihr einen Kuss auf die Wange. »Ausgeschlafen und bereit für eine weitere Terrornacht?«

»Terrornacht?«, fragt Nina nach. »Das klingt aber nicht gut.«

»Wie es halt so ist mit einem Baby«, erkläre ich. »Mehr als zwei, drei Stunden Schlaf am Stück sind da nicht drin.«

»Echt nicht? Aber sie ist doch schon ein paar Monate alt!«

»Ich habe auch gedacht, sie würde inzwischen durchschlafen«, antworte ich. »Aber Oliver meint, sie will alle zwei oder drei Stunden ein Fläschchen.«

Nina lacht. »Dass Lotta das *will*, ist doch klar!«

»Was meinen Sie damit?«

»Dass die Eltern entscheiden sollten, ob sie es auch bekommt.«

»Verstehe ich nicht.«

»Na, das ist doch ganz einfach: Natürlich schreit Lotta nach einer Flasche, wenn sie weiß, dass dann immer jemand kommt und sie füttert. Sie muss erst lernen, dass nachts nicht die Zeit zum Trinken, sondern zum Schlafen ist. Sobald sie das begriffen hat, wird sie durchschlafen.«

»Sind Sie«, frage ich etwas irritiert nach, »etwa auch Babyexpertin?«

Wieder lacht Nina. »Nein, das bestimmt nicht, ich hab ja nicht mal Kinder! Aber meine große Schwester ist Kinderärztin und hat selbst zwei Töchter, auf die ich seit ihrer Geburt oft aufpasse. Zwillinge.«

»Aha.« Nina hat also auch eine große Schwester. Und passt auf deren Kinder auf. Und ist ganz nebenbei auch noch ein fröhlicher, umgänglicher Mensch. Mit einem Schlag fühle ich mich ein bisschen schlecht. Und ein bisschen ... eifersüchtig bis neidisch.

»Anfangs habe ich das auch immer falsch gemacht«, erzählt sie. »Sobald eine von den Mäusen auch nur einen Mucks von sich gegeben hat, habe ich sie aus dem Bettchen genommen und ihnen eine Flasche gegeben. Aber dann hat mir meine Schwester erklärt, dass ich das nicht tun soll, weil ich damit kleine Terroristen heranziehe. Also, jetzt mal übertrieben gesagt.«

»Aber ich kann doch Lotta nicht einfach schreien lassen.«

»Doch«, widerspricht sie mir.

»Wie bitte?« Ich starre sie entsetzt an, was sind denn das für Erziehungsmethoden?

»Ich meine natürlich nicht, dass Sie das Baby ignorieren und sich nicht liebevoll um Lotta kümmern sollen«, beruhigt sie mich. »Aber versuchen Sie doch mal, ob Sie Lotta nicht auch wieder zum Einschlafen bringen können, indem Sie ihr den Schnuller geben. Oft ist der nämlich einfach nur rausgefallen. Ziehen Sie die Spieluhr noch einmal auf, geben Sie ihr einen Kuss, aber heben Sie sie nicht aus dem Bett. Und dann sagen Sie noch einmal Gute Nacht, gehen raus und warten drei Minuten. Wenn sie dann noch immer schreit, gehen Sie wieder rein und sagen ihr, dass jetzt Nacht ist und sie deshalb schlafen soll. Sie werden sehen, es wird vielleicht ein bisschen dauern, aber mit der Zeit wird Lotta immer besser schlafen.«

»Kann ich mir das kurz aufschreiben?«, frage ich. »Oder noch lieber wäre mir, wenn Sie einfach mitkommen.« Ich sehe sie bittend an. »Und ein paar Wochen bleiben.« Aber das denke ich nur.

»Sie schaffen das schon!« Nina lächelt mich aufmunternd an.

»Schön wär's«, sage ich mehr zu mir selbst. »Ich kann mir überhaupt nicht vorstellen, dass meine Schwester das alles nicht auch weiß. Lotta ist ja schließlich schon ihr drittes Kind.«

»Wie hat sie das denn bei den zwei anderen gemacht?«

Ich zucke ratlos mit den Schultern und werfe Emma einen Blick zu, die diese Frage natürlich auch nicht beantworten kann, weil sie damals ja noch ein Baby war. »Das weiß ich, ehrlich gesagt, nicht.«

»Oh.« Es gelingt ihr beinahe, ihre Verwunderung zu verbergen.

»Na ja«, sage ich entschuldigend, »Heike wohnt draußen in Flottbek, ich in Eimsbüttel, da sehen wir uns nicht so oft.«

»Verstehe.«

»Wo«, frage ich nach, obwohl ich mich ein bisschen vor der Antwort fürchte, »wohnt denn Ihre Schwester?«

Nina räuspert sich und wirkt etwas verlegen. »In Köln. Ich besuche sie oft am Wochenende, damit sie und ihr Mann mal etwas Zeit für sich haben.« Sie zuckt mit den Schultern. »Hab ja als Single meistens nichts Besseres vor. Und ich bin gern mit meiner Familie zusammen.«

»Ah ja …« Oh Mann, ist mir das unangenehm! »In jedem Fall vielen Dank für Ihre Tipps, ich werde das unbedingt ausprobieren.«

»Ja, machen Sie das. Und wenn Sie eine Frage haben, können Sie mich gern anrufen. Olli hat ja meine Nummern.«

»Das tue ich sehr gern.« Ich mag diese Frau. Auch wenn sie mich gerade ziemlich beschämt hat. Aber das ist ja nicht Nina Sobottas Schuld.

Zurück zu Hause ist es schon Zeit fürs Abendessen. Oliver liegt noch immer auf seinem Bett und schnarcht, als ich nach ihm schaue, Jakob sitzt mittlerweile unten im Wohnzimmer vorm Fernseher und schaut irgendeinen Actionfilm. Keine Ahnung, ob das in diesem Haus nach pädagogischen Kriterien in Ordnung ist, aber ich beschließe, ihn nach *diesem* Tag einfach mal zu lassen.

»Guten Appetit«, sage ich zu ihm, als ich ihm einen Teller mit belegten Broten hinstelle.

Er blickt erstaunt auf. »Soll ich nicht in die Küche kommen?«

»Ach was, ist schon okay, kannst hier sitzen bleiben.«

Zusammen mit Emma futtere ich die restlichen Spaghetti Bolognese, die ich in einer Tupperdose im Kühlschrank finde (und die noch ganz okay riechen, denke ich, hoffe ich), danach bringe ich erst sie ins Bett und dann Lotta. Jakob kann sich allein versorgen, finde ich, denn auch ich möchte nach diesem langen Tag nichts weiter, als in mein Bett fallen und so schnell und lange wie möglich schlafen. Mal sehen, wie viel Zeit Lotta mir gibt.

Zweieinhalb Stunden, dann kräht sie nach mir. Ich stehe auf, gehe rüber zu ihr und stopfe ihr den Schnuller wieder rein. Sie kräht weiter und spuckt den Schnuller aus. Ich sage ihr, dass es jetzt Zeit zum Schlafen ist, stecke den Schnuller erneut in ihren Mund und ziehe die Spieluhr über ihrem Bett auf. Sie kräht unbeeindruckt weiter und noch ein bisschen lauter.

Ich gehe raus auf den Flur und warte, wobei sich jede einzelne Sekunde hinzieht wie Kaugummi. Lottas Schreien zerreißt mir das Herz. Außerdem rechne ich damit, dass jeden Moment mein Schwager und/oder Jakob und/oder Emma erscheinen und mich fragen, was los ist.

Aber keiner von ihnen lässt sich blicken. Oliver vermutlich, weil er noch so benebelt ist. Jakob, weil er ja findet, dass ICH für die Nachtschicht zuständig bin. Und Emma, die große Kleine, war schon beim Abendessen so müde, dass sie vermutlich schläft wie ein Stein.

Lotta schreit weiter. Am liebsten würde ich jetzt eine Zigarette rauchen. Aber ich kann mir hier oben schlecht eine anstecken, und nach unten auf die Terrasse zu gehen, während meine kleine Nichte sich die Seele aus dem Leib weint – das bringe ich natürlich auch nicht fertig.

Gerade will ich die Klinke zu Lottas Zimmer wieder runterdrücken, als das Quaken verstummt. Ich halte inne und lausche angestrengt. Ist das möglich? Hat Lotta wirklich mit dem Schreien aufgehört? Ich kann es kaum glauben, das gibt's doch gar nicht! Dann gerate ich mit einem Schlag in Panik – was, wenn sie nicht mehr atmet?!?

»Lotta!« Ich stürme ins Zimmer, stürze an ihr Bettchen und reiße sie in meine Arme. Prompt fängt sie wieder an zu schreien. Klasse, mit der Atmung scheint alles in Ordnung zu sein. Also lege ich sie wieder hin und beginne die Prozedur ein weiteres Mal.

Während ich erneut vor der Tür zu ihrem Zimmer stehe und mich ein bisschen darüber ärgere, dass ich mit meiner Hysterie den Erfolg sofort wieder zerstört habe, fällt mir ein, dass es Leute geben soll, die Saatkörner täglich wieder ausbuddeln, um nachzuschauen, ob sie schon

Wurzeln geschlagen haben. Mensch, Nele … Egal, ein Anfang ist gemacht!

Als um kurz vor sieben der Wecker meines Handys klingelt, bin ich komplett gerädert. Viermal hat Lotta mich heute Nacht aus dem Bett geholt, und ich fühle mich wie ein Zombie auf Latschen.

Immerhin: Ich habe es jedes Mal geschafft, sie auch ohne Fläschchen wieder zum Einschlafen zu bringen. Vielleicht hat die nette Nina Sobotta wirklich recht, und es gelingt mir mit der Zeit, Lotta das Durchschlafen schmackhaft zu machen. Wobei ich mich tatsächlich frage, wie Heike das sonst immer gemacht hat. Aber aus der Zeit, in der Jakob und Emma Babys waren, weiß ich praktisch rein gar nichts. Und auch Lotta erlebe ich jetzt zum ersten Mal richtig, obwohl sie ja schon sieben Monate alt ist.

Als ich aus dem Bad komme und mich auf den Weg zu den Kinderzimmern mache, um Jakob und Emma für die Schule zu wecken, öffnet sich die Tür von Olivers Schlafzimmer. Mein Schwager kommt herausgestolpert und sieht reichlich verknittert aus, was nicht nur daran liegt, dass er noch die Klamotten von gestern trägt.

»Guten Morgen!«, begrüßt er mich matt. »Verdammt, ich hab einen Kopf wie ein Hochhaus.«

»Du bist eben nichts gewöhnt«, sage ich und grinse ihn an. Endlich mal ein Thema, bei dem ICH mit meiner umfassenden Erfahrung glänzen kann. »Am besten, du duschst erst mal ausgiebig. Ich löse dir in der Zwischenzeit zwei Kopfschmerztabletten auf.«

»Danke«, sagt er und tapert weiter Richtung Badezimmer.

Ich will gerade Emmas Tür öffnen, als unten im Flur das

Telefon klingelt. Schnell laufe ich die Treppe hinunter, um den Anruf noch zu erwischen.

»Bei Bachmann«, melde ich mich.

»Nele?«, erklingt die Stimme meiner Mutter so aufgeregt, dass mir sofort klar ist, dass sie nicht anruft, um mich zu bitten, ihr einen neuen Roman mitzubringen.

»Was ist los?«

»Kommt schnell her! Heike ist wach!«

15. Kapitel

Mit quietschenden Reifen fahren Oliver und ich beim Krankenhaus vor. Emma und Jakob haben wir auf dem Weg noch schnell vor ihren Schulen abgesetzt, Lotta haben wir dabei.

Als ich Emma geweckt habe, war ihr Bettchen wieder nass. Diesmal war es angeblich eine ausgelaufene Capri-Sonne. Weil sie spätabends noch Durst hatte, dann aber beim Trinken eingeschlafen ist und die ganze Nacht auf der Trinktüte gelegen haben muss ... Ich habe nichts dazu gesagt, mir aber fest vorgenommen, das Thema Oliver gegenüber nun doch anzusprechen, sobald sich ein passender Zeitpunkt ergibt. *Jetzt* ist das allerdings nicht der Fall.

Mein Herz hüpft, während wir im Aufzug nach oben zur Intensivstation fahren. *Heike ist wach, Heike ist wach, Heike ist wach!* Ich wünschte, dieser blöde Lift würde schneller fahren und unterwegs nicht ständig halten, um andere Leute ein- und aussteigen zu lassen. Ich will zu meiner Schwester, verdammt!

Als sich die Türen des Aufzugs endlich auf der richtigen Etage öffnen, stürzen Oliver und ich sofort los auf die Station und erreichen außer Atem Heikes Zimmer.

»Los, rein«, sage ich und drücke die Klinke runter.

Sofort fällt mein Blick auf Heike, die in ihrem Bett liegt. Der Tubus aus ihrem Hals ist entfernt – und ihre Augen sind geöffnet. Mein Herz schlägt einen Purzelbaum, sie ist also tatsächlich wach!

Neben ihr am Bett sitzt meine Mutter in einem Rollstuhl und unterhält sich mit Dr. Masch. Der Neurologe steht mit verschränkten Armen ans Fensterbrett gelehnt. Beide blicken auf, als Oliver und ich hereinkommen.

»Nele!«, ruft Mama und ist dabei mal wieder den Tränen nahe. Ich stürze auf sie zu und umarme sie. Dann wende ich mich Heike zu. Und erstarre.

Ja, sie atmet. Ja, sie hat sie Augen geöffnet. Aber ansonsten macht es nicht wirklich den Eindruck, als wäre da jemand zu Hause. Sie starrt einfach nur an die Decke. Mein eben noch hüpfendes Herz gerät ins Stolpern und geht zu Boden.

»Was ist mit meiner Frau?«, will Oliver wissen, der jetzt neben mir am Bett steht und ungläubig auf Heike hinunterblickt. »Ich dachte, sie sei wach!«

»Das habe ich auch gedacht«, kommt es entschuldigend von meiner Mutter. »Ich meine, sie atmet, sie hat die Augen geöffnet, sie ist …«

»Herr Bachmann«, meldet sich Henning Masch zu Wort. »Ihre Frau ist in einem sogenannten vegetativen Zustand.«

»Was heißt das?«, frage ich, und meine Stimme zittert.

»Man nennt dies auch ein Wachkoma«, erklärt der Arzt.

»Wachkoma?«, entfährt es mir entsetzt. »Heißt das, sie ist zwar bei Bewusstsein, kann aber nichts weiter tun, als hier zu liegen und an die Decke zu starren?«

»Lassen Sie mich das erklären«, sagt der Arzt und versucht dabei wieder einmal, so unglaublich beruhigend zu klingen, dass es mich nur beunruhigen *kann.* »Ihre körperlichen Funktionen sind intakt, aber wir haben keinen Kontakt zu ihr.« Er schaut uns nacheinander an. »Noch nicht.«

»Noch nicht?« Mama klingt genau so, wie ich mich fühle: Enttäuscht, hoffend, ängstlich ... und auch wütend. Nicht auf den Arzt, nein. Aber auf die gesamte Situation.

»Viel mehr kann ich Ihnen leider immer noch nicht sagen. Wir werden weiter abwarten müssen.«

»Warten, warten, warten!«, bricht es unvermittelt aus meinem Schwager heraus. »Wie lange sollen wir denn noch warten?«

»Ich kann Sie verstehen, Herr Bachmann«, wendet Dr. Masch sich an ihn. »Aber wir tun alles, was in unserer Macht steht. Und manche Dinge stehen eben nicht in unserer Macht.«

»Ja, soll ich jetzt in die Kirche gehen, oder wie?«, fährt Oliver ihn an.

»Oliver, bitte!«, geht meine Mutter dazwischen, der das Verhalten ihres Schwiegersohns sichtlich peinlich ist. Ein bisschen unangenehm ist es mir auch, zumal Dr. Masch ja wirklich nichts dafür kann. Aber verstehen kann ich Oliver natürlich trotzdem. Dieses Warten ist das Schlimmste, die Ungewissheit, das ständige Hoffen und Bangen.

»Ein bisschen Zuspruch kann nicht schaden.« Der Arzt geht souverän über Olivers Gefühlsausbruch hinweg. »Den können sowohl Sie als auch Ihre Frau gebrauchen.«

»Kann sie uns in diesem Zustand denn hören?«, will ich wissen.

»Auch das kann leider im Moment niemand sagen«, erklärt Dr. Masch. »Vielleicht bekommt sie etwas von ihrer Außenwelt mit, vielleicht auch nicht.«

»Mir reicht es!«, fährt Oliver den Arzt an. »Ich halte das einfach nicht mehr aus! Tut mir leid, aber ich muss weg, ich werde im Büro gebraucht.« Mit diesen Worten rauscht er mitsamt Lotta im Kinderwagen hinaus.

»Oliver!«, rufe ich und will ihm nachlaufen.

»Lass ihn«, werde ich von Mama ausgebremst. »Der beruhigt sich schon wieder, gib ihm ein bisschen Zeit.«

»Ihre Mutter hat recht«, schließt Dr. Masch sich an. »Das hier ist für keinen von Ihnen leicht, und jeder geht damit anders um.« Er lächelt. »Und wenn ich dazu noch etwas als Arzt, Mann und Laienpsychologe sagen darf: Gerade Männern fällt es schwer, hilflos warten zu müssen und nichts tun zu können.«

»Toll finde ich das auch nicht gerade«, seufze ich. »Aber es bleibt uns ja nichts anderes übrig.«

Eine halbe Stunde später – mittlerweile ist der Arzt gegangen – wird Mama müde und will zurück in ihr Zimmer.

»Kommst du mit runter?«, fragt sie.

»Wenn es für dich in Ordnung ist, bleibe ich noch ein bisschen bei Heike.«

»Natürlich, ich möchte sowieso ein kleines Nickerchen machen. Aber danach kommst du noch zu mir?«

»Klar. In spätestens einer Stunde bin ich bei dir, okay?«

»Wann immer du willst.« Sie zwinkert mir zu. »Weglaufen kann ich ja nicht.«

»Höchstens wegrollern!«

Wir lachen kurz, wenn auch irgendwie nicht richtig. Dann bittet sie mich, nach einer Schwester zu klingeln, die sie abholt, weil sie allein mit dem Rollstuhl noch nicht klarkommt.

Nachdem meine Mutter weg ist, setze ich mich auf

einen Stuhl an Heikes Bett und nehme ihre Hand. Sie ist wärmer als in den vergangenen Tagen. Bestimmt ein gutes Zeichen.

»Wo bist du nur?«, frage ich leise und streichle ihr mit meiner anderen Hand über die Wange. Mir kommen die Tränen. Wie lange ist es her, dass ich mich meiner Schwester so nah gefühlt habe? »Bist du da drin? Kannst du mich hören?« Doch sie reagiert nicht, liegt einfach nur so da. Mir fällt dieses Buch ein, das ich mal gelesen habe, »Schmetterling und Taucherglocke«. Soweit ich weiß, ist es sogar verfilmt worden. Es ist die Geschichte eines Mannes, der nach einem Gehirnschlag am »Locked-in-Syndrom« litt, einer Krankheit, die ihn zur kompletten Bewegungsunfähigkeit verdammte, einzig und allein mit den Augen konnte er noch blinzeln. Eineinhalb Jahre blieb er in diesem Zustand, gefangen im eigenen Körper, bis er schließlich starb. Aber davor gelang es ihm noch, nur mithilfe seiner Augen, einem Autor seine Geschichte zu diktieren und so darüber zu »sprechen«, was in ihm vorging.

Bei dem Gedanken an dieses Buch schnürt es mir noch mehr die Kehle zu. Geht es Heike gerade auch so? Ist sie »locked-in«, eingeschlossen? Und: Kann sie mich trotzdem hören?

»Heike?« Ich beuge mich weit über sie, bis mein Gesicht ihrem ganz nah ist. »Kannst du blinzeln, wenn du mich hörst?« Gebannt starre ich auf ihre Augen, damit mir bloß nicht die kleinste Regung entgeht. Aber sie hat den Blick weiter unverwandt an die Decke gerichtet und rührt sich nicht. »Bitte, Süße, versuch es doch wenigstens!« Nichts passiert. Seufzend lehne ich mich zurück. »Ach, Heike! Warum wachst du nicht einfach auf, und wir können reden?« Und wieder einmal fange ich an, ihr alles zu erzählen, was mir im Kopf hin- und herschwappt.

»Ich mache mir Sorgen um dich, weißt du? In erster Linie natürlich, weil du hier liegst und niemand weiß, wie es weitergeht, klar. Aber auch, weil ich das Gefühl nicht loswerde, dass in deinem Leben einiges nicht stimmt. Bei dir zu Hause wirkt niemand so richtig glücklich, Oliver nicht, Jakob nicht und Emma auch nicht. Ich glaube, sie nässt ein, obwohl sie es abstreitet. Vermutlich ist es ihr peinlich. Und dann diese strenge Ordnung, die bei euch herrscht. Das war doch früher nicht so! Was ist da los? Und warum habt ihr eure Haushaltshilfe entlassen? Ich versteh das alles nicht.«

Ich betrachte mein stummes Schneewittchen und rede weiter.

»Und dann ist da noch etwas, das mir Gedanken macht: Niklas und ich haben uns getroffen, wir sind wohl wieder so was wie zusammen. Oder besser gesagt, jetzt erst richtig. Denn er hat sich inzwischen tatsächlich von seiner Frau getrennt. Das ist es aber nicht allein: Niklas hat mir eine Geschichte von früher erzählt, die mich nicht mehr loslässt. Er sagte, dass du ihn damals, als wir Teenager waren, dazu gezwungen hättest, mit mir Schluss zu machen. Er glaubt, weil du in Wahrheit selbst in ihn verknallt und deshalb eifersüchtig warst. Ist das wahr? Hast du Niklas dazu gebracht, sich von mir zu trennen? Mir ist es egal, ob du selbst etwas von ihm wolltest oder nicht, das spielt für mich keine Rolle. Aber ich kann mir einfach nicht vorstellen, dass du mir so etwas angetan haben könntest. Du hast doch gewusst, wie sehr ich in ihn verliebt war. Das hättest du doch nicht gemacht, oder?«

Ich beuge mich wieder über sie und fange ein weiteres Mal an, ihr über die Wange zu streicheln.

»Aber selbst wenn du das getan haben solltest, aus welchem Grund auch immer, verzeihe ich dir. Es ist so lange her, wir waren halbe Kinder. Das alles spielt heute keine Rolle mehr. Nur hättest du doch bitte, bitte mit mir darüber reden müssen! Irgendwann jedenfalls, vielleicht ein paar Jahre später. Du hättest es mir erzählen müssen, und dann hätten wir gemeinsam darüber gelacht. Okay, wahrscheinlich wäre ich erst einmal sauer gewesen, jetzt gerade bin ich das auch ein bisschen. Aber dann hätte ich bestimmt gelacht. Warum hast du das nicht getan, warum hast du mir nicht vertraut? Egal, wie verschieden wir immer waren, du hättest mir doch vertrauen müssen!«

Ich streichle weiter ihre Wange und spüre plötzlich etwas unter meinen Fingern ... Feuchtigkeit! Heikes Wange ist feucht! Tränen, da sind Tränen in Heikes Augenwinkeln!!

Einen Moment lang kann ich es nicht fassen. Mein Gott, HEIKE! Ich starre sie an und versuche zugleich, ruhig zu bleiben. Mama? Oliver? Dr. Masch? Wen muss ich zuerst rufen? Ich hangele nach dem Klingelknopf überm Bett und drücke ihn fest und lange. Draußen im Flur geht das rote Ruflicht an, und schon kurze Zeit später steht eine Krankenschwester neben mir am Bett.

»Sehen Sie!« Ich deute auf Heike und bin völlig außer mir.

»Was meinen Sie?«

»Tränen!«, rufe ich aus. »Da sind Tränen! Meine Schwester weint!«

Die junge Frau legt mir eine Hand auf die Schulter, ich verspüre ein leichtes Tätscheln. »Das sind nur körperliche Reaktionen, Frau Krüger«, erklärt sie mir in bedauerndem Tonfall.

»Aber … aber, sie WEINT doch!«, beharre ich. »Ich habe ihr gerade etwas erzählt, und da hat sie angefangen zu weinen. Das heißt ganz sicher, dass sie mich hören kann!«

»Leider nein«, zerstört die Schwester meinen kleinen Anflug von Hoffnung. »Sie kann auch husten und schwitzen, ihre körperlichen Reflexe funktionieren. Das ist in diesem Zustand normal, bedeutet aber nicht, dass sie bei Bewusstsein ist und etwas von ihrer Umwelt mitbekommt.«

»Doch!«, insistiere ich. »Das ist eindeutig eine Reaktion auf das, was ich ihr erzählt habe.«

Wieder das Tätscheln. »Dann reden Sie doch einfach weiter mit ihr. Schaden kann es ja nicht.« Sie geht aus dem Zimmer und lässt mich mit Heike allein. Und ich denke, dass diese blöde Schnalle gute Chancen auf den Titel »Einfühlsamste Krankenschwester der Welt« hat!

Mama sieht das mit den Tränen genau wie ich, als ich ihr kurze Zeit später davon erzähle.

»Ich bin mir auch ganz sicher, dass Heike auf dich reagiert hat«, stellt sie fest. Zwar habe ich ihr nicht genau gesagt, worüber ich mit meiner Schwester geredet habe – das mit Niklas geht sie nichts an, das mit den Kindern auch nicht, und mein Verdacht, dass bei den Bachmanns der Haussegen mindestens auf halb acht hängt, würde sie nur aufregen – aber auch sie hält die Tränen für ein gutes Zeichen. »Sie wird schon bald wieder wach sein und mit uns lachen«, fügt sie noch einmal hinzu und klingt dabei, als würde sie eine Art Mantra wiederholen.

»Ja, das glaube ich auch. Es braucht eben einfach nur noch ein bisschen Zeit.«

Mama stöhnt und versucht, sich im Bett anders hinzusetzen. »Dieser verdammte Beinbruch«, schimpft sie. »Ich verfluche dieses dämliche Skateboard!«

»Stimmt.« Ich grinse sie an. »Das Skateboard ist schuld.«

»Ha, ha! Sehr witzig.«

»Stimmt, das bin ich.« Ich werfe einen Blick auf die große Uhr, die über ihrer Zimmertür hängt. »Ich muss langsam mal los«, sage ich. »In einer Stunde muss ich die Kinder von der Schule abholen. Außerdem will ich noch Oliver anrufen und hören, wie es ihm geht.«

»Wie ich deinen Schwager kenne, ist der im Büro und vergräbt sich in Arbeit.« Sie stößt ein Schnaufen aus. »Typisch Mann, das ist deren Art und Weise, mit Problemen umzugehen.«

»Na, wenn's hilft.«

»Dabei fällt mir ein: Hast du eigentlich noch mal was von eurem Vater gehört?«

Ich schüttele den Kopf. »Nein«, sage ich, »der hat sich gar nicht mehr gemeldet.«

»Das ist wirklich absolut unfassbar!«, ereifert sie sich. »Ich weiß ja schon länger, was man von ihm zu halten hat – nämlich rein gar nichts. Aber dass er sich nicht einmal in der jetzigen Situation hier blicken lässt, ist schon ein starkes Stück!«

»Stimmt«, gebe ich ihr recht. »Aber so richtig enttäuscht bin ich nicht. Das habe ich schon vor Jahren hinter mir gelassen.«

Mama sieht mich traurig an. »Es tut mir so leid, dass du und deine Schwester darunter leiden musstet, dass wir keine gute Ehe hatten.«

»Ach, Mama, so schlimm war es doch gar nicht. Jedenfalls nicht bis zu dem Tag, an dem er gegangen ist. Und danach ja eigentlich auch nicht. Denn dann war er ja weg.«

»Nicht so schlimm?« Mama sieht mich perplex an. »All die Streitereien und das Gebrüll, das es zu Hause immer gab?«

Ich sehe sie verwundert an. »An Streitereien und Gebrüll kann ich mich eigentlich nicht erinnern.«

»Du hast das vergessen?« Ihre Miene wechselt von perplex zu schockiert. »Wie ist denn das möglich?«

»Weiß ich nicht.« Und ich weiß es wirklich nicht. Würde man mich heute fragen, wäre ich der festen Überzeugung, dass bei uns zu Hause bis zur Trennung meiner Eltern eigentlich immer alles ganz in Ordnung war.

»Ach, Nele«, Mama seufzt. »Vielleicht kannst du dich wirklich nicht mehr daran erinnern. Aber weißt du, du hast mit sechs Jahren auch auf einmal wieder ins Bett gemacht. Sicher, das passiert in dem Alter auch anderen Kindern hin und wieder, und es ist ja eigentlich auch kein Drama – aber ich war mir ganz sicher, dass das etwas mit dem ständigen Unfrieden zwischen deinem Vater und mir zu tun gehabt haben muss. Ihr Kinder habt es eben doch alles mitgekriegt, mal bewusst, mal unbewusst. Und das war mit Sicherheit sehr schlecht für euch. Wir hätten uns besser schon damals trennen sollen. Manchmal werfe ich mir heute noch vor, dass wir das nicht getan haben.«

»Ich habe eingenässt? Daran kann ich mich gar nicht mehr erinnern.«

»Ja, das hast du. Und es war dir furchtbar unangenehm. Heike hat angefangen, ganz schlimm an den Nägeln zu kauen, und beide hattet ihr Probleme einzuschlafen und seid nachts rumgewandert. Ich habe mir unheimlich große Vorwürfe gemacht.«

Jetzt ist es an mir, schockiert zu sein. Und natürlich muss ich sofort an die kleine Maus Emma denken.

Welcher Kummer lastet da auf ihrer Seele, von dem wir

alle nichts ahnen? Und den sie vielleicht, so wie ich es scheinbar getan habe, völlig verdrängt haben wird, wenn sie erwachsen ist. Obwohl er ja auch dann irgendwo ganz tief drinnen noch da ist. Wie ein leises Hintergrundrauschen, das man nur dann erkennt, wenn man es sich bewusst macht. Furchtbar!

»Hm«, sage ich, weil ich einfach nicht die richtigen Worte finde. »Mir ist es aber ehrlich gesagt egal, ob Papa hier vorbeischaut oder sich nach uns erkundigt. Soll er ruhig bleiben, wo der Pfeffer …«

»Ja.« Mama nickt. »Da soll er einfach bleiben.«

»Jetzt muss ich aber wirklich los«, erkläre ich. »Morgen bin ich ja schon wieder hier.« Ich gebe ihr ein Küsschen.

Mama deutet auf eine große Plastiktüte, die neben ihrem Schrank steht. »Nele, nimmst du die da bitte noch mit?«

»Was ist das?«

»Ich weiß nicht, was du mir da für Sachen mitgebracht hast, aber als ich heute früh zusammen mit einer Schwester im Schrank nach etwas Frischem zum Anziehen gesucht habe, habe ich gesehen, dass mir die meisten Sachen gar nicht gehören.«

»Nicht?«, wundere ich mich. »Das sind all die Sachen aus dem Schrank im Gästezimmer. Etwas anderes habe ich nicht eingepackt.«

»Mag sein, aber mir gehört das alles nicht.«

»Ich hatte mich schon gewundert, dass du mit deinem gesamten Kleiderschrank nach Deutschland gekommen bist.«

»Nein«, antwortet sie, »ich hatte es ja eilig und hab wirklich nur das Nötigste eingepackt.«

»Okay«, sage ich. »Dann nehme ich die Klamotten einfach wieder mit.«

Auf dem Weg nach unten rufe ich Niklas an und frage ihn, ob er Zeit und Lust hat, mich kurz zu treffen. Okay, es geht auch ums Praktische. Denn dann könnte er mich ja freundlicherweise auch gleich nach Flottbek fahren. Zwei Fliegen mit einer Klappe sozusagen.

»Klar habe ich Lust«, sagt er. »Ich habe gerade eh kaum was auf dem Schreibtisch und kann sofort losfahren. In einer Viertelstunde bin ich da!«

Während ich unten am Eingang auf Niklas warte, ertappe ich mich dabei, wie ich mich immer wieder unbewusst nach Matthias Rudolph umsehe. Also, *nicht wirklich* unbewusst. Denn es ist mir ja in dem Moment *bewusst.*

Ich würde mich echt freuen, ihm jetzt über den Weg zu laufen. Auch wenn es nur ganz kurz wäre. Ob er heute Dienst hat? Könnte doch tatsächlich gut sein, dass er gleich mit einem Rettungswagen vorfährt. *So* unwahrscheinlich ist das nicht. Dann könnte ich ihn auch gleich nach seiner Meinung bezüglich Heike fragen. Als Arzt wird er sich mit dem Thema »Wachkoma« sicherlich auch ein bisschen auskennen.

»Hallo, meine Schöne!« Niklas kommt auf mich zugerannt, beide Arme weit ausgebreitet.

»Hallo!«, sage ich und lächele ihn an. Er reißt mich an sich und gibt mir einen Kuss, sofort verspüre ich ein angenehmes Kribbeln im ganzen Körper.

»Schön, dass du angerufen hast«, flüstert er mir ins Ohr und fängt an, daran herumzuknabbern.

»Niklas!« Kichernd schiebe ich ihn weg. »Nicht hier vor der Klinik.«

»Seit wann so prüde?«

»Das hat mit ›prüde‹ nichts zu tun.« Ich schlage einen ernsten Ton an, den ich auch wirklich so meine. »Aber gerade liegen meine Schwester und meine Mutter hier, und beiden geht es nicht sonderlich gut. Da muss ich nicht knutschend vorm Eingang stehen.«

»Verstehe.« Er nimmt meine Hand. »Kommen Sie, Fräulein Anstand, ich bringe Sie zu meinem Wagen und fahre Sie nach Hause.«

16. Kapitel

Unterwegs im Auto bringe ich Niklas auf den neuesten Stand der Dinge.

»Wachkoma«, sagt er, als ich mit meinem Bericht am Ende bin. »Ist das gut? Oder nicht so?«

»Das weiß ich auch nicht.« Ich seufze. »Noch vor einer Woche hätte ich mir das nicht träumen lassen. Dass wir darüber reden müssen, ob es gut ist oder nicht, dass meine Schwester im Wachkoma liegt.«

»Leben ist eben das, was passiert, während du gerade andere Pläne machst.«

»John Lennon«, stelle ich fest.

»Tja, der hat sicher auch nicht damit gerechnet, dass ihn mal ein verrückter Fan über den Haufen ballert.« Niklas wirft mir einen Seitenblick zu. »T'schuldigung, das war jetzt nicht gerade passend.«

»Nicht wirklich«, gebe ich ihm recht. Die restliche Strecke legen wir schweigend zurück, irgendwie hat es mir durch Niklas' Spruch die ohnehin schon nicht sonderlich gute Stimmung komplett verhagelt. Wenn es um Sensibilität geht, ist er nicht gerade ein Meister.

»Danke fürs Bringen«, sage ich, als wir vorm Haus meiner Schwester halten.

»Gern«, meint er. »Ich habe mich natürlich auch gefreut, dich kurz zu sehen. Auch wenn ich …« Er zögert. »Nele, es tut mir leid, das mit John Lennon eben war total daneben, ich weiß.« Er bedenkt mich mal wieder mit einem seiner sensationellen Hundeblicke.

»Schon gut«, antworte ich. »Ich bin momentan einfach etwas dünnhäutig.«

»Das ist aber auch mehr als verständlich.« Er beugt sich ein Stückchen zu mir. »Darf ich dich jetzt küssen?«

Ich nicke. »Ja, darfst du.« Er nimmt mich in den Arm und berührt meine Lippen ganz zärtlich mit seinen, mein Groll auf ihn verdünnisiert sich binnen einer Nanosekunde.

»Sag mal«, fragt er, als wir uns wieder voneinander lösen, »wie lange bleibst du denn noch hier in Flottbek?«

»Keine Ahnung. Ich hoffe, nicht mehr so lange.«

»Ist es so schlimm hier?«

»Nein«, ich schüttele den Kopf. »Aber wenn ich hier noch lange bleiben muss, bedeutet das ja schließlich auch, dass Heike noch lange im Krankenhaus ist.«

»Klar, logisch.« Wieder zögert er. Ich habe den Eindruck, dass ihm noch etwas auf der Seele liegt.

»Was hast du denn?«, frage ich.

»Ach, eigentlich nichts. Ich dachte nur … also, ich habe mich gefragt, wann wir mal wieder Zeit miteinander verbringen.«

»Das haben wir doch gerade gemacht!«

»Nein, ich meine, so *richtig* Zeit.« Er räuspert sich. »Bei dir zu Hause zum Beispiel und … äh …«

»Im Bett«, vollende ich lächelnd seinen Satz. Männer!

»Ja«, er wirkt ein wenig verlegen, »das natürlich auch, klar. Aber ich habe mich gefragt …«

»Was denn?« Herrjeh, muss man ihm alles aus der Nase ziehen?

»Ja, also, momentan wohne ich bei einem Kumpel und schlafe auf dem Sofa. Deine Wohnung ist frei. Und da habe ich mich gefragt ...«

»Ob du nicht bei mir einziehen kannst?«

»Das wäre doch gar nicht so abwegig, oder? Wir wollen doch sowieso zusammen sein.«

»Aber ich bin im Moment doch gar nicht da.«

»Stimmt. Aber das wird ja hoffentlich nicht mehr lange so sein.«

»Hm.« Ich überlege. Mal abgesehen davon, dass ich bis auf während meiner kurzen Ehe noch nie mit einem Mann zusammengelebt habe, geht mir das zu schnell. *Viel* zu schnell. Und die Vorstellung, dass Niklas allein in meiner Wohnung ist und sich da in aller Ruhe umsehen kann – nein, das erscheint mir irgendwie zu privat. *Viel* zu privat. »Sorry, aber das fühlt sich nicht gut an.«

»Willst du denn keine Beziehung mit mir?« Er klingt wie ein schmollendes Kind.

»Doch, will ich. Das heißt aber nicht, dass ich schon mit dir zusammenleben will. Oder dass ich dich allein in meine Wohnung lasse.«

»Aha.« Jetzt wirkt er richtig beleidigt. »Du vertraust mir also nicht!«

»Das hat doch nichts mit Vertrauen zu tun!«

»Womit denn sonst?«

Hm, gute Frage – womit sonst? Ich habe plötzlich das Gefühl, mit dem Rücken zur Wand zu stehen.

»Niklas«, versuche ich es mit einem besonders liebevollen Tonfall. »Es ist doch gut, dass du bei einem Freund untergekommen bist und nicht unter der Köhlbrandbrücke hausen musst.«

»Du kennst das Sofa von Dennis nicht. Ist nicht viel besser als ein Platz unter der Brücke.«

»Dann geh doch in ein Hotel.«

Niklas lacht auf. »Hotel!« Er schüttelt ungläubig den Kopf. »Jemand wie du kann sich offenbar nicht vorstellen, dass ich mir so was nicht leisten kann. So dicke hab ich es nämlich nicht. Und wenn ich jetzt noch Unterhalt für Annette zahlen muss, wird es noch knapper.«

»Es muss ja nicht gleich das Vier Jahreszeiten sein.« Ich spüre, wie ich patziger werde. Was will er? Zumindest will er *nicht* meine Meinung akzeptieren!

»Selbst bei einer Klitsche für fünfzig Euro die Nacht ist man da schnell bei über tausend Euro pro Monat.«

»Dann such dir doch eine kleine Wohnung.«

»Du hast dich wohl schon länger nicht mehr mit dem Hamburger Immobilienmarkt beschäftigt!«

Es gefällt mir ganz und gar nicht, in welche Richtung sich dieses Gespräch entwickelt hat! Natürlich kann ich Niklas verstehen. Es ist bestimmt nicht angenehm, bei einem Kumpel auf der Gästeritze zu hausen. Aber das hält Niklas doch wohl bitte jetzt nicht ernsthaft für ein weiteres Problem, um das *ich* mich zu kümmern habe!

»Tut mir leid, Niklas«, sage ich und merke selbst, dass meine Stimme ungefähr zehn Grad kühler klingt. »Aber irgendwie entsteht bei mir gerade der Eindruck, du willst mich als Sprungbrett benutzen.«

»Als Sprungbrett?«

»Ja. Als Ausstiegshilfe. Weil es mit mir viel bequemer ist, dich aus deiner Ehe zu lösen. Von einem Bett gleich wieder weich ins nächste fallen – ist doch praktisch!«

Er starrt mich fassungslos an. Und dann schlägt seine Miene in eine ungeheure Verletzung um. »Das glaubst du doch wohl nicht ernsthaft, oder?«

»Ich weiß nicht«, sage ich, spüre aber gleichzeitig eine gewisse Verlegenheit, die sich in mir ausbreitet. Vielleicht war ich gerade doch zu hart. »Nein«, füge ich deshalb hinzu. »Das glaube ich natürlich nicht. Aber trotzdem ...«

»He!«, unterbricht er mich und legt mir eine Hand auf die Schulter. »Mach dir keine Gedanken. War doch nur so eine Idee von mir. Und ganz offensichtlich war sie dämlich.«

»Hm, ja.«

»Frieden?«

Ich lächele ihn an, beuge mich zu ihm und küsse ihn. »Klar, Frieden.«

»Da bin ich aber erleichtert.« Er grinst mich schief an. »Und fahre jetzt wieder zu meinem Kumpel aufs Sofa.«

»Mach das. Ich melde mich, wenn ich weiß, wann wir uns wieder treffen können!«

Tatsächlich ist von meinem Schwager weit und breit keine Spur zu sehen, als ich das Haus betrete und mich nach ihm umsehe. Er wird sich wohl wirklich im Büro und in seiner Arbeit verkrochen haben. Schnell bringe ich die Tüte, die Mama mir mitgegeben hat, hoch ins Gästezimmer, dann muss ich auch schon wieder los, um Emma und Jakob abzuholen.

Meine Nichte hat heute Nachmittag Reitunterricht, und Jakob muss zum Fußball. Als ich sie vor ihren Schulen eingesammelt habe, erklären mir aber beide noch im Auto, dass sie stattdessen unbedingt zu ihrer Mutter ins Krankenhaus wollen.

Das kann ich natürlich total verstehen, allerdings bin ich nicht sicher, ob ich sie wirklich hinfahren soll, ohne vorher mit Oliver geredet zu haben. Heikes Anblick, wie sie mit offenen Augen einfach nur so daliegt, könnte sie verstören. Ich will da lieber kein Risiko eingehen und rufe meinen Schwager an.

»Hallo, Nele!« Schon als er das Telefon abnimmt, klingt er zerknirscht. »Tut mir leid, dass ich vorhin so abgerauscht bin. Aber mir sind irgendwie die Nerven durchgegangen.«

»Kein Problem«, sage ich. »Das ist doch nicht schlimm.«

»Gibt es denn was Neues?«, will er wissen.

»Nein, alles unverändert.«

»Ich wollte selbst gleich noch einmal ins Krankenhaus fahren, im Büro kriege ich heute sowieso nichts auf die Reihe. Sitze hier den ganzen Tag nur rum und starre Löcher in die Luft, während Nina sich netterweise mal wieder um Lotta kümmert.«

»Finde ich total verständlich, dass du gerade durchhängst«, beruhige ich ihn. »Aber wenn du noch mal ins Krankenhaus willst, mach doch bitte einen Schlenker zu Hause vorbei. Emma und Jakob würden gern zu Heike mitfahren.«

»Sind die denn nicht beim Reiten und beim Fußball?«

»Nein«, antworte ich. »Sie wollen lieber ihre Mutter sehen.«

Oliver seufzt am anderen Ende der Leitung. »Alles klar, ich hole sie ab.«

Als Oliver die Kids eine halbe Stunde später eingesammelt hat, lege ich mich hin, um ein kurzes Nickerchen zu machen und einen Teil des verpassten Schlafs der vergangenen Nacht nachzuholen. In einer Minute bin ich eingeschlafen.

Erst nach fast zwei Stunden und wilden Träumen von Untermietern in Krankenbetten auf Schulhöfen komme ich wieder zu mir. Deutlich fitter und mit der Erkenntnis, dass zu wenig Schlaf einfach keine gute Basis für meinen neuen Job als Familienmanagerin und Mutterersatz ist, mache ich mich daran, die Klamotten aus der Tüte zurück in den Schrank zu räumen. Vermutlich habe ich da die Wintersachen von Olli und Heike eingepackt. Das würde auch erklären, warum Mamas Koffer aus allen Nähten platzte.

Gerade will ich loslegen, als mein Handy klingelt. Ich schaue aufs Display, es ist Wolfgang. Er will sich bestimmt auch nach Heikes Gesundheitszustand erkundigen.

»Hi, Wolfgang«, begrüße ich ihn.

»Nele, mein Täubchen! Wie geht es dir?«

»Geht so«, erwidere ich. »Hab schon mal mehr gelacht in meinem Leben.«

»Und deiner Schwester?«

»Liegt im Wachkoma.«

»Oh. Wie lange noch?«

Ich überlege kurz, ob das witzig sein soll. Ganz sicher bin ich mir nicht, mein Agent hat ja manchmal einen etwas kruden Humor.

»Keine Ahnung. Kann ein paar Tage dauern. Oder Wochen. Oder Monate, keiner weiß es.«

»Das ist gut«, kommt es von meinem Agenten.

»Gut?« Wie bitte? Ich hab mich wohl gerade verhört!

»Nein, nein«, verbessert er sich schnell. »Das ist natürlich *überhaupt* nicht gut. Eine Katastrophe ist das!«

»Das würde ich aber auch mal sagen!«

»Was ich meine, ist, dass es gut ist, dass du dich jetzt um Heikes Familie kümmerst, so wollte ich das sagen.«

»Aha.« Was zum Henker will mein Agent von mir? Irgendwie redet er ziemlich wirr.

»Hör zu, Liebes«, spricht er weiter. »Ich sitze hier gerade mit eurem Verleger zusammen.«

»Mit Dieter Peters?«, frage ich nach.

»Genau.«

»Dann sprichst du von unserem Exverleger«, korrigiere ich ihn.

»Ja, äh, nein. Herrgott, Nele, lass mich doch mal ausreden!«

»Bitte, tu dir keinen Zwang an.«

»Also, Folgendes: Gerade haben Dieter Peters und ich sehr lange darüber nachgedacht, wie wir den Imageschaden, den Sanne Gold erlitten hat, wieder ausbügeln können.«

»Aha«, sage ich zum zweiten Mal. »Da bin ich ja mal gespannt.«

»Wir haben da eine absolut geniale Idee!«

»So genial wie dein Coup mit ›Prominent aktuell‹?«, frage ich misstrauisch nach.

»Nein. Viel, viel besser!«

»Wir ziehen in den Big-Brother-Container ein, schieben Heike in ihrem Bett mitten ins Wohnzimmer, und dann gucken wir mal, was passiert?« Wolfgang soll endlich auf den Punkt kommen.

»Nelchen, jetzt sei nicht albern!«, gibt Wolfgang empört zurück.

»Ja, dann lass halt endlich hören!«

»Also«, mein Agent klingt unüberhörbar aufgeregt, »ich habe Dieter erzählt, wie sehr du dich gerade für Heike aufopferst.«

»Aufopfere?«

»Ja, sicher! Indem du dein eigenes Leben an den Nagel hängst und das von deiner Schwester übernimmst.«

»Wolfgang, ich helfe hier der Familie meiner Schwester. Davon, dass ich mein eigenes Leben an den Nagel hänge, kann nun wirklich keine Rede sein.«

»Jetzt mach dich mal selbst nicht so klein. Ein fremdes Haus, ein fremder Mann, drei fremde Kinder …«

»Du redest von meinem Schwager, meinen Nichten und meinem Neffen«, gehe ich dazwischen. »Wir haben zwar nicht den engsten Kontakt, aber zwei-, dreimal im Jahr sehe ich die Bande dann doch.«

»Ist doch jetzt egal«, wirft Wolfgang ein. »Auf alle Fälle bist du bereit, deiner Schwester zuliebe Verantwortung zu übernehmen. Du tust also genau das, von dem sie dir bei ›Drei um drei‹ vorgeworfen hat, dass du es nie tätest.«

»Na und?« Ich verstehe gerade überhaupt nicht, wo die Reise hingehen soll. »Das ist doch selbstverständlich.«

»Ha! Das denkt *du*! Für mich ist das ein altruistischer Akt der Selbstaufgabe!«

»Lass mal bitte die Kirche im Dorf.« Herrjeh, Wolfgang! Dass der immer gleich so dramatisch sein muss!

»Wie dem auch sei«, spricht mein Agent unbeirrt weiter. »Dieter Peters und ich haben uns überlegt, dass du über diese Zeit schreiben musst.«

»Wie, schreiben?«

»Schreiben, mein Liebes! Du erinnerst dich?« Er kichert. »Die Sache mit dem am Computer sitzen und einen Buchstaben nach dem nächsten tippen?« Wieder ein Kichern. »Ich weiß, das hast du schon länger nicht mehr gemacht, aber ich bin mir ziemlich sicher, dass du es noch kannst.«

»Das meine ich nicht!«, fahre ich ihn entnervt an. »Was ich nicht verstehe, ist, was und warum ich über meine Zeit hier schreiben soll?«

»Na, so eine Art Selbsterfahrungsbericht.«

»Selbsterfahrungsbericht?« Eindeutig, Wolfgang ist verrückt geworden. Und Dieter Peters gleich mit.

»Genau! So mit ganz viel Gefühl und so – total nah dran

an der Wirklichkeit. Wie es so ist, als einsamer Single, der bisher immer nur die falschen Männer und Pech in der Liebe hatte, plötzlich mitten in einer Familie zu stecken.«

»Wolfga...«, will ich dazwischengehen, aber er sabbelt einfach weiter.

»Dazu natürlich noch private Einblicke in Heikes und dein Leben! Welche Rivalitäten es zwischen euch gibt beziehungsweise gab ...«

»Gab?« Jetzt werde ich laut. Wenn der es noch einmal wagt, über Heike in der Vergangenheitsform zu reden, komme ich ihm durchs Telefon!

»Na ja, ist doch egal. Lass mich mal weiter rumspinnen.«

»Rumspinnen ist das richtige Stichwort.« Mein Agent ignoriert meinen Einwand. Er erinnert mich gerade an Leute, die nicht wahrhaben wollen, wenn jemand mit ihnen Schluss gemacht hat. Leute, die dann so tun, als hätten sie nichts gehört, und einfach weiter an der Beziehung festhalten. Verrückt, aber so was gibt's!

»Wir stellen uns auch ein paar O-Töne aus eurem Umfeld vor. Was sagen eure Freunde dazu, wie sehen sie euch? Eure Mutter, Heikes Mann, deren Kinder? So in der Art. Und sicher wollen die Leser auch erfahren, was in dir vorgeht, wenn du in Todesangst um deine Schwester bei ihr am Krankenhausbett sitzt. Wie gesagt, total emotional und mit viel Gefühl soll das werden. Du weißt schon, wie diese eine Autorin, die wieder ganz gut läuft, seit sie einen auf echte Geschichten macht. Mit ganz viel Drama, so mit Krebs, Krieg und Behinderung, du weißt schon. Genau so was stellen wir uns jetzt auch für Sanne Gold vor!« Er hat sich regelrecht in Rage geredet. Völlig bekloppt.

»Krebs, Krieg und Behinderung???« Ich kann es nicht fassen.

»Ja, genau! Dieter Peters ist begeistert.«

»Absolut!«, höre ich meinen Exverleger aus dem Off rufen.

»Das wird ganz großes Tennis, das werden uns die Leser aus den Händen reißen! Und die Medien sowieso. Damit kommst du in jede Talkshow, das wird ein totaler Knaller!«

»Wolfgang?«

»Ja, mein Täubchen?«

»Ruf mich bitte nicht mehr an.« Klick.

Die haben ja wohl beide keine einzige Tasse mehr im Schrank! Und auch keine Untertasse. Krebs, Krieg, Behinderung? Ich glaube es ja wohl nicht!

Nach diesem absurden und, ehrlich gesagt, auch verstörenden Anruf wende ich mich wieder meinen häuslichen Pflichten zu und kann jetzt hoffentlich endlich die Klamotten aus der Tüte wegräumen.

Meine eigenen Sachen schiebe ich ein bisschen zu Seite und stapele sie so übereinander, dass ein paar Regalböden im Schrank frei werden.

Ich kippe den Inhalt der Tüte aufs Bett – muss eh alles noch einmal ordentlich zusammengelegt werden nach der Reise im vollgestopften Koffer (meine eigenen Sachen hätte ich natürlich *nicht* noch einmal neu zusammengelegt).

Jetzt, da ich nacheinander jedes einzelne Stück in den Händen halte, stelle ich fest, dass das tatsächlich alles Sachen von Heike sind! Ich kenne ganz vieles davon. Von Pressefotos, Lesungen und von TV-Interviews. Hier, *das* zum Beispiel: Ein tailliertes Shirt von »Vive Maria« mit eingesetzter Spitze im Ausschnitt. Eines ihrer Lieblingsteile. Ich lege es in den Schrank. Und dann – ENDLICH! – dämmert es mir …

Ich frage mich, wie bescheuert man eigentlich sein kann. Eilig gehe ich rüber ins Elternschlafzimmer und werfe einen Blick in den Kleiderschrank. Tatsächlich – bis auf Olivers Klamotten ist er leer, hier liegt nicht ein einziges Teil, das meiner Schwester gehört.

Ich schnappe mir mein Handy und rufe Caro an. Über *diese* Neuentdeckung muss ich mit jemandem reden!

»Hi, Nele«, begrüßt sie mich, als sie abhebt. »Na? Brauchst du Hilfe?«

»Nein, danke«, antworte ich knapp. »Aber ich habe gerade etwas rausgefunden.«

»Was denn?«

»Hör zu. Ich bin gerade bei Heike und Oliver im Haus, stehe im Gästezimmer – und da wird mir plötzlich klar, dass meine Schwester hier wohnt!«

»*Natürlich* wohnt sie da«, kommt es verwundert zurück. »Das Haus gehört doch den beiden ... Wo sollte Heike denn sonst wohnen?«

»Du verstehst mich nicht«, antworte ich. »Heike wohnt ganz offenbar im Gästezimmer.« Dann erzähle ich Caro, was ich mir gerade zusammengereimt habe.

»Na ja? Das machen doch viele so, wenn ein Baby da ist. Da zieht Mutti erst einmal aus dem gemeinsamen Schlafzimmer aus, damit der Göttergatte nachts nicht gestört wird. Finde ich gar nicht so außergewöhnlich.«

»Mit *allen* Klamotten?«, frage ich.

»Hm, ja, das ist in der Tat etwas seltsam.«

»Finde ich auch. Und ich denke, ich werde meinem Schwager heute Abend endlich mal richtig auf den Zahn fühlen und ihn fragen, was hier eigentlich los ist. Sobald er zu Hause ist und die Kinder im Bett sind, spreche ich ihn darauf an.«

Wir legen auf, und ich räume die restlichen Sachen im

Gästezimmer ein. Da fällt mir noch etwas anderes ein, an das ich bisher noch gar nicht gedacht habe: der Roman von Anna Gavalda, »Ein geschenkter Tag«.

Mama sagte, das Buch sei nicht von ihr, also wird Heike es hier gelesen haben. Ja, ich bin mir da ganz sicher! Ich schnappe mir meine Handtasche vom Bett und krame nach dem Buch. Als Erstes schlage ich die Seite mit dem Lesezeichen auf – und überfliege eine Stelle, die mit neonrotem Textmarker unterstrichen ist. Eine halbe Minute später kann ich die Tränen nicht zurückhalten. Tränen der Rührung. Denn es ist eine Stelle, bei der es um zwei Schwestern geht. Zwei sehr unterschiedliche Schwestern.

Ihr gehörte die erhabene Weisheit, mir die Urteilsverkündung. Uns beiden der Eindruck, von allem die Hälfte zu sein, dass die eine ohne die andere nur ein Halbes ist.

Dabei sind wir ziemlich verschieden. Sie hat Angst vor ihrem Schatten, ich pfeife auf ihn. Sie schreibt Sonette ab, ich lade Samples herunter. Sie bewundert Maler, ich bevorzuge Fotografen. Sie sagt nie, was sie auf dem Herzen hat, ich sage, was ich denke. Sie mag keine Auseinandersetzungen, mir gefällt es, wenn die Dinge geklärt sind. Sie ist gern ein wenig »angesäuselt«, ich trinke lieber richtig. Sie geht nicht gern aus, ich will nicht gern nach Haus. Sie kann sich nicht amüsieren, ich komme nie ins Bett. Sie mag nicht spielen, ich hasse es, zu verlieren. Sie hat unendlich weite Arme, meine Menschenfreundlichkeit ist angeknackst. Sie regt sich niemals auf, ich flippe oft aus.

Sie behauptet, die Welt gehöre den Frühaufstehern, ich beknie sie, nicht so laut zu reden. Sie ist romantisch, ich bin pragmatisch. Sie ist verheiratet, ich bin flatterhaft. Sie schläft nicht mit einem Kerl, ohne verliebt zu sein, ich nicht ohne Kondom. Sie – sie braucht mich, und ich brauche sie.

Sie verurteilt mich nicht. Sie nimmt mich, wie ich bin. Mit grauem Teint und schwarzen Gedanken. Oder mit rosigem Teint und Ideen wie Goldknöpfe.

So sieht Heike uns? Das hätte ich nie, nie, niemals gedacht! Ich bin seit furchtbar vielen Jahren der festen Überzeugung, dass sie mich für eine blöde Kuh hält, mit der sie nichts mehr zu tun haben will. »Sie nimmt mich, wie ich bin. Mit grauem Teint und schwarzen Gedanken.« Ich schniefe und lege das Buch zur Seite. Solche Sätze würden mir auch gern einfallen. Aber ich bin vom Schreiben ja mittlerweile so weit entfernt wie eine Schildkröte vom Fliegen.

Unten klappert es an der Haustür, und schon im nächsten Moment höre ich die Stimmen von Jakob, Emma und Oliver, dazu ein leises Mucken von Lotta. Ich stehe auf und gehe runter, um sie zu begrüßen und das Abendessen vorzubereiten.

Beim Essen erzähle ich Oliver vom Anruf unseres Agenten, und er lacht sich über meine Schilderungen nahezu scheckig. Selbst Jakob ringt sich hier und da ein Grinsen ab.

Gemeinsam bringen wir die Kinder ins Bett, ich füttere Lotta und lege sie hin, dann ist es Zeit für ein Glas Wein unter Erwachsenen.

Oliver hat im Wohnzimmer bereits eine Flasche geöffnet (»Schmeckt schon wieder! Nur bloß nie wieder was Hartes!«), er schenkt uns ein, und wir setzen uns aufs Sofa.

»So«, beginne ich und sehe meinen Schwager herausfordernd an.

»So?«, wiederholt er überrascht. »Das klingt, als würde jetzt ein Verhör kommen.«

»In der Art«, stimme ich ihm zu.

»Oha!« Er nimmt einen Schluck aus seinem Weinglas. »Da bin ich aber mal gespannt.«

»Warum«, fange ich an, »wohnt Heike im Gästezimmer? Ich wäre dir dankbar, wenn du mir endlich mal erzählst, was hier eigentlich lost ist!«

Oliver röchelt. Vor Schreck hat er sich gerade am Wein verschluckt.

17. Kapitel

»Weißt du, das ist alles nicht so leicht zu erklären«, sagt Oliver, nachdem er sich von seinem Hustenanfall erholt hat.

»Versuch's doch einfach, vielleicht verstehe ich es ja.«

»Deine Schwester und ich ...« Er gerät ins Stocken und räuspert sich. »Also, deine Schwester und ich, wir sind schon so viele Jahre zusammen, da ist es ganz normal, dass man auch mal schwierige Zeiten miteinander durchlebt.«

Ich nicke. »Ja, sicher.« Obwohl ich persönlich überhaupt keine Ahnung habe, wie es in einer Langzeitbeziehung aussieht, kann ich mir schon vorstellen, dass es da jede Menge Höhen, aber auch Tiefen gibt.

»Und in den vergangenen Monaten ... Ich weiß auch nicht, was genau passiert ist, aber zwischen Heike und mir wurde es immer schwieriger.« Er betrachtet sein Weinglas, als wäre es eine Glaskugel. »Nach Lottas Geburt fing Heike an, sich mehr und mehr von mir zurückzuziehen.«

»Du glaubst, die Geburt hat etwas damit zu tun?«

»Ja, ich denke schon, zumindest teilweise. Und die Tatsache, dass Heike schon seit längerer Zeit nicht mehr richtig glücklich ist.«

»Sie hat doch alles, was man sich nur wünschen kann!« Großes Haus, großes Auto, Traumjob und hübsche Kinder – was will man mehr?

»Äußerlich betrachtet schon«, gibt er mir recht. »Aber irgendwas schien ihr trotzdem zu fehlen. Etwas, das ich ihr nicht geben konnte.«

»Was genau meinst du?«

Er seufzt und nimmt einen weiteren Schluck aus seinem Glas. »Ich weiß es auch nicht genau, das ist ja das Problem. Und immer, wenn ich versucht habe, mit Heike darüber zu reden, hat sie komplett dichtgemacht. Es war einfach nichts aus ihr rauszukriegen.«

»Hm, das ist komisch.«

»Ich bin daran allerdings auch nicht ganz unschuldig. Weißt du, in der Firma läuft es seit einiger Zeit ziemlich schlecht, sodass ich mich mehr und mehr in der Arbeit verkrochen habe. Warum auch nicht? Zu Hause wurde ja sowieso kaum noch geredet, und ich hatte nicht den Eindruck, dass Heike mich gern um sich hat.«

»Die Firma läuft schlecht?«

»Ja«, bestätigt er noch einmal.

»Wie schlecht denn?«

»Ehrlich gesagt, stehe ich kurz vor der Insolvenz.«

»Oh, das wusste ich nicht.«

»Nicht mal Heike weiß das.«

»Du hast es ihr nicht erzählt?«

Er schüttelt den Kopf. »Wir haben ja so schon genug Probleme miteinander, da wollte ich sie nicht auch noch damit belasten.«

»Ihr seid doch verheiratet, über so etwas muss man doch reden!«

Oliver grinst mich schief an. »Ja, *normalerweise* müsste man das. Aber so einfach ist das eben nicht, wenn erst mal alles so verfahren ist. Dann …« Er sucht nach den richtigen Worten.

»Deshalb habt ihr euch auch von eurer Haushaltshilfe und dem Au-pair getrennt?«

»Nein, das hatte damit nichts zu tun.« Er lacht bitter auf. »Wobei auch das sicherlich irgendwann ein Grund geworden wäre. Aber Heike hat glücklicherweise den Vorschlag schon von sich aus gemacht, bevor ich ihr gestehen musste, dass das finanziell eigentlich nicht mehr drin ist.«

»Und warum wollte sie es?«

»Sie war der Meinung, dass die beiden nicht ordentlich arbeiten.«

»Stimmt das denn?«

»Nein, Quatsch, das war alles völlig in Ordnung. Heike hat nur immer genauere Vorstellungen entwickelt, was sie wie gemacht haben will. Und wenn es nicht zu hundert Prozent so umgesetzt wurde, ist sie richtig ausgeflippt – das wurde immer schlimmer.«

Ich muss an den Aufgabenzettel denken, den Oliver mir geschrieben hat. Und bekomme eine ungefähre Vorstellung davon, was er meint. »Dann ist diese übertriebene Sauberkeit also auf Heikes Mist gewachsen?«

»Ja, natürlich. Das hatte schon etwas Zwanghaftes. Wenn da mal eine Gardine schief hing, war das für sie immer gleich ein Weltuntergang.«

»Das ist doch nicht normal.«

»Stimmt, ist es nicht. Ich habe auch öfter versucht, mit Heike zu reden, und habe sie sogar schon mal gebeten, einen Therapeuten aufzusuchen.«

»Was hat sie dazu gesagt?«

»Gar nichts. Außer dass ich ja gehen kann, wenn es mir nicht passt.«

»Hm.« Dazu fällt mir nichts mehr ein.

»Also habe ich versucht, es ihr immer recht zu machen. Und ansonsten gehofft, dass diese Phase wieder vorbeigeht.«

»Ging sie aber nicht.«

»Im Gegenteil, es wurde täglich schrecklicher und die Spannungen immer größer. Irgendwann ist sie dann ins Gästezimmer gezogen, weil sie meinte, es wäre so am besten. Und an Lotta hat sie mich so gut wie gar nicht mehr rangelassen, weil sie meinte, ich würde da eh alles falsch machen. Sie ist auch ganz anders mit ihr umgegangen als mit Emma und Jakob. Als die beiden zur Welt kamen, haben wir uns zusammen um sie gekümmert, aber diesmal war alles ganz anders. Wie eine Übermutter, sobald das Baby nur einmal ›Piep‹ gemacht hat, ist Heike nahezu hysterisch geworden. Jakob ist der Einzige, der Heike noch helfen durfte. Mich hat sie vollkommen außen vor gelassen und gesagt, ich solle mich um ›meinen Mist‹ kümmern.«

»Verstehe.« Ich bin erschüttert über das, was mein Schwager mir hier gerade erzählt. Nie und nimmer wäre ich auf so eine Idee gekommen! Bisher hatte ich immer gedacht, in Flottbek wäre alles eitel Sonnenschein – dabei scheint das Gegenteil der Fall zu sein. »Ist es möglich«, spreche ich einen Gedanken laut aus, »dass Heike so etwas wie eine postnatale Depression entwickelt hat? So was soll es ja häufiger geben, und ich denke, das könnte eine Erklärung sein.«

Oliver zuckt mit den Schultern. »Kann sein, ich weiß es nicht. Aber sie hat sich ja geweigert, mit einem Fachmann zu sprechen, und ich war einfach hilflos. Die einzige Möglichkeit, die ich sah, war, es ihr immer so recht wie möglich zu machen, damit sie nicht ausflippt. Davor hatte ich schon regelrechte Angst, weil sie irgendwann für uns alle wirklich unberechenbar geworden war.« Er ringt mit den Händen. »Fest steht, dass Heike nicht glücklich ist. Irgendetwas hat ihr gefehlt, und ich bin bisher nicht darauf gekommen, was es sein könnte.«

»Hm«, mache ich noch einmal, die kleinen Rädchen in meinem Kopf laufen auf Hochtouren und setzen Stück für Stück ein Bild zusammen, das bei genauerem Hinsehen erschreckend viel Sinn ergibt. »Könnte es sein, dass Emma und Jakob unter der Situation ebenfalls leiden?«

»Klar leiden die, was denkst du denn? Kinder kriegen so etwas doch mit – die sind ja schließlich nicht blöd.«

»Aber dann liegt es doch auf der Hand …«

Oliver unterbricht mich und vollendet meinen Satz. »Dass Jakob Schulprobleme hat und Emma wieder ins Bett macht?«

»Das mit Emma weißt du?«

»Natürlich weiß ich das, ich bin doch ihr Vater! Aber auch darüber wollte Heike nicht reden, sie hat einfach vor allem die Augen verschlossen. Manchmal kam es mir vor, als sei es ihr wichtiger, dass die Blumentöpfe auf der Terrasse rechtwinklig zueinander angeordnet sind, als die Frage, wie es uns als Familie geht.« Er lacht bitter auf. »Nele, glaub mir, ich möchte wirklich gern etwas unternehmen, aber ich bin komplett ratlos. Ich weiß ja noch nicht einmal, mit wem ich über all das reden soll.«

»Äh – mit mir, zum Beispiel?«

»Mit *dir*?« Wieder lacht er. »Ganz ehrlich, Nele, du hast dich doch in den vergangenen Jahren nie sonderlich für uns interessiert. Wieso hätte ich da mit dir reden sollen? Dich haben wir doch nur alle paar Monate mal gesehen.«

»Stimmt«, gebe ich ihm recht und fühle mich dabei unglaublich mies.

»Mal ganz abgesehen davon, dass Heike mir den Kopf abgerissen hätte, wenn ich mich an dich gewandt hätte. Sie wollte das nicht, wollte nicht, dass irgendwer von unseren Schwierigkeiten weiß. Sie war der Ansicht, dass das niemanden etwas angeht. Und dass man seine Probleme schon allein in den Griff bekommen muss.«

»Klingt ganz nach Heike«, sage ich. Und mit einem Schlag kommen die Erinnerungen zurück. Die Erinnerungen an all das, was ich mit den Jahren scheinbar komplett vergessen habe. Wie es mir gelungen ist, kann ich nicht sagen, aber in diesem Moment erscheint es mir vollkommen verrückt, was man so alles verdrängen kann.

Hamburg, Mittwoch, den 26. Dezember 1984

Liebes Tagebuch,

Weihnachten war schrecklich, ganz, ganz furchtbar! Mama und Papa haben sich die ganze Zeit gestritten, die Stimmung zu Hause war grauenhaft. Heiligabend haben die beiden sich sogar so in die Wolle gekriegt, dass Papa irgendwann abgehauen ist.

Ich habe erst spät in der Nacht gehört, dass er wieder nach Hause kam und sich unten im Wohnzimmer aufs Sofa gelegt hat. Mama hat das wohl auch mitgekriegt, jedenfalls ist sie zu ihm runter, und dann haben die beiden weitergestritten.

Heike und ich waren in meinem Zimmer und haben uns nebeneinander ins Bett gekuschelt. Heike hat gesagt, dass die Hauptsache ist, dass wir zwei immer zusammenhalten. Und dass wir uns aber auch Mühe geben müssen und in nächster Zeit besonders brav sein wollen, damit sich unsere Eltern nicht noch mehr streiten. Sie hat sogar geweint und gesagt, dass sie Angst hat, dass Mama und Papa sich trennen könnten.

Ich weiß nicht, ob Heike und ich da überhaupt etwas tun können. Nur eines weiß ich: Wenn ich groß bin, will ich auf keinen Fall so leben wie unsere Eltern. Da bleibe ich lieber allein.

So, ich gehe jetzt zum Schlittschuhlaufen in »Planten un Blomen«, da treffen sich ein paar Kinder aus meiner Klasse. Vielleicht ist dieser Typ, der mit Heike in eine Klasse geht, ja auch da? Niklas heißt der, und der ist echt sooo süß! Vor zwei Wochen hab ich ihn da schon mal getroffen, und er hat mich einmal absichtlich umgefahren, glaube ich ☺

Liebe Grüße,
Nele

»Das war schon immer Heikes Strategie«, sage ich mehr zu mir selbst als zu Oliver.

»Von welcher Strategie sprichst du?«

»Wenn im Innern alles chaotisch ist, muss man halt im Äußeren alles zusammenhalten, verstehst du?«

»So ungefähr«, sagt er. Dann tritt ein Lächeln auf sein Gesicht »Jedenfalls so weit man so etwas als Mann verstehen kann. Unsere Möglichkeiten sind da ja von Natur aus eher begrenzt.«

»Das stimmt natürlich.« Ich muss lachen. Dann werde ich wieder ernst: »Ich danke dir für deine Offenheit«, sage ich. »Und ich wünschte, Heike hätte mit mir darüber geredet.«

»Das wünschte ich auch«, sagt mein Schwager leise. »Denn jetzt ...«

»Ich weiß, was du meinst.« Ich gebe mir Mühe, möglichst optimistisch zu wirken. »Aber wir sollten das auch als Chance sehen.«

»Als Chance?«

»Ja! Sobald Heike wieder gesund ist, werde ich mal ein längeres Gespräch mit ihr führen müssen. Darüber, was in den vergangenen Jahren alles schiefgelaufen ist.«

»Denkst du, das bringt etwas?«

»Da bin ich mir aber *so was* von sicher!« Dabei denke ich an das Buch von Anna Gavalda und die Stelle, die Heike unterstrichen hat. Ich habe meine Schwester noch nicht ganz verloren, es ist noch nicht zu spät. »Weißt du«, rede ich weiter, »das Verrückte ist ja, dass ich immer eifersüchtig auf Heike und ihr Leben war, das kam mir immer alles so perfekt vor. Im Vergleich dazu habe ich mich immer wie eine miese, kleine Versagerin gefühlt.«

»Wieso das denn?« Oliver sieht mich überrascht an. »Du bist doch genauso erfolgreich wie sie und hast dich nur für ein komplett anderes Lebensmodell entschieden. Und ob das nun unbedingt schlechter ist – das möchte ich angesichts der momentanen Lage bei uns doch sehr bezweifeln. Sei froh, dass du all diese Probleme nicht hast!«

»Ich hätte solche Probleme nur zu gern.«

»Wie bitte?«

»Na ja.« Ich zögere. Soll ich jetzt wirklich einen Seelenstriptease hinlegen und meinem Schwager gestehen, was schon seit langer Zeit in mir vorgeht? Ich beschließe, es zu tun, schließlich war er ja auch gerade unheimlich ehrlich zu mir. Und wie sagt man so schön? Quid pro quo! »Mein ›Lebensmodell‹, wie du es nennst, habe ich mir doch nicht wirklich freiwillig ausgesucht. Ich habe doch eigentlich immer nur versucht, etwas zu vermeiden: Kummer, Streit, Trennung. Meine wechselnden Beziehungen – von meinem kurzen Eheversuch jetzt mal abgesehen, der ja aber auch gründlich in die Hose ging – mein unstetes Leben …« Ich seufze. »In Wahrheit sehne ich mich doch nach etwas ganz anderem. Wie gern hätte ich auch eine Familie, aber das ist mir bisher eben nicht vergönnt gewesen.« Mal wieder spüre ich, wie sich in meinem Hals ein Kloß bildet. »Und wer weiß? Ich bin jetzt neununddreißig, und der Zug ist vermutlich mittlerweile längst abgefahren.«

»Wer sagt denn so was?«

»Na, ich!«, stelle ich fest. »Oder siehst du hier noch jemand anderen sitzen?«, versuche ich, ein lahmes Witzchen zu machen, was mir aber nicht wirklich gelingt. Dazu ist dieses Gespräch gerade zu ernst. Zu ernst – und zu ehrlich.

»Du hast doch aber immerhin einen neuen Freund«, wirft Oliver ein. »Dieser, wie heißt er noch?«

»Gustav.«

»Genau, Gustav. Der macht doch einen ganz netten Eindruck.«

»Hm.« Jetzt ist es an mir, mein Weinglas anzusehen, als sei es eine Glaskugel und als würde ich darin nach einer Antwort suchen. Dann seufze ich. Quid pro quo – ich sollte meinem Schwager die Wahrheit beichten. »Duhuu«, fange ich mit Kleinmädchenstimme an, weil mir der Teil *wirklich* peinlich ist.

»Ja?«

»Gustav heißt gar nicht Gustav.«

»Hä?« Oliver sieht mich irritiert an. »Nicht?«

»Nein«, bestätige ich noch einmal. »Da habe ich gelogen, weil du ihn schon kennst. Das heißt, Gustav hat gelogen, aber …«

»Sorry, ich verstehe kein einziges Wort.«

»Was ich meine, ist, dass du schon mal von ihm gehört haben wirst, und dass ich deshalb nicht wollte, dass du weißt, wer er in Wahrheit ist.«

»Nun rück schon raus damit!«, fordert Oliver mich auf. »Oder ist er der wiedergeborene Antichrist?«

»Äh, also … Heike würde das vermutlich so sehen.« Ich hole tief Luft. Und sage es dann einfach.

»Er heißt Niklas. Niklas Mesterkamp.«

»WAAAAAAAAS?« Ich bin ein wenig überrascht, dass mein Schwager so *dermaßen* außer sich gerät, Okay, ja, dass der Name gerade vor dem Hintergrund der jüngsten Ereignisse nicht gerade Begeisterungsstürme hervorruft, war mir ja klar. Aber dass Oliver nun vor mir sitzt und beinahe hyperventiliert, erstaunt mich dann doch. »Niklas Mesterkamp?«, fragt er noch einmal nach, und ich nicke. »Dieses Arschloch, mit dem ihr zusammen zur Schule gegangen seid? Und dessen Frau in der Sendung angerufen hat?«

Ich nicke unsicher. »Ja, genau der. Aber er hat sich total verändert. Und er hat sich für mich von seiner Frau getrennt«, schiebe ich schnell hinterher, bevor mein Schwager mit einem Herzinfarkt vom Sofa sinkt.

»Nele!«, ruft er aus. »Bist du denn verrückt geworden?«

»Ich sagte doch schon: Er ist jetzt *getrennt*!« Herrjeh, SO ein Drama ist das ja nun auch wieder nicht!

Oliver scheint das komplett anders zu sehen, er springt vom Sofa auf und fängt an, unruhig im Wohnzimmer auf und ab zu laufen. »Ich fasse es nicht! Ich fasse es einfach nicht!«

»Was fasst du nicht?«

»Dass du dich noch immer mit diesem Typen triffst! Hat der nicht schon mehr als genug angerichtet?«

»Ja, das mit seiner Frau war schon total dämlich«, gebe ich ihm recht. »Aber das ist halt unglücklich gelaufen, er konnte doch nicht ahnen, dass sie so etwas tut und …«

»Okay.« Oliver unterbricht mich, bleibt stehen und sieht mich nachdenklich an. »Eigentlich ist es nicht mein Job, dir das zu erzählen. Aber es muss wohl sein.«

»Was? Was muss sein?«

»Los«, er streckt mir auffordernd eine Hand entgegen. »Steh auf und komm mit!« Verdattert erhebe ich mich und lasse mich von meinem Schwager ans Händchen nehmen. Er führt mich raus in den Flur zur Treppe und geht mit mir nach oben.

»Was wird das jetzt?«, will ich wissen und bekomme ein mulmiges Gefühl im Bauch.

»Warte es ab«, sagt er über die Schulter zu mir, also tapere ich ihm weiter hinterher. Unser Weg führt uns ins Gästezimmer. Was will er denn hier?

Oliver lässt meine Hand los, geht zu dem kleinen Nachttischschränkchen neben dem Bett und öffnet das untere Turchen. Einen Moment lang sucht er etwas, dann holt er eine abgestoßene Kladde hervor. Sofort erkenne ich, was es ist: eines von Heikes Tagebüchern, dieselben habe ich auch immer benutzt. Er blättert eine Weile darin herum, dann reicht er mir das aufgeschlagene Buch, das ich aber nicht nehme.

»Was soll das?«, will ich stattdessen wissen.

»Lies das!«, fordert er mich auf.

»Ich kann da doch jetzt nicht einfach drin rumlesen!«

»Doch, kannst du!«, antwortet mein Schwager. »Mir hat sie es auch mal gezeigt, also solltest du es spätestens jetzt auch lesen dürfen. Okay, ich könnte dir auch alles erzählen. Aber es ist wohl besser, wenn du es quasi von Heike selbst erfährst.« Er setzt sich aufs Gästebett und klopft mit der flachen Hand auf die Matratze. Ich lasse mich neben ihn plumpsen. »Ich habe ihr schon so oft gesagt, dass sie dir unbedingt alles erzählen sollte. Aber sie war immer dagegen, weil sie fand, dass dich das nur unnötig verletzen und alles mittlerweile sowieso keine Rolle mehr spielen würde. Aber, meine liebe Schwägerin«, Oliver sieht mich entschlossen, ja fast kämpferisch an, »offenbar scheint ja all das doch noch immer eine Rolle zu spielen.«

Ich betrachte die aufgeschlagene Seite des Tagebuchs, und mir dämmert, was mein Schwager wohl meint. »Oliver«, sage ich und kichere erleichtert. »Meinst du, dass Heike Niklas gezwungen hat, sich von mir zu trennen, weil sie eifersüchtig war?« Ich mache eine wegwerfende Handbewegung. »Das weiß ich doch schon. Niklas hat es mir neulich erst selbst erzählt. Und ich finde das überhaupt nicht schlimm!«

»So?« Wieder mal sehe ich mich mit einer hochgezogenen Augenbraue konfrontiert. »*Das* hat er dir erzählt?«

»Ja«, bestätige ich. »Und ich finde es echt nicht dramatisch.«

Oliver legt mir das aufgeschlagene Tagebuch auf den Schoß. »Lies einfach. Dann wirst du verstehen, was ich meine.«

Hamburg, Montag, den 15. Mai 1989

Liebes Tagebuch,

das, was ich jetzt hier reinschreibe, darf Nele nie erfahren. Niemals NIE! NIE! NIE!

Niklas Mesterkamp ist so ein unfassbares Arschloch! Wir waren letzte Woche auf Klassenfahrt. In einer Jugendherberge im Harz, haben uns die Grenze angesehen und so, war ganz spannend und interessant. Jedenfalls haben wir am ersten Abend eine kleine Party gemacht, im Aufenthaltsraum haben wir Musik gehört und ein bisschen mitgeschmuggelten Sekt getrunken. Die Lehrer haben davon nichts mitgekriegt, die haben irgendwo Karten gespielt und uns einfach machen lassen.

Irgendwann war mir von dem Sekt ein bisschen schummrig, ich bin so was ja nicht gewöhnt. Also bin ich kurz rausgegangen, um ein bisschen frische Luft zu schnappen. Ich stand eine Weile draußen, als Niklas auf einmal auftauchte. Hat sich zu mir gestellt und irgendeinen Unsinn geredet, was mich in dem Moment ziemlich genervt hat, weil ich lieber allein sein wollte.

Und dann, total überraschend, hat er mich auf einmal an sich gezogen und geküsst. Einfach so! Ich war echt von den Socken und wusste gar nicht, wie ich reagieren soll.

Trotzdem – und dafür schäme ich mich TOTAL! – war es irgendwie schön. Aber nur ganz kurz, ich schwöre, dann habe ich ihn weggeschubst und ihn gefragt, was das eigentlich soll, und dass er doch mit meiner Schwester zusammen ist. Da hat Niklas gelacht und mir gesagt, dass Nele doch nur ein kleines Kind ist und er mich viel besser findet. Überhaupt hat er noch ein paar richtig gemeine Sachen über Nele gesagt, und da bin ich echt wütend geworden. Was denkt der denn? Dass ich mich freue und meine Schwester einfach so in die Pfanne haue?

Er hat dann noch einmal versucht, mich zu küssen, da habe ich ihm dann eine runtergehauen, und er hat mich als »blöde Kuh« beschimpft.

In der Nacht konnte ich überhaupt nicht schlafen. Ich habe mich geschämt und geweint und an Nele gedacht. Und daran, dass sie doch so verliebt in Niklas ist und dass es ihr das Herz brechen würde, wenn ich ihr das erzähle. Bestimmt wäre sie auch sauer auf mich, weil ich ihn immerhin geküsst habe. Aber ich wollte das nicht, ich wollte das wirklich nicht! Ob sie mir das jemals glauben würde, weiß ich nicht. Wahrscheinlich nicht, bestimmt wäre sie echt total wütend auf mich. Für immer.

Am nächsten Tag bin ich dann zu Niklas gegangen und habe ihn zur Rede gestellt. Ich habe ihm gesagt, dass er sofort mit Nele Schluss machen soll, weil ich sonst nämlich den Lehrern erzähle, dass ich weiß, dass er und sein Kumpel Dennis heimlich kiffen. Das wissen eigentlich alle in der Klasse, aber bisher ging mich das ja nichts an. Aber jetzt konnte ich es natürlich gut gebrauchen. Niklas hat wieder nur überheblich gelacht und gesagt, dass er die »kleine Kröte« eh schon lange in den Wind schießen wollte.

Heute hat er das dann tatsächlich gemacht. In der großen Pause, ich hab die beiden gesehen. Und als Nele zu heulen anfing und Niklas sie einfach stehen ließ, wusste ich natürlich, was passiert war. Ich bin dann sofort zu ihr hin, habe sie in den Arm genommen und versucht, sie zu trösten. Dabei habe ich mich SO MIES gefühlt! Aber was hätte ich denn tun sollen? Ich hatte doch gar keine andere Wahl!

Jetzt gerade weint Nele auch schon wieder. Ich kann sie bis in mein Zimmer hören. Am liebsten würde ich jetzt zur ihr rübergehen und sie wieder in den Arm nehmen. Vielleicht mache ich das auch gleich.

Bitte, liebes Tagebuch, das hier darf Nele wirklich nie erfahren. NIE, NIE, NIE!

Heike

Fassungslos starre ich auf den handschriftlichen Eintrag, den ich soeben gelesen habe. Das kann doch wohl nicht wahr sein! So viele Jahre ist das her – und ich erfahre erst jetzt die Wahrheit?

»Alles gut?«, will mein Schwager vorsichtig wissen.

Ich nicke und fühle mich dabei wie benommen. »Wie man's nimmt«, sage ich. »Überraschend ist es auf jeden Fall.« Irgendwie ist mir gerade ein bisschen übel.

»Als du mir eben erzählt hast, dass du wieder mit diesem Arschloch zusammen bist, *musste* ich dir das hier einfach zeigen«, erklärt Oliver sich. »Heike und ich haben schon so oft darüber geredet und darüber, ob sie dir all das mal erzählen soll oder nicht. Aber sie war immer der Meinung, dass die Geschichte mittlerweile verjährt ist.«

»Hm, ja, das kann ich verstehen. Trotzdem ist es gut, das zu wissen.«

»Tut mir leid«, sagt Oliver. »Aber dein Niklas scheint wirklich ein abgebrühter Typ zu sein.«

»Scheint so.«

Ich denke zurück. Was wollte er eigentlich von mir, als ich ihn vor ein paar Monaten so überraschend wiedergetroffen habe? Die Antwort ist, ehrlich gesagt, nicht gerade schmeichelhaft: Mit meinem Verdacht, dass er nur eine bequeme »Ausstiegshilfe« gesucht hat, lag ich offenbar gar nicht mal so daneben. Es schüttelt mich. Ist es denkbar, dass Niklas sich überlegt hat, dass ich mittlerweile eine erfolgreiche Frau bin, an deren Seite er es sich bequem machen kann?

Mir fällt ein, dass er hin und wieder erwähnt hat, wie schlecht seine Werbeagentur läuft. Und sein ständiges Rumreiten darauf, dass es mir ja ziemlich gut geht. Hm, ja, keine schöne Erkenntnis. Aber ich muss der Wahrheit wohl ins Auge blicken: Niklas Mesterkamp ging es gar nicht um mich. Ich habe ihm nur gut ins Konzept gepasst. *Hurra!*

»Ich frage mich«, sinniere ich weiter, »wie Niklas so dreist lügen konnte. Ihm muss doch klar sein, dass ich mit Heike rede, sobald sie wieder wach ist. Und dass spätestens dann alles auffliegt.«

Oliver sieht mich mit einem Blick an, der mich augenblicklich frösteln lässt. Tränen steigen ihm in die Augen, und ich weiß, was er gerade denkt. »Vielleicht hat er ja gedacht …«, er schluckt, »oder am Ende sogar gehofft …«

»Schsch!«, unterbreche ich ihn und lege mir einen Zeigefinger an die Lippen. Und dann sage ich: »Entschuldigst du mich für den restlichen Abend? Ich muss da mal kurz was erledigen.«

Oliver nickt. »Ja, natürlich.«

18. Kapitel

Als ich Niklas eine halbe Stunde später vor meiner Wohnung treffe, strahlt er mich an, als stünde eine große Weihnachtsbescherung bevor. Eine *richtig* große. Ich habe ihn angerufen und ihm gesagt, dass ich noch einmal über den Vorschlag nachgedacht habe, dass er bei mir einzieht. Und dass ich ihm noch heute Abend meinen Schlüssel geben möchte, weil ich die Idee eigentlich inzwischen doch ganz schön finde. Jetzt steht er vor meinem Haus, zwei große Koffer zu seinen Füßen.

»Hey, meine Süße!«, begrüßt er mich, zieht mich an sich und küsst mich. Mir ist zwar *so gar nicht* danach, aber ich weiß ja, dass ich heute sogar noch ein kleines bisschen weiter gehen muss … (*Wat mutt, dat mutt!,* wie man in Hamburg sagt.) »Ich habe mich echt über deinen Anruf gefreut! Und dass es okay ist, wenn ich jetzt erst einmal bei dir wohne, finde ich natürlich auch klasse.« Er zwinkert mir zu und zwickt mir dabei in den Po.

»Ja«, erwidere ich und unterdrücke einen kleinen Schmerzensschrei. »Ist ja auch wirklich Blödsinn, wenn du noch länger bei deinem Kumpel bleibst. Wenn wir in Zukunft unsere Zeit miteinander verbringen wollen, dann kannst du ja echt auch *gleich* bei mir einziehen.«

»Das wird toll!«, sagt er, beugt sich noch einmal zu mir und gibt mir einen weiteren Kuss. *(Watt mutt, datt …)*

»Dann lass uns hochgehen.« Ich werfe ihm einen verführerischen Blick zu. »Ich hab heute Abend frei.«

»Nur zu gern!«, erwidert er und sieht dabei absolut begeistert aus.

Ich schließe die Tür auf und betrete das Haus, Niklas kommt mir mit seinen Koffern nach. Auf der Treppe begegnet uns Frau Gärtner, die mir verschwörerisch zunickt und dabei breit lächelt. Ich habe sie vorhin angerufen, ihr die ganze Wahrheit erzählt und sie in meinen Plan eingeweiht. Sie war sofort Feuer und Flamme. *Für so etwas* ist meine sensationsgierige Nachbarin immer zu haben!

Als wir in meiner Wohnung sind, schließen wir hinter uns die Tür, Niklas stellt seine Koffer ab, und sofort fangen wir an, uns leidenschaftlich zu küssen. *(Wat mutt, …)* Niklas' Hände sind plötzlich überall, und ich muss aufpassen, dass mir die Sache nicht aus dem Ruder läuft.

Ich schiebe ihn langsam, aber bestimmt von mir weg und bedenke ihn mit einem – wie ich hoffe – verführerischen Augenaufschlag. »Springst du schnell unter die Dusche?«, frage ich ihn. »Ich komme dann gleich nach.«

»Klar.« In seinen Augen blitzt die pure Vorfreude auf, und er fängt auf der Stelle an, sich vor mir auszuziehen *(Watt …)*. »Aber auch wirklich ganz schnell nachkommen, ok?«, fragt er.

»Natürlich.« Ich nicke. »Ein frisches Handtuch hängt neben der Dusche an der Heizung.«

Niklas wirft mir einen letzten lüsternen Blick zu, dann verschwindet er im Bad.

Ich hingegen schnappe mir die Klamotten, die er gerade ausgezogen hat, gehe zum Wohnzimmerfenster, öffne es – und schmeiße die Sachen in hohem Bogen runter auf die Straße. Dasselbe mache ich mit dem Inhalt seiner Koffer, bevor ich die leeren Gepäckstücke vor meiner Wohnungstür ins Treppenhaus stelle. Dann klingele ich bei Frau Gärtner, die sofort öffnet.

»Jetzt?«, will sie wissen, dabei hibbelt sie vor lauter Aufregung auf den Fußballen auf und ab.

»Ja, jetzt!«

»Okay!« Sie kichert und wird ein kleines bisschen rot. »So etwas habe ich noch nie gemacht.«

»Es gibt für alles ein erstes Mal.« Dann senke ich die Stimme. »Ich übrigens auch noch nie. Aber nachdem ich es schon ein paar Male in Filmen gesehen habe, wollte ich es unbedingt auch mal ausprobieren!« Wir kichern beide wie zwei Teenager, die sich ein Geheimnis erzählen. Und ich freue mich wirklich *sehr*, dass Frau Gärtner und ich jetzt wieder ganz dicke sind.

»Also gut«, sagt sie und nickt energisch. »Ich bin bereit!«

Ich gehe zurück in meine Wohnung *(Wohnungstür auf, Wohnungstür zu – und dabei immer schön leise sein!)* und verstecke mich hinter der Kommode im Flur. Dreißig Sekunden später läutet es bei mir Sturm.

Ich höre, wie im Bad das Wasser abgedreht wird. »Nele?«, ruft Niklas. »Da klingelt jemand!« Ich antworte nicht, sondern konzentriere mich darauf, nicht in Gelächter auszubrechen. Frau Gärtner klingelt unterdessen heftig weiter. »NELE?! Wo bist du denn? ES KLINGELT!« Wieder gebe ich keinen Mucks von mir. Frau Gärtner bearbeitet den Klingelknopf mittlerweile so heftig, dass ich befürchte, er könnte kaputtgehen. Dann fängt sie auch noch an, laut gegen die Tür zu klopfen und nach mir zu rufen. »NELE!!«, kommt es wieder von Niklas. Dann höre ich ihn fluchen und rumoren. Als Nächstes erklingen seine tapsenden nackten Füße.

Ich luge hinter meinem Versteck hervor, Niklas steht im Flur, ein Handtuch um die Hüften geschlungen. Er geht zur Wohnungstür und öffnet sie.

»Was ...?« In diesem Moment springe ich hinter der Kommode hervor, bin blitzschnell bei Niklas, reiße ihm das Handtuch weg, schubse ihn in den Hausflur und knalle die Tür hinter ihm zu. Das Letzte, was ich noch sehe, ist sein entsetztes Gesicht, als er sich zu mir umdreht – und das breite Grinsen von Frau Gärtner, die ihn durchaus wohlwollend von oben bis unten mustert.

»DAS IST FÜR DIE KLASSENFAHRT IN DEN HARZ! UND FÜR HEIKE, DU ARSCH!«, brülle ich durch die geschlossene Tür. Und dann kann ich mich vor Lachen nicht mehr halten.

»Nele!«, höre ich Niklas draußen schreien und gegen die Tür bollern. »NELE!! Du verfluchtes Miststück, MACH SOFORT AUF!!!«

Pfeifend gehe ich in die Küche, schnappe mir eine Flasche Weißwein aus dem Kühlschrank und gieße mir ein Glas ein. Dann setze ich mich im Wohnzimmer aufs Sofa und drehe die Musik so laut auf, bis ich Niklas' Fluchen und Klopfen nicht mehr höre. *Das* geschieht ihm recht! Wer versucht, sich zwischen Nele Krüger und Heike Bachmann zu stellen, der hat – auch, wenn es manchmal etwas dauert – schon verloren!

Eine halbe Stunde später traue ich mich wieder raus ins Treppenhaus. Niklas ist verschwunden, und auch seine leeren Koffer sind weg. Ich würde sofort einen größeren Geldbetrag wetten, dass er gerade mit seinen Siebensachen auf dem Weg zu Annette ist, um ihr unter Tränen zu erklären, dass das alles ein »ganz großes Missverständnis« war. Hoffentlich nimmt sie ihn wieder auf. Die Strafe einer unglücklichen Ehe hat dieser miese Kerl ja nun wirklich verdient!

Ich klingele noch schnell bei Frau Gärtner, um mich für ihre Hilfe zu bedanken. Meine Nachbarin kichert noch immer vor sich hin und nimmt meine Einladung, sie in den nächsten Tagen mal zum Essen auszuführen, erfreut an.

Um kurz nach zehn trudele ich wieder in Flottbek ein. Als ich aufschließe, erwartet Oliver mich bereits im Flur, die kleine Lotta schlafend auf dem Arm.

»Und?«, fragt er mit gespanntem Blick. »Wie ist es gelaufen?«

»Mission erledigt«, teile ich ihm mit. »Niklas Mesterkamp bin ich endgültig los, würde ich sagen.«

»Sehr gut!« Er grinst mich an. »Hier haben sich in der Zwischenzeit übrigens auch sensationelle Dinge ereignet.«

»Ja? Was denn?«

Er deutet auf die schlafende Lotta. »Ich habe sie soeben selbst gewickelt – ganz allein, ohne jede Hilfe. Und dabei erfreut festgestellt, dass ich es tatsächlich noch kann!«

»Prima!«, lobe ich ihn. Ich ziehe meine Jacke aus und lasse sie einfach da fallen, wo ich gerade stehe. Mitten auf den Marmorboden im Flur. Oliver sieht mich irritiert an. »Liegen lassen«, verlange ich in gespieltem Befehlston.

Einen kurzen Moment lang wirkt er verstört, aber dann lächelt er. »Aye, aye, Sir!« Er salutiert mit seiner freien Hand.

»Und jetzt«, ich muss gähnen, »gehe ich ins Bett und penne mich mal ordentlich aus.«

»Äh«, mein Schwager deutet mit seinem Kinn auf Lotta.

»Heute übernimmst du die Nachtschicht«, stelle ich fest. »Hast ja eben selbst gesagt, dass Wickeln kein Problem mehr ist.« Ich gehe zu ihm, beuge mich zur schlafenden Lotta und hauche ihr ein Küsschen auf die Wange. Dann stelle ich mich auf die Zehenspitzen und gebe meinem Schwager auch ein Küsschen. »Und noch ein Tipp«, flüstere ich ihm ins Ohr. »Wenn sie aufwacht, versuch zuerst, ihr einfach nur den Schnuller wieder reinzustecken – dann schläft sie vielleicht auch ohne Fläschchen gleich wieder ein.«

»Äh«, wiederholt Oliver noch einmal, »glaubst du denn …?«

»Ja«, unterbreche ich ihn und tätschele ihm die Schulter. »Du machst das schon.«

Mit diesen Worten schlurfe ich die Treppe hoch, gehe ins Gästezimmer und lasse mich aufs Bett fallen. Ich will jetzt einfach nur noch schlafen. So zwei bis drei Tage.

»Nele! Neeeeele?!«

Hatte ich in der vergangenen Woche gedacht, es sei anstrengend, sich um eine Familie mit drei Kindern zu kümmern? Falsch gedacht! Anstrengend ist es, sich um eine Familie mit drei Kindern zu kümmern *und* um eine Mutter, die mit gebrochenem Bein auf dem Sofa rumliegt und wegen jeder Kleinigkeit nach Aufmerksamkeit verlangt.

Acht Tage sind seit dem legendären Abgang des Niklas M. vergangen, und die Lage in Flottbek hat sich tatsächlich einigermaßen normalisiert. Oliver und ich kriegen den Alltag mittlerweile erstaunlich gut gemeinsam gewuppt. Nicht zuletzt, weil in Sachen Haushalt wieder eine gewisse *Laisser-faire*-Haltung eingekehrt ist. Man kann hier jetzt zwar nicht mehr vom Teppichboden essen – aber dafür entspannt leben! Und da mein Schwager und ich uns bei Lottas Nachtschicht inzwischen abwechseln und sie von Mal zu Mal besser schläft, gucke ich morgens auch endlich wieder halbwegs entspannt aus der Wäsche.

Emma wird täglich zutraulicher. Wir spielen und basteln viel miteinander, und vorgestern Morgen, als ihr Bettchen mal wieder nass war, hat sie mir sogar anvertraut, dass sie gepiescht hat. »Das passiert manchmal einfach so, ich merke das gar nicht«, hat sie gejammert. Ich habe ihr versprochen, dass ihr Papa und ich ihr helfen werden, damit das bald aufhört – und sie sich bis dahin überhaupt nicht schämen muss, wenn sie nachts erst einmal wieder eine Windel trägt. Den Rat habe ich von Nina Sobotta bekommen, die ihre Schwester gefragt hat und die meinte, das würde der Kleinen auf jeden Fall erst einmal den Druck nehmen. Es sei sogar gut möglich, dass Emma so ganz von allein wieder aufhört.

Jakobs Schuldirektor hat von einer schriftlichen Ermahnung abgesehen, nachdem ich ihn in einem weiteren Gespräch davon überzeugen konnte, dass Konstantin Dannwitz im vorliegenden Fall ja wohl kaum als Kronzeuge akzeptiert werden könne. Ich glaube, er war unterm Strich froh über diese kleine Entscheidungshilfe. Diese Kuh haben wir also auch vom Eis. Nicht, dass Jakob es mir irgendwie danken würde. Der Junge ist immer noch bockig und übellaunig, und der Einzige, zu dem er eine innige Verbindung hat, ist Mister iPhone.

Ich lasse ihn und dränge ihm kein Gespräch auf, weil ich davon ausgehe, dass er mit den Spannungen, denen er in den vergangenen Monaten zu Hause ausgesetzt war, der Tatsache, dass seine Mutter noch immer im Wachkoma liegt, und seinem ersten Liebeskummer genug zu kämpfen hat (Matthias Rudolph und ich sind mittlerweile davon überzeugt, dass hier der Hase im Pfeffer liegt, denn als ich Lauras Vater neulich mittags vor der Schule traf, erzählte er mir, dass seine Tochter nun tatsächlich einen Freund habe – leider ist dies aber nicht *mein* Jakob).

Der allergrößte Wermutstropfen bleibt also die Tatsache, dass Heike noch immer nicht wieder bei Bewusstsein ist und uns keiner sagen kann, wie lange es noch dauern wird, bis sie aufwacht. Und ob überhaupt. Und wenn ja, in welchem Zustand.

»Neeeeele!«, erklingt Mamas Stimme erneut.

»Jahaaa, was denn?«, rufe ich zurück und verdrehe entnervt die Augen. Ich sitze mit Caro bei einer Tasse Tee in der Küche und versuche, mit meiner besten Freundin einen Plausch zu halten. Was sich allerdings extrem schwierig gestaltet, weil ich keine zwei Sätze vollenden kann, ohne dass Mama zwischendurch nach mir schreit.

»Kommst du bitte noch einmal?«, ruft sie zurück.

Seufzend erhebe ich mich. »Moment«, sage ich zu Caro und gehe rüber ins Wohnzimmer. »Was gibt's denn diesmal?«, will ich von meiner Mutter wissen, die mit einer Decke auf dem Sofa liegt und den aufgezeichneten »Tatort« vom letzten Sonntag guckt.

»Mir ist das Kissen hinterm Rücken verrutscht«, sagt sie und beugt sich ein Stück nach vorn. »Könntest du mal eben?«

»Klar.« Ich gehe zu ihr und rücke das Kissen zurecht. »Sonst noch was?«

Sie schüttelt den Kopf.

»Ganz sicher?«, frage ich nach. »Ich würde nämlich wirklich gern mal einen Moment mit Caro quatschen, ohne alle zwei Minuten nach dir sehen zu müssen.«

»Ach, Kind«, gibt sie etwas jammerig zurück, »es tut

mir leid, dass ich dir hier jetzt auch noch zur Last falle. Aber was soll ich machen?«

»Ist schon gut«, antworte ich und gehe zurück in die Küche. In Wahrheit allerdings denke ich: *Was du machen könntest? Nun, du hättest dem Rat der Ärzte folgen und noch länger im Krankenhaus bleiben können, statt dich vor drei Tagen auf eigenen Wunsch und eigenes Risiko selbst zu entlassen. DAS hättest du tun können!*

Aber natürlich sage ich das nicht – obwohl meine Nerven zwischendurch *wirklich* überstrapaziert sind und ich mich fühle wie eine Krankenschwester mit Burn-out-Syndrom. Denn ich kann Mama ja auch verstehen, wer ist schon gern in einer Klinik? Auf der anderen Seite ist es natürlich auch für Oliver extrem anstrengend, Mama und ihren Rollstuhl nun Tag für Tag in den Multivan zu bugsieren, damit sie zusammen mit uns Heike besuchen kann. Zumal er im Moment beruflich sehr viel Stress hat. Sein Architekturbüro bewirbt sich gerade für ein sehr großes Bauprojekt, und er und Nina arbeiten quasi Tag und Nacht an den Unterlagen. Die Hoffnung, dass sie den Auftrag kriegen, ist groß, denn damit wäre Olivers Firma erst einmal gerettet.

»Du Arme«, stellte Caro fest, als ich wieder in die Küche komme und mich auf meinen Stuhl sinken lasse. »Deine Mutter lässt dir ja wirklich überhaupt keine Ruhe.«

»Geht schon«, erwidere ich. »Ist für sie ja auch nicht schön.«

»Natürlich nicht«, gibt Caro mir recht. »Aber dass sie sich unbedingt selbst entlassen musste ...«

Ich zucke mit den Schultern. »Mama halt. Ein Dickkopf vor dem Herren.«

Caro lacht. »Immerhin das hast du von ihr!«

»Mag sein.« Ich zucke mit den Schultern und nehme

einen Schluck von meinem Tee. »Jedenfalls bin ich froh, wenn irgendwann alles wieder so ist, wie es vor Kurzem noch war.«

»Alles?«, hakt Caro nach und bedenkt mich mit einem leicht spöttischen Blick.

»Nein, natürlich nicht alles«, sage ich. »Ich hoffe nur ...«

»Ja?«

»Ich hoffe«, sage ich und merke, dass meine Stimme mal wieder leicht zittert und zu kippen droht, »dass ich noch die Chance kriege, mit Heike komplett ins Reine zu kommen.«

»Hm«, Caro nickt nachdenklich. »Das hoffe ich auch!« Ich wünschte, sie würde sagen, dass das ganz bestimmt so sein wird. So, wie mir sonst ja auch immer alle Mut zusprechen. Aber so ist Caro eben nicht – sie ist durch und durch Realistin und weiß, dass es auch immer anders kommen kann. Normalerweise mag ich sie ja genau wegen dieser Gradlinigkeit. Aber genau jetzt hätte ich gern einfach nur mehr Hoffnung, ob berechtigt oder nicht. Wieder einmal schießen mir die Tränen in die Augen. Als würde Caro spüren, dass ich das im Moment brauche, nimmt sie auf einmal meine Hand und drückt sie. »Jetzt mal was ganz anderes«, wechselt meine Freundin dann das Thema. »Wie geht es denn eigentlich *mit dir* weiter?«

»Mit mir? Was meinst du?«

»Na ja«, sie nimmt noch einen Schluck von ihrem Tee, »ist ja schön und gut, dass du kurz davor bist, zur Mutter Teresa von Flottbek ernannt zu werden – aber um dich selbst solltest du dir langsam auch mal wieder ein paar Gedanken machen.«

»In welcher Hinsicht?«

»Sanne Gold, zum Beispiel? Ich weiß zwar nicht, wie

viel Geld du noch auf deinem Konto hast, aber ich schätze, die Rente hast du noch nicht durch. Und wenn es mit euren Romanen nicht weitergeht, solltest du dir langsam mal einen Plan B überlegen.«

»Ja«, gebe ich ihr recht. »Das muss ich wohl. Nur das, was Wolfgang Steier und Dieter Peters sich da ausgedacht haben – das kommt auf gar keinen Fall in die Tüte!«

»Schon klar«, lacht Caro. Natürlich habe ich es mir nicht nehmen lassen, ihr die »Krebs, Krieg und Behinderung«-Geschichte zu erzählen. »*Das* bestimmt nicht. *Die* Idee war ja total behämmert. Aber: Was stattdessen?«

»Ich weiß es nicht. Und wenn ich ehrlich bin, *will* ich es im Moment auch gar nicht wissen.«

»Wieso denn?«

»Tja«, ich suche nach den richtigen Worten. »Jetzt darüber nachzudenken, wie es mit mir beruflich weitergeht und ob ich Sanne Gold wirklich komplett an den Nagel hängen sollte … Das wäre … das ist …«

»Ein kleines bisschen wie Verrat?«, fragt Caro nach und wirft mir einen mitfühlenden Blick zu.

»Ja, irgendwie schon«, gebe ich zu. »Wenn ich jetzt etwas ohne Heike entscheide, während sie selbst komplett hilflos ist – ja, das fühlt sich tatsächlich an wie Verrat.«

Caro nickt, greift nach meiner Hand und drückt sie. »Das verstehe ich, Süße! Und trotzdem wirst du irgendwann nicht drum herumkommen, dich wieder um deine eigene Zukunft zu kümmern. Du kannst dein Leben nicht komplett darauf ausrichten, ob Heike wieder aufwacht oder nicht. Irgendwann muss es weitergehen.«

»Hm.« Tropf – eine Träne landet mitten in meiner Teetasse. Ja, ich heule tatsächlich schon wieder. Weil ich weiß, dass Caro recht hat. Ich werde mich nicht ewig in Flottbek verkriechen können. Okay, bisher sind es nur zehn Tage. Aber: Wer weiß, wie lange es noch dauern wird?

»Neeeeele!« Diesmal bin ich fast froh, dass Mama nach mir ruft, denn so kann ich mich aus dieser beklemmenden Situation befreien.

»Bin unterwegs!«, rufe ich, wische mir die Tränen ab und stehe auf. »Was gibt's?«, frage ich, als ins Wohnzimmer komme.

»Könntest du bitte mal das Programm für mich umschalten? Im Dritten läuft gleich eine Dokumentation, die ich sehen möchte.«

»Funktioniert die Fernbedienung denn nicht?«, frage ich und zeige auf den kleinen schwarzen Kasten, der direkt vor ihr liegt.

»Äh, doch«, erwidert sie und lächelt schief. »Tut mir leid, hab ich gar nicht dran gedacht. Im Krankenhaus war das Teil kaputt.«

»Okay«, sage ich und will wieder zurück in die Küche. Mannomann, wie im Kindergarten ist das hier!

Draußen im Flur erklingt Gelächter. Oliver und – der Stimme nach – Nina, die offenbar ziemlich gut gelaunt nach Hause kommen. Ich gehe raus, um sie zu begrüßen.

»Hallo, Nele!«

»Hi, ihr beiden!«, antworte ich. Wie die zwei da so vor mir stehen, beide lachend und offensichtlich bester Dinge, versetzt es mir einen kleinen Stich. Toll, dass mein Schwager und seine Assistentin so fröhlich sind, während ich schon wieder mit den Tränen und der Versorgung meiner Mutter kämpfe … Nein, ich will nicht ungerecht sein. Schließlich hat auch Oliver es zurzeit alles andere als leicht. Da sollte ich ihm ruhig mal einen unbeschwerten Moment gönnen. »Seid ihr mit der Bewerbung gut vorangekommen?«, frage ich besonders freundlich nach, denn ich weiß, dass morgen früh Abgabe ist.

»Ja«, antwortet Nina. »Sieht ganz gut aus. Wir kriegen das wohl alles noch irgendwie hin.«

»Freut mich!«

»Ein paar Kleinigkeiten fehlen allerdings noch«, erklärt Oliver. »Wir hatten aber keine Lust mehr, im Büro zu sitzen, und haben deshalb beschlossen, für die Spätschicht noch um die Ecke was essen zu gehen. Außerdem muss ich noch ein paar Unterlagen holen, die ich hier zu Hause habe.«

»Spätschicht?«, frage ich nach.

»Ja«, Oliver wirft einen Blick auf seine Armbanduhr, »jetzt ist es gleich sieben ... Schätze, bis Mitternacht wird es wohl noch dauern.« Er sieht mich entschuldigend an. »Ist es okay für dich, wenn du dich heute noch mal allein um die Kinder kümmerst?«

»Klar«, antworte ich. Was soll ich sonst auch sagen? So richtig begeistert bin ich nicht, weil ich schon die letzten zwei Abende und Nächte allein »Dienst« hatte und auch mal wieder Lust auf einen entspannten Plausch mit Caro hätte – aber andererseits geht Oliver ja nicht auf Kneipentour, sondern muss eine wichtige Sache erledigen. Und es ist ja auch nur noch heute.

»Prima!« Er wendet sich an Nina. »Ich hol nur kurz die Unterlagen, und dann können wir wieder los. Liegen oben auf meinem Nachttisch, dauert nur 'ne Minute.«

»Alles klar.« Während meine Schwager die Treppe nach oben sprintet, bleibe ich mit Nina zurück.

»Bei dir auch alles gut?«, fragt sie und mustert mich eingehend.

»Wie man's nimmt«, sage ich.

»Wie läuft es mit Emma?«

»Ganz gut so weit«, erkläre ich. »Danke noch mal für die Tipps von deiner Schwester.«

»Immer wieder gern!«

Aus der oberen Etage ertönt Lärm, Jakob schreit: »Das geht dich gar nichts an!« Dann knallt eine Tür. Gleich darauf höre ich Oliver brüllen: »WAS SOLL DAS, JAKOB?« Dann erklingt ein Rappeln, als würde jemand an einer Türklinke rütteln. »Mach sofort auf!« Dann Schweigen. Oh Mann – was ist denn da bloß schon wieder los?

Nina und ich sehen uns fragend an. Caro kommt aus der Küche dazu. »Was ist das für ein Lärm?«, will sie wissen.

Gleichzeitig ruft Mama aus dem Wohnzimmer: »Nele?«

»Schätze, Oliver und Jakob haben sich mal wieder in der Wolle«, sage ich. Dann rufe ich Richtung Wohnzimmer: »Ich komme gleich, Mama!«

In der Zwischenzeit kommt Oliver die Treppe runtergestapft, von seiner eben noch vorhandenen Fröhlichkeit ist nichts mehr zu merken, seine Miene ist düster.

»Was ist los?«, will Nina von ihm wissen.

»Ach«, er ringt mit den Händen, während er die letzten zwei Stufen nimmt. »Jakob macht mich noch ganz wahnsinnig«, beschwert er sich.

»Wieso?«, frage ich nach.

»Ich wollte nur kurz nach ihm sehen und bin in sein Zimmer gegangen«, erklärt mein Schwager. »Er lag mal wieder mit Kopfhörern auf seinem Bett. Ich hab sie ihm runtergezogen und gefragt, ob er eigentlich schon mit seinen Hausaufgaben fertig ist. Und wisst ihr, was er da zu mir gesagt hat?« Oliver schnaubt vor Empörung. »Dass ich ihn mal am Arsch lecken soll und mich das gar nichts angeht!« Er schüttelt den Kopf. »Ich weiß einfach nicht mehr, was ich noch mit ihm machen soll! Das geht doch so nicht weiter!«

»Hm«, sage ich. Nina und Caro schließen sich mir an.

»Ich weiß ja«, seufzt Oliver, »dass die letzten Monate für ihn sehr schwierig waren. Dazu noch die Pubertät und alles ... Heikes Unfall ... Trotzdem bin ich mit meinem Latein langsam wirklich am Ende. Wenn er sich nicht bald wieder fängt ...«

»Pass auf«, sage ich. »Heute kannst du da sowieso nichts mehr machen. Ich schlage vor, du und Nina, ihr geht jetzt mal los und macht die Bewerbung fertig – das ist jetzt das Wichtigste. Ich werde nachher versuchen, mit Jakob zu reden. Und ihm anbieten, ihm bei seinem Hausaufgaben zu helfen, okay?«

Oliver zögert einen Moment, doch dann sieht er mich dankbar an. »Das wäre echt toll«, sagt er. »Ich fühle mich ganz schlecht, dass ich jetzt nicht hierbleiben kann, aber ...«

»Der Job geht eben vor«, stelle ich fest, und Nina nickt.

Oliver tauscht noch schnell seine leichte Jacke gegen einen wärmeren Mantel, dann verabschieden die beiden sich von Caro und mir. Oliver verspricht noch, so schnell wie möglich zurückzukommen. Dann sind sie aus der Tür.

»Komm«, sage ich zu Caro. »Lass uns wieder in die Küche gehen. Ich glaube, ich brauch jetzt erst mal kurz was Stärkeres als Tee.«

»Abgemacht«, antwortet sie.

»Nele!«, ruft meine Mutter erneut, »ich dreh hier noch gleich durch!«

»Geh schon mal vor«, sage ich zu meiner Freundin. »Ich komme sofort nach.« Caro verzieht sich Richtung Küche, ich gehe rüber ins Wohnzimmer.

Als ich mich im Flur noch einmal umdrehe, sehe ich Jakob oben an der Treppe stehen. Er schaut runter in den Flur. Und er sieht dabei verdammt wütend aus.

»Jakob?«, rufe ich zu ihm hoch. Aber er dreht sich wortlos um und verschwindet in seinem Zimmer. Ich höre, wie er die Tür zuknallt und den Schlüssel im Schloss umdreht. Na, das kann ja später noch ein schönes Tanten-Neffen-Gespräch werden!

»Also, Süße, ruf mich nachher noch mal an, okay?«, sagt Caro, als ich sie sich um kurz vor neun verabschiede. In der Zwischenzeit hat sie mir geholfen, Emma und Lotta bettfertig zu machen. Jakob ist natürlich nicht mehr aus seinem Zimmer gekommen. Ich habe noch dreimal geklopft, es dann aber aufgegeben. Später werde ich es noch einmal versuchen. Irgendwann muss der Junge ja mal Hunger bekommen.

»Ja«, sage ich, »ich melde mich, wenn's nicht zu spät wird.«

Nachdem Caro weg ist, geselle ich mich mit meinem Weinglas noch ein bisschen zu Mama und gucke zusammen mit ihr fern. Irgendein Polizeiruf Sowienoch, bei dem sie nach zehn Minuten einschläft. Kein Wunder, das Ding ist entsetzlich langweilig, ein regelrechtes Schlafmittel! Allerdings bin ich ganz froh, dass Mama so selig wegdöst, denn zum einen heißt das, dass sie sich nicht länger über Jakob aufregen kann (der erneute Streit zwischen Oliver und ihrem Enkel bereitet ihr natürlich auch Kopfzerbrechen), zum anderen bedeutet es für mich: Feierabend!

Allerdings nicht, bevor ich nicht noch einmal versucht habe, ein vernünftiges Wort mit meinem Neffen zu reden. Ich stehe auf und gehe wieder nach oben zu den Schlafzimmern. Unterwegs schnappe ich mir aus der Küche noch einen Teller mit kalter Pizza., die wir uns vorhin haben liefern lassen. Salami-Mozzarella, die mag Jakob besonders gern. Vielleicht hilft's ja.

»Jakob?« Sachte klopfe ich an seine Tür. »Kann ich reinkommen? Ich hab Pizza dabei.« Keine Antwort, also noch einmal etwas lauter. »Jakob? Kann ich bitte reinkommen?« Nichts. Vielleicht hat er wieder die Kopfhörer auf? Ich drücke die Klinke runter. Okay, abgeschlossen ist die Tür nicht mehr, sie schwingt nach innen auf.

»Jakob«, ich bemühe mich um einen möglichst verständnisvollen Ton, »ich wollte gern …« Mitten im Satz stocke ich. Das Zimmer ist leer. Weit und breit keine Spur von meinem Neffen.

Nanu?

19. Kapitel

»Jakob?« Ich schaue mich überall in seinem Zimmer um. Sogar im Schrank und unter seinem Bett sehe ich nach. »Jakob?« Nichts, er ist definitiv nicht in seinem Zimmer.

Ich suche die gesamte obere Etage nach ihm ab. Emmas Zimmer, Lottas Zimmer, Elternschlafzimmer, Gästezimmer. Ich schaue im Bad nach und auch in der Kammer neben der Treppe. Dabei rufe ich immer wieder nach ihm, halb laut, halb leise, damit ich die beiden Mädchen nicht wecke. Ratlos gehe ich wieder runter. Hier oben ist er jedenfalls nicht.

Im Erdgeschoss suche ich weiter nach ihm, aber bis auf meine schnarchende Mutter auf dem Sofa ist auch hier kein Mensch. Dasselbe im Keller. Als ich raus in den Garten gehe, wird mir langsam mulmig. Er kann doch nicht einfach so verschwunden sein!

Oder doch? Ich habe wieder den Blick vor Augen, mit dem er vorhin oben an der Treppe stand. Diese Wut, die ihm ganz deutlich ins Gesicht geschrieben war. Wütend auf mich? Oder auf seinen Vater? Egal, wem der Blick galt – er ist doch wohl nicht abgehauen?

Ich laufe nach oben, schnappe mir mein Handy und

wähle Jakobs Nummer. Es klingelt ein paar Mal, dann sagt mir eine freundlichen Frauenstimme, dass der Teilnehmer zurzeit nicht erreichbar ist. Ich drücke die Wahlwiederholung und lausche angestrengt. Nein, im Haus höre ich nirgendwo ein Handy bimmeln.

Aus dem mulmigen Gefühl ist mittlerweile regelrechte Angst geworden. Wo kann Jakob nur stecken? Ist er noch einmal zu einem Freund gegangen? Klar ist es kein Grund, gleich in Panik auszubrechen, wenn mal ein 13-Jähriger um halb zehn nicht zu Hause ist – da sind die Jugendlichen ja heute etwas anders drauf als wir früher. Außerdem sind wir hier in Flottbek – hier brennen ja nun nicht gerade die Mülltonnen. Aber dass mein Neffe einfach so wortlos verschwindet, das macht mir nun doch ernsthaft Sorgen. Und immer wieder muss ich an seinen wütenden Blick denken.

Kurz überlege ich, ob ich Oliver anrufen soll. Aber weil Jakob und sein Vater ja momentan nicht sonderlich gut aufeinander zu sprechen sind, wäre es mir deutlich lieber, wenn ich das Problem irgendwie lösen könnte, ohne meinen Schwager mit einzubeziehen. Ich beschließe, erst einmal Caro anzurufen.

»Hups, so schnell?«, meldet sich meine beste Freundin lachend. »Hat Jakob sich wieder eingekriegt?«

»Nein«, antworte ich. »Er ist weg.«

»Wie, weg?«

»Na ja, weg. Ich kann ihn nirgendwo finden. Und an sein Handy geht er nicht ran.«

»Bist du sicher?«

»Ziemlich, ja.«

»Und du hast keine Ahnung, wo er stecken könnte?«

»Leider nein«, gebe ich zu. »Aber vorhin, als ich ihn kurz oben an der Treppe gesehen habe – da hat er irgendwie verstört und wütend gewirkt, und jetzt mache ich mir echt Sorgen.«

»Bin gleich wieder bei dir.«

Zwanzig Minuten später klopft es an der Haustür, und ich lasse Caro herein. »Ich wollte nicht klingeln«, erklärt sie unnötigerweise, als wäre das gerade mein größtes Problem. »Ist er wieder da?«

Ich schüttele den Kopf. »Nein, immer noch nicht. Ich hab's noch fünfmal auf seinem Handy versucht, aber er geht nicht ran.«

»Und jetzt?«

»Keine Ahnung«, sage ich. »Aber ich denke, ich sollte jetzt Oliver Bescheid sagen.«

»Ja, das musst du.«

Ich wähle die Nummer meines Schwagers. Wenige Sekunden später klingelt es an der Garderobe am Flur.

»Mist!«, stelle ich fest. »Er hat sein Handy in der Jacke gelassen, als er sie vorhin gegen den Mantel ausgetauscht hat.«

»Was ist mit Nina?«, schlägt Caro vor. »Hast du nicht auch deren Nummer?«

»Doch, gute Idee!« Ich rufe Olivers Assistentin an – und lege gleich enttäuscht wieder auf. »Mailbox.«

»Sprich drauf!«, sagt sie. »Irgendwann wir sie es ja abhören.«

Also rufe ich noch einmal bei Nina an und hinterlasse die Nachricht, dass Oliver bitte sofort nach Hause kommen soll, weil Jakob verschwunden ist.

»Was machen wir nun?«, frage ich meine Freundin nach dem Anruf.

»Wir könnten noch einmal draußen nach ihm suchen.«

Ich schüttele den Kopf. »Ich kann Lotta und Emma nicht mit meiner schlafenden Mutter allein lassen. Außerdem, was, wenn Jakob in der Zwischenzeit wieder nach Hause kommt?«

»Okay«, meint Caro. »Dann gehe ich ihn allein suchen. Und ich klappere bei der Gelegenheit auch gleich mal alle umliegenden Restaurants nach Oliver und Nina ab.«

»Okay, sehr gut!«, sage ich. Ich nehme einen Hausschlüssel vom Haken neben der Tür und drücke ihn ihr in die Hand. »Nimm den mit, dann musst du nicht klopfen.«

»Okay.«

»Und bitte lass dein Handy eingeschaltet! Sonst muss ich dich am Ende auch noch suchen.«

»Klaro!«

Caro ist schon halb aus der Tür, als ich sie frage: »Oder denkst du, wir sollten die Polizei anrufen?«

Meine allerbeste Freundin denkt einen Moment lang nach. »Nein«, sagt sie dann. »Noch nicht. Damit würde ich bis Mitternacht warten.« Ich werfe einen Blick auf meine Uhr. Viertel nach zehn ...

Eine halbe Stunde später kommt Caro zurück. Ohne Jakob und ohne Oliver. »Es hat keinen Zweck«, meint sie. »Die drei können sonstwo stecken.«

»Denkst du, ich sollte Mama wecken?«

»Wozu? Damit wir sie verrückt machen, obwohl sie gar nicht helfen kann? Und am Ende wird *sie uns* verrückt machen ...«

»Hast recht.« Ich seufze. »Dann rufe ich also jetzt die Polizei an.«

»Fällt dir denn sonst niemand ein«, fragt Caro, »der wissen könnte, wo Jakob steckt?«

Ich zucke mit den Schultern. »Leider nein«, antworte ich. »Bis vor einer Woche hatte ich mit dem Leben meines Neffen praktisch nichts zu tun. Ich habe keine Ahnung, mit wem der so seine Zeit verbringt.«

»So ein Mist!«, stellt nun auch Caro fest.

Doch dann habe ich eine Idee. Viel mehr als ein Strohhalm ist es nicht – und trotzdem sollte ich es wenigstens versuchen. »Matthias Rudolph«, rufe ich aus.

»Wer?« Caro kennt den Namen nicht. Bisher habe ich immer nur von »meinem Notarzt« gesprochen.

Ich kläre sie kurz darüber auf, dass Matthias der Vater eines Mädchens aus Jakobs Klasse ist, in das er wohl verknallt ist. Und dass er mir angeboten hat, mich jederzeit an ihn zu wenden, wenn ich Hilfe brauche.

»Denkst du wirklich, dass der helfen kann?« Caro wirkt äußerst skeptisch.

»Vermutlich nicht«, gebe ich zu. »Aber vielleicht fällt ihm trotzdem etwas ein.« Und wenn ich jetzt noch wüsste, wo ich den Zettel mit seiner Telefonnummer hingepackt habe ... Ha! Oben im Gästezimmer in der Schreibtischschublade, fällt es mir ein. Ich springe die Stufen nach oben, finde den Zettel und bin ruck, zuck wieder unten bei Caro.

»Also los«, sage ich, wähle seine Nummer und hoffe gleichzeitig, dass er bitte zu den Leuten gehört, die man abends um elf noch anrufen kann. Flottbek hin, gediegen her – das hier ist ein Notfall! Was ganz gut passt, denn der Mann ist schließlich Notarzt.

»Rudolph?«, meldet er sich bereits nach dem zweiten Klingeln.

»Ja, äh, hallo!«, stottere ich. »Nele hier. Nele Krüger, die Tante von Jakob.«

Kurzes und überraschtes Schweigen, dann ein freundliches: »Nele, hallo, ich weiß doch, wer du bist.«

»Sorry, dass ich so spät noch störe ...«

»Kein Problem, ich komme gerade erst vom Dienst. Was gibt es denn?«

»Jakob ist verschwunden«, platzt es aus mir heraus. »Und da dachte ich, du könntest vielleicht …«

»Bin in zehn Minuten da!« Und hat schon aufgelegt, bevor ich überhaupt noch irgendetwas etwas sagen kann. Okay, DIESER MANN ist IN DER TAT Notarzt. Der hält sich nicht mit langen Reden auf, sondern MACHT einfach.

Matthias trägt noch seine rotgelbe Notarztjacke, als er acht Minuten später an der Tür klingelt. Sein Anblick lässt mir die Situation dramatischer erscheinen, als sie vielleicht ist. Als sie hoffentlich ist.

»Was ist passiert?«, fragt er noch in der Haustür.

»Komm mit«, bitte ich ihn und führe ihn in die Küche, wo Caro am Tisch sitzt. Kurz mache ich die beiden miteinander bekannt, dann erzähle ich. »Eigentlich nichts Schlimmes«, sage ich. »Jakob und Oliver haben sich gestritten, allerdings passiert das bei den beiden in letzter Zeit ganz schön oft. Mein Schwager ist dann mit seiner Assistentin zum Arbeiten irgendwo hier in der Nähe in ein Restaurant gegangen, Caro und ich haben noch ein Glas Wein getrunken, und das war's. Um kurz vor neun ist Caro gegangen, und ich wollte nach Jakob sehen und habe festgestellt, dass er weg ist.«

Matthias sieht auf seine Uhr. »Also seit zwei Stunden?«

»Ziemlich genau«, bestätige ich.

»Ich nehme an, du hast versucht, ihn anzurufen?«

»Klar«, antworte ich. »Als Allerallererstes natürlich.«

»Und Oliver?«

»Der hat sein Handy hier liegen lassen.«

»Hm«, Matthias legt die Stirn in Falten. Sein Anblick macht mich ganz nervös, denn er sieht tatsächlich besorgt aus. Seine braunen Augen, die sonst immer so beruhigend und freundlich schauen, flackern im Licht der Küchenlampe.

»Könnte Laura vielleicht wissen, wo er steckt?«, mache ich einen Vorschlag.

»Nein.« Matthias schüttelt den Kopf. »Gleich nach deinem Anruf habe ich bei ihr zu Hause nachgefragt, aber sie hat schon geschlafen.«

»Sicher?«, will ich wissen.

»Ja. Ihre Mutter hat extra in ihrem Zimmer nachgesehen.«

»Wäre ja auch zu schön gewesen!«, seufze ich.

»Versuch es doch bitte noch einmal auf Jakobs Handy«, schlägt Caro vor.

»Okay.« Ich wähle zum bestimmt zehnten Mal seine Nummer, allerdings ohne große Hoffnung, ihn zu erwischen. Immerhin klingelt es, es ist also eingeschaltet. Würde Jakob mit mir sprechen wollen, würde er rangehen. »Nichts«, sage ich, als ich wieder nur die Nachricht bekomme, dass der Teilnehmer vorübergehend ...

»Ruf mal mit unterdrückter Rufnummer an«, schlägt Matthias vor.

»Sehr gut!« Ich schalte die Rufnummernübermittlung aus und wähle ein weiteres Mal. Fehlanzeige, niemand geht ran.

Ratlos sitzen wir drei in der Küche. Es ist so still, dass ich die Zeiger der großen Wanduhr über der Tür ticken höre: Tick, tick, tick ... Die Zeit verrinnt, mittlerweile ist es schon fast halb zwölf.

»Also«, sage ich nach ein paar weiteren Ticks, »ich denke, wir sollten jetzt wirklich die Polizei rufen.«

Caro nickt. »Ja, das denke ich auch.«

Schon zücke ich mein Handy, da hält Matthias mich zurück.

»Moment!«

»Ja?« Ich sehe ihn hoffnungsvoll an. Hat er doch noch eine Idee?

»Was für ein Handy hat Jakob?«, will er wissen.

»Ein iPhone«, antworte ich. »Aber wieso …«

»Wo steht hier ein Computer?«, unterbricht Matthias mich.

»Ich verstehe nicht ganz …«

»Wir müssen an einen Computer!« Er scheint tatsächlich noch einen Einfall zu haben.

»Meine Schwester hat einen in ihrem Arbeitszimmer stehen«, antworte ich. »Und Jakob hat auch einen eigenen.«

»Dann nehmen wir den, der ist wahrscheinlich am besten!«, ruft Matthias aus und ist schon aufgesprungen. »Wo ist Jakobs Zimmer?«

Zu dritt eilen wir die Treppe hoch und stürzen in Jakobs Zimmer. Auch wenn ich nicht die geringste Ahnung habe, was das hier werden soll. iPhone? Computer? Ägypten? Rembrandt?

Matthias macht allerdings einen derart entschlossenen Eindruck, dass ich das Gefühl habe, er weiß, was er tut. Und selbst, wenn er es nicht weiß – *ich* weiß es erst recht nicht.

Mein »mal wieder Retter in der Not« kniet sich vor Jakobs Schreibtisch und fährt den Computer hoch. »Hat der eine Verbindung zum Internet?«, fragt er, während wir darauf warten, dass die Kiste angeht.

»Keine Ahnung«, gebe ich zu. »Aber Jakob ist dreizehn – ich tippe mal, ja.«

Der Bildschirm geht an, Matthias überfliegt den Desktop. »Ha, Internet! Jetzt muss es nur noch so weitergehen!«

»Was willst du …?«, frage ich, während ich mich über seine Schulter beuge.

»Schsch«, sagt er und wedelt mit einer Hand abwehrend hinter seinem Rücken herum. »Lass mich mal eben machen!«

»Okay.« Caro und ich sehen ihm dabei zu, wie er den Internetbrowser öffnet und dann etwas in die Adresszeile eintippt. Und ich muss zugeben: Wie er so da kniet in seiner Notarztjacke, hoch konzentriert bei der Sache, als ginge es darum, die Menschheit zu retten – das hat schon was … IRGENDWIE SEXY! Sofort verbiete ich mir diesen Gedanken, denn zum einen geht es hier gerade zwar nicht um die Menschheit, aber immerhin um meinen Neffen. Und außerdem ist Matthias nichts weiter als der Vater einer Klassenkameradin, der so nett ist, uns zu helfen. Und der danach wieder brav nach Hause zu Frau und Kind fährt. Solche Überlegungen, wie ich sie gerade anstelle, haben hier – bitte schön – NICHTS verloren!

»Ha!«, ruft Matthias aus. »Wir haben Glück, Jakob ist in der iCloud!«

»Ei-was?«, fragt Caro, bevor ich es tun kann.

»Die iCloud«, setzt Matthias an, unterbricht sich dann aber. »Ist ja auch egal. Wichtig ist: Wenn wir es schaffen, uns hier mit Jakobs Zugangsdaten anzumelden, können wir sein Handy orten.«

»Sein Handy orten?«, ist es nun an mir, zu fragen.

»Ja«, nickt er. »Wenn Jakob die Ortungsdienste aktiviert hat, können wir ihn hierüber finden.« Er deutet auf das offene Fenster, in dem »Bei iCloud anmelden« steht. »Allerdings brauchen wir dazu sein Passwort. Seine Apple-ID steht hier schon.«

»Und wie kommen wir an Jakobs Passwort?«, will Caro wissen.

»Tja«, Matthias zuckt mit den Schultern. »Dazu müssen wir jetzt mal alle ganz scharf nachdenken.«

Zu dritt stehen – beziehungsweise knien – wir vor Jakobs Computer und überlegen, mit welchem Kennwort er wohl seinen Zugang geschützt hat.

»Wie wäre es mit seinem Geburtsdatum?«, schlage ich vor.

»Nicht schlecht«, sagt Matthias. »Reicht aber nicht.«

»Wieso nicht?«, frage ich.

»Weil das Passwort aus Zahlen und Buchstaben bestehen muss.«

»Aha.« Was *der* alles weiß! »Dann sein Geburtsdatum und sein Name?«

»Ich versuche es mal. Wie ist das Datum?« Ich muss kurz überlegen, dann fällt es mir ein. Matthias tippt es ein und schreibt ein »Jakob« dahinter. »Fehlanzeige«, stellt er bedauernd fest, »wir kommen nicht rein.«

»›Jakob‹ vielleicht kleingeschrieben?«, schlägt Caro vor.

»Nein. Es müssen Zahlen, kleine und große Buchstaben sein.«

»Na, du kennst dich ja aus«, stelle ich fest.

Matthias wirft mir über die Schulter ein breites Grinsen zu. »Ich bin der Vater einer Teenager-Tochter, da entwickelt man detektivische Fähigkeiten.«

»Verstehe.« Ich muss beinahe lachen. Aber nur beinahe, mir ist in Wahrheit überhaupt nicht nach Lachen zumute. Immerhin ist es schon zehn vor zwölf, in wenigen Minuten läuft unsere Polizei-Deadline ab. Und außerdem: Wo zum Teufel steckt eigentlich Oliver? Der wollte doch »so schnell wie möglich« wieder zu Hause sein!!!

»Versuch's mal andersrum«, meint Caro.

»Wie, anders herum?«, will Matthias wissen.

»Na, erst Jakob, dann das Geburtsdatum.«

Leider klappt aber auch das nicht.

»Jakobs Passwort könnte doch alles Mögliche sein!«, stelle ich resigniert fest. »Da können wir jetzt noch stundenlang rumprobieren.«

»Nicht so ungeduldig«, bremst Matthias mich. »Wir haben doch gerade erst angefangen.«

»Ja, schon. Aber während wir hier heiteres Rätselraten spielen, kann Jakob schon sonst was passiert sein!« Ich werde langsam echt nervös. »Ich finde, wir sollten langsam wirklich die Po …« Ich unterbreche mich. *»LAURA!«*, rufe ich aus. »Probier's mal mit Jakobs Geburtsdatum und ›Laura‹!«

Matthias schmunzelt. »Keine schlechte Idee!« Er tippt es ein, und wir halten die Luft an … »BINGO! WIR SIND DRIN!«

»Jaaaaaa!«, freut sich Caro.

»Wie süß …«, murmeln Matthias und ich direkt danach. Unisono. Und schauen uns – ganz kurz – an.

»Okay, gleich haben wir ihn.« Matthias klickt auf einen grünen Button mit der Bezeichnung »mein iPhone«. Ein neues Fenster geht auf, sekundenlang blicken wir auf eine Straßenkarte mit einem sich drehenden Kompass. Und dann – Trommelwirbel, Tusch! – verrät uns die iCloud tatsächlich, wo sich Jakob gerade befindet. Oder zumindest sein Handy. Was aber vermutlich auf dasselbe hinausläuft.

»Ich fasse es nicht«, flüstere ich, während wir zu dritt auf den Bildschirm starren. »*Darauf* hätten wir eigentlich auch von allein kommen können!«

Der kleine grüne Punkt, der anzeigt, wo Jakob und sein Handy in diesem Moment sind, führt uns mitten nach – Altona. Jakob ist bei seiner Mama! Im Krankenhaus Altona!! Gott, sind wir bescheuert!!!

»Okay, dann los!« Matthias klickt das Fenster zu und will aufspringen – aber ich halte ihn mit einer Hand auf seiner Schulter zurück. Unten rechts in der Monitorecke entdecke ich einen Ordner mit der Aufschrift »Papa und Nina«. Was ist *das* denn?

»Klick das mal bitte an.« Ich deute auf den Ordner. Er tut es. Und Sekunden später saugen Caro und ich scharf die Luft ein. In dem Order befinden sich zwar nur genau drei Fotos. Aber diese zeigen – OLIVER UND NINA! Auf zweien der Bilder umarmen die beiden sich, ganz offensichtlich in Olivers Büro. Auf dem dritten geben sie sich – leider unglaublich gut erkennbar – einen Kuss.

»Nun«, sagt Caro, als wir uns alle vom ersten Schreck erholt haben. »Wozu ein iPhone doch so alles gut ist.«

»Stimmt«, gebe ich ihr recht. »Und hiermit dürfte ja wohl auch die Frage geklärt sein, warum und auf wen Jakob so wütend ist.«

»Meinst du«, fragt meine Freundin und verzieht ihren Mund zu einem spöttischen Grinsen, »auf seinen Vater, der gerade mit seiner Affäre essen ist, während seine Frau im Krankenhaus im Koma liegt?«

»Möglich ...«

»Also, Ladies«, geht Matthias dazwischen. »Das ist ja alles schön und gut. Aber das Wichtigste ist doch wohl jetzt erst einmal, dass wir den Jungen einsammeln.«

»Richtig«, gebe ich ihm recht. »Lasst uns ins Krankenhaus fahren.«

»Ich bleibe hier bei Lotta und Emma«, bietet Caro mir an. »Und bei deiner schnarchenden Mutter.«

20. Kapitel

Matthias und ich rennen über die Kiesauffahrt zu seinem Auto, da kommen uns Oliver und Nina entgegenspaziert. Arm in Arm. *Na bravo!*

»Nele!« Sekundenschnell lässt mein Schwager seine *Assistentin* los. »Wo wollt ihr denn so eilig hin?«

»Zu deinem Sohn«, fauche ich ihn an. »Der ist nämlich heute Abend abgehauen, und wir suchen ihn seit Stunden. Dank Matthias wissen wir allerdings jetzt, dass er bei Heike im Krankenhaus ist.« Ich werfe ihm ein maliziöses Lächeln zu. »Heike, du erinnerst dich? *Deine Frau!*«

»Nele, wie *klingst* du denn? Was soll das? Was ist passiert?«, fragt Oliver sichtlich irritiert. Mittlerweile haben uns die beiden bei Matthias' Auto eingeholt.

»Das solltest du wohl selbst am besten wissen«, zicke ich ihn an.

»Sorry«, er hebt abwehrend die Hände, »ich weiß echt nicht, wovon du redest.«

»Nele«, geht Matthias nun dazwischen, während er mir die Tür aufhält (auch im Notfall stets galant, der Herr Rudolph!), »das könnt ihr doch wirklich später klären! Wichtig ist jetzt erst mal, dass wir ganz schnell zu Jakob kommen!«

»Was ist denn mit Jakob?« Auf einmal klingt Oliver alarmiert.

»Dein Sohn«, ich schleudere ihm die Worte regelrecht entgegen, »hat offenbar herausgefunden, dass DU und DEINE ASSISTENTIN eine Affäre miteinander habt!«

»Wa…?«, will mein Schwager sich zu Wort melden, aber ich fahre ihm wütend über den Mund.

»Und wenn du mich fragst, ist DAS der Grund, weshalb er so komplett von der Rolle ist. Darum ist er auch heute Abend abgehauen. Und er hier«, ich deute auf Matthias, »und ich sammeln jetzt deinen Sohn wieder ein. Was genau genommen eher DEIN Job wäre. Aber du warst ja mit ARBEIT beschäftigt, nicht wahr?« Ich muss mich schwer beherrschen, um ihm nicht vor die Füße zu spucken. »Was seid ihr Kerle doch für widerliche und verlogene Typen!«

Oliver starrt mich völlig entsetzt an, Nina tut es ihm gleich. »Wie bitte?«, fragt er und sieht dabei erstaunlich empört aus. »Was erzählst du denn da? Ich habe überhaupt keine Ahnung, wovon du redest! Nina und ich haben wirklich nur …«

»Nina und du«, unterbreche ich ihn unwirsch, »ihr habt eine Affäre miteinander! Und Jakob hat es rausgekriegt! Er hat sogar Fotos gemacht, wie ihr euch in deinem Büro in den Armen liegt und euch küsst. Kein Wunder, dass der Junge total durch den Wind ist!« Ich schnaube vor Wut. »Und dass du dich sogar noch weiter mit deiner Geliebten triffst, während Heike mit dem Tod ringt …« Ich bin so laut geworden, dass es vermutlich gerade jeder im Umkreis von fünfhundert Metern hören kann. Mir egal, sollen die versammelten Spießer hier ruhig mitkriegen, was in Wahrheit hinter den geklöppelten Gardinen passiert!

»Hä?« Oliver sieht mich noch immer so an, als hätte ich ihm soeben erklärt, dass ich über Nacht überzeugter Scientologe geworden bin. »DAS glaubst du?« Er wirft Nina einen Blick zu – dann brechen die beiden in haltloses Gelächter aus. WAS FÜR EINE FRECHHEIT! Lachen die sich auch noch scheckig, während andere leiden!

»Nele!«, beginnt Oliver, nachdem er sich wieder einigermaßen beruhigt hat, und kommt einen Schritt auf mich zu. Ich weiche zurück, bis mich die offene Beifahrertür von Matthias' Wagen stoppt. »Das verstehst du komplett falsch!«

»Ja, sicher«, entgegne ich ironisch. »Das kenne ich schon, wie ›komplett falsch‹ ihr Männer euch immer verstanden fühlt!« Ich blitze ihn böse an. »Aber eines sag ich dir: Mag ja sein, dass ich immer die Doofe war, die sich von den Kerlen hat sonst was erzählen lassen – aber wenn's um meine Schwester und ihre Kinder geht, dann hört der Spaß auf!« Erst jetzt bemerke ich, dass Matthias seinen Arm um mich gelegt hat. Das irritiert mich zwar, fühlt sich aber echt gut an.

»Nele, wirklich!«, schaltet sich nun Nina ein. »Glaub mir bitte, Oliver und ich haben nichts miteinander.« Sie schüttelt den Kopf. Ihre blonden Locken wippen dabei wie immer. Aber kann es sein, dass ihre Sommersprossen irgendwie traurig aussehen? »Was auch immer Jakob da fotografiert hat – er hat uns mit Sicherheit nicht in flagranti erwischt!«

»Tut mir leid – die Fotos sagen was anderes!«, bleibe ich hartnäckig, obwohl ich merke, dass ich etwas unsicher werde. Die beiden wirken nicht gerade so, als hätten sie ein schlechtes Gewissen und würden nun versuchen, sich rauszureden. Aber andererseits: Wie soll man sich angesichts einer so eindeutigen Beweislage rausreden können?

»Ich kann mir vorstellen«, spricht Nina weiter, »wie das passiert sein muss.«

»Wie denn?« Ich verschränke beide Arme vor der Brust und mustere sie abschätzig. Die soll bloß nicht glauben, dass ich mich so leicht einwickeln lasse!

»Also«, spricht sie weiter, »das muss ungefähr vor einem halben Jahr gewesen sein. Da hat Oliver«, sie wirft ihm einen fast zärtlichen Blick zu, der mich umgehend zurück auf die Palme bringt (und zwar NACH GANZ OBEN!), »erfahren, dass sein größter Kunde zahlungsunfähig ist und Insolvenz angemeldet hat.« Sie schluckt. »Zur gleichen Zeit wurde es zwischen ihm und deiner Schwester immer schwieriger, weil Heike sich nach der Geburt von Lotta so sehr verändert hat.« Nina senkt die Stimme, vermutlich wegen Flottbekhausen. »Dass sie außerdem schon länger sehr unglücklich über *euer* Zerwürfnis war, müsstest du ja eigentlich wissen.«

»Äh, müsste ich?«, frage ich verwundert nach.

»Ja.« Nina nickt. »Müsstest du.« Dann schüttelt sie den Kopf. »Aber du hast offenbar echt keine Ahnung, wie sehr dich deine Schwester liebt. Und wie sehr sie dich vermisst!«

»Jetzt lenk mal nicht vom Thema ab!«, motze ich sie an. Obwohl in mir gerade ein echt seltsames Gefühl aufsteigt. Eine Mischung aus … Ich weiß auch nicht genau – aber es ist irgendwie angenehm und unangenehm zugleich.

»Okay«, sagt Nina. »Also scheinbar ist Jakob irgendwann mal am Büro vorbeigekommen und hat dort Oliver und mich durchs Fenster gesehen.«

»Und Fotos gemacht!«, füge ich hinzu. »Wie ihr gerade dabci scid …«

»Ach, Gott!«, ist es nun an Oliver, mich zu unterbrechen. »Er hat also gesehen, wie Nina und ich uns umarmt und ein Küsschen gegeben haben?« Er lacht kurz auf. Und das klingt irgendwie – nachsichtig. »Nina hat mich getröstet, das ist alles! Und ja, mir dabei vielleicht auch einen Schmatzer aufgedrückt – woran ich mich allerdings nicht einmal erinnern kann. Nele, *liebe Nele* – beruhig dich doch bitte wieder, das ist doch kein Drama!«

»Für Jakob anscheinend schon!«, gebe ich zurück und merke gleichzeitig, wie meine Wut schwindet. Sollte das alles wirklich nur ein total doofes Missverständnis sein?

»Leute!« Matthias geht dazwischen. »Da wir das ja jetzt ganz offensichtlich geklärt haben, sollten wir langsam wirklich mal losfahren! Sonst ist der Junge nämlich am Ende gar nicht mehr da, sondern ganz woanders …«

Als wir zwanzig Minuten später zu viert die Intensivstation stürmen, stellt sich uns eine Nachtschwester in den Weg. Das heißt, sie versucht es, hat aber gegen uns keine Chance. Auf ihr vorgebrachtes »He! Sie können hier nicht einfach mitten in der Nacht …« wirft Matthias ihr nur ein wirklich sehr souveränes »Lassen Sie uns durch! Ich bin Arzt!« zu. Genau so eine Szene wollte ich schon immer mal erleben – ähnlich wie die Sache mit den Klamotten, die aus dem Fenster fliegen … Herrlich!

»Ich rufe den diensthabenden Arzt!«, schleudert sie uns noch eine Drohung hinterher, aber da sind wir bereits in Heikes Zimmer verschwunden.

Jakob sitzt am Bett meiner Schwester. Ohne sein iPhone in der Hand, ein seltsamer Anblick. Als er zu uns aufsieht, erkenne ich, dass er sehr, sehr viel geweint haben muss – seine Augen sind ganz rot.

»Jakob!«, ruft mein Schwager, stürzt auf ihn zu und will ihn umarmen. Jakob aber springt blitzschnell von seinem

Stuhl auf und stellt sich dahinter, als wolle er ein Schutzschild zwischen sich und seinen Vater bringen.

»Was willst du hier?«, pampt er meinen Schwager an. Und dann mit Blick auf uns: »Und ihr?«

»Wir haben dich gesucht«, erkläre ich. »Als du auf einmal verschwunden warst, haben wir uns alle schreckliche Sorgen gemacht!« Jakobs Blick wandert von mir zu Matthias, von Matthias zu Nina, und von Nina zu Oliver.

»So?«, fragt er gedehnt zurück. »Habt ihr das?« Wir alle nicken gleichzeitig. »Und du«, Jakob schaut seinen Vater spöttisch an, »wahrscheinlich ganz besonders, oder? Genau so wie um Mama?«

»Jakob, bitte!« Oliver geht erneut auf Jakob zu, aber der macht ein paar Schritte zurück und lehnt sich mit verschränkten Armen gegen die Wand hinter sich. »Das ist ein riesiges Missverständnis! Du hast das alles komplett in den falschen Hals bekommen – da ist nichts zwischen Nina und mir.«

»Nein, Jakob«, schaltet sich nun auch Olivers Assistentin ein, »wirklich nicht, das musst du uns glauben.«

»Schon klar!«, platzt Jakob heraus. »Alles ein großes Missverständnis.« Er fängt an zu weinen. »Das hat Mama auch gesagt, als ich ihr die Fotos gezeigt habe. Dass das alles bestimmt total harmlos ist.«

»Du hast Heike die Fotos gezeigt?«, will ich wissen.

»Na klar«, schluchzt er. »Meine Mami muss doch wissen, was für ein …« Sein Blick wandert zurück zu Oliver. »… Arsch Papa ist!«

»Jakob!«, ruft mein Schwager streng, »nicht in diesem Ton!«

»Das ist doch wohl im Moment grad mal egal«, geht Nina resolut dazwischen. »Hier geht es jetzt nicht um den richtigen Ton!«

»Oh, danke!«, zickt Jakob und verdreht die Augen. »Wie nett, dass mich die Freundin meines Vaters verteidigt! *Toll!*«

»JAKOB!«, brüllt Oliver ihn an. »ICH WARNE DICH!«

»Du? Pah!«, spuckt mein Neffe ihm entgegen. »Ich sag dir mal, was du mich kannst …!«

Bei mir setzen sich unterdessen immer mehr Puzzleteilchen im Kopf zusammen: Jakob hat Heike also die Fotos von Oliver und Nina gezeigt. Und offenbar ist meine Schwester mit ihrer gewohnt souveränen Art einfach darüber hinweggegangen, hat versucht, ihren Sohn zu beruhigen, und ansonsten kein Wort zu ihrem Mann gesagt. Allerdings ist sie ins Gästezimmer gezogen. Wortlos und ohne jede Erklärung. Typisch Heike. Während ich schon immer alles rausbrüllen musste, was mich quält, hat sie es hingenommen wie immer: schweigend. Ihr Kummer allerdings, der hat sich scheinbar in einer Art Ordnungswahn ein anderes Ventil gesucht. Tippe ich jedenfalls mal so, als Hausfrauenpsychologin.

»Jetzt hör mir mal zu, mein lieber Freund!«, schnauzt Oliver seinen Sohn an. »Ich …«

»SIND SIE EIGENTLICH ALLE KOMPLETT VERRÜCKT GEWORDEN???«

Wir alle zucken zusammen und blicken zur Tür. Dort steht der Neurologe Henning Masch – unser Doktor Leisetreter. »DAS HIER IST EINE INTENSIVSTATION! UND ES IST MITTEN IN DER NACHT!!!«

»Dr. Masch«, meldet sich nun Matthias zu Wort, der den Arzt ganz offensichtlich kennt. »Lassen Sie mich das kurz erklären …«

»Sehr gern«, dreht sich der Neurologe zu Matthias. »Aber bitte erst morgen.« Seine Stimme ist wieder so still wie sonst. Als sei nie etwas gewesen. Erstaunlich!

Der Neurologe schüttelt ungläubig den Kopf. »Ich hab ja schon eine Menge erlebt«, stellt er fest. »Aber *das hier* …«

»OLIVER! NELE!« Jetzt ist es Nina, die brüllt. Sie steht neben Heikes Bett, ist aschfahl im Gesicht und zittert am ganzen Körper. »Sie ist wach!«, flüstert Nina und deutet aufs Bett meiner Schwester. »Sie ist wach!«

Und tatsächlich: Heike starrt nicht mehr an die Decke wie seit Tagen. Heike sieht mich an.

Hamburg, Donnerstag, den 8. Mai 2014

Liebes Tagebuch,

Heike ist heute aus dem Krankenhaus entlassen worden und beginnt jetzt mit ihrer Reha. Es geht ihr gut, ziemlich gut sogar. Hin und wieder hat sie noch ein paar Wortfindungsschwierigkeiten, aber die Ärzte machen uns Hoffnung, dass sich das mit der Zeit noch legen wird.

Wir haben viel geredet, sie und ich, und dabei eine Menge Missverständnisse aus der Welt geräumt. Außerdem hat meine Schwester eine richtig gute Therapeutin gefunden, die ihr dabei hilft, den leichten Zwang, den sie durch die Schwangerschaft in Verbindung mit ihrem seelischen Kummer entwickelt hat, zu bewältigen. Mittlerweile lacht sie darüber, wenn ich ihr erzähle, wie chaotisch es in Flottbek inzwischen oft zugeht.

Noch immer wohne ich in ihrem Gästezimmer, aber

sobald Heike wieder nach Hause kann, freue ich mich auf meine gemütliche Wohnung in Eimsbüttel. Wird Zeit, dass ich wieder nach Hause komme! Und dann ein bisschen mehr Privatsphäre habe. Für mich. Und für Matthias …

Ja, auch das ist neu: Matthias Rudolph und ich sind jetzt zusammen. Nach der Nacht im Krankenhaus und nachdem sich die erste Aufregung gelegt hatte, hat er mir erklärt, dass er und seine Frau gar nicht mehr zusammenleben. Das hatte er mir schon von Anfang an sagen wollen, aber es war ihm so schrecklich plump vorgekommen. Männer … Die wichtigsten Infos behalten sie natürlich für sich!

Jedenfalls haben wir uns ein paar Mal zum Kaffeetrinken verabredet, und irgendwann hat er mir heimlich einen Zettel in die Jackentasche geschmuggelt, den ich erst zu Hause gefunden habe. Ein Ankreuz-Zettel. Mit der Frage, ob ich »mit ihm gehen« will: JA. NEIN, VIELLEICHT. Zuerst habe ich »Vielleicht« angekreuzt. Aber mittlerweile ist daraus ein »Ja« geworden!

So, liebes Tagebuch, ich muss jetzt mal wieder an den Schreibtisch. Ich habe nämlich mit einem neuen Roman angefangen. Nächste Woche werde ich Heike die ersten Seiten zeigen. Und ich hoffe, dass wir ihn zusammen beenden können. Denn wenn ich mir überlege, was sowohl Heike als auch mir in den vergangenen Jahren vermutlich am meisten gefehlt hat, ist die Antwort relativ simpel: unsere Freundschaft. Und unser gemeinsames Schreiben.

Alles Liebe,
Nele

Epilog – Die Sache mit meiner Schwester

»Ich freue mich sehr, dass Sie heute bei mir zu Gast sind – bei ›Drei um drei‹!« Barbara Koch lächelt Heike und mich freundlich an, und wir lächeln zurück, während ich mal wieder gegen mein TV-Tourette ankämpfe.

»Wir freuen uns auch!«, sagt Heike.

»Es ist jetzt fast genau ein Jahr her, dass Sie beide bei mir in der Sendung waren«, stellt die Moderatorin fest. Dann schmunzelt sie. »Und es war eine ganz ... *besondere* Sendung.«

»Das kann man so sagen«, gebe ich ihr recht. Und sofort laufe ich rot an. Selbst nach dieser langen Zeit reicht schon die Erinnerung an damals aus, um mich verlegen zu machen.

»Seitdem ist viel passiert«, sagt die Moderatorin mit Blick auf mich. Beziehungsweise auf meinen dicken Bauch. »Zum Beispiel erwarten Sie Ihr erstes Kind, Frau Krüger.«

Ich nicke: »Ja. Ein Mädchen, in sechs Wochen ist es so weit.«

»Endlich werde ich auch mal Tante!«, wirft meine Schwester ein. »Wurde ja auch langsam echt mal Zeit!«

»Außerdem haben Sie gerade aber noch ein ganz anderes ›Baby‹ auf die Welt gebracht«, leitet die Moderatorin geschickt über.

»Richtig«, sagt Heike. »Unser neuer Roman ›Die Sache mit meiner Schwester‹ ist ab heute im Handel erhältlich.«

»Und darin geht es um ...?«, fragt Barbara Koch.

»Na ja, um die Sache mit meiner Schwester«, sage ich und muss lachen.

»Ein autobiografisches Werk?«, will die Moderatorin wissen. Heike und ich sehen uns an, nicken uns zu und kichern ein bisschen.

»Wer weiß?«, antworten wir dann wie aus einem Mund. »Das bleibt unser Geheimnis.«

Die Moderatorin lacht. »Dann sind wir alle mal sehr gespannt«, sagt sie. »Und natürlich wünsche ich Ihnen für Ihren neuen Roman ganz viel Erfolg!«

Das Studiopublikum beginnt zu klatschen. Ich lasse meinen Blick durch die Reihen wandern.

Mama strahlt so stolz, dass sie heller leuchtet als die Studiolampen. Direkt neben ihr haben Oliver, Jakob und Emma Platz genommen – die Kids waren schon seit Tagen komplett durch den Wind vor lauter Aufregung, dass sie jetzt auch mal »zum Fernsehen« dürfen. Lotta ist mit einem Babysitter zu Hause, für sie ist das hier natürlich noch nichts. Gibt ja nicht mal Milch!

Dann entdecke ich Caro, die – typisch meine beste Freundin – ganz hinten in einer Ecke Platz genommen hat. Sie tuschelt mit Matthias, der kurz aufsieht und mir zuzwinkert, als er meinem Blick begegnet. Prompt macht mein Herz einen Hüpfer, ich bin so unfassbar verliebt in ihn, dass ich mich manchmal kneifen muss.

Hier sind sie also alle versammelt, unsere Lieben, die mit Heike und mir durch alle möglichen Höhen und Tiefen gegangen sind und die ich nie wieder in meinem

Leben missen möchte. Dazu gehört sogar auch Heikes und mein Agent Wolfgang Steier, der ganz rechts außen in der zweiten Reihe sitzt. Er nickt uns anerkennend zu – und sieht dabei sehr, sehr glücklich aus.

Dank an …

… unsere Lektorin Katrin Andres, die uns mit Rat und Tat zur Seite gestanden und diesen »Anne Hertz der anderen Art« mit uns aus der Taufe gehoben hat. Und für die Frikadellen-Orgie in der Küche ☺

… Julia Eisele, Marcel Hartges und das gesamte Team vom Pendo Verlag, das von Anfang an diese Geschichte geglaubt und uns unterstützt hat!

… Alexandra Heneka für ihre wie immer hervorragende dramaturgische Beratung. Alex, du bist einfach unersetzlich!

… Bernd Scheunemann für seine Geduld und sein Verständnis, wenn er mal wieder mit vier Kindern allein das Wochenende bestreiten musste, weil wir uns in der Schreibklausur verbarrikadiert haben.

… Matthias Willig für das unermüdliche Lesen und Korrigieren. In der Hoffnung, dass sein erster »Frauenroman« ihn nicht nachhaltig traumatisiert hat.

… Sybille Schrödter für den Abend in »Olles Restaurant«, in dessen Verlauf so viele gute Ideen entstanden sind. Dem Sauvignon Blanc sei Dank!

… Anja Bode für ihre Beratung bei medizinischen Fachfragen. Wir hoffen, dass wir Dich nie »im Ernstfall« brauchen werden!

… Burkhard Focke – der Arzt, dem die Frauen vertrauen – dafür, dass er am Abend vor der Abgabe unsere eilig durchs Telefon gebellte Frage »Sag mal, Burkhard, ist es denkbar, dass sich jemand nachts auf eine Intensivstation einschleichen kann?« netterweise mit einem »Das halte ich nicht für ausgeschlossen« beantwortet hat. Sonst wäre uns die Dramaturgie auch zusammengebrochen … Wir hoffen, das Essen, bei dem wir Dich gestört haben, hat geschmeckt!

… Peter Prange für wertvolle Anmerkungen und Input. Und für seinen Hinweis auf den wundervollen Roman von Anna Gavalda.

… Nico Pabée für ihren Zuspruch und dafür, dass sie in totalen Stresszeiten immer spontan als Babysitter hergehalten hat.

… unsere Mutter Dagmar Lorenz, die wie immer als kritische Erstleserin hergehalten hat. Und die es tapfer erträgt, wie wir in unseren Romanen immer die Mutter darstellen …

… unseren Vater Volker Lorenz, der ein toller Papa ist – ganz im Gegensatz zum Romanvater. Auch an Dich: Sorry, Dad ;-)

… unsere Agentinnen Petra Eggers und Bettina Keil. Wir schwören Euch, dass wir uns NIEMALS in einer TV-Sendung kloppen werden! ;-) Jedenfalls nicht live …

… unsere Kinder Kira, Tessa, Greta, Henri und Luzie – ohne Euch wäre alles nichts!

… last, but not least Dank an unsere Leserinnen und Leser, die uns nun schon sooo lange die Treue halten!

Und falls Sie sich fragen, ob in »Die Sache mit meiner Schwester« ein klitzekleines Fünkchen Autobiografisches stecken könnte, verraten wir Ihnen hier zumindest zwei Sachen: Erstens – eine von uns beiden ist sehr unpünktlich, die andere nicht. Aber wer, das bleibt unser Geheimnis. Zweitens: Anders als Sanne Gold schreiben wir selbst. Und miteinander. Weil uns das nämlich richtig viel Spaß macht – und wir hoffen, Ihnen geht es beim Lesen unserer Romane genau so!

Herzliche Grüße,
Wiebke Lorenz & Frauke Scheunemann, alias Anne Hertz

P.S.: Bei dem Gedicht »Spiegel meines Herzens« handelt es sich übrigens um ein Original aus den 80ern. Es stammt von Wiebke, und sie hat es geschrieben, als sie vierzehn war. Heute ist ihr das sehr peinlich. Aber da muss sie jetzt durch.

P.P.S.: Ganz zum Schluss danken wir noch uns als Schwestern. Schön, dass wir uns haben! BFF!